世界文学名著名译典藏
全译插图本

莎士比亚戏剧选

〔英〕威廉·莎士比亚 ◎ 著　朱生豪 ◎ 译

SELECTED WORKS OF WILLIAM SHAKESPEARE

长江出版传媒　长江文艺出版社

图书在版编目（CIP）数据

莎士比亚戏剧选 /（英）威廉·莎士比亚著；朱生豪译. -- 武汉：长江文艺出版社，2018.5（2019.4重印）
（世界文学名著名译典藏）
ISBN 978-7-5702-0244-7

Ⅰ. ①莎… Ⅱ. ①威… ②朱… Ⅲ. ①剧本－作品集－英国－中世纪 Ⅳ. ①I561.33

中国版本图书馆 CIP 数据核字(2018)第 031639 号

责任编辑：马 蓓	责任校对：陈 琪
封面设计：格林图书	责任印制：邱 莉　胡丽平

出版：长江出版传媒 ｜ 长江文艺出版社

地址：武汉市雄楚大街 268 号　　邮编：430070
发行：长江文艺出版社
电话：027—87679360
http://www.cjlap.com
印刷：中印南方印刷有限公司

开本：880 毫米×1230 毫米　1/32　　印张：14.75　插页：4 页
版次：2018 年 5 月第 1 版　　2019 年 4 月第 2 次印刷
字数：353 千字

定价：38.00 元

版权所有，盗版必究（举报电话：027—87679308　87679310）
（图书出现印装问题，本社负责调换）

导 读

威廉·莎士比亚（1564—1616）是欧洲文艺复兴时期英国最伟大的剧作家、诗人和卓越的人文主义思想的代表。他以奇伟的笔触对英国封建制度走向衰落和资本主义原始积累的历史转折期的英国社会做了形象、深入的刻画。描绘出了文艺复兴时期新兴资产阶级逐步取代封建贵族的统治地位的历史进程和五光十色的社会背景，表现了他的人道主义精神与和谐理想。

莎士比亚一生共写有37部诗剧，还写了154首14行诗和两首长诗。在剧坛和诗坛统领风骚。他的剧作是西方戏剧艺术史上难以企及的高峰。他的不少剧作被公认为是英国和世界文学宝库中的传世佳作。可以说他是人类历史上迄今为止影响最大的文学家之一。就如同他的朋友、著名的戏剧家本·琼孙所说："他不只属于一个时代而属于全世纪。"

莎士比亚出生在英国中部沃里克郡艾汶河畔斯特拉特福镇一个富裕市民家庭，莎士比亚有机会进市立文法学校念书。在校学习期间，他阅读了大量的历史、文学典籍，从而扩大丰富了文学视野及艺术修养。十几岁时因家庭破产而辍学。开始奔波谋生，22岁时，他离开家乡去伦敦谋生，起先在剧院打杂，后来当上一名演员，进而改编和编写剧本。莎士比亚除了参加演出和编剧，还广泛接触社会，常常随剧团出入宫廷或来到乡间。这些经历扩大了他的视野,为他的创作打下了基础。1590年到1592年间,莎士比亚创作了历史剧《亨利六世》(共3部),取得了巨大的成功,接下来,莎士比亚就开始了他漫长而辉煌的戏剧创作生涯。

后来学界一般把他的创作按思想和艺术的发展分为三个时期。

1590年到1600年是莎士比亚创作的第一时期,又称为历史剧、喜剧时期。这一时期莎士比亚人文主义思想和艺术风格渐渐形成。当时的英国正处于伊丽莎白女王统治的鼎盛时期,王权稳固统一,经济繁荣。莎士比亚对在现实社会中实现人文主义理想充满信心,作品洋溢着乐观明朗的色彩。这一时期,他写的历史剧包括《理查三世》(1592)、《亨利四世》(上下篇)(1596—1597)和《亨利五世》(1599)等9部。剧本的基本主题是拥护中央王权,谴责封建暴君和歌颂开明君主。剧作中,历史事实和艺术虚构达到高度统一。

这一时期创作的喜剧包括诗意盎然的《仲夏夜之梦》(1596)、扬善惩恶的《威尼斯商人》(1597)、反映市民生活风俗的《温莎的风流娘儿们》(1598)、宣扬贞洁爱情的《无事生非》(1599)和歌颂爱情又探讨人性的《第十二夜》(1600)等10部。这些剧本基本主题是爱情、婚姻和友谊,带有浓郁的抒情色彩,表现了莎士比亚的人文主义生活理想。在《威尼斯商人》中,作者把理想的鲍西娅所在的贝尔蒙特描绘成理想世界,拿它与充满金钱罪恶的威尼斯现实世界相比,剧中性格纯朴、富有才华和正义感的鲍西娅则是莎士比亚塑造的一个理想的资产阶级女性形象。与此同时,他还写了《罗密欧与朱丽叶》(1595)等悲剧3部,作品虽然有哀怨的一面,但是基本精神与喜剧相同,又称悲喜剧。《罗密欧与朱丽叶》,则是反映人文主义者爱情、理想与封建压迫之间冲突的一出充满诗意地悲剧，罗密欧与朱丽叶这一对纯真的青年为了追求爱情自由，最终以死反抗阻碍他们结合的封建势力，在情节上虽属悲剧，却也充满了喜剧作品中对生活的热爱、对幸福的向往和对未来的信心，全剧洋溢着积极向上的乐观主义气氛，实际是一首青春与爱情的赞歌。尽管主人公的结局是悲剧，但封建贵族之间的隔阂却消除了，爱情、理想最终得胜，罗密欧与朱丽叶成为世界文学中不朽的典型。莎士比亚还写有长诗《维纳斯和阿多尼斯》（1592—1593）、《鲁克丽丝受辱记》（1593—1594）和154首十四行诗，表现了人文主义者对真、善、美的认识与理想。

17世纪初，伊丽莎白女王一世与詹姆士一世政权交替，英国社会矛盾激化，社会丑恶日益暴露。这一时期，莎士比亚的思想和艺术走向成熟，人文主义理想同社会现实发生激烈碰撞。他痛感理想难以实现，创作由早期的赞美人文主义理想转变为对社会黑暗的揭露和批判。莎士比亚创作的第二时期（1601—1607），又称悲剧时期。这时期所写的喜剧《终成眷属》《一报还一报》等也同样具有悲剧色彩。这一时期的杰出成就是悲剧，他写出了《哈姆雷特》（1601）、《奥瑟罗》（1604）、《李尔王》（1606）、《麦克白》（1606）和《雅典的泰门》（1605—1608）等著名悲剧，揭露了在资本原始积累时期出现的社会罪恶和资本主义的利己主义，表现了人文主义理想与残酷现实之间的矛盾。其中最有代表性的是《哈姆雷特》，作者在主人公哈姆雷特的形象上寄托着自己的人文主义理想，哈姆雷特的性格反映了文艺复兴时期人文主义者的许多特点。他的内心矛盾也反映了人文主义思想的内在矛盾。这部悲剧就其表现的社会内容和哲学内涵来说都是最丰富的。它以精湛的艺术形式，博大的思想内容表现出主人公人文主义理想的幻灭,反映了作者对人生价值和意义的探索。早在12世纪就流传着丹麦王子为父报仇的故事,英法两国的剧作家都据其情节写过中世纪的血亲复仇为中心的剧本。1601年,莎士比亚将其改编成一部深刻反映时代面貌、具有激烈矛盾冲突的杰出悲剧,使这一复仇故事有了广泛的社会意义。

写在《哈姆雷特》以后的几部悲剧中,浪漫主义色彩越来越弱,现实主义描写越来越突出。1608年以后,莎士比亚进入创作的最后时期。这时期,他的作品往往通过神话式的幻想,借助超自然的力量来解决理想与现实之间的矛盾;作品贯串着宽恕、和解的精神,没有前期的欢乐,也没有中期的阴郁,而是充满美丽的生活幻想,浪漫情调浓郁。作者通过奇诡的梦幻世界表现出对人类的朦胧憧憬。《暴风雨》(1611)最能代表这一时期的风格,被称为"用诗歌写的遗嘱"。此外,他还写有《辛白林》和《冬天的故事》等3部传奇剧和历史剧《亨利八世》。

莎士比亚的戏剧,大部分都是根据旧剧本、编年史与小说故事创作的,在创作中注入了自己的先进理想,给旧的题材以丰富而深刻的内容,赋予它们新的生命,从内容到形式都进行了创新。莎士比亚是无与伦比的戏剧结构大师,他的剧本固然有悲、喜剧之分,但在创作实际中又打破了悲、喜剧的界限,不受严格的传统体裁划分的限制,从而展现出更丰富饱满的人性和人物的精神世界。他善于描写几条相互平行交错的线索,来促进生动复杂的情节发展。写作技巧上则表现出一种奇妙的戏剧紧迫感,逐渐加快的情节发展的节奏,往往有一气呵成的神来之笔,令观众惊叹不已。

在莎士比亚的戏剧中,从主题到人物刻画和细节描写,都放射出人文主义者反封建、反宗教的强烈思想光辉。他的剧作首先是反映真实生活的戏剧，在反映生活真实的同时，又注入人文主义的理想，在他的戏剧中，现实主义的描绘往往与浪漫主义的抒写浑然融合。他笔下的人物，富有现实生活气息，有如此广阔的生活画面：上至王公贵族，下至生活在社会底层的贫民百姓，社会各个阶层的人物都在剧中婆娑起舞，而每个人又有各自的爱憎、伤悲与欢乐，每个人都具有鲜明的个性特征。同是阴险狡诈，极端自私，麦克白和伊阿古不同，同是勇于为理想、正义献身，奥赛罗与哈姆雷特各异。不同的人物生活在各自的典型环境中。塑造了一批杰出的艺术典型。

莎士比亚剧作的语言，完全是诗化的语言，柔婉如同淙淙流水，激荡如惊涛拍岸，令人回味无穷。据后人统计，莎士比亚所用的词汇在一万五千个之上，并善于用比喻、隐喻、双关语，许多莎士比亚戏剧中的语言已经成了英文中的成语、典故，极大地丰富了英语词藻。语言形式则既以无韵诗为主，又杂有古体诗、民谣体、俚谚与轻快滑稽的散文体对话，可谓多种多样、丰富生动，成为构成莎士比亚戏剧艺术大厦的基本材料。

莎士比亚早已不属于某个国家、某个民族，他是人类文明的象征，他的剧作曾被译成多种文字为世界读者喜爱，历时至今，经久不衰。自20世纪初莎士比亚被介绍到中国之后，就受到一代又一代中国读者的深深喜爱。

本集收入了由朱生豪先生译的包括《威尼斯商人》《第十二夜》《罗密欧与朱丽叶》《哈姆莱特》《李尔王》五部经典戏剧。基本反映了早中期莎士比亚剧作的创作特色。

目录

Contents

- *001*   威尼斯商人
- *075*   第十二夜
- *151*   罗密欧与朱丽叶
- *237*   哈姆莱特
- *349*   李尔王

Part One

威尼斯商人

朱生豪 译

剧中人物

威尼斯公爵
摩洛哥亲王 ⎫
阿拉贡亲王 ⎭　　　　　　　　　　　　鲍西娅的求婚者
安东尼奥　　　　　　　　　　　　　　威尼斯商人
巴萨尼奥　　　　　　　　　　　　　　安东尼奥的朋友
葛莱西安诺
萨莱尼奥 ⎫
萨拉里诺 ⎭　　　　　　　　　　　　　安东尼奥和巴萨尼奥的朋友
罗兰佐　　　　　　　　　　　　　　　杰西卡的恋人
夏洛克　　　　　　　　　　　　　　　犹太富翁
杜伯尔　　　　　　　　　　　　　　　犹太人，夏洛克的朋友
朗斯洛特·高波　　　　　　　　　　　小丑，夏洛克的仆人
老高波　　　　　　　　　　　　　　　朗斯洛特的父亲
里奥那多　　　　　　　　　　　　　　巴萨尼奥的仆人
鲍尔萨泽 ⎫
斯丹法诺 ⎭　　　　　　　　　　　　　鲍西娅的仆人

鲍西娅　　　　　　　　　　　　　　　富家嗣女
尼莉莎　　　　　　　　　　　　　　　鲍西娅的侍女
杰西卡　　　　　　　　　　　　　　　夏洛克的女儿

威尼斯众士绅、法庭官吏、狱吏、鲍西娅家中的仆人及其他侍从

地　点

一部分在威尼斯；一部分在大陆上的贝尔蒙特，鲍西娅邸宅所在地

第一幕

第一场　威尼斯。街道

　　　　安东尼奥、萨拉里诺及萨莱尼奥上。

安东尼奥　真的,我不知道我为什么这样闷闷不乐。你们说你们见我这样子,心里觉得很厌烦,其实我自己也觉得很厌烦呢;可是我怎样会让忧愁沾上身,这种忧愁究竟是怎么一种东西,它是从什么地方产生的,我却全不知道;忧愁已经使我变成了一个傻子,我简直有点自己不了解自己了。

萨拉里诺　您的心是跟着您那些扯着满帆的大船在海洋上簸荡着呢;它们就像水上的达官富绅,炫示着它们的豪华,那些小商船向它们点头敬礼,它们却睬也不睬,凌风直驶。

萨莱尼奥　相信我,老兄,要是我也有这么一笔买卖在外洋,我一定要用大部分的心思牵挂它;我一定常常拔草观测风吹的方向,在地图上查看港口码头的名字;凡是足以使我担心那些货物的命运的一切事情,不用说都会引起我的忧愁。

萨拉里诺　吹凉我的粥的一口气,也会吹痛我的心,只要我想到海面上的一阵暴风将会造成怎样一场灾祸。我一看见沙漏的时计,就会想起海边的沙滩,仿佛看见我那艘满载货物的商船倒插在沙里，船底朝天，它的高高的桅樯吻着它的葬身之地。要是我到教堂里去，看见那用石块筑成的神圣的殿堂，我怎么会不立刻想起那些危险的礁石，它们只要略微碰一碰我那艘好船的船舷，就会把满船的香料倾泻在水里，让汹涌的波涛披戴着我的绸缎绫罗；方才还是价值连城的，一转瞬间尽归乌有？要是我想到了这种情形，我怎么会不担心这种情形也许会果然发生，从而发起愁来呢？不用对我说，我知道安东尼奥是因为担心他的货物而忧愁。

安东尼奥 不，相信我；感谢我的命运，我的买卖的成败并不完全寄托在一艘船上，更不是倚赖着一处地方；我的全部财产，也不会因为这一年的盈亏而受到影响，所以我的货物并不能使我忧愁。

萨拉里诺 啊，那么您是在恋爱了。

安东尼奥 呸！哪儿的话！

萨拉里诺 也不是在恋爱吗？那么让我们说，您忧愁，因为您不快乐；就像您笑笑跳跳，说您很快乐，因为您不忧愁，实在再简单也没有了。凭二脸神雅努斯①起誓，老天造下人来，真是无奇不有；有的人老是眯着眼睛笑，好像鹦鹉见了吹风笛的人一样；有的人终日皱着眉头，即使涅斯托②发誓说那笑话很可笑，他听了也不肯露一露他的牙齿，装出一个笑容来。

　　巴萨尼奥，罗兰佐及葛莱西安诺上。

萨莱尼奥 您的一位最尊贵的朋友，巴萨尼奥，跟葛莱西安诺、罗兰佐都来了。再见；您现在有了更好的同伴，我们可以少陪啦。

萨拉里诺 倘不是因为您的好朋友来了，我一定要叫您快乐了才走。

安东尼奥 你们的友谊我是十分看重的。照我看来，恐怕还是你们自己有事，所以借着这个机会想抽身出去吧？

萨拉里诺 早安，各位大爷。

---

① 雅努斯，门神，有两副面孔。
② 涅斯托，古代君王，不轻易发笑的人。

巴萨尼奥 两位先生，咱们什么时候再聚在一起谈谈笑笑？你们近来跟我十分疏远了。难道非走不可吗？

萨拉里诺 您什么时候有空，我们一定奉陪。（萨拉里诺、萨莱尼奥下）

罗兰佐 巴萨尼奥大爷，您现在已经找到安东尼奥，我们也要少陪啦；"可是请您千万别忘记吃饭的时候咱们在什么地方会面。

巴萨尼奥 我一定不失约。

葛莱西安诺 安东尼奥先生，您的脸色不大好，您把世间的事情看得太认真了；一个人思虑太多，就会失却做人的乐趣。相信我，您近来真是变得太厉害啦。

安东尼奥 葛莱西安诺，我把这世界不过看作一个世界，每一个人必须在这舞台上扮演一个角色，我扮演的是一个悲哀的角色。

葛莱西安诺 让我扮演一个小丑吧。让我在嘻嘻哈哈的欢笑声中不知不觉地老去；宁可用酒温暖我的肠胃，不要用折磨自己的呻吟冰冷我的心。为什么一个身体里面流着热血的人，要那么正襟危坐，就像他祖宗爷爷的石膏像一样呢？明明醒着的时候，为什么偏要像睡去了一般？为什么动不动翻脸生气，把自己气出了一场黄疸病来？我告诉你吧，安东尼奥——因为我爱你，所以我才对你说这样的话：世界上有一种人，他们的脸上装出一副心如止水的神气，故意表示他们的冷静，好让人家称赞他们一声智慧深沉，思想渊博；他们的神气之间，好像说："我的说话都是纶音天语，我要是一张开嘴唇来，不许有一头狗乱叫！"啊，我的安东尼奥，我看透这一种人，他们只是因为不说话，博得了智慧的名声；可是我可以确定说一句，要是他们说起话来，听见的人，谁都会骂他们是傻瓜的。等有机会的时候，我再告诉你关于这种人的笑话吧；可是请你千万别再用悲哀做钓饵，去钓这种无聊的名誉了。来，好罗兰佐。回头见；等我吃完了饭，再来向你结束我的劝告。

罗兰佐 好，咱们在吃饭的时候再见吧。我大概也就是他所说的那种以不说话为聪明的人，因为葛莱西安诺不让我有说话的机会。

葛莱西安诺 嘿,你只要再跟我两年,就会连你自己说话的口音也听不出来。

安东尼奥 再见,我会把自己慢慢儿训练得多说话一点的。

葛莱西安诺 那就再好没有了;只有干牛舌和没人要的老处女,才是应该沉默的。(葛莱西安诺、罗兰佐下)

安东尼奥 他说的这一番话有些什么意思?

巴萨尼奥 葛莱西安诺比全威尼斯城里无论哪一个人都更会拉上一大堆废话。他的道理就像藏在两桶砻糠里的两粒麦子,你必须费去整天工夫才能够把它们找到,可是找到了它们以后,你会觉得费这许多气力找它们出来,是一点不值得的。

安东尼奥 好,您今天答应告诉我您立誓要去秘密拜访的那位姑娘的名字,现在请您告诉我吧。

巴萨尼奥 安东尼奥,您知道得很清楚,我怎样为了维持我外强中干的体面,把一份微薄的资产都挥霍光了;现在我对于家道中落、生活紧缩,倒也不怎么在乎了;我最大的烦恼是怎样可以解脱我背上这一重重由于挥霍而积欠下来的债务。无论在钱财方面或是友谊方面,安东尼奥,我欠您的债都是顶多的;因为你我交情深厚,我才敢大胆把我心里所打算的怎样清这一切债务的计划全部告诉您。

安东尼奥 好巴萨尼奥,请您告诉我吧。只要您的计划跟您向来的立身行事一样光明正大,那么我的钱囊可以让您任意取用,我自己也可以供您驱使;我愿意用我所有的力量,帮助您达到目的。

巴萨尼奥 我在学校里练习射箭的时候,每次把一支箭射得不知去向,便用另一支同样射程的箭向着同一方向射去,眼睛看准了它掉在什么地方,就往往可以把那失去的箭找回来;这样,冒着双重的险,就能找到两支箭。我提起这一件儿童时代的往事作为譬喻,因为我将要对您说的话,完全是一种很天真的思想。我欠了您很多的债,而且像一个不听话的孩子一样,把借来的钱一起挥霍完了;可是您要是愿意向着您放射第一支箭的方向,再射出您的第二支箭,那么这一回我一定会把目标看准,即使不把两支箭一起找回来,至少也可以把第二支箭交还给您,让我仍旧对于您先前给我的援助做一个知恩图报的负债者。

安东尼奥　您是知道我的为人的,现在您用这种譬喻的话来试探我的友谊,不过是浪费时间罢了;您要是怀疑我不肯尽力相助,那就比花掉我所有的钱还要对不起我。所以您只要对我说我应该怎么做,如果您知道哪件事是我的力量所能办到的,我一定会给您办到。您说吧。

巴萨尼奥　在贝尔蒙特有一位富家的嗣女,长得非常美貌,尤其值得称道的,她有非常卓越的德性;从她的眼睛里,我有时接到她的脉脉含情的流盼。她的名字叫做鲍西娅,比起古代凯图的女儿,勃鲁托斯的贤妻鲍西娅来,毫无逊色。这广大的世界也没有漠视她的好处,四方的风从每一处海岸上带来了声名藉藉的求婚者;她的光亮的长发就像是传说中的金羊毛,把她所住的贝尔蒙特变成了神话中的王国,引诱着无数的伊阿宋①前来向她追求。啊,我的安东尼奥!只要我有相当的财力,可以和他们中间无论哪一个人匹敌,那么我觉得我有充分的把握,一定会达到愿望的。

安东尼奥　你知道我的全部财产都在海上;我现在既没有钱,也没有可以变换现款的货物。所以我们还是去试一试我的信用,看它在威尼斯城里有些什么效力吧;我一定凭着我这一点面子,能借多少就借多少,尽我最大的力量供给你到贝尔蒙特去见那位美貌的鲍西娅。去,我们两人就去分头打听什么地方可以借到钱,我就用我的信用做担保,或者用我自己的名义给你借下来。(同下)

---

①　伊阿宋是古代希腊神话中的英雄,剪取金羊毛,历经艰险终获成功。

第二场　贝尔蒙特。鲍西娅家中一室

鲍西娅及尼莉莎上。

鲍西娅　真的，尼莉莎，我这小小的身体已经厌倦了这个广大的世界了。

尼莉莎　好小姐，您的不幸要是跟您的好运气一样大，那么无怪您会厌倦这个世界的；可是照我的愚见看来，吃得太饱的人，跟挨饿不吃东西的人，一样是会害病的，所以中庸之道才是最大的幸福：富贵催人生白发，布衣蔬食易长年。

鲍西娅　很好的句子。

尼莉莎　要是能够照着它做去，那就更好了。

鲍西娅　倘使做一件事情就跟知道应该做什么事情一样容易，那么小教堂都要变成大礼拜堂，穷人的草屋都要变成王侯的宫殿了。一个好的说教师才会遵从他自己的训诲；我可以教训二十个人，吩咐他们应该做些什么事，可是要我做这二十个人中间的一个，履行我自己的教训，我就要敬谢不敏了。理智可以制定法律来约束感情，可是热情激动起来，就会把冷酷的法令蔑弃不顾；年轻人是一头不受拘束的野兔，会跳过老年人所设立的理智的藩篱。可是我这样大发议论，是不会帮助我选择一个丈夫的。唉，说什么选择！我既不能选择我所中意的人，又不能拒绝我所憎厌的人；一个活着的女儿的意志，却要被一个死了的父亲的遗嘱所钳制。尼莉莎，像我这样不能选择，也不能拒绝，不是太叫人难堪了吗？

尼莉莎　老太爷生前道高德重，大凡有道君子临终之时，必有神悟；他既然定下这抽签取决的方法，叫谁能够在这金、银、铅三匣之中选中了他预定的一只，便可以跟您匹配成亲，那么能够选中的人，一定是值得您倾心相爱的。可是在这些已经到来向您求婚的王孙公子中间，您对于哪一个最有好感呢？

鲍西娅　请你列举他们的名字，当你提到什么人的时候，我就对他下几句评语；凭着我的评语，你就可以知道我对于他们各人的印象。

尼莉莎 第一个是那不勒斯的亲王。

鲍西娅 嗯，他真是一匹小马；他不讲话则已，讲起话来，老是说他的马怎么怎么；他因为能够亲自替自己的马装上蹄铁，算是一件天大的本领。我很有点儿疑心他的令堂太太是跟铁匠有过勾搭的。

尼莉莎 还有那位巴拉廷伯爵呢？

鲍西娅 他一天到晚皱着眉头，好像说，"你要是不爱我，随你的便。"他听见笑话也不露一丝笑容。我看他年纪轻轻，就这么愁眉苦脸，到老来只好一天到晚痛哭流涕了。我宁愿嫁给一个骷髅，也不愿嫁给这两人中间的任何一个；上帝保佑我不要落在这两个人手里！

尼莉莎 您说那位法国贵族勒·滂先生怎样？

鲍西娅 既然上帝造下他来，就算他是个人吧。凭良心说，我知道讥笑人是一桩罪过，可是他！嘿！他的马比那不勒斯亲王那一匹好一点，他的皱眉头的坏脾气也胜过那位巴拉廷伯爵。什么人的坏处他都有一点，可是一点没有他自己的特色；听见画眉唱歌，他就会手舞足蹈；见了自己的影子，也会跟它比剑。我倘然嫁给他，等于嫁给二十个丈夫；要是他瞧不起我，我会原谅他，因为即使他爱我爱到发狂，我也是永远不会报答他的。

尼莉莎 那么您说那个英国的少年男爵，福康勃立琪呢？

鲍西娅 你知道我没有对他说过一句话，因为我的话他听不懂，他的话我也听不懂；他不会说拉丁话、法国话、意大利话；至于我的英国话是如何高明，你是可以替我出席法庭作证的。他的模样倒还长得不错，可是，唉！谁高兴跟一个哑巴做手势谈话呀？他的装束多么古怪！我想他的紧身衣是在意大利买的，他的裤子是在法国买的，他的软帽是在德国买的，至于他的行为举止，那是他从四面八方学来的。

尼莉莎 您觉得他的邻居，那位苏格兰贵族怎样？

鲍西娅 他很懂得礼尚往来的睦邻之道，因为那个英国人曾经赏给他一记耳光,他就发誓说,一有机会,立即奉还;我想那法国人是他的保人,他已经签署契约,声明将来加倍报偿哩。

尼莉莎　您看那位德国少爷,萨克逊公爵的侄子怎样?

鲍西娅　他在早上清醒的时候,就已经很坏了,一到下午喝醉了酒,尤其坏透;当他顶好的时候,叫他是个人还有点不够资格,当他顶坏的时候,他简直比畜生好不了多少。要是最不幸的祸事降临到我身上,我也希望永远不要跟他在一起。

尼莉莎　要是他要求选择,结果居然给他选中了预定的匣子,那时候您倘然拒绝嫁给他,那不是违背老太爷的遗命了吗?

鲍西娅　为了预防万一起见,我要请你替我在错误的匣子上放好一杯满满的莱因河葡萄酒;要是魔鬼在他的心里,诱惑在他的面前,我相信他一定会选中那一只匣子的。什么事情我都愿意做,尼莉莎,只要别让我嫁给一个酒鬼。

尼莉莎　小姐,您放心吧,您再也不会嫁给这些贵人中间的任何一个的。他们已经把他们的决心告诉了我,说除了您父亲所规定的用选择匣子决定取舍的办法以外,要是他们不能用别的方法得到您的应允,那么他们决定动身回国,不再麻烦您了。

鲍西娅　要是没有人愿意照我父亲的遗命把我娶去,那么即使我活到一千岁,也只好终身不嫁。我很高兴这一群求婚者都是这么懂事,因为他们中间没有一个人我不是惟望其速去的;求上帝赐给他们一路顺风吧!

尼莉莎　小姐,您还记不记得,当老太爷在世的时候,有一个跟着蒙特佛拉侯爵到这儿来的文武双全的威尼斯人?

鲍西娅　是的,是的,那是巴萨尼奥;我想这是他的名字。

尼莉莎　正是,小姐;照我这双痴人的眼睛看起来,他是一切男子中间最值得匹配一位佳人的。

鲍西娅　我很记得他,他果然值得你的夸奖。

　　　　　　　一仆人上。

鲍西娅　啊!什么事?

仆人　小姐,那四位客人要来向您告别;另外还有第五位客人,摩洛哥亲王，差了一个人先来报信，说他的主人亲王殿下今天晚上就要到这儿来了。

鲍西娅 要是我能够竭诚欢迎这第五位客人，就像我竭诚欢送那四位客人一样，那就好了。假如他有圣人般的德性，偏偏生着一副魔鬼样的面貌，那么与其让他做我的丈夫，还不如让他听我的忏悔。来，尼莉莎。喂，你前面走。正是——

垂翅狂蜂方出户，寻芳浪蝶又登门。（同下）

第三场　威尼斯。广场

巴萨尼奥及夏洛克上。

夏洛克 三千块钱，嗯？

巴萨尼奥 是的，大叔，三个月为期。

夏洛克 三个月为期，嗯？

巴萨尼奥 我已经对你说过了，这一笔钱可以由安东尼奥签立借据。

夏洛克 安东尼奥签立借据，嗯？

巴萨尼奥 你愿意帮助我吗？你愿意应承我吗？可不可以让我知道你的答复？

夏洛克 三千块钱，借三个月，安东尼奥签立借据。

巴萨尼奥 你的答复呢？

夏洛克 安东尼奥是个好人。

巴萨尼奥 你有没有听见人家说过他不是个好人？

夏洛克 啊，不，不，不，不；我说他是个好人，我的意思是说他是个有身价的人。可是他的财产却还有些问题：他有一艘商船开到特里坡利斯，另外一艘开到西印度群岛，我在交易所里还听人说起，他有第三艘船在墨西哥，第四艘到英国去了，此外还有遍布在海外各国的买卖；可是船不过是几块木板钉起来的东西，水手也不过是些血肉之躯，岸上有旱老鼠，水里也有水老鼠，有陆地的强盗，也有海上的强盗，还有风波礁石各种危险。不过虽然这么说，他这个人是靠得住的。三千块钱，我想我可以接受他的契约。

巴萨尼奥 你放心吧，不会有错的。

夏洛克 我一定要放了心才敢把债放出去，所以还是让我再考虑考虑吧。我可不可以跟安东尼奥谈谈？

巴萨尼奥 不知道你愿不愿意陪我们吃一顿饭？

夏洛克 是的，叫我去闻猪肉的味道，吃你们拿撒勒先知①把魔鬼赶进去的脏东西的身体！我可以跟你们做买卖，讲交易，谈天散步，以及诸如此类的事情，可是我不能陪你们吃东西喝酒做祷告。交易所里有些什么消息？那边来的是谁？

　　安东尼奥上。

巴萨尼奥 这位就是安东尼奥先生。

夏洛克 （旁白）他的样子多么像一个摇尾乞怜的税吏！我恨他因为他是个基督徒，可是尤其因为他是个傻子，借钱给人不取利钱，把咱们在威尼斯城里干放债这一行的利息都压低了。要是我有一天抓住他的把柄，一定要痛痛快快地向他报复我的深仇宿怨。他憎恶我们神圣的民族，甚至在商人会集的地方当众辱骂我，辱骂我的交易，辱骂我辛辛苦苦赚下来的钱，说那些都是盘剥得来的腌臜钱。要是我饶过了他，让我们的民族永远没有翻身的日子。

巴萨尼奥 夏洛克，你听见吗？

夏洛克 我正在估计我手头的现款，照我大概记得起来的数目，要一时凑足三千块钱，恐怕办不到。可是那没有关系，我们族里有一个犹太富翁杜伯尔，可以供给我必要的数目。且慢！您打算借几个月？（向安东尼奥）您好，好先生；哪一阵好风把尊驾吹了来啦？

安东尼奥 夏洛克，虽然我跟人家互通有无，从来不讲利息，可是为了我的朋友的急需，这回我要破一次例。（向巴萨尼奥）他有没有知道你需要多少？

夏洛克 嗯，嗯，三千块钱。

---

① 指耶稣。

安东尼奥　三个月为期。

夏洛克　我倒忘了,正是三个月,您对我说过的。好,您的借据呢?让我瞧一瞧。可是听着,好像您说您从来借钱不讲利息。

安东尼奥　我从来不讲利息。

夏洛克　当雅各替他的舅父拉班牧羊的时候①——这个雅各是我们圣祖亚伯兰的后裔,他的聪明的母亲设计使他做第三代的族长,是的,他是第三代——

安东尼奥　为什么说起他呢?他也是取利息的吗?

夏洛克　不,不是取利息,不是像你们所说的那样直接取利息。听好雅各用些什么手段:拉班跟他约定,生下来的小羊凡是有条纹斑点的,都归雅各所有,作为他牧羊的酬劳;到晚秋的时候,那些母羊因为淫情发动,跟公羊交合,这个狡狯的牧人就乘着这些毛畜正在进行传种工作的当儿,削好了几根木棒,插在淫浪的母羊的面前,它们这样怀下了孕,一到生产的时候,产下的小羊都是有斑纹的,所以都归雅各所有。这是致富的妙法,上帝也祝福他;只要不是偷窃,会打算盘总是好事。

安东尼奥　雅各虽然幸而获中,可是这也是他按约应得的酬报;上天的意旨成全了他,却不是出于他自己的力量。你提起这一件事,是不是要证明取利息是一件好事?还是说金子银子就是你的公羊母羊?

夏洛克　这我倒不能说;我只是叫它像母羊生小羊一样地快快生利息。可是先生,您听我说。

安东尼奥　你听,巴萨尼奥,魔鬼也会引证《圣经》来替自己辩护哩。一个指着神圣的名字作证的恶人,就像一个脸带笑容的奸徒,又像一只外观美好、心中腐烂的苹果。唉,奸伪的表面是多么动人!

夏洛克　三千块钱,这是一笔可观的整数。三个月——一年照十二个月计算——让我看看利钱应该有多少。

---

① 事见《旧约·创世记》。

安东尼奥　好，夏洛克，我们可不可以仰仗你这一次？

夏洛克　安东尼奥先生，好多次您在交易所里骂我，说我盘剥取利，我总是忍气吞声，耸耸肩膀，没有跟您争辩，因为忍受迫害本来是我们民族的特色。您骂我异教徒，杀人的狗，把唾沫吐在我的犹太长袍上，只因为我用我自己的钱博取几个利息。好，看来现在是您来向我求助了；您跑来见我，您说，"夏洛克，我们要几个钱，"您这样对我说。您把唾沫吐在我的胡子上，用您的脚踢我，好像我是您门口的一条野狗一样；现在您却来问我要钱，我应该怎样对您说呢？我要不要这样说，"一条狗会有钱吗？一条恶狗能够借人三千块钱吗？"或者我应不应该弯下身子，像一个奴才似的低声下气，恭恭敬敬地说，"好先生，您在上星期三用唾沫吐在我身上；有一天您用脚踢我；还有一天您骂我狗；为了报答您这许多恩典，所以我应该借给您这么些钱吗？"

安东尼奥　我恨不得再这样骂你、唾你、踢你。要是你愿意把这钱借给我，不要把它当作借给你的朋友——哪有朋友之间通融几个钱也要斤斤较量地计算利息的道理？——你就把它当作借给你的仇人吧；倘使我失了信用，你尽管拉下脸来照约处罚就是了。

夏洛克　哎哟，瞧您生这么大的气！我愿意跟您交个朋友，得到您的友情；您从前加在我身上的种种羞辱，我愿意完全忘掉；您现在需要多少钱，我愿意如数供给您，而且不要您一个子儿的利息；可是您却不愿意听我说下去。我这完全是一片好心哩。

安东尼奥　这倒果然是一片好心。

夏洛克　我要叫你们看看我到底是不是一片好心。跟我去找一个公证人，就在那儿签好了约；我们不妨开个玩笑，在约里载明要是您不能按照约中所规定的条件，在什么日子、什么地点还给我一笔什么数目的钱，就得随我的意思，在您身上的任何部分割下整整一磅白肉，作为处罚。

安东尼奥　很好，就这么办吧；我愿意签下这样一张约，还要对人家说这个犹太人的心肠倒不坏呢。

巴萨尼奥 我宁愿安守贫困,不能让你为了我的缘故签这样的约。

安东尼奥 老兄,你怕什么;我决不会受罚的。就在这两个月之内,离签约满期还有一个月,我就可以有九倍这笔借款的数目进门。

夏洛克 亚伯兰老祖宗啊!瞧这些基督徒因为自己待人刻薄,所以疑心人家对他们不怀好意。请您告诉我,要是他到期不还,我照着约上规定的条款向他执行处罚了,那对我又有什么好处?从人身上割下来的一磅肉,它的价值可以比得上一磅羊肉、牛肉或是山羊肉吗?我为了要博得他的好感,所以才向他卖这样一个交情;要是他愿意接受我的条件,很好,否则就算了。千万请你们不要误会我这一番诚意。

安东尼奥 好,夏洛克,我愿意签约。

夏洛克 那么就请您先到公证人的地方等我,告诉他这一张游戏的契约怎样写法;我就去马上把钱凑起来,还要回到家里去瞧瞧,让一个靠不住的奴才看守着门户,有点放心不下;然后我立刻就来瞧您。

安东尼奥 那么你去吧,善良的犹太人。(夏洛克下)这犹太人快要变做基督徒了,他的心肠变得好多啦。

巴萨尼奥 我不喜欢口蜜腹剑的人。

安东尼奥 好了好了,这又有什么要紧?再过两个月,我的船就要回来了。(同下)

第二幕

第一场　贝尔蒙特。鲍西娅家中一室

喇叭奏花腔。摩洛哥亲王率侍从；鲍西娅、尼莉莎及婢仆等同上。

摩洛哥亲王　不要因为我的肤色而憎厌我；我是骄阳的近邻，我这一身黝黑的制服，便是它的威焰的赐予。给我在终年不见阳光、冰山雪柱的极北找一个最白皙姣好的人来，让我们刺血察验对您的爱情，看看究竟是他的血红还是我的血红。我告诉你，小姐，我这副容貌曾经吓破了勇士的肝胆；凭着我的爱情起誓，我们国土里最有声誉的少女也曾为它害过相思。我不愿变更我的肤色，除非为了取得您的欢心，我的温柔的女王！

鲍西娅　讲到选择这一件事，我倒并不单单凭信一双善于挑剔的少女的眼睛；而且我的命运由抽签决定，自己也没有任意取舍的权力；可是我的父亲倘不曾用他的远见把我束缚住了，使我只能委身于按照他所规定的方法赢得我的男子，那么您，声名卓著的王子，您的容貌在我的心目之中，并不比我所已经看到的那些求婚者有什么逊色。

摩洛哥亲王　单是您这一番美意，已经使我万分感激了；所以请您

带我去瞧瞧那几个匣子，试一试我的命运吧。凭着这一柄曾经手刃波斯王并且使一个三次战败苏里曼苏丹的波斯王子授首的宝剑起誓，我要瞪眼吓退世间最狰狞的猛汉，跟全世界最勇武的壮士比赛胆量，从母熊的胸前夺下哺乳的小熊；当一头饿狮咆哮攫食的时候，我要向它揶揄侮弄，为了要博得你的垂青，小姐。可是唉！即使像赫剌克勒斯那样的盖世英雄，要是跟他的奴仆赌起骰子来，也许他的运气还不如一个下贱之人——而赫剌克勒斯终于在他的奴仆的手里送了命①。我现在听从着盲目的命运的指挥，也许结果终于失望，眼看着一个不如我的人把我的意中人挟走，而自己在悲哀中死去。

鲍西娅　您必须信任命运，或者死了心放弃选择的尝试，或者当您开始选择以前，先立下一个誓言，要是选得不对，终身不再向任何女子求婚；所以还是请您考虑考虑吧。

摩洛哥亲王　我的主意已决，不必考虑了；来，带我去试我的运气吧。

鲍西娅　第一先到教堂里去；吃过了饭，您就可以试试您的命运。

摩洛哥亲王　好，成功失败，在此一举！正是不挟美人归，壮士无颜色。（奏喇叭；众下）

第二场　威尼斯。街道

朗斯洛特·高波上。

朗斯洛特　要是我从我的主人这个犹太人的家里逃走，我的良心是一定要责备我的。可是魔鬼拉着我的臂膀，引诱着我，对我说，"高波，朗斯洛特·高波，好朗斯洛特，拔起你的腿来，开步走！"我的良心说，"不，留心，老实的朗斯洛特；留心，老实的高波。"或者就是这么说，"老实的朗斯洛特·高波，别逃跑；用你的脚跟把逃跑的念头踢得远远的。"好，那个大胆的魔鬼却劝我卷起铺盖滚蛋。"去呀！"魔鬼说，"去呀！看在老天的面

---

①　古希腊英雄赫剌克勒斯穿了其仆人送上的毒衣身亡。

上,鼓起勇气来,跑吧!"好,我的良心挽住我心里的脖子,很聪明地对我说:"朗斯洛特我的老实朋友,你是一个老实人的儿子。"——或者还不如说一个老实妇人的儿子,因为我的父亲的确有点儿不大那个,有点儿很丢脸的坏脾气——好,我的良心说,"朗斯洛特,别动!"魔鬼说,"动!"我的良心说,"别动!""良心,"我说,"你说得不错。""魔鬼,"我说,"你说得有理。"要是听良心的话,我就应该留在我的主人那犹太人家里,上帝恕我这样说,他也是一个魔鬼;要是从犹太人的地方逃走,那么我就要听从魔鬼的话,对不住,他本身就是魔鬼。可是我说,那犹太人一定就是魔鬼的化身;凭良心说话,我的良心劝我留在犹太人地方,未免良心太狠。还是魔鬼的话说得像个朋友。我要跑,魔鬼;我的脚跟听从着你的指挥;我一定要逃跑。

　　老高波携篮上。

老高波　年轻的先生,请问一声,到犹太老爷的家里怎么走?

朗斯洛特　(旁白)天啊!这是我的亲生的父亲,他的眼睛因为有八九分盲,所以不认识我。待我戏弄他一下。

老高波　年轻的少爷先生,请问一声,到犹太老爷的家里怎么走?

朗斯洛特　你在转下一个弯的时候,往右手转过去;临了一次转弯的时候,往左手转过去;再下一次转弯的时候,什么手也不用转,曲曲弯弯地转下去,就转到那犹太人的家里了。

老高波　哎哟,这条路可不容易走哩!您知道不知道有一个住在他家里的朗斯洛特,现在还在不在他家里?

朗斯洛特　你说的是朗斯洛特少爷吗?(旁白)瞧着我吧,现在我要诱他流起眼泪来了——你说的是朗斯洛特少爷吗?

老高波　不是什么少爷,先生,他是一个穷人的儿子;他的父亲,不是我说一句,是个老老实实的穷光蛋,多谢上帝,他还活得好好的。

朗斯洛特　好,不要管他的父亲是个什么人,咱们讲的是朗斯洛特少爷。

老高波 他是您少爷的朋友,他就叫朗斯洛特。

朗斯洛特 对不住,老人家,所以我要问你,你说的是朗斯洛特少爷吗?

老高波 是朗斯洛特,少爷。

朗斯洛特 所以就是朗斯洛特少爷。老人家,你别提起朗斯洛特少爷啦;因为这位年轻的少爷,根据天命气数鬼神这一类阴阳怪气的说法,是已经去世啦,或者说得明白一点是已经归天啦。

老高波 哎哟,天哪!这孩子是我老年的拐杖,我的惟一的靠傍哩。

朗斯洛特 (旁白)我难道像一根棒儿,或是一根柱子?一根撑棒,或是一根拐杖?——爸爸,您不认识我吗?

老高波 唉,我不认识您,年轻的少爷;可是请您告诉我,我的孩子——上帝安息他的灵魂!——究竟是活着还是死了?

朗斯洛特 您不认识我吗,爸爸?

老高波 唉,少爷,我是个瞎子;我不认识您。

朗斯洛特 哦,真的,您就是眼睛明亮,也许会不认识我,只有聪明的父亲才会知道自己的儿子。好,老人家,让我告诉您关于您儿子的消息吧。请您给我祝福;真理总会显露出来,杀人的凶手总会给人捉住;儿子虽然会暂时躲过去,事实到最后总是瞒不过的。

老高波 少爷,请您站起来。我相信您一定不会是朗斯洛特,我的孩子。

朗斯洛特 废话少说,请您给我祝福:我是朗斯洛特,从前是您的孩子,现在是您的儿子,将来也还是您的小子。

老高波 我不能想象您是我的儿子。

朗斯洛特 那我倒不知道应该怎样想法了;可是我的确是在犹太人家里当仆人的朗斯洛特,我也相信您的妻子玛格蕾就是我的母亲。

老高波 她的名字果真是玛格蕾。你倘然真的就是朗斯洛特,那么你就是我亲生血肉了。上帝果然灵圣!你长了多长的一把胡子啦!你脸上的毛,比我那拖车子的马儿道平尾巴上的毛还多呐!

朗斯洛特 这样看起来,那么道平的尾巴一定是越长越短了;我还清楚记得,上一次我看见它的时候,它尾巴上的毛比我脸上的毛多得多哩。

老高波 上帝啊!你真是变了样子啦!你跟主人合得来吗?我给他带了点儿礼物来了。你们现在合得来吗?

朗斯洛特 合得来,合得来;可是从我自己这一方面讲,我既然已经决定逃跑,那么非到跑了一程路之后,我是决不会停下来的。我的主人是个十足的犹太人;给他礼物!还是给他一根上吊的绳子吧。我替他做事情,把身体都饿瘦了;您可以用我的肋骨摸出我的每一条手指来。爸爸,您来了我很高兴。把您的礼物送给一位巴萨尼奥大爷吧,他是会赏漂亮的新衣服给佣人穿的。我要是不能服侍他,我宁愿跑到地球的尽头去。啊,运气真好!正是他来了。到他跟前去,爸爸。我要是再继续服侍这个犹太人,连我自己都要变成犹太人了。

　　　　巴萨尼奥率里奥那多及其他侍从上。

巴萨尼奥 你们就这样做吧,可是要赶快点儿,晚饭顶迟必须在五点钟预备好。这几封信替我分别送出;叫裁缝把制服做起来;回头再请葛莱西安诺立刻到我的寓所里来。(一仆下)

朗斯洛特 上去,爸爸。

老高波 上帝保佑大爷!

巴萨尼奥 谢谢你,有什么事?

老高波 大爷,这一个是我的儿子,一个苦命的孩子——

朗斯洛特 不是苦命的孩子,大爷,我是犹太富翁的跟班,不瞒大爷说,我想要——我的父亲可以给我证明——

老高波 大爷,正像人家说的,他一心一意地想要侍候——

朗斯洛特 总而言之一句话,我本来是侍候那个犹太人的,可是我很想要——我的父亲可以给我证明——

老高波 不瞒大爷说,他的主人跟他有点儿意见不合——

朗斯洛特 干脆一句话,实实在在说,这犹太人欺侮了我,他叫我——我的父亲是个老头子,我希望他可以替我向您证明——

老高波　我这儿有一盘烹好的鸽子送给大爷,我要请求大爷一件事——

朗斯洛特　废话少说,这请求是关于我的事情,这位老实的老人家可以告诉您;不是我说一句,我这父亲虽然是个老头子,却是个苦人儿。

巴萨尼奥　让一个人说话。你们究竟要什么?

朗斯洛特　侍候您,大爷。

老高波　正是这一件事,大爷。

巴萨尼奥　我认识你;我可以答应你的要求;你的主人夏洛克今天曾经向我说起,要把你举荐给我。可是你不去侍候一个有钱的犹太人,反要来做一个穷绅士的跟班,恐怕没有什么好处吧。

朗斯洛特　大爷,一句老古话刚好说着我的主人夏洛克跟您:他有的是钱,您有的是上帝的恩惠。

巴萨尼奥　你说得很好。老人家,你带着你的儿子,先去向他的旧主人告别,然后再来打听我的住址。(向侍从)给他做一身比别人格外鲜艳一点的制服,不可有误。

朗斯洛特　爸爸,进去吧。我不能得到一个好差使吗?我生了嘴不会说话吗?好,(视手掌)在意大利要是有谁生得一手比我还好的掌纹,我一定会交好运的。好,这儿是一条笔直的寿命线;这儿有不多几个老婆;唉!十五个老婆算得什么,十一个寡妇,再加上九个黄花闺女,对于一个男人也不算太多啊。还要三次溺水不死,有一次几乎在一张天鹅绒的床边送了性命,好险呀好险!好,要是命运之神是个女的,这一回她倒是个很好的娘儿们。爸爸,来,我要用一霎眼的工夫向那犹太人告别。(朗斯洛特及老高波下)

巴萨尼奥　好里奥那多,请你记好,这些东西买到以后,把它们安排停当,就赶紧回来,因为我今晚要宴请我的最有名望的相识;快去吧。

里奥那多　我一定给您尽力办去。

　　葛莱西安诺上。

葛莱西安诺　你家主人呢？

里奥那多　他就在那边走着，先生。（下）

葛莱西安诺　巴萨尼奥大爷！

巴萨尼奥　葛莱西安诺！

葛莱西安诺　我要向您提出一个要求。

巴萨尼奥　我答应你。

葛莱西安诺　您不能拒绝我；我一定要跟您到贝尔蒙特去。

巴萨尼奥　啊，那么我只好让你去了。可是听着，葛莱西安诺，你这个人太随便，太不拘礼节，太爱高声说话了；这几点本来对于你是再合适不过的，在我们的眼睛里也不以为嫌，可是在陌生人家里，那就好像有点儿放肆啦。请你千万留心在你的活泼的天性里尽力放进几分冷静去，否则人家见了你这样狂放的行为，也许会对我发生误会，害我不能达到我的希望。

葛莱西安诺　巴萨尼奥大爷，听我说。我一定会装出一副安详的态度，说起话来恭而敬之，难得赌一两句咒，口袋里放一本祈祷书，脸孔上堆满了庄严；不但如此，在念食前祈祷的时候，我还要把帽子拉下来遮住我的眼睛，叹一口气，说一句"阿门"；我一定遵守一切礼仪，就像人家有意装得循规蹈矩去讨他老祖母的欢喜一样。要是我不照这样的话做去。您以后不用相信我好了。

巴萨尼奥　好，我们倒要瞧瞧你装得像不像。

葛莱西安诺　今天晚上可不算；您不能按照我今天晚上的行动来判断我。

巴萨尼奥　不，今天晚上就这样做，那未免太杀风景了。我倒要请你今天晚上痛痛快快地欢畅一下，因为我已经跟几个朋友约定，大家都要尽兴狂欢。现在我还有点事情，等会儿见。

葛莱西安诺　我也要去找罗兰佐，还有那些人；晚饭的时候我们一定来看您。（各下）

第三场　同前。夏洛克家中一室

　　　　杰西卡及朗斯洛特上。

杰西卡　你这样离开我的父亲，使我很不高兴；我们这个家是一座地狱，幸亏有你这淘气的小鬼，多少解除了几分闷气。可是再会吧，朗斯洛特，这一块钱你且拿了去；你在晚饭的时候，可以看见一位叫做罗兰佐的，是你新主人的客人，这封信你替我交给他，留心别让旁人看见。现在你快去吧，我不敢让我的父亲瞧见我跟你谈话。

朗斯洛特　再见！眼泪哽住了我的舌头。顶美丽的异教徒，顶温柔的犹太人！要不是有个基督徒来把你拐跑，就算我有眼无珠。再会吧！这些傻气的泪点，快要把我的男子气概都淹没啦。再见！

杰西卡　再见，好朗斯洛特。（朗斯洛特下）唉，我真是罪恶深重，竟会羞于做我父亲的孩子！可是虽然我在血统上是他的女儿，在行为上却不是他的女儿。罗兰佐啊！你要是能够守信不渝，我将要结束我内心的冲突，皈依基督教，做你的亲爱的妻子。（下）

第四场　同前。街道

　　　　葛莱西安诺、罗兰佐、萨拉里诺及萨莱尼奥同上。

罗兰佐　不，咱们就在吃晚饭的时候溜了出去，在我的寓所里化装好了，只消一点钟工夫就可以把事情办好回来。

葛莱西安诺　咱们还没有好好儿准备呢。

萨拉里诺　咱们还没有提到过拿火炬的人。

萨莱尼奥　那一定要经过一番训练，否则叫人瞧着笑话；依我看来，还是不用了吧。

罗兰佐　现在还不过四点钟；咱们还有两个钟头可以准备起来。

　　　　朗斯洛特持函上。

罗兰佐　朗斯洛特朋友，你带什么消息来了？

朗斯洛特　请您把这封信拆开来，好像它会告诉您。

罗兰佐　我认识这笔迹；这几个字写得真好看；写这封信的那双手，是比这信纸还要洁白的。

葛莱西安诺　一定是情书。

朗斯洛特　大爷，小的告辞了。

罗兰佐　你还要到哪儿去？

朗斯洛特　呃，大爷，我要去请我的旧主人犹太人今天晚上陪我的新主人基督徒吃饭。

罗兰佐　慢着，这几个钱赏给你；你去回复温柔的杰西卡，我不会误她的约；留心说话的时候别给旁人听见。各位，去吧。（朗斯洛特下）你们愿意去准备今天晚上的假面跳舞会吗？我已经有了一个拿火炬的人了。

萨拉里诺　是，我立刻就去准备起来。

萨莱尼奥　我也就去。

罗兰佐　再过一点钟左右，咱们大家在葛莱西安诺的寓所里相会。

萨拉里诺　很好。（萨拉里诺、萨莱尼奥同下）

葛莱西安诺　那封信不是杰西卡写给你的吗？

罗兰佐　我必须把一切都告诉你。她已经教我怎样带着她逃出她父亲的家，告诉我她随身带了多少金银珠宝，已经准备好怎样一身小童的服装。要是她的父亲那个犹太人有一天会上天堂，那一定因为上帝看在他善良的女儿面上特别开恩；噩运再也不敢侵犯她，除非因为她的父亲是一个奸诈的犹太人。来，跟我一块儿去；你可以一边走一边读这封信。美丽的杰西卡将要替我拿着火炬。（同下）

第五场　同前。夏洛克家门前

夏洛克及朗斯洛特上。

夏洛克　好，你就可以知道，你就可以亲眼瞧瞧夏洛克老头子跟巴萨尼奥有什么不同啦——喂，杰西卡！——我家里容得你狼吞虎咽，别人家里是不许你这样放肆的——喂，杰西卡！——我家里还让你睡觉打鼾,把衣服胡乱撕破——喂,杰西卡!

朗斯洛特　喂,杰西卡!

夏洛克　谁叫你喊的?我没有叫你喊呀。

朗斯洛特　您老人家不是常常怪我一定要等人家吩咐了才做事吗?

　　　　　杰西卡上。

杰西卡　您叫我吗?有什么吩咐?

夏洛克　杰西卡,人家请我去吃晚饭;这儿是我的钥匙,你好生收管着。可是我去干吗呢?人家又不是真心邀请我,他们不过拍拍我的马屁而已。可是我因为恨他们,倒要去这一趟,受用受用这个浪子基督徒的酒食。杰西卡,我的孩子,留心照看门户。我实在有点不愿意去;昨天晚上我做梦看见钱袋,恐怕不是个吉兆,叫我心神难安。

朗斯洛特　老爷,请您一定去;我家少爷在等着您赏光呢。

夏洛克　我也在等着他赏我一记耳光哩。

朗斯洛特　他们已经商量好了;我并不说您可以看到一场假面跳舞,可是您要是果然看到了,那就怪不得我在上一个黑曜日①早上六点钟会流起鼻血来啦,那一年正是在圣灰节星期三第四年的下午。

夏洛克　怎么!还有假面跳舞吗?听好,杰西卡,把家里的门锁上了;听见鼓声和弯笛子的怪叫声音,不许爬到窗棂子上张望,也不要伸出头去,瞧那些脸上涂得花花绿绿的傻基督徒们打街道上走过。把我这屋子的耳朵都封起来——我说的是那些窗子;别让那些无聊的胡闹的声音钻进我的清静的屋子。凭着雅各的牧羊杖发誓,我今晚真有点不想出去参加什么宴会。可是就去这一次吧。小子,你先回去,说我就来了。

朗斯洛特　那么我先去了,老爷。小姐,留心看好窗外。"跑来一个

---

①　即复活节礼拜一。据说 1360 年 4 月 14 日的复活节礼拜一,英王爱德华三世进攻巴黎,正值暴风雨,兵士多冻死,故有此名。此日流鼻血为不吉之兆。

基督徒，不要错过好姻缘。"（下）

夏洛克　嘿，那个夏甲的傻瓜后裔①说些什么？

杰西卡　没有说什么，他只是说，"再会，小姐。"

夏洛克　这蠢材人倒还好，就是食量太大；做起事来，慢腾腾的，像条蜗牛一般；我家里可容不得懒惰的黄蜂，所以才打发他走了，让他去跟着那个靠借债过日子的败家精，正好帮他消费。好，杰西卡，进去吧；也许我一会儿就回来。记住我的话，把门随手关了。"缚得牢，跑不了"，这是一句千古不磨的至理名言。（下）

杰西卡　再会；要是我的命运不跟我作梗，那么我将要失去一个父亲，你也要失去一个女儿了。（下）

第六场　同　前

葛莱西安诺及萨拉里诺戴假面同上。

葛莱西安诺　这儿屋檐下便是罗兰佐叫我们守望的地方。

萨拉里诺　他约定的时间快要过去了。

葛莱西安诺　他会迟到真是件怪事，因为恋人们总是赶在时钟的前面的。

萨拉里诺　啊！维纳斯的鸽子飞去缔结新欢的盟约，比之履行旧日的诺言，总是要快上十倍。

葛莱西安诺　那是一定的道理。谁在席终人散以后，他的食欲还像初入座时候那么强烈？哪一匹马在冗长的归途上，会像它起程时那么长驱疾驰？世间的任何事物，追求时候的兴致总要比享用时候的兴致浓烈。一艘新下水的船只扬帆出港的当儿，多么像一个娇养的少年，给那轻狂的风儿爱抚搂抱！可是等到它回来的时候，船身已遭风日的侵蚀，船帆也变成了百结的破衲，

---

①　夏甲是犹太人始祖亚伯兰（上帝后改其名为亚伯拉罕）妻撒拉的婢女，撒拉无子，劝亚伯兰纳夏甲为妾；夏甲生子后，遭撒拉嫉妒，同其子并遭放逐。此处"夏甲后裔"，有"贱种"之意。

它又多么像一个落魄的浪子，给那轻狂的风儿肆意欺凌！

萨拉里诺　罗兰佐来啦；这些话你留着以后再说吧。

　　　　罗兰佐上。

罗兰佐　两位好朋友，累你们久等了，对不起得很；实在是因为我有点事情，急切里抽身不出。等你们将来也要偷妻子的时候，我一定也替你们守这么些时候。过来，这儿就是我的犹太岳父所住的地方。喂！里面有人吗？

　　　　杰西卡男装自上方上。

杰西卡　你是哪一个？我虽然认识你的声音，可是为了免得错认人，请你把名字告诉我。

罗兰佐　我是罗兰佐，你的爱人。

杰西卡　你果然是罗兰佐，也的确是我的爱人；除了你，谁会使我爱得这个样子呢？罗兰佐，除了你之外，谁还知道我究竟是不是属于你的呢？

罗兰佐　上天和你的思想，都可以证明你是属于我的。

杰西卡　来，把这匣子接住了，你拿了去会大有好处。幸亏在夜里，你瞧不见我，我改扮成这个怪样子，怪不好意思哩。可是恋爱是盲目的，恋人们瞧不见他们自己所干的傻事；要是他们瞧得见的话，那么丘匹德瞧见我变成了一个男孩子，也会红起脸来哩。

罗兰佐　下来吧，你必须替我拿着火炬。

杰西卡　怎么！我必须拿着烛火，照亮自己的羞耻吗？像我这样子，已经太轻狂了，应该遮掩遮掩才是，怎么反而要在别人面前露脸？

罗兰佐　亲爱的，你穿上这一身漂亮的男孩子衣服，人家不会认出你来的。快来吧，夜色已经在不知不觉中浓了起来，巴萨尼奥在等着我们去赴宴呢。

杰西卡　让我把门窗关好，再收拾些银钱带在身边，然后立刻就来。

　　　　（自上方下）

葛莱西安诺　凭着我的头巾发誓，她真是个基督徒，不是个犹太人。

罗兰佐　我从心底里爱着她。要是我有判断的能力,那么她是聪明的;要是我的眼睛没有欺骗我,那么她是美貌的;她已经替自己证明她是忠诚的;像她这样又聪明、又美丽、又忠诚,怎么不叫我把她永远放在自己的灵魂里呢?

　　　　　杰西卡上。

罗兰佐　啊,你来了吗?朋友们,走吧!我们的舞侣们现在一定在那儿等着我们了。(罗兰佐、杰西卡、萨拉里诺同下)

　　　　　安东尼奥上。

安东尼奥　那边是谁?

葛莱西安诺　安东尼奥先生!

安东尼奥　咦,葛莱西安诺!还有那些人呢?现在已经九点钟啦,我们的朋友们大家,在那儿等着你们。今天晚上的假面跳舞会取消了;风势已转,巴萨尼奥就要立刻上船。我已经差了二十个人来找你们了。

葛莱西安诺　那好极了;我巴不得今天晚上就开船出发。(同下)

第七场　贝尔蒙特。鲍西娅家中一室

　　　　　喇叭奏花腔。鲍西娅及摩洛哥亲王各率侍从上。

鲍西娅　去把帐幕揭开,让这位尊贵的王子瞧瞧那几个匣子。现在请殿下自己选择吧。

摩洛哥亲王　第一只匣子是金的,上面刻着这几个字:"谁选择了我,将要得到众人所希求的东西。"第二只匣子是银的,上面刻着这样的约许:"谁选择了我,将要得到他所应得的东西。"第三只匣子是用沉重的铅打成的,上面刻着像铅一样冷酷的警告:"谁选择了我,必须准备把他所有的一切作为牺牲。"我怎么可以知道我选得错不错呢?

鲍西娅　这三只匣子中间,有一只里面藏着我的小像;您要是选中了那一只,我就是属于您的了。

摩洛哥亲王　求神明指示我!让我看;我且先把匣子上面刻着的字句再推敲一遍。这一个铅匣子上面说些什么?"谁选择了我,必

须准备把他所有的一切作为牺牲。"必须准备牺牲；为什么？为了铅吗？为了铅而牺牲一切吗？这匣子说的话儿倒有些吓人。人们为了希望得到重大的利益，才会不惜牺牲一切；一颗贵重的心，决不会屈躬俯就鄙贱的外表；我不愿为了铅的缘故而作任何的牺牲。那个色泽皎洁的银匣子上面说些什么？"谁选择了我，将要得到他所应得的东西。"得到他所应得的东西！且慢，摩洛哥，把你自己的价值作一下公正的估计吧。照你自己判断起来，你应该得到很高的评价，可是也许凭着你这几分长处，还不配娶到这样一位小姐；然而我要是疑心我自己不够资格，那未免太小看自己了。得到我所应得的东西！当然那就是指这位小姐而说的；讲到家世、财产、人品、教养，我在哪一点上配不上她？可是超乎这一切之上，凭着我这一片深情，也就应该配得上她了。那么我不必迟疑，就选了这一个匣子吧。让我再瞧瞧那金匣子上说些什么话："谁选择了我，将要得到众人所希求的东西。"啊，那正是这位小姐了；整个儿的世界都希求着她，他们从地球的四角迢迢而来，顶礼这位尘世的仙真：赫堪尼亚的沙漠和广大的阿拉伯的辽阔的荒野，现在已经成为各国王子们前来瞻仰美貌的鲍西娅的通衢大道；把唾沫吐在天庭面上的傲慢不逊的海洋，也不能阻止外邦的远客，他们越过汹涌的波涛，就像跨过一条小河一样，为了要看一看鲍西娅的绝世姿容。在这三只匣子中间，有一只里面藏着她的天仙似的小像。难道那铅匣子里会藏着她吗？想起这样一个卑劣的思想，就是一种亵渎；就算这是个黑暗的坟，里面放的是她的寿衣，也都嫌罪过。那么她是会藏在那价值只及纯金十分之一的银匣子里面吗？啊，罪恶的思想！这样一颗珍贵的珠宝，决不会装在比金子低贱的匣子里。英国有一种金子铸成的钱币，表面上刻着天使的形象；这儿的天使，拿金子做床，却躲在黑暗里。把钥匙交给我；我已经选定了，但愿我的希望能够实现！

鲍西娅　亲王，请您拿着这钥匙；要是这里边有我的小像，我就是您的了。（摩洛哥亲王开金匣）。

摩洛哥亲王 哎哟，该死！这是什么？一个死人的骷髅，那空空的眼眶里藏着一张有字的纸卷。让我读一读上面写着什么。

> 发闪光的不全是黄金，
> 古人的说话没有骗人；
> 多少世人出卖了一生，
> 不过看到了我的外形，
> 蛆虫占据着镀金的坟。
> 你要是又大胆又聪明，
> 手脚壮健，见识却老成，
> 就不会得到这样回音：
> 再见，劝你冷却这片心。

冷却这片心；真的是枉费辛劳！
永别了，热情！欢迎，凛冽的寒飚！
再见，鲍西娅；悲伤塞满了心胸，
莫怪我这败军之将去得匆匆。（率侍从下；喇叭奏花腔）

鲍西娅 他去得倒还知趣。把帐幕拉下。但愿像他一样肤色的人，都像他一样选不中。（同下）

第八场 威尼斯。街道

萨拉里诺及萨莱尼奥上。

萨拉里诺 啊，朋友，我看见巴萨尼奥开船，葛莱西安诺也跟他回船去；我相信罗兰佐一定不在他们船里。

萨莱尼奥 那个恶犹太人大呼小叫地吵到公爵那儿去，公爵已经跟着他去搜巴萨尼奥的船了。

萨拉里诺 他去迟了一步，船已经开出。可是有人告诉公爵，说他们曾经看见罗兰佐跟他的多情的杰西卡在一艘平底船里；而且安东尼奥也向公爵证明他们并不在巴萨尼奥的船上。

萨莱尼奥 那犹太狗像发疯似的，样子都变了，在街上一路乱叫乱跳乱喊，"我的女儿！啊，我的银钱！啊，我的女儿！跟一个基督徒逃走啦！啊，我的基督徒的银钱！公道啊！法律啊！我的银钱，我的女儿！一袋封好的、两袋封好的银钱，给我的女儿偷去了！还有珠宝！两颗宝石，两颗珍贵的宝石，都给我的女儿偷去了！公道啊！把那女孩子找出来！她身边带着宝石，还有银钱。"

萨拉里诺　威尼斯城里所有的小孩子们，都跟在他背后，喊着：他的宝石呀，他的女儿呀，他的银钱呀。

萨莱尼奥　安东尼奥应该留心那笔债款不要误了期，否则他要在他身上报复的。

萨拉里诺　对了，你想起得不错。昨天我跟一个法国人谈天，他对我说起，在英、法两国之间的狭隘的海面上，有一艘从咱们国里开出去的满载着货物的船只出事了。我一听见这句话，就想起安东尼奥，但愿那艘船不是他的才好。

萨莱尼奥　你最好把你听见的消息告诉安东尼奥；可是你要轻描淡写地说，免得害他着急。

萨拉里诺　世上没有一个比他更仁厚的君子。我看见巴萨尼奥跟安东尼奥分别，巴萨尼奥对他说他一定尽早回来，他就回答说，"不必，巴萨尼奥，不要为了我的缘故而误了你的正事，你等到一切事情圆满完成以后再回来吧；至于我在那犹太人那里签下的约，你不必放在心上，你只管高高兴兴，一心一意地进行着你的好事，施展你的全副精神，去博得美人的欢心吧。"说到这里，他的眼睛里已经噙着一包眼泪，他就回转身去，把他的手伸到背后，亲亲热热地握着巴萨尼奥的手；他们就这样分别了。

萨莱尼奥　我看他只是为了他的缘故才爱这世界的。咱们现在就去找他，想些开心的事儿替他解解愁闷，你看好不好？

萨拉里诺　很好很好。（同下）

第九场　贝尔蒙特。鲍西娅家中一室

尼莉莎及一仆人上。

尼莉莎　赶快，赶快，扯开那帐幕；阿拉贡亲王已经宣过誓，就要来选匣子啦。

　　　　　喇叭奏花腔。阿拉贡亲王及鲍西娅各率侍从上。

鲍西娅　瞧，尊贵的王子，那三个匣子就在这儿；您要是选中了有我的小像藏在里头的那一只，我们就可以立刻举行婚礼；可是您要是失败了的话，那么殿下，不必多言，您必须立刻离开这儿。

阿拉贡亲王　我已经宣誓遵守三项条件：第一，不得告诉任何人我所选的是哪一只匣子；第二，要是我选错了匣子，终身不得再向任何女子求婚；第三，要是我选不中，必须立刻离开此地。

鲍西娅　为了我这微贱的身子来此冒险的人，没有一个不曾立誓遵守这几个条件。

阿拉贡亲王　我已经有所准备了。但愿命运满足我的心愿！一只是金的，一只是银的，还有一只是下贱的铅的。"谁选择了我，必须准备把他所有的一切作为牺牲。"你要我为你牺牲，应该再好看一点才是。那个金匣子上面说的什么？哈！让我来看吧："谁选择了我，将要得到众人所希求的东西。"众人所希求的东西！那"众人"也许是指那无知的群众，他们只知道凭着外表取人，信赖着一双愚妄的眼睛，不知道窥察到内心，就像燕子把巢筑在风吹雨淋的屋外的墙壁上，自以为可保万全，不想到灾祸就会接踵而至。我不愿选择众人所希求的东西，因为我不愿随波逐流，与庸俗的群众为伍。那么还是让我瞧瞧你吧，你这白银的宝库；待我再看一遍刻在你上面的字句："谁选择了我，将要得到他所应得的东西。"说得好，一个人要是自己没有几分长处，怎么可以妄图非分？尊荣显贵，原来不是无德之人所可以忝窃的。唉！要是世间的爵禄官职，都能够因功受赏，不藉钻营，那么多少脱帽侍立的人将会高冠盛服，多少发号施令的人将会唯唯听命，多少卑劣鄙贱的渣滓可以从高贵的种子中间筛分出来，多少隐暗不彰的贤才异能，可以从世俗的糠秕中间剔选出来，大放它们的光泽！闲话少说，还是让我考虑考虑怎样选择吧。"谁选择了我，将要得到他所应得的东西。"那么我就要取我份所应得的东西了。把这匣子上的钥匙给我，让我立刻打开藏在这里面的我的命运。（开银匣）

鲍西娅　您在这里面瞧见些什么？怎么呆住了一声也不响？

阿拉贡亲王　这是什么？一个眯着眼睛的傻瓜的画像，上面还写着字句！让我读一下看。唉！你跟鲍西娅相去得多么远！你跟我的希望，跟我所应得的东西又相去得多么远！"谁选择了我，将要得到他所应得的东西。"难道我只应该得到一副傻瓜的嘴脸吗？那便是我的奖品吗？我不该得到好一点的东西吗？

鲍西娅　毁谤和评判，是两件作用不同、性质相反的事。

阿拉贡亲王　这儿写着什么？

> 这银子在火里烧过七遍；
> 那永远不会错误的判断，
> 也必须经过七次的试炼。
> 有的人终身向幻影追逐，
> 只好在幻影里寻求满足。
> 我知道世上尽有些呆鸟，
> 空有着一个镀银的外表；
> 随你娶一个怎样的妻房，
> 摆脱不了这傻瓜的皮囊；
> 去吧，先生，莫再耽搁时光！

我要是再留在这儿发呆，
愈显得是个十足的蠢材；
顶一颗傻脑袋来此求婚，
带两个蠢头颅回转家门。
别了，美人，我愿遵守誓言，
默忍着心头愤怒的熬煎。（阿拉贝亲王率侍从下）

鲍西娅　正像飞蛾在烛火里伤身，

这些傻瓜们自恃着聪明,

免不了被聪明误了前程。

尼莉莎 古话说得好,上吊娶媳妇,

都是一个人注定的天数。

鲍西娅 来,尼莉莎,把帐幕拉下了。

　　　　——仆人上。

仆人 小姐呢?

鲍西娅 在这儿;尊驾有什么见教?

仆人 小姐,门口有一个年轻的威尼斯人,说是来通知一声,他的主人就要来啦;他说他的主人叫他先来向小姐致意,除了一大堆恭维的客套以外,还带来了几件很贵重的礼物。小的从来没有见过这么一位体面的爱神的使者;预报繁茂的夏季快要来临的四月的天气,也不及这个为主人先驱的俊仆温雅。

鲍西娅 请你别说下去了吧;你把他称赞得这样天花乱坠,我怕你就要说他是你的亲戚了。来,来,尼莉莎,我倒很想瞧瞧这一位爱神差来的体面的使者。

尼莉莎 爱神啊,但愿来的是巴萨尼奥!(同下)

第三幕

第一场　威尼斯。街道

萨莱尼奥及萨拉里诺上。

萨莱尼奥　交易所里有什么消息？

萨拉里诺　他们都在那里说安东尼奥有一艘满装着货物的船在海峡里倾覆了；那地方的名字好像是古德温，是一处很危险的沙滩，听说有许多大船的残骸埋葬在那里，要是那些传闻之辞是确实可靠的话。

萨莱尼奥　我但愿那些谣言就像那些吃饱了饭没事做、嚼嚼生姜或者一把鼻涕一把眼泪地假装为了她第三个丈夫死去而痛哭的那些婆子们所说的鬼话一样靠不住。可是那的确是事实——不说啰里啰唆的废话，也不说枝枝节节的闲话——这位善良的安东尼奥，正直的安东尼奥——啊，我希望我有一个可以充分形容他的好处的字眼——

萨拉里诺　好了好了，别说下去了吧。

萨莱尼奥　嘿！你说什么！总归一句话，他损失了一艘船。

萨拉里诺　但愿这是他最末一次的损失。

萨莱尼奥　让我赶快喊"阿门"，免得给魔鬼打断了我的祷告，因为他已经扮成一个犹太人的样子来啦。

　　　　夏洛克上。

萨莱尼奥　啊,夏洛克!商人中间有什么消息?

夏洛克　有什么消息!我的女儿逃走啦,这件事情是你比谁都格外知道得详细的。

萨拉里诺　那当然啦,就是我也知道她飞走的那对翅膀是哪一个裁缝替她做的。

萨莱尼奥　夏洛克自己也何尝不知道,她羽毛已长,当然要离开娘家啦。

夏洛克　她干出这种不要脸的事来,死了一定要下地狱。

萨拉里诺　倘然魔鬼做她的判官,那是当然的事情。

夏洛克　我自己的血肉跟我过不去!

萨莱尼奥　说什么,老东西,活到这么大年纪,还跟你自己过不去?

夏洛克　我是说我的女儿是我自己的血肉。

萨拉里诺　你的肉跟她的肉比起来,比黑炭和象牙还差得远;你的血跟她的血比起来,比红葡萄酒和白葡萄酒还差得远。可是告诉我们,你听没听见人家说起安东尼奥在海上遭到了损失?

夏洛克　说起他,又是我的一桩倒霉事情。这个败家精,这个破落户,他不敢在交易所里露一露脸;他平常到市场上来,穿着得多么齐整,现在可变成一个叫花子啦。让他留心他的借约吧;他老是骂我盘剥取利;让他留心他的借约吧;他是本着基督徒的精神,放债从来不取利息的;让他留心他的借约吧。

萨拉里诺　我相信要是他不能按约偿还借款,你一定不会要他的肉的;那有什么用处呢?

夏洛克　拿来钓鱼也好;即使他的肉不中吃,至少也可以出出我这一口气。他曾经羞辱过我,夺去我几十万块钱的生意,讥笑着我的亏蚀,挖苦着我的盈余,侮蔑我的民族,破坏我的买卖,离间我的朋友,煽动我的仇敌;他的理由是什么?只因为我是一个犹太人。难道犹太人没有眼睛吗?难道犹太人没有五官四肢、没有知觉、没有感情、没有血气吗?他不是吃着同样的食物，同样的武器可以伤害他，同样的医药可以疗治他，冬天同样会冷，夏天同样会热，就像一个基督徒一样吗？你们要是用刀剑刺我们，我们不是也会出血的吗？你们要是搔我们的痒，我们不是也会笑起来的吗？你们要是用毒药谋害我们，我们不是也会死的吗？那么要是你们欺侮了我们，我们难道不会复仇吗？要是在别的地方我们都跟你们一样，那么在这一点上也是彼此相同的。要是一个犹太人欺侮了一个基督徒，那基督徒怎样表现他的谦逊？报仇。要是一个基督徒欺侮了一个犹太人，那么照着基督徒的榜样，那犹太人应该怎样表现他的宽容？报仇。你们已经把残虐的手段教给我，我一定会照着你们的教训实行，而且还要加倍奉敬哩。

　　一仆人上。

仆人　两位先生，我家主人安东尼奥在家里要请两位过去谈谈。

萨拉里诺　我们正在到处找他呢。

　　杜伯尔上。

萨莱尼奥　又是一个他的族中人来啦；世上再也找不到第三个像他们这样的人，除非魔鬼自己也变成了犹太人。

（萨莱尼奥、萨拉里诺及仆人下）

夏洛克　啊，杜伯尔！热那亚有什么消息？你有没有找到我的女儿？

杜伯尔　我所到的地方，往往听见人家说起她，可是总找不到她。

夏洛克　哎呀，糟糕！糟糕！糟糕！我在法兰克福出两千块钱买来的那颗金刚钻也丢啦！咒诅到现在才降落到咱们民族头上；我到现在才觉得它的厉害。那一颗金刚钻就是两千块钱，还有别的贵重的珠宝。我希望我的女儿死在我的脚下，那些珠宝都挂在她的耳朵上；我希望她就在我的脚下入土安葬，那些银钱都放在她的棺材里！不知道他们的下落吗？哼，我不知道为了寻访他们，又花去了多少钱。你这你这——损失上再加损失！贼子输了这么多走了，还要花这么多去寻访贼子，结果仍旧是一无所得，出不了这一口怨气。只有我一个人倒霉，只有我一个人叹气，只有我一个人流眼泪！

杜伯尔　倒霉的不单是你一个人。我在热那亚听人家说，安东尼奥——

夏洛克　什么？什么？什么？他也倒了霉吗？他也倒了霉吗？

杜伯尔　有一艘从特里坡利斯来的大船，在途中触礁。

夏洛克　谢谢上帝！谢谢上帝！是真的吗？是真的吗？

杜伯尔　我曾经跟几个从那船上出险的水手谈过话。

夏洛克　谢谢你，好杜伯尔。好消息，好消息！哈哈！什么地方？在热那亚吗？

杜伯尔　听说你的女儿在热那亚一个晚上花去八十块钱。

夏洛克　你把一把刀戳进我心里！我再也瞧不见我的银子啦！一下子就是八十块钱！八十块钱！

杜伯尔　有几个安东尼奥的债主跟我同路到威尼斯来，他们肯定地说他这次一定要破产。

夏洛克　我很高兴。我要摆布摆布他；我要叫他知道些厉害。我很高兴。

杜伯尔　有一个人给我看一个指环，说是你女儿拿它向他买了一头猴子。

夏洛克　该死该死！杜伯尔，你提起这件事，真叫我心里难过；那是我的绿玉指环，是我的妻子莉娅在我们没有结婚的时候送给我的；即使人家把一大群猴子来向我交换，我也不愿把它给人。

杜伯尔　可是安东尼奥这次一定完了。

夏洛克　对了，这是真的，一点不错。去，杜伯尔，现在离借约满期还有半个月，你先给我到衙门里走动走动，花费几个钱。要是他愆了约，我要挖出他的心来；只要威尼斯没有他，生意买卖全凭我一句话了。去，去，杜伯尔，咱们在会堂里见面。好杜伯尔，去吧；会堂里再见，杜伯尔。（各下）

第二场　贝尔蒙特。鲍西娅家中一室

巴萨尼奥、鲍西娅、葛莱西安诺、尼莉莎及侍从等上。

鲍西娅　请您不要太急，停一两天再赌运气吧；因为要是您选得不

对，咱们就不能再在一块儿，所以请您暂时缓一下吧。我心里仿佛有一种什么感觉——可是那不是爱情——告诉我我不愿失去您；您一定也知道，嫌憎是不会向人说这种话的。一个女孩儿家本来不该信口说话，可是惟恐您不能懂得我的意思，我真想留您在这儿住上一两个月，然后再让您为我冒险一试。我可以教您怎样选才不会有错；可是这样我就要违犯了誓言，那是断断不可的；然而那样您也许会选错；要是您选错了，您一定会使我起了一个有罪的愿望，懊悔我不该为了不敢背誓而忍心让您失望。顶可恼的是您这一双眼睛，它们已经瞧透了我的心，把我分成两半：半个我是您的，还有那半个我也是您的——不，我的意思是说那半个我是我的，可是既然是我的，也就是您的，所以整个儿的我都是您的。唉！都是这些无聊的世俗礼法，使人们不能享受他们合法的权利；所以我虽然是您的，却又不是您的。要是结果真是这样，造孽的是那命运，不是我。我说得太啰唆了，可是我的目的是要尽量拖延时间，不放您马上就去选择。

巴萨尼奥　让我选吧；我现在这样提心吊胆，才像给人拷问一样受罪呢。

鲍西娅　给人拷问，巴萨尼奥！那么您给我招认出来，在您的爱情之中，隐藏着什么奸谋？

巴萨尼奥　没有什么奸谋，我只是有点怀疑忧惧，但恐我的痴心化为徒劳；奸谋跟我的爱情正像冰炭一样，是无法相容的。

鲍西娅　嗯，可是我怕你是因为受不住拷问的痛苦，才说这样的话。一个人给绑上了刑床，还不是要他怎样讲就怎样讲？

巴萨尼奥　您要是答应赦我一死，我愿意招认真情。

鲍西娅　好，赦您一死，您招认吧。

巴萨尼奥　"爱"便是我所能招认的一切。多谢我的刑官，您教给我怎样免罪的答话了！可是让我去瞧瞧那几个匣子，试试我的运气吧。

鲍西娅　那么去吧！在那三个匣子中间，有一个里面锁着我的小像；

您要是真的爱我,您会把我找出来的。尼莉莎,你跟其余的人都站开些。在他选择的时候,把音乐奏起来,要是他失败了,好让他像天鹅一样在音乐声中死去;把这譬喻说得更确当一些,我的眼睛就是他葬身的清流。也许他会胜利的;那么那音乐又像什么呢?那时候音乐就像忠心的臣子俯伏迎迓新加冕的君王的时候所吹奏的号角,又像是黎明时分送进正在做着好梦的新郎的耳中,催他起来举行婚礼的甜柔的琴韵。现在他去了,他的沉毅的姿态,就像年轻的赫刺克勒斯奋身前去,在特洛亚人的呼叫声中,把他们祭献给海怪的处女拯救出来一样①,可是他心里却藏着更多的爱情,我站在这儿做牺牲,她们站在旁边,就像泪眼模糊的特洛亚妇女们,出来看这场争斗的结果。去吧,赫刺克勒斯!我的生命悬在你手里,但愿你安然生还;我这观战的人心中比你上场作战的人还要惊恐万倍!

巴萨尼奥独白时,乐队奏乐唱歌

歌

告诉我爱情生长在何方?
还是在脑海?还是在心房?
它怎样发生?它怎样成长?
回答我,回答我。
爱情的火在眼睛里点亮,
凝视是爱情生活的滋养,
它的摇篮便是它的坟堂。
让我们把爱的丧钟鸣响,
丁当!丁当!
丁当!丁当!(众和)

---

① 特洛亚王被迫将女儿做祭品奉献给海怪,当其时,英雄赫刺克勒斯将海怪杀死,救女孩于危难中。

巴萨尼奥 外观往往和事物的本身完全不符,世人却容易为表面的装饰所欺骗。在法律上,哪一件卑鄙邪恶的陈诉不可以用娓娓动听的言辞掩饰它的罪状?在宗教上,哪一桩罪大恶极的过失不可以引经据典,文过饰非,证明它的确上合天心?任何彰明昭著的罪恶,都可以在外表上装出一副道貌岸然的样子。多少没有胆量的懦夫,他们的心其实软弱得就像下不去脚的流沙,他们的肝如果剖出来看一看,大概比乳汁还要白,可是他们的颊上却长着天神一样威武的须髯,人家只看着他们的外表,也就居然把他们当作英雄一样看待!再看那些世间所谓美貌吧,那是完全靠着脂粉装点出来的,愈是轻浮的女人,所涂的脂粉也愈重;至于那些随风飘扬像蛇一样的金丝鬈发,看上去果然漂亮,不知道却是从坟墓中死人的髑髅上借来的①。所以装饰不过是一道把船只诱进凶涛险浪的怒海中去的陷人的海岸,又像是遮掩着一个黑丑蛮女的一道美丽的面幕;总而言之,它是狡诈的世人用来欺诱智士的似是而非的真理。所以,你炫目的黄金,米达斯王的坚硬的食物②,我不要你;你惨白的银子,在人们手里来来去去的下贱的奴才,我也不要你;可是你,寒碜的铅,你的形状只能使人退走,一点没有吸引人的力量,然而你的质朴却比巧妙的言辞更能打动我的心,我就选了你吧,但愿结果美满!

鲍西娅 (旁白)一切纷杂的思绪;多心的疑虑、鲁莽的绝望、战栗的恐惧、酸性的猜忌,多么快地烟消云散了!爱情啊!把你的狂喜节制一下,不要让你的欢乐溢出界限,让你的情绪越过分寸;你使我感觉到太多的幸福,请你把它减轻几分吧,我怕我快要给快乐窒息而死了!

---

① 当时贵妇有戴金色假发之习俗,故有此嘲讽之语。

② 米达斯是弗里吉亚王,曾求神赐点金术,神允所请,触指成金,食物亦成金。

巴萨尼奥 这里面是什么？（开铅匣）美丽的鲍西娅的副本！这是谁的神化之笔，描画出这样一位绝世的美人？这双眼睛是在转动吗？还是因为我的眼球在转动，所以仿佛它们也在随着转动？她的微启的双唇，是因为她嘴里吐出来的甘美芳香的气息而分裂的；唯有这样甘美的气息才能分开这样甜蜜的朋友。画师在描画她的头发的时候，一定曾经化身为蜘蛛，织下了这么一个金丝的发网，来诱捉男子们的心；哪一个男子见了它，不会比飞蛾投入蛛网还快地陷下网罗呢？可是她的眼睛！他怎么能够睁着眼睛把它们画出来呢？他在画了一只眼睛以后，我想它的逼人的光芒一定会使他自己目眩神夺，再也描画不成其余的一只。可是瞧，我用尽一切赞美的字句，还不能充分形容出这一个画中幻影的美妙；然而这幻影跟它的实体比较起来，又是多么望尘莫及！这儿是一纸手卷，宣判着我的命运。

你选择不凭着外表，
果然给你直中鹄心！
胜利既已入你怀抱，你莫再往别处追寻。
这结果倘使你满意，就请接受你的幸运，
赶快回转你的身体，给你的爱深深一吻。

温柔的纶音！美人，请恕我大胆，（吻鲍西娅）
我奉命来把彼此的深情交换。
像一个夺标的健儿驰骋身手，
耳旁只听见沸腾的人声如吼，
虽然明知道胜利已在他手掌，
却不敢相信人们在向他赞赏。
绝世的美人，我现在神眩目晕，
仿佛闯进了一场离奇的梦境；
除非你亲口证明这一切是真，
我再也不相信我自己的眼睛。

鲍西娅 巴萨尼奥公子,您瞧我站在这儿,不过是这样的一个人。虽然为了我自己的缘故,我不愿妄想自己比现在的我更好一点;可是为了您的缘故,我希望我能够六十倍胜过我的本身,再加上一千倍的美丽,一万倍的富有;我但愿我有无比的贤德、美貌、财产和亲友,好让我在您的心目中占据一个很高的位置。可是我这一身却是一无所有,我只是一个不学无术、没有教养、缺少见识的女子;幸亏她的年纪还不是顶大,来得及发愤学习;她的天资也不是顶笨,可以加以教导;尤其大幸的,她有一颗柔顺的心灵,愿意把它奉献给您,听从您的指导,把您当作她的主人、她的统治者和她的君王。我自己以及我所有的一切,现在都变成您的所有了;刚才我还拥有着这一座华丽的大厦,我的仆人都听从着我的指挥,我是支配我自己的女王,可是就在现在,这屋子、这些仆人和这一个我,都是属于您的了,我的夫君。凭着这一个指环,我把这一切完全呈献给您;要是您让这指环离开您的身边,或者把它丢了,或者把它送给别人,那就预示着您的爱情的毁灭,我可以因此责怪您的。

巴萨尼奥 小姐,您使我说不出一句话来,只有我的热血在我的血管里跳动着向您陈诉。我的精神是在一种恍惚的状态中,正像喜悦的群众在听到他们所爱戴的君王的一篇美妙的演辞以后那种心灵眩惑的神情,除了口头的赞叹和内心的欢乐以外,一切的一切都混合起来,化成白茫茫的一片模糊。要是这指环有一天离开这手指,那么我的生命也一定已经终结;那时候您可以放胆地说,巴萨尼奥已经死了。

尼莉莎 姑爷,小姐,我们站在旁边,眼看我们的愿望成为事实,现在该让我们来道喜了。恭喜姑爷!恭喜小姐!

葛莱西安诺 巴萨尼奥大爷和我的温柔的夫人,愿你们享受一切的快乐!因为我敢说,你们享尽一切快乐,也剥夺不了我的快乐。我有一个请求,要是你们决定在什么时候举行嘉礼,我也想跟你们一起结婚。

巴萨尼奥 很好,只要你能够找到一个妻子。

葛莱西安诺　谢谢大爷，您已经替我找到一个了。不瞒大爷说，我这一双眼睛瞧起人来，并不比您大爷慢；您瞧见了小姐，我也看中了使女；您发生了爱情，我也发生了爱情。大爷，我的手脚并不比您慢啊。您的命运靠那几个匣子决定，我也是一样；因为我在这儿千求万告，身上的汗出了一身又是一身，指天誓日地说到唇干舌燥，才算得到这位好姑娘的一句回音，答应我要是您能够得到她的小姐，我也可以得到她的爱情。

鲍西娅　这是真的吗，尼莉莎？

尼莉莎　是真的，小姐，要是您赞成的话。

巴萨尼奥　葛莱西安诺，你也是出于真心吗？

葛莱西安诺　是的，大爷。

巴萨尼奥　我们的喜宴有你们的婚礼添兴，那真是喜上加喜了。

葛莱西安诺　我们要跟他们打赌一千块钱，看谁先养儿子。

尼莉莎　什么，还要赌一笔钱？

葛莱西安诺　不，我们怕是赢不了的，还是不下赌注了吧。可是谁来啦？罗兰佐和他的异教徒吗？什么！还有我那威尼斯老朋友萨莱尼奥？

　　　　罗兰佐、杰西卡及萨莱尼奥上。

巴萨尼奥　罗兰佐、萨莱尼奥，虽然我也是初履此地，让我僭用着这里主人的名义，欢迎你们的到来。亲爱的鲍西娅，请您允许我接待我这几个同乡朋友。

鲍西娅　我也是竭诚欢迎他们。

罗兰佐　谢谢。巴萨尼奥大爷，我本来并没有想到要到这儿来看您，因为在路上碰见萨莱尼奥，给他不由分说地硬拉着一块儿来啦。

萨莱尼奥　是我拉他来，大爷，我是有理由的。安东尼奥先生叫我替他向您致意。（给巴萨尼奥一信）

巴萨尼奥　在我没有拆开这信以前，请你告诉我，我的好朋友近来好吗？

萨莱尼奥　他没有病，除非有点儿心病；也并不轻松，除非打开了心结。您看了他的信，就可以知道他的近况。

葛莱西安诺　尼莉莎，招待招待那位客人。把你的手给我，萨莱尼奥。威尼斯有些什么消息？那位善良的商人安东尼奥怎样？我知道他听见了我们的成功，一定会十分高兴；我们是两个伊阿宋，把金羊毛取了来啦。

萨莱尼奥　我希望你们能够把他失去的金羊毛取了回来，那就好了。

鲍西娅　那信里一定有些什么坏消息，巴萨尼奥的脸色都变白了；多半是一个什么好朋友死了，否则不会有别的事情会把一个堂堂男子激动到这个样子的。怎么，越来越糟了！恕我冒渎，巴萨尼奥，我是您自身的一半，这封信所带给您的任何不幸的消息，也必须让我分一半去。

巴萨尼奥　啊，亲爱的鲍西娅！这信所写的，是自有纸墨以来最悲惨的字句。好小姐，当我初次向您倾吐我的爱慕之忱的时候，我坦白地告诉您，我的高贵的家世是我仅有的财产，那时我并没有向您说谎；可是，亲爱的小姐，单单把我说成一个两袖清风的寒士，还未免夸张过分，因为我不但一无所有，而且还负着一身债务；不但欠了我的一个好朋友许多钱，还累他为了我的缘故，欠了他仇家的钱。这一封信，小姐，那信纸就像是我朋友的身体，上面的每一个字，都是一处血淋淋的创伤。可是，萨莱尼奥，那是真的吗？难道他的船舶都一起遭难了？竟没有一艘平安到港吗？从特里坡利斯、墨西哥、英国、里斯本、巴巴里和印度来的船只，没有一艘能够逃过那些毁害商船的礁石的可怕的撞击吗？

萨莱尼奥　一艘也没有逃过。而且即使他现在有钱还那犹太人，那犹太人也不肯收他。我从来没有见过这种家伙，样子像人，却一心一意只想残害他的同类；他不分昼夜地向公爵絮叨，说是他们倘不给他主持公道，那么威尼斯根本不成其为自由邦。二十个商人、公爵自己，还有那些最有名望的士绅，都曾劝过他，可是谁也不能叫他回心转意，放弃他狠毒的控诉；他一口咬定，要求按照约文的规定，处罚安东尼奥违约。

杰西卡　我在家里的时候，曾经听见他向杜伯尔和丘斯，他的两个同族的人谈起，说他宁可取安东尼奥身上的肉，也不愿收受比他的欠款多二十倍的钱。要是法律和威权不能阻止他，那么可怜的安东尼奥恐怕难逃一死了。

鲍西娅　遭到这样危难的人，是不是您的好朋友？

巴萨尼奥　我的最亲密的朋友，一个心肠最仁慈的人，热心为善，多情尚义，在他身上存留着比任何意大利人更多的古代罗马的侠义精神。

鲍西娅　他欠那犹太人多少钱？

巴萨尼奥　他为了我的缘故，向他借了三千块钱。

鲍西娅　什么，只有这一点数目吗？还他六千块钱，把那借约毁了；两倍六千块钱，或者照这数目再倍三倍都可以，可是万万不能因为巴萨尼奥的过失，害这样一位好朋友损伤一根毛发。先和我到教堂里去结为夫妇，然后你就到威尼斯去看你的朋友；鲍西娅决不让你抱着一颗不安宁的良心睡在她的身旁。你可以带偿还这笔小小借款的二十倍那么多的钱去；债务清了以后，就带你的忠心的朋友到这儿来。我的侍女尼莉莎陪着我在家里，仍旧像未嫁的时候一样，守候着你们的归来。来，今天就是你结婚的日子，大家快快乐乐，好好招待你的朋友们。你既然是用这么大的代价买来的，我一定格外爱你。可是让我听听你朋友的信。

巴萨尼奥　"巴萨尼奥挚友如握：弟船只悉数遇难，债主煎迫，家业荡然。犹太人之约，业已愆期；履行罚则，殆无生望。足下前此欠弟债项，一切勾销，惟盼及弟未死之前，来相临视。或足下燕婉情浓，不忍遽别，则亦不复相强，此信置之可也。"

鲍西娅　啊，亲爱的，快把一切事情办好，立刻就去吧！

巴萨尼奥　既然蒙您允许，我就赶快收拾动身；可是——此去经宵应少睡，长留魂魄系相思。（同下）

第三场　威尼斯。街道

夏洛克、萨拉里诺、安东尼奥及狱吏上。

夏洛克 狱官，留心看住他；不要对我讲什么慈悲。这就是那个放债不取利息的傻瓜。狱官，留心看住他。

安东尼奥 再听我说句话，好夏洛克。

夏洛克 我一定要照约实行；你倘然想推翻这一张契约，那还是请你免开尊口的好。我已经发过誓，非得照约实行不可。你曾经无缘无故骂我是狗，既然我是狗，那么你可留心着我的狗牙齿吧。公爵一定会给我主持公道的。你这糊涂的狱官，我真不懂你老是会答应他的请求，陪着他到外边来。

安东尼奥 请你听我说。

夏洛克 我一定要照约实行，不要听你讲什么鬼话；我一定要照约实行，所以请你闭嘴吧。我不像那些软心肠流眼泪的傻瓜们一样，听了基督徒的几句劝告，就会摇头叹气，懊悔屈服。别跟着我，我不要听你说话，我要照约实行。（下）

萨拉里诺 这是人世间一头最顽固的恶狗。

安东尼奥 别理他；我也不愿再费无益的唇舌向他哀求了。他要的是我的命，我也知道他的原因。有好多次，人家落在他手里，还不出钱来，弄得走投无路，跑来向我呼吁，是我帮助他们解除他的压迫，所以他才恨我。

萨拉里诺 我相信公爵一定不会允许他执行这一种处罚。

安东尼奥 公爵不能变更法律的规定，因为威尼斯的繁荣，完全倚赖着各国人民的来往通商，要是剥夺了异邦人应享的权利，一定会使人对威尼斯的法治精神发生重大的怀疑。去吧，这些不如意的事情，已经把我搅得心力交瘁，我怕到明天身上也许剩不满一磅肉来，偿还我这位不怕血腥气的债主了。狱官。走吧。求上帝，让巴萨尼奥来亲眼看见我替他还债，我就死而无怨了！（同下）

第四场　贝尔蒙特。鲍西娅家中一室

鲍西娅、尼莉莎、罗兰佐、杰西卡及鲍尔萨泽上。

罗兰佐 夫人，不是我当面恭维您，您的确有一颗高贵真诚、不同

凡俗的仁爱的心；尤其像这次敦促尊夫就道，宁愿割舍儿女的私情，这一种精神毅力，真令人万分钦佩。可是您倘使知道受到您这种好意的是个什么人，您所救援的是怎样一个正直的君子，他对于尊夫的交情又是怎样深挚，我相信您一定会格外因为做了这一件好事而自傲，一件寻常的善举可不能让您得到那么大的快乐。

鲍西娅 我做了好事从来不后悔，现在也当然不会。因为凡是常在一块儿谈心游戏的朋友，彼此之间都有一种相互的友爱，他们在容貌上、风度上、习性上，也必定相去不远；所以在我想来。这位安东尼奥既然是我丈夫的心腹好友，他的为人一定很像我的丈夫。要是我的猜想果然不错，那么我把一个跟我的灵魂相仿的人从残暴的迫害下救赎出来，花了这一点儿代价，算得什么！可是这样的话，太近于自吹自擂了，所以别说了吧，还是谈些其他的事情。罗兰佐，在我的丈夫没有回来以前，我要劳驾您替我照管家里；我自己已经向天许下密誓，要在祈祷和默念中过着生活，只让尼莉莎一个人陪着我，直到我们两人的丈夫回来。在两里路之外有一所修道院，我们就预备住在那儿。我向您提出这一个请求，不只是为了个人的私情，还有其他事实上的必要，请您不要拒绝我。

罗兰佐 夫人，您有什么吩咐，我无不乐于遵命。

鲍西娅 我的仆人们都已知道我的决心，他们会把您和杰西卡当作巴萨尼奥和我自己一样看待。后会有期，再见了。

罗兰佐 但愿美妙的思想和安乐的时光追随在您的身旁！

杰西卡 愿夫人一切如意！

鲍西娅 谢谢你们的好意，我也愿意用同样的愿望祝福你们。再见，杰西卡。（杰西卡、罗兰佐下）鲍尔萨泽，我一向知道你诚实可靠，希望你永远做一个诚实可靠的人。这一封信你给我火速送到帕度亚，交给我的表兄培拉里奥博士亲手收拆；要是他有什么回信和衣服交给你，你就赶快带着它们到码头上，乘公共渡船到威尼斯去。不要多说话，去吧；我会在威尼斯等你。

鲍尔萨泽　小姐，我尽快去就是了。（下）
鲍西娅　来，尼莉莎，我现在还要干一些你没有知道的事情；我们要在我们的丈夫还没有想到我们之前去跟他们相会。
尼莉莎　我们要让他们看见我们吗？
鲍西娅　他们将会看见我们，尼莉莎，可是我们要打扮得叫他们认不出我们的本来面目。我可以拿无论什么东西跟你打赌，要是我们都扮成了少年男子，我一定比你漂亮点儿，带起刀子来也比你格外神气点儿；我会沙着喉咙讲话，就像一个正在发育的男孩子一样；我会把两个姗姗细步并成一个男人家的阔步；我会学着那些爱吹牛的哥儿们的样子，谈论一些击剑比武的玩意儿，再随口编造些巧妙的谎话，什么谁家的千金小姐爱上了我啦，我不接受她的好意，她害起病来死啦，我怎么心中不忍，后悔不该害了人家的性命啦，以及二十个诸如此类的无关紧要的谎话。人家听见了，一定以为我走出学校的门还不满一年。这些爱吹牛的娃娃们的鬼花样儿我有一千种在脑袋里，都可以搬出来应用。
尼莉莎　怎么，我们要扮成男人吗？
鲍西娅　为什么不？来，车子在林苑门口等着我们；我们上了车，我可以把我的整个计划一路告诉你。快去吧，今天我们要赶二十里路呢。（同下）

第五场　同前。花园

朗斯洛特及杰西卡上。

朗斯洛特　真的，不骗您，父亲的罪恶是要子女承担的，所以我倒真的在替您捏着一把汗呢。我一向喜欢对您说老实话，所以现在我也老老实实把我心里所担忧的事情告诉您；您放心吧，我想您总免不了下地狱。只有一个希望也许可以帮帮您的忙，可是那也是个不大高妙的希望。
杰西卡　请问你，是什么希望呢？
朗斯洛特　嗯，您可以存着一半儿的希望，希望您不是您的父亲所生,不是这个犹太人的女儿。

杰西卡 这个希望可真的太不高妙啦;这样说来,我的母亲的罪恶又要降到我的身上来了。

朗斯洛特 那倒也是真的,您不是为您的父亲下地狱,就是为您的母亲下地狱;逃过了凶恶的礁石,逃不过危险的漩涡。好,您下地狱是下定了。

杰西卡 我可以靠着我的丈夫得救;他已经使我变成一个基督徒了。

朗斯洛特 这就是他大大的不该,咱们本来已经有很多的基督徒,简直快要挤都挤不下啦;要是再这样把基督徒一批一批制造出来,猪肉的价钱一定会飞涨,大家吃起猪肉来,恐怕每人只好分到一片薄薄的咸肉了。

杰西卡 朗斯洛特,你这样胡说八道,我一定要告诉我的丈夫。他来啦。

　　　　罗兰佐上。

罗兰佐 朗斯洛特,你要是再拉着我的妻子在壁角里说话,我真的要吃起醋来了。

杰西卡 不,罗兰佐,你放心好了,我已经跟朗斯洛特翻脸啦。他老是不客气地告诉我,上天不会对我发慈悲,因为我是一个犹太人的女儿;他又说你不是国家的好公民,因为你把犹太人变成了基督徒,提高了猪肉的价钱。

罗兰佐 要是政府向我质问起来,我自有话说。可是,朗斯洛特,你把那黑人的女儿弄大了肚子,这该是什么罪名呢?

朗斯洛特 那个摩尔姑娘会失去理智,给人弄大肚子,固然是件严重的事;可是如果她算不上是个规矩女人,那么我才是看错人啦。

罗兰佐 看,连傻瓜都会说起俏皮话来啦!照这样下去,连口才最好的才子,也只好哑口无言了。到时候就只听见八哥在那儿咭咭呱呱出风头!给我进去,小鬼,叫他们准备好开饭了。

朗斯洛特 先生,他们早已准备好了;他们都是有肚子的呢。

罗兰佐 老天爷,你的嘴真尖利!那么关照他们把饭菜准备起来。

朗斯洛特　饭和菜，他们也准备好了，大爷。您应当说：把饭菜端上来。

罗兰佐　那么就有劳尊驾吩咐下去：把饭菜端上来。

朗斯洛特　小的可没有这样大的气派，不敢这样使唤人啊。

罗兰佐　要怎样才能跟你讲得清楚！你可是打算把你的看家本领在今天一齐使出来？我求你啦——我是个老实人，不会跟你瞎扯。去对你那些同伴们说，桌子可以铺起来，饭菜可以端上来，我们要进来吃饭啦。

朗斯洛特　是，先生，我就去叫他们把桌子铺起来，饭菜端上来；至于您进不进来吃饭，那可悉随尊便。（下）

罗兰佐　啊，看他心眼儿多么"尖巧"，说话多么"合拍"！这个傻瓜，脑子里塞满了一大堆"动听的"字眼。我知道有好多傻瓜，地位比他高，跟他一样，"满腹锦绣"，一件事扯到哪儿他不管，只是卖弄了再说。你好吗，杰西卡？亲爱的好人儿，现在告诉我，你对于巴萨尼奥的夫人有什么意见？

杰西卡　好到没有话说。巴萨尼奥大爷娶到这样一位好夫人，享尽了人世天堂的幸福，自然应该不会走上邪路了。要是有两个天神打赌，各自拿一个人间的女子做赌注，如其一个是鲍西娅，那么还有一个必须另外加上些什么，才可以彼此相抵，因为这一个寒碜的世界还不能产生一个跟她同样好的人来。

罗兰佐　他娶到了这么一个好妻子，你也嫁着了我这么一个好丈夫。

杰西卡　那可要先问问我的意见。

罗兰佐　可以可以，可是先让我们吃了饭再说。

杰西卡　不，让我趁着胃口没有倒之前，先把你恭维两句。

罗兰佐　不，你有话还是留到吃饭的时候说吧；那么不论你说得好说得坏，我都可以连着饭菜一起吞下去。

杰西卡　好，你且等着听我怎样说你吧。（同下）

第四幕

第一场　威尼斯。法庭

　　公爵、众绅士、安东尼奥、巴萨尼奥、葛莱西安诺、萨拉里诺、萨莱尼奥及余人等同上。

公爵　安东尼奥有没有来？

安东尼奥　有，殿下。

公爵　我很为你不快乐；你是来跟一个心如铁石的对手当庭质对，一个不懂得怜悯、没有一丝慈悲心的人，不近人情的恶汉。

安东尼奥　听说殿下曾经用尽力量劝他不要过为已甚，可是他一味坚执，不肯略作让步。既然没有合法的手段可以使我脱离他的怨毒的掌握，我只有用默忍迎受他的愤怒，安心等待着他的残暴的处置。

公爵　来人，传那犹太人到庭。

萨拉里诺　他在门口等着；他来了，殿下。

　　夏洛克上。

公爵　大家让开些，让他站在我的面前。夏洛克，人家都以为——我也是这样想——你不过故意装出这一副凶恶的姿态，到了最后关头，就会显出你的仁慈恻隐来，比你现在这种表面上的残酷更加出人意料；现在你虽然坚持着照约处罚，一定要从这个不幸的商人身上割下一磅肉来，到了那时候，你不但愿意放弃这一种处罚，而且因为受到良心上的感动，说不定还会豁免他一部分的欠款。你看他最近接连遭逢的巨大损失，足以使无论怎样富有的商人倾家荡产，即使铁石一样的心肠，从来不知道人类同情的野蛮人，也不能不对他的境遇发生怜悯。犹太人，我们都在等候你一句温和的回答。

夏洛克　我的意思已经向殿下告禀过了；我也已经指着我们的圣安息日起誓，一定要照约执行处罚；要是殿下不准许我的请求，那就是蔑视宪章，我要到京城里去上告，要求撤销贵邦的特权。您要是问我为什么不愿接受三千块钱，宁愿拿一块腐烂的臭肉，那我可没有什么理由可以回答您，我只能说我欢喜这样，这是不是一个回答？要是我的屋子里有了耗子，我高兴出一万块钱叫人把它们赶掉，谁管得了我？这不是回答了您吗？有的人不爱看张开嘴的猪，有的人瞧见一头猫就要发脾气，还有人听见人家吹风笛的声音，就忍不住要小便；因为一个人的感情完全受着喜恶的支配，谁也做不了自己的主。现在我就这样回答您：为什么有人受不住一头张开嘴的猪，有人受不住一头有益无害的猫，还有人受不住咿咿呜呜的风笛的声音，这些都是毫无充分的理由的，只是因为天生的癖性，使他们一受到刺激，就会情不自禁地现出丑相来；所以我不能举什么理由，也不愿举什么理由，除了因为我对于安东尼奥抱着久积的仇恨和深刻的反感，所以才会向他进行这一场对于我自己并没有好处的诉讼。现在您不是已经得到我的回答了吗？

巴萨尼奥　你这冷酷无情的家伙，这样的回答可不能作为你的残忍的辩解。

夏洛克　我的回答本来不是为了讨你的欢喜。

巴萨尼奥　难道人们对于他们所不喜欢的东西，都一定要置之死地吗？

夏洛克　哪一个人会恨他所不愿意杀死的东西？

巴萨尼奥　初次的冒犯，不应该就引为仇恨。

夏洛克　什么！你愿意给毒蛇咬两次吗？

安东尼奥　请你想一想，你现在跟这个犹太人讲理，就像站在海滩上，叫那大海的怒涛减低它的奔腾的威力，责问豺狼为什么害母羊为了失去它的羔羊而哀啼，或是叫那山上的松柏，在受到天风吹拂的时候，不要摇头摆脑，发出簌簌的声音。要是你能够叫这个犹太人的心变软——世上还有什么东西比它更硬呢？——那么还有什么难事不可以做到？所以我请你不用再跟他商量什么条件，也不用替我想什么办法，让我爽爽快快受到判决，满足这犹太人的心愿吧。

巴萨尼奥　借了你三千块钱，现在拿六千块钱还你好不好？

夏洛克　即使这六千块钱中间的每一块钱都可以分做六份，每一份都可以变成一块钱，我也不要它们；我只要照约处罚。

公爵　你这样一点没有慈悲之心，将来怎么能够希望人家对你慈悲呢？

夏洛克　我又不干错事，怕什么刑罚？你们买了许多奴隶，把他们当作驴狗骡马一样看待，叫他们做种种卑贱的工作，因为他们是你们出钱买来的。我可不可以对你们说，让他们自由，叫他们跟你们的子女结婚？为什么他们要在重担之下流着血汗？让他们的床铺得跟你们的床同样柔软，让他们的舌头也尝尝你们所吃的东西吧，你们会回答说："这些奴隶是我们所有的。"所以我也可以回答你们：我向他要求的这一磅肉，是我出了很大的代价买来的；它是属于我的，我一定要把它拿到手里。您要是拒绝了我，那么你们的法律去见鬼吧！威尼斯城的法令等于一纸空文。我现在等候着判决，请快些回答我，我可不可以拿到这一磅肉？

公爵　我已经差人去请培拉里奥，一位有学问的博士，来替我们审判这件案子；要是他今天不来，我可以有权宣布延期判决。

萨拉里诺　殿下，外面有一个使者刚从帕度亚来，带着这位博士的书信，等候着殿下的召唤。

公爵　把信拿来给我;叫那使者进来。

巴萨尼奥　高兴起来吧,安东尼奥!喂,老兄,不要灰心!这犹太人可以把我的肉、我的血、我的骨头、我的一切都拿去,可是我决不让你为了我的缘故流一滴血。

安东尼奥　我是羊群里一头不中用的病羊,死是我的应分;最软弱的果子最先落到地上,让我也就这样结束了我的一生吧。巴萨尼奥,我只要你活下去,将来替我写一篇墓志铭,那你就是做了再好不过的事。

　　　　　尼莉莎扮律师书记上。

公爵　你是从帕度亚培拉里奥那里来的吗?

尼莉莎　是,殿下。培拉里奥叫我向殿下致意。(呈上一信)

巴萨尼奥　你这样使劲儿磨着刀干吗?

夏洛克　从那破产的家伙身上割下那磅肉来。

葛莱西安诺　狠心的犹太人,你不是在鞋口上磨刀,你这把刀是放在你的心口上磨;无论哪种铁器,就连刽子手的钢刀,都赶不上你这刻毒的心肠一半的锋利。难道什么恳求都不能打动你吗?

夏洛克　不能,无论你说得多么婉转动听,都没有用。

葛莱西安诺　万恶不赦的狗,看你死后不下地狱!让你这种东西活在世上,真是公道不生眼睛。你简直使我的信仰发生摇动,想起毕达哥拉斯①所说畜生的灵魂可以转生人体的议论来了;你的前生一定是一头豺狼,因为吃了人给人捉住吊死,它那凶恶的灵魂就从绞架上逃了出来,钻进你那老娘的腌臜的胎里,因为你的性情正像豺狼一样残暴贪婪。

夏洛克　除非你能够把我这一张契约上的印章骂掉,否则像你这样拉开了喉咙直嚷,不过白白伤了你的肺,何苦来呢?好兄弟,我劝你还是让你的脑子休息一下吧,免得它损坏了,将来无法收拾。我在这儿要求法律的裁判。

---

①　毕达哥拉斯,古希腊哲学家,主张轮回说,以为人死后下世可为兽,反之亦然。

公爵　培拉里奥在这封信上介绍一位年轻有学问的博士出席我们的法庭。他在什么地方？

尼莉莎　他就在这儿附近等着您的答复，不知道殿下准不准许他进来？

公爵　非常欢迎。来，你们去三四个人，恭恭敬敬领他到这儿来。现在让我们把培拉里奥的来信当庭宣读。

书记（读）"尊翰到时，鄙人抱疾方剧；适有一青年博士鲍尔萨泽君自罗马来此，致其慰问，因与详讨犹太人与安东尼奥一案，遍稽群籍，折中是非，遂恳其为鄙人庖代，以应殿下之召。凡鄙人对此案所具意见，此君已深悉无遗；其学问才识，虽穷极赞辞，亦不足道其万一，务希勿以其年少而忽之，盖如此少年老成之士，实鄙人生平所仅见也。倘蒙延纳，必能不辱使命。敬祈钧裁。"

公爵　你们已经听到了博学的培拉里奥的来信。这儿来的大概就是那位博士了。

　　　　鲍西娅扮律师上。

公爵　把您的手给我。足下是从培拉里奥老前辈那儿来的吗？

鲍西娅　正是，殿下。

公爵　欢迎欢迎；请上坐。您有没有明了今天我们在这儿审理的这件案子的两方面的争点？

鲍西娅　我对于这件案子的详细情形已经完全知道了。这儿哪一个是那商人，哪一个是犹太人？

公爵　安东尼奥，夏洛克，你们两人都上来。

鲍西娅　你的名字就叫夏洛克吗？

夏洛克　夏洛克是我的名字。

鲍西娅　你这场官司打得倒也奇怪，可是按照威尼斯的法律，你的控诉是可以成立的。（向安东尼奥）你的生死现在操控在他的手里，是不是？

安东尼奥　他是这样说的。

鲍西娅　你承认这借约吗？

安东尼奥　我承认。

鲍西娅　那么犹太人应该慈悲一点。

夏洛克　为什么我应该慈悲一点？把您的理由告诉我。

鲍西娅　慈悲不是出于勉强，它是像甘霖一样从天上降下尘世；它不但给幸福于受施的人，也同样给幸福于施与的人；它有超乎一切的无上威力，比皇冠更足以显出一个帝王的高贵：御杖不过象征着俗世的威权，使人民对于君上的尊严凛然生畏；慈悲的力量却高出于权力之上，它深藏在帝王的内心，是一种属于上帝的德性，执法的人倘能把慈悲调剂着公道，人间的权力就和上帝的神力没有差别。所以，犹太人，虽然你所要求的是公道，可是请你想一想，要是真的按照公道执行起赏罚来，谁也没有死后得救的希望；我们既然祈祷着上帝的慈悲，就应该按照祈祷的指点，自己做一些慈悲的事。我说了这一番话，为的是希望你能够从你的法律的立场上作几分让步；可是如果你坚持着原来的要求，那么威尼斯的法庭是执法无私的，只好把那商人宣判定罪了。

夏洛克　我自己做的事，我自己当！我只要求法律允许我照约执行处罚。

鲍西娅　他是不是无力偿还这笔借款？

巴萨尼奥　不，我愿意替他当庭还清；照原数加倍也可以；要是这样他还不满足，那么我愿意签署契约，还他十倍的数目，拿我的手、我的头、我的心做抵押；要是这样还不能使他满足，那就是存心害人，不顾天理了。请堂上运用权力，把法律稍为变通一下，犯一次小小的错误，干一件大大的功德，别让这个残忍的恶魔逞他杀人的兽欲。

鲍西娅　那可不行，在威尼斯谁也没有权力变更既成的法律；要是开了这一个恶例，以后谁都可以借口有例可援，什么坏事情都可以干了。这是不行的。

夏洛克 一个但尼尔①来做法官了！真的是但尼尔再世！聪明的青年法官啊，我真佩服你！

鲍西娅 请你让我瞧一瞧那借约。

夏洛克 在这儿，可尊敬的博士；请看吧。

鲍西娅 夏洛克，他们愿意出三倍的钱还你呢。

夏洛克 不行，不行，我已经对天发过誓啦，难道我可以让我的灵魂背上毁誓的罪名吗？不，把整个儿的威尼斯给我，我都不能答应。

鲍西娅 好，那么就应该照约处罚；根据法律，这犹太人有权要求从这商人的胸口割下一磅肉来。还是慈悲一点，把三倍原数的钱拿去，让我撕了这张约吧。

夏洛克 等他按照约中所载条款受罚以后，再撕不迟。您瞧上去像是一个很好的法官；您懂得法律，您讲的话也很有道理，不愧是法律界的中流砥柱，所以现在我就用法律的名义，请您立刻进行宣判，凭着我的灵魂起誓，谁也不能用他的口舌改变我的决心。我现在但等着执行原约。

安东尼奥 我也诚心请求堂上从速宣判。

鲍西娅 好，那么就是这样：你必须准备让他的刀子刺进你的胸膛。

夏洛克 啊，尊严的法官！好一位优秀的青年！

鲍西娅 因为这约上所订定的惩罚，对于法律条文的含义并无抵触。

夏洛克 很对很对！啊，聪明正直的法官！想不到你瞧上去这样年轻，见识却这么老练！

鲍西娅 所以你应该把你的胸膛袒露出来。

夏洛克 对了，"他的胸部"，约上是这么说的——不是吗，尊严的法官？——"附近心口的所在"，约上写得明明白白的。

鲍西娅 不错，称肉的天平有没有预备好？

夏洛克 我已经带来了。

鲍西娅 夏洛克，去请一位外科医生来替他堵住伤口，费用归你负担，免得他流血而死。

---

① 但尼尔，《圣经》中记载的著名以色列法官，善断疑案。

夏洛克　约上有这样的规定吗？
鲍西娅　约上并没有这样的规定；可是那又有什么相干呢？肯做一件好事总是好的。
夏洛克　我找不到；约上没有这一条。
鲍西娅　商人，你还有什么话说吗？
安东尼奥　我没有多少话要说；我已经准备好了。把你的手给我，巴萨尼奥，再会吧！不要因为我为了你的缘故遭到这种结局而悲伤，因为命运对我已经特别照顾了：她往往让一个不幸的人在家产荡尽以后继续活下去，用他凹陷的眼睛和满是皱纹的额角去挨受贫困的暮年；这一种拖延时日的刑罚，她已经把我豁免了。替我向尊夫人致意，告诉她安东尼奥的结局；对她说我怎样爱你，又怎样从容就死；等到你把这一段故事讲完以后，再请她判断一句，巴萨尼奥是不是曾经有过一个真心爱他的朋友。不要因为你将要失去一个朋友而懊恨，替你还债的人是死而无怨的；只要那犹太人的刀刺得深一点，我就可以在一刹那的时间把那笔债完全还清。
巴萨尼奥　安东尼奥，我爱我的妻子，就像我自己的生命一样；可是我的生命、我的妻子以及整个的世界，在我的眼中都不比你的生命更为贵重；我愿意丧失一切，把它们献给这恶魔做牺牲，来救出你的生命。
鲍西娅　尊夫人要是就在这儿听见您说这样话，恐怕不见得会感谢您吧。
葛莱西安诺　我有一个妻子，我可以发誓我是爱她的；可是我希望她马上归天，好去求告上帝改变这恶狗一样的犹太人的心。
尼莉莎　幸亏尊驾在她的背后说这样的话，否则府上一定要吵得鸡犬不宁了。
夏洛克　这些便是相信基督教的丈夫！我有一个女儿，我宁愿她嫁给强盗的子孙，不愿她嫁给一个基督徒，别再浪费光阴了；请快些儿宣判吧。

鲍西娅 那商人身上的一磅肉是你的；法庭判给你，法律许可你。

夏洛克 公平正直的法官！

鲍西娅 你必须从他的胸前割下这磅肉来；法律许可你，法庭判给你。

夏洛克 博学多才的法官！判得好！来，预备！

鲍西娅 且慢，还有别的话哩。这约上并没有允许你取他的一滴血，只是写明着"一磅肉"；所以你可以照约拿一磅肉去，可是在割肉的时候，要是流下一滴基督徒的血，你的土地财产，按照威尼斯的法律，就要全部充公。

葛莱西安诺 啊，公平正直的法官！听着，犹太人；啊，博学多才的法官！

夏洛克 法律上是这样说吗？

鲍西娅 你自己可以去查查明白。既然你要求公道，我就给你公道，而且比你所要求的更公道。

葛莱西安诺 啊，博学多才的法官！听着，犹太人；好一个博学多才的法官！

夏洛克 那么我愿意接受还款；照约上的数目三倍还我，放了那基督徒。

巴萨尼奥 钱在这儿。

鲍西娅 别忙！这犹太人必须得到绝对的公道。别忙！他除了照约处罚以外，不能接受其他的赔偿。

葛莱西安诺 啊，犹太人！一个公平正直的法官，一个博学多才的法官！

鲍西娅 所以你准备着动手割肉吧。不准流一滴血，也不准割得超过或是不足一磅的重量；要是你割下来的肉，比一磅略微轻一点或是重一点，即使相差只有一丝一毫，或者仅仅一根汗毛之微，就要把你抵命，你的财产全部充公。

葛莱西安诺 一个再世的但尼尔，一个但尼尔，犹太人！现在你可掉在我的手里了，你这异教徒！

鲍西娅 那犹太人为什么还不动手？

除了冒着你自己生命的危险割下那一磅肉以外,你不能拿一个钱。

夏洛克　把我的本钱还我，放我去吧。

巴萨尼奥　钱我已经预备好在这儿，你拿去吧。

鲍西娅　他已经当庭拒绝过了；我们现在只能给他公道，让他履行原约。

葛莱西安诺　好一个但尼尔，一个再世的但尼尔！谢谢你，犹太人，你教会我说这句话。

夏洛克　难道我单单拿回我的本钱都不成吗？

鲍西娅　犹太人，除了冒着你自己生命的危险割下那一磅肉以外，你不能拿一个钱。

夏洛克　好，那么魔鬼保佑他去享用吧！我不打这场官司了。

鲍西娅　等一等，犹太人，法律上还有一点牵涉你。威尼斯的法律规定：凡是一个异邦人企图用直接或间接手段，谋害任何公民，查明确有实据者，他的财产的半数应当归受害的一方所有，其余的半数没入公库，犯罪者的生命悉听公爵处置，他人不得过问。你现在刚巧陷入这一条法网，因为根据事实的发展，已经足以证明你确有运用直接间接手段，危害被告生命的企图，所以你已经遭逢着我刚才所说起的那种危险了。快快跪下来，请公爵开恩吧。

葛莱西安诺　求公爵开恩，让你自己去寻死吧；可是你的财产现在充了公，一根绳子也买不起啦，所以还是要让公家破费把你吊死。

公爵　让你瞧瞧我们基督徒的精神，你虽然没有向我开口，我自动饶恕了你的死罪。你的财产一半划归安东尼奥，还有一半没入公库；要是你能够诚心悔过，也许还可以减处你一笔较轻的罚款。

鲍西娅　这是说没入公库的一部分，不是说划归安东尼奥的一部分。

夏洛克　不，把我的生命连着财产一起拿了去吧，我不要你们的宽恕。你们拿掉了支撑房子的柱子，就是拆了我的房子；你们夺去了我的养家活命的根本，就是活活要了我的命。

鲍西娅　安东尼奥，你能不能够给他一点慈悲？

葛莱西安诺 白送给他一根上吊的绳子吧；看在上帝的面上，不要给他别的东西！

安东尼奥 要是殿下和堂上愿意从宽发落，免予没收他的财产的一半，我就十分满足了；只要他能够让我接管他的另外一半的财产，等他死了以后，把它交给最近和他的女儿私奔的那位绅士；可是还要有两个附带的条件：第一，他接受了这样的恩典，必须立刻改信基督教；第二，他必须当庭写下一张文契，声明他死了以后，他的全部财产传给他的女婿罗兰佐和他的女儿。

公爵 他必须履行这两个条件，否则我就撤销刚才所宣布的赦令。

鲍西娅 犹太人，你满意吗？你有什么话说？

夏洛克 我满意。

鲍西娅 书记，写下一张授赠产业的文契。

夏洛克 请你们允许我退庭，我身子不大舒服。文契写好了送到我家里，我在上面签名就是了。

公爵 去吧，可是临时变卦是不成的。

葛莱西安诺 你在受洗礼的时候，可以有两个教父；要是我做了法官，我一定给你请十二个教父①，不是领你去受洗，是送你上绞架。(夏洛克下)

公爵 先生，我想请您到舍间去用餐。

鲍西娅 请殿下多多原谅，我今天晚上要回帕度亚去，必须现在就动身，恕不奉陪了。

公爵 您这样贵忙，不能容我略尽寸心，真是抱歉得很。安东尼奥，谢谢这位先生，你这回全亏了他。(公爵、众士绅及侍从等下)

巴萨尼奥 最可尊敬的先生，我跟我这位敝友今天多赖您的智慧，免去了一场无妄之灾；为了表示我们的敬意，这三千块钱本来是预备还那犹太人的，现在就奉送给先生，聊以报答您的辛苦。

安东尼奥 您的大恩大德，我们是永远不忘记的。

鲍西娅 一个人做了心安理得的事，就是得到了最大的酬报；我这

---

① 当时法庭惯例，由十二人组成陪审团。

次帮两位的忙，总算没有失败，已经引为十分满足，用不着再谈什么酬谢了。但愿咱们下次见面的时候，两位仍旧认识我。现在我就此告辞了。

巴萨尼奥　好先生，我不得不再向您提出一个请求，请您随便从我们身上拿些什么东西去，不算是酬谢，只算是留个纪念。请您答应我两件事儿：既不要推卸，还要原谅我的要求。

鲍西娅　你们这样殷勤，倒叫我却之不恭了。（向安东尼奥）把您的手套送给我，让我戴在手上留个纪念吧；（向巴萨尼奥）为了纪念您的盛情，让我拿了这戒指去。不要缩回您的手，我不再向您要什么了；您既然是一片诚意，想来总也不会拒绝我吧。

巴萨尼奥　这指环吗，好先生？唉！它是个不值钱的玩意儿；我不好意思把这东西送给您。

鲍西娅　我什么都不要，就是要这指环；现在我想我非把它要来不可了。

巴萨尼奥　这指环的本身并没有什么价值，可是因为有其他的关系，我不能把它送人。我愿意搜访威尼斯最贵重的一枚指环来送给您，可是这一枚却只好请您原谅了。

鲍西娅　先生，您原来是个口头上慷慨的人；您先叫我怎样伸手求讨，然后再叫我懂得了一个叫花子会得到怎样的回答。

巴萨尼奥　好先生，这指环是我的妻子给我的；她把它套上我的手指的时候，曾经叫我发誓永远不把它出卖、送人或是遗失。

鲍西娅　人们在吝惜他们的礼物的时候，都可以用这样的话做推托的。要是尊夫人不是一个疯婆子，她知道了我对于这指环是多么受之无愧，一定不会因为您把它送掉了而跟您长久反目的。好，愿你们平安！（鲍西娅、尼莉莎同下）

安东尼奥　我的巴萨尼奥少爷，让他把那指环拿去吧；看在他的功劳和我的交情分上，违犯一次尊夫人的命令，想来不会有什么要紧。

巴萨尼奥　葛莱西安诺，你快追上他们，把这指环送给他；要是可能的话，领他到安东尼奥的家里去。去，赶快！（葛莱西安诺

下）来，我就陪着你到你府上；明天一早咱们两人就飞到贝尔蒙特去。来，安东尼奥。（同下）

第二场　同前。街道

鲍西娅及尼莉莎上。

鲍西娅　打听打听这犹太人住在什么地方，把这文契交给他，叫他签了字。我们要比我们的丈夫先一天到家，所以一定得在今天晚上动身。罗兰佐拿到了这一张文契，一定高兴得不得了。

葛莱西安诺上。

葛莱西安诺　好先生，我好容易追上了您。我家大爷巴萨尼奥再三考虑之下，决定叫我把这指环拿来送给您，还要请您赏光陪他吃一顿饭。

鲍西娅　那可没法应命；他的指环我收下了，请你替我谢谢他。我还要请你给我这小兄弟带路到夏洛克老头儿的家里。

葛莱西安诺　可以可以。

尼莉莎　大哥，我要向您说句话儿。（向鲍西娅旁白）我要试一试我能不能把我丈夫的指环拿下来。我曾经叫他发誓永远不离手。

鲍西娅　你一定能够。我们回家以后，一定可以听听他们指天誓日，说他们是把指环送给男人的；可是我们要压倒他们，比他们发更厉害的誓。你快去吧，你知道我会在什么地方等你。

尼莉莎　来，大哥，请您给我带路。（各下）

第五幕

第一场　贝尔蒙特。通至鲍西娅住宅的林荫路

罗兰佐及杰西卡上。

罗兰佐　好皎洁的月色！微风轻轻地吻着树枝，不发出一点声响；我想正是在这样一个夜里，特洛伊罗斯登上了特洛亚的城墙，遥望着克瑞西达所寄身的希腊人的营幕，发出他的深心中的悲叹①。

杰西卡　正是在这样一个夜里，提斯柏心惊胆战地踩着露水，去赴她情人的约会，因为看见了一头狮子的影子，吓得远远逃走②。

罗兰佐　正是在这样一个夜里，狄多手里执着柳枝，站在辽阔的海滨，招她的爱人回到迦太基来③。

杰西卡　正是在这样一个夜里，美狄亚采集了灵芝仙草，使衰迈的

---

①　特洛伊罗斯是特洛亚王之子，他爱上克瑞西达，但在交换俘虏之时克瑞西达被送到希腊战营，嫁给别人。

②　美女提斯柏赴情人约会，遇到狮子仓促逃跑，遗失头巾，情人后至，见女头巾带血，疑提斯柏为狮所食，悲而自尽。提斯柏后也自尽。

③　狄多为迦太基女王，热恋情人，但情人终弃而去。柳枝为失恋的象征。

埃宋返老还童①。

罗兰佐　正是在这样一个夜里,杰西卡从犹太富翁的家里逃了出来,跟着一个不中用的情郎从威尼斯一直走到贝尔蒙特。

杰西卡　正是在这样一个夜里,年轻的罗兰佐发誓说他爱她,用许多忠诚的盟言偷去了她的灵魂,可是没有一句话是真的。

罗兰佐　正是在这样一个夜里,可爱的杰西卡像一个小泼妇似的,信口毁谤她的情人,可是他饶恕了她。

杰西卡　倘不是有人来了,我可以搬弄出比你所知道的更多的夜的典故来。可是听!这不是一个人的脚步声吗?

罗兰佐　谁在这静悄悄的深夜里跑得这么快?

斯丹法诺　一个朋友。

罗兰佐　一个朋友!什么朋友?请问朋友尊姓大名?

斯丹法诺　我的名字是斯丹法诺,我来向你们报个信,我家女主人在天明以前,就要到贝尔蒙特来了;她一路上看见圣十字架,便停步下来,长跪祷告,祈求着婚姻的美满。

罗兰佐　谁陪她一起来?

斯丹法诺　没有什么人,只是一个修道的隐士和她的侍女。请问我家主人有没有回来?

罗兰佐　他没有回来,我们也没有听到他的消息。可是,杰西卡,我们进去吧;让我们按照着礼节,准备一些欢迎这屋子的女主人的仪式。

　　　　朗斯洛特上。

朗斯洛特　索拉!索拉!哦哈呵!索拉!索拉!

罗兰佐　谁在那儿嚷?

朗斯洛特　索拉!你看见罗兰佐大爷吗?罗兰佐大爷!索拉!索拉!

罗兰佐　别嚷啦,朋友;他就在这儿。

朗斯洛特　索拉!哪儿?哪儿?

---

①　奥维德《变形记》中的故事:埃宋即伊阿宋之父,他服其媳妇美狄亚之仙药而返老还童。

罗兰佐　这儿。

朗斯洛特　对他说我家主人差一个人带了许多好消息来了；他在天明以前就要回家来啦。（下）

罗兰佐　亲爱的，我们进去，等着他们回来吧。不，还是不用进去。我的朋友斯丹法诺，请你进去通知家里的人，你们的女主人就要来啦，叫他们准备好乐器到门外来迎接。（斯丹法诺下）月光多么恬静地睡在山坡上！我们就在这儿坐下来，让音乐的声音悄悄送进我们的耳边；柔和的静寂和夜色，是最足以衬托出音乐的甜美的。坐下来，杰西卡。瞧，天宇中嵌满了多少灿烂的金钹；你所看见的每一颗微小的天体，在转动的时候都会发出天使般的歌声，永远应和着嫩眼的天婴的妙唱。在永生的灵魂里也有这一种音乐，可是当它套上这一具泥土制成的俗恶易朽的皮囊以后，我们便再也听不见了。

　　　　　众乐工上。

罗兰佐　来啊！奏起一支圣歌来唤醒狄安娜女神；用最温柔的节奏倾注到你们女主人的耳中，让她被乐声吸引着回来。（音乐）

杰西卡　我听见了柔和的音乐，总觉得有些惆怅。

罗兰佐　这是因为你有一个敏感的灵魂。你只要看一群不服管束的畜生，或是那野性未驯的小马，逗着它们奔放的血气，乱跳狂奔，高声嘶叫，倘然偶尔听到一声喇叭，或是任何乐调，就会一齐立定，它们狂野的眼光，因为中了音乐的魅力，变成温和的注视。所以诗人会造出俄耳甫斯用音乐感动木石、平息风浪的故事，因为无论怎样坚硬顽固狂暴的事物，音乐都可以立刻改变它们的性质；灵魂里没有音乐，或是听了甜蜜和谐的乐声而不会感动的人，都是擅于为非作恶、使奸弄诈的；他们的灵魂像黑夜一样昏沉，他们的感情像鬼域一样幽暗；这种人是不可信任的。听这音乐！

　　　　　鲍西娅及尼莉莎自远处上。

鲍西娅　那灯光是从我家里发出来的。一枝小小的蜡烛，它的光照耀得多么远！一件善事也正像这枝蜡烛一样，在这罪恶的世界上发出广大的光辉。

尼莉莎　月光明亮的时候,我们就瞧不见灯光。

鲍西娅　小小的荣耀也正是这样给更大的光荣所掩。国王出巡的时候摄政的威权未尝不就像一个君主,可是一到国王回来,他的威权就归于乌有,正像溪涧中的细流注入大海一样。音乐!听!

尼莉莎　小姐,这是我们家里的音乐。

鲍西娅　没有比较,就显不出长处;我觉得它比在白天好听得多哪。

尼莉莎　小姐,那是因为晚上比白天静寂的缘故。

鲍西娅　如果没有人欣赏,乌鸦的歌声也就和云雀一样;要是夜莺在白天杂在群鹅的聒噪里歌唱,人家决不以为它比鹪鹩唱得更美。多少事情因为逢到有利的环境,才能够达到尽善的境界,博得一声恰当的赞赏!喂,静下来!月亮正在拥着她的情郎酣睡,不肯就醒来呢。(音乐停止)

罗兰佐　要是我没有听错,这分明是鲍西娅的声音。

鲍西娅　我的声音太难听,所以一下子就给他听出来了,正像瞎子能够辨认杜鹃一样。

罗兰佐　好夫人,欢迎您回家来!

鲍西娅　我们在外边为我们的丈夫祈祷平安,希望他们能够因我们的祈祷而多福。他们已经回来了吗?

罗兰佐　夫人,他们还没有来;可是刚才有人来送过信,说他们就要来了。

鲍西娅　进去,尼莉莎,吩咐我的仆人们,叫他们就当我们两人没有出去过一样;罗兰佐,您也给我保守秘密;杰西卡,您也不要多说。(喇叭声)

罗兰佐　您的丈夫来啦,我听见他的喇叭的声音。我们不是搬嘴弄舌的人,夫人,您放心好了。

鲍西娅　这样的夜色就像一个昏沉的白昼,不过略微惨淡点儿;没有太阳的白天,瞧上去也不过如此。

　　　　巴萨尼奥、安东尼奥、葛莱西安诺及侍从等上。

巴萨尼奥　要是您在没有太阳的地方走路,我们就可以和地球那一面的人共同享有着白昼。

鲍西娅 让我发出光辉,可是不要让我像光一样轻浮;因为一个轻浮的妻子,是会使丈夫的心头沉重的,我决不愿意巴萨尼奥为了我而心头沉重。可是一切都是上帝做主!欢迎您回家来,夫君!

巴萨尼奥 谢谢您,夫人。请您欢迎我这位朋友;这就是安东尼奥,我曾经受过他无穷的恩惠。

鲍西娅 他的确使您受惠无穷,因为我听说您曾经使他受累无穷呢。

安东尼奥 没有什么,现在一切都已经圆满解决了。

鲍西娅 先生,我们非常欢迎您的光临;可是口头的空言不能表示诚意,所以一切客套的话,我都不说了。

葛莱西安诺 (向尼莉莎)我凭着那边的月亮起誓,你冤枉了我,我真的把它送给了那法官的书记。好人,你既然把这件事情看得这么重,那么我但愿拿了去的人是个割掉了鸡巴的。

鲍西娅 啊!已经在吵架了吗?为了什么事?

葛莱西安诺 为了一个金圈圈儿,她给我的一个不值钱的指环,上面刻着的诗句,就跟那些刀匠们刻在刀子上的差不多,什么"爱我毋相弃"。

尼莉莎 你管它什么诗句,什么值钱不值钱?我当初给你的时候,你曾经向我发誓,说你要戴着它直到死去,死了就跟你一起葬在坟墓里;即使不为我,为了你所发的重誓,你也应该把它看重,好好儿地保存着。送给一个法官的书记!呸!上帝可以替我判断,拿了这指环去的那个书记,一定是个脸上永远不会出毛的。

葛莱西安诺 他年纪长大起来,自然会出胡子的。

尼莉莎 一个女人也会长成男子吗?

葛莱西安诺 我举手起誓,我的确把它送给了一个少年人,一个年纪小小、发育不全的孩子;他的个儿并不比你高,这个法官的书记。他是个多话的孩子,一定要我把这指环给他做酬劳,我实在不好意思不给他。

鲍西娅　恕我说句不客气的话,这是你的不对;你怎么可以把你妻子的第一件礼物随随便便给了人?你已经发过誓把它套在你的手指上,它就是你身体上不可分的一部分。我也曾经送给我的爱人一个指环,使他发誓永不把它抛弃;他现在就在这儿,我敢代他发誓,即使把世间所有的财富向他交换,他也不肯丢掉它或是把它从他的手指上取下来的。真的,葛莱西安诺,你太对不起你的妻子了;倘然是我的话,我早就发起脾气来啦。

巴萨尼奥　(旁白)哎哟,我应该把我的左手砍掉了,那就可以发誓说,因为强盗要我的指环,我不肯给他,所以连手都给砍下来了。

葛莱西安诺　巴萨尼奥大爷也把他的指环给那法官了,因为那法官一定要向他讨那指环;其实他就是拿了指环去,也一点不算过分。那个孩子、那法官的书记,因为写了几个字,也就讨了我的指环去做酬劳。他们主仆两人什么都不要,就是要这两个指环。

鲍西娅　我的爷,您把什么指环送了人哪?我想不会是我给您的那一个吧?

巴萨尼奥　要是我可以用说谎来加重我的过失,那么我会否认的;可是您瞧我的手指上已没有指环;它已经没有了。

鲍西娅　正像您的虚伪的心里没有一丝真情一样。我对天发誓,除非等我见了这指环,我再也不跟您同床共枕。

尼莉莎　要是我看不见我的指环,我也再不跟你同床共枕。

巴萨尼奥　亲爱的鲍西娅,要是您知道我把这指环送给什么人,要是您知道我为了谁的缘故把这指环送人,要是您能够想到为了什么理由我把这指环送人,我又是多么舍不下这个指环,可是人家偏偏什么也不要,一定要这个指环,那时候您就不会生这么大的气了。

鲍西娅　要是您知道这指环的价值,或是识得了把这指环给您的那人的一半好处,或是懂得了您自己保存着这指环的光荣,您就不会把这指环抛弃。只要你肯稍为用诚恳的话向他解释几句,世上哪有这样不讲理的人，会好意思硬要人家留作纪念的东西？尼莉莎讲的话一点不错，我可以用我的生命赌咒，一定是什么女人把这指环拿去了。

巴萨尼奥　不，夫人，我用我的名誉、我的灵魂起誓，并不是什么女人拿去，的确是送给那位法学博士的；他不接受我送给他的三千块钱，一定要讨这指环，我不答应，他就老大不高兴地去了。就是他救了我的好朋友的性命；我应该怎么说呢，好太太？我没有法子，只好叫人追上去送给他；人情和礼貌逼着我这样做，我不能让我的名誉沾上忘恩负义的污点。原谅我，好夫人，凭着天上的明灯起誓，要是那时候您也在那儿，我想您一定会恳求我把这指环送给这位贤能的博士的。

鲍西娅　让那博士再也不要走近我的屋子。他既然拿去了我所珍爱的宝物，又是您所发誓永远为我保存的东西，那么我也会像您一样慷慨；我会把我所有的一切都给他，即使他要我的身体，或是我的丈夫的眠床，我都不会拒绝他。我总有一天会认识他的，那是我完全有把握的；您还是一夜也不要离开家里，像个百眼怪物那样看守着我吧；否则我可以凭着我的尚未失去的贞操起誓，要是您让我一个人在家里，我一定要跟这个博士睡在一床的。

尼莉莎　我也要跟他的书记睡在一床；所以你还是留心不要走开我的身边。

葛莱西安诺　好，随你的便，只要不让我碰到他；要是他给我捉住了，我就折断这个少年书记的那支笔。

安东尼奥　都是我的不是，引出你们这一场吵闹。

鲍西娅　先生，这跟您没有关系；您来我们是很欢迎的。

巴萨尼奥　鲍西娅，饶恕我这一次出于不得已的错误，当着这许多朋友们的面前，我向您发誓，凭着您这一双美丽的眼睛，在它们里面我可以看见我自己——

鲍西娅　你们听他的话！我的左眼里也有一个他，我的右眼里也有一个他；您用您的两重人格发誓，我还能够相信您吗？

巴萨尼奥　不，听我说。原谅我这一次错误，凭着我的灵魂起誓，我以后再不违背对您发出的誓言。

安东尼奥　我曾经为了他的幸福，把我自己的身体向人抵押，倘不是幸亏那个把您丈夫的指环拿去的人，几乎送了性命；现在我敢再立一张契约，把我的灵魂作为担保，保证您的丈夫决不会再有故意背信的行为。

鲍西娅　那么就请您做他的保证人，把这个给他，叫他比上回那一个保存得牢一些。

安东尼奥　拿着，巴萨尼奥；请您发誓永远保存这一个指环。

巴萨尼奥　天哪！这就是我给那博士的那一个！

鲍西娅　我就是从他手里拿来的。原谅我，巴萨尼奥，因为凭着这个指环，那博士已经跟我睡过觉了。

尼莉莎　原谅我，我的好葛莱西安诺；就是那个发育不全的孩子，那个博士的书记，因为我问他讨这个指环，昨天晚上已经跟我睡在一起了。

葛莱西安诺　哎哟，这就像是在夏天把铺得好好的道路重新翻造。嘿！我们就这样冤冤枉枉地做起王八来了吗？

鲍西娅　不要说得那么难听。你们大家都有点莫名其妙；这儿有一封信，拿去慢慢地念吧，它是培拉里奥从帕度亚寄来的，你们从这封信里，就可以知道那位博士就是鲍西娅，她的书记便是这位尼莉莎。罗兰佐可以向你们证明，当你们出发以后，我就立刻动身；我回家来还没有多少时候，连大门也没有进去过呢。安东尼奥，我们非常欢迎您到这儿来；我还带着一个您所意料不到的好消息给您，请您拆开这封信，您就可以知道您有三艘商船，已经满载而归，马上要到港了。您再也想不出这封信怎么会那么巧地到了我的手里。

安东尼奥　我没有话说了。

巴萨尼奥　您就是那个博士，我还不认识您吗？

葛莱西安诺　你就是要叫我当王八的那个书记吗？

尼莉莎　是的，可是除非那书记会长成一个男子，他再也不能叫你当王八。

巴萨尼奥 好博士,你今晚就陪着我睡觉吧;当我不在的时候,您可以睡在我妻子的床上。

安东尼奥 好夫人,您救了我的命,又给了我一条活路;我从这封信里得到了确实的消息,我的船只已经平安到港了。

鲍西娅 喂,罗兰佐!我的书记也有一件好东西要给您哩。

尼莉莎 是的,我可以送给他,不收一些费用。这儿是那犹太富翁亲笔签署的一张授赠产业的文契,声明他死了以后,全部遗产都传给您和杰西卡,请你们收下吧。

罗兰佐 两位好夫人,你们像是散布玛哪①的天使,救济着饥饿的人们。

鲍西娅 天已经差不多亮了,可是我知道你们还想把这些事情知道得详细一点。我们大家进去吧;你们还有什么疑惑的地方,尽管再向我们发问,我们一定老老实实地回答一切问题。

葛莱西安诺 很好,我要我的尼莉莎宣誓答复的第一个问题,是现在离白昼只有两小时了,我们还是就去睡觉呢,还是等明天晚上再睡?正是——不惧黄昏近,但愁白日长;翩翩书记俊,今夕喜同床。金环束指间,灿烂自生光,唯恐娇妻骂,莫将弃道旁。(众下)

---

① 玛哪,为上帝赐予走出埃及的犹太人民的天粮,见《旧约·出埃及记》。

Part Two

第十二夜

朱生豪 译

剧中人物

奥西诺	伊利里亚公爵
西巴斯辛	薇奥拉之兄
安东尼奥	船长,西巴斯辛之友
另一船长	薇奥拉之友
凡伦丁 }	
丘里奥 }	公爵侍臣
托比·培尔契爵士	奥丽维娅的叔父
安德鲁·艾古契克爵士	
马伏里奥	奥丽维娅的管家
费边 }	
费斯特　小丑 }	奥丽维娅之仆
奥丽维娅	富有的伯爵小姐
薇奥拉	热恋公爵者
玛利娅	奥丽维娅的侍女

群臣、牧师、水手、警吏、乐工及其他侍从等

地　点

伊利里亚某城及其附近海滨

第一幕

第一场　公爵府中一室

公爵、丘里奥、众臣同上；乐工随侍

公爵　假如音乐是爱情的食粮，那么奏下去吧；尽量地奏下去，好让爱情因过饱噎塞而死。又奏起这个调子来了！它有一种渐渐消沉下去的节奏。啊！它经过我的耳畔，就像微风吹拂一丛紫罗兰，发出轻柔的声音，一面把花香偷走，一面又把花香分送。够了！别再奏下去了！它现在已经不像原来那样甜蜜了。爱情的精灵呀！你是多么敏感而活泼；虽然你有海一样的容量，可是无论怎样高贵超越的事物，一进了你的范围，便会在顷刻间失去了它的价值。爱情是这样充满了意象，在一切事物中是最富于幻想的。

丘里奥　殿下，您要不要去打猎？

公爵　什么，丘里奥？

丘里奥　去打鹿。

公爵　啊，一点不错，我的心就像是一头鹿。唉！当我第一眼瞧见奥丽维娅的时候，我觉得好像空气给她澄清了。那时我就变成了一头鹿；从此我的情欲像凶暴残酷的猎犬一样，永远追逐着我。

    凡伦丁上。

公爵 怎样！她那边有什么消息？

凡伦丁 启禀殿下，他们不让我进去，只从她的侍女嘴里传来了这一个答复：除非再过七个寒暑，就是青天也不能窥见她的全貌；她要像一个尼姑一样，蒙着面幕而行，每天用辛酸的眼泪浇洒她的卧室：这一切都是为着纪念对于一个死去的哥哥的爱，她要把对哥哥的爱永远沽生生地保留在她悲伤的记忆里。

公爵 唉！她有这么一颗优美的心，对于她的哥哥也会挚爱到这等地步。假如爱神那支有力的金箭把她心里一切其他的感情一齐射死；假如只有一个惟一的君王占据着她的心肝头脑——这些尊严的御座，这些珍美的财宝——那时她将要怎样恋爱着啊！
给我引道到芬芳的花丛；
相思在花荫下格外情浓。（同下）

第二场 海 滨

    薇奥拉、船长及水手等上。

薇奥拉 朋友们，这儿是什么国土？

船长 这儿是伊利里亚，姑娘。

薇奥拉 我在伊利里亚干什么呢？我的哥哥已经到极乐世界里去了。也许他侥幸没有淹死。水手们，你们以为怎样？

船长 您也是侥幸才保全了性命的。

薇奥拉 唉，我的可怜的哥哥！但愿他也侥幸无恙！

船长 不错，姑娘，您可以用侥幸的希望来宽慰您自己。我告诉您，我们的船撞破了之后，您和那几个跟您一同脱险的人紧攀着我们那只被风涛所颠摇的小船，那时我瞧见您的哥哥很有机智地把他自己捆在一根浮在海面的桅樯上，勇敢和希望教给了他这个计策；我见他像阿里翁①骑在海豚背上似的浮沉在波浪之间，直到我的眼睛望不见他。

薇奥拉　你的话使我很高兴，请收下这点钱，聊表谢意。由于我自己脱险，使我抱着他也能够同样脱险的希望；你的话更把我的希望证实了几分。你知道这国土吗？

船长　是的，姑娘，很熟悉；因为我就是在离这儿不到三小时旅程的地方生长的。

薇奥拉　谁统治着这地方？

船长　一位名实相符的高贵的公爵。

薇奥拉　他叫什么名字？

船长　奥西诺。

薇奥拉　奥西诺！我曾经听见我父亲说起过他；那时他还没有娶亲。

船长　现在他还是这样，至少在最近我还不曾听见他娶亲的消息；因为只一个月之前我从这儿出发，那时刚刚有一种新鲜的风传——您知道大人物的一举一动，都会被一般人纷纷议论着的——说他在向美貌的奥丽维娅求爱。

薇奥拉　她是谁呀？

船长　她是一位品德高尚的姑娘；她的父亲是位伯爵，约莫在一年前死去，把她交给他的儿子，她的哥哥照顾，可是他不久又死了。他们说为了对于她哥哥的深切的友爱，她已经发誓不再跟男人们在一起或是见他们的面。

薇奥拉　唉！要是我能够侍候这位小姐，就可以不用在时机没有成熟之前泄露我的身份了。

船长　那很难办到，因为她不肯接纳无论哪一种请求，就是公爵的请求她也是拒绝的。

薇奥拉　船长，你瞧上去是个好人；虽然造物常常用一层美丽的墙来围蔽住内中的污秽，但是我可以相信你的心地跟你的外表一

---

① 阿里翁为希腊诗人和音乐家，逢海难，为一感佩其音乐的海豚所救。

样好。请你替我保守秘密，不要把我的真相泄露出去，我以后会重谢你的；你得帮助我假扮起来，好让我达到我的目的。我要去侍候这位公爵，你可以把我送给他作为一个净了身的传童；也许你会得到些好处的，因为我会唱歌，用各种的音乐向他说话，使他重用我。

以后有什么事以后再说；

我会使计谋，你只须静默。

船长 我便当哑巴，你去做近侍，

倘多话挖去我的眼珠子。

薇奥拉 谢谢你；领着我去吧。（同下）

第三场 奥丽维娅宅中一室

托比·培尔契爵士及玛利娅上。

托比 我的侄女见什么鬼把她哥哥的死看得那么重？悲哀是要损寿的呢。

玛利娅 真的，托比老爷，您晚上得早点儿回来；您那侄小姐很反对您深夜不归呢。

托比 哼，让她去今天反对、明天反对，尽管反对下去吧。

玛利娅 哦，但是您总得有个分寸，不要太失身份才是。

托比 身份！我这身衣服难道不合身份吗？穿了这种衣服去喝酒，也很有身份的了；还有这双靴子，要是它们不合身份，就叫它们在靴带上吊死了吧。

玛利娅 您这样酗酒会作践了您自己的，我昨天听见小姐说起过；她还说起您有一晚带到这儿来向她求婚的那个傻骑士。

托比 谁？安德鲁·艾古契克爵士吗？

玛利娅 噢，就是他。

托比 他在伊利里亚也算是一表人才了。

玛利娅 那又有什么相干？

托比 哼，他一年有三千块钱收入呢。

玛利娅 噢，可是一年之内就把这些钱全花光了。他是个大傻瓜，而且是个浪子。

托比　呸！你说出这种话来！他会拉低音提琴；他会不看书本讲三四国文字，一个字都不模糊；他有很好的天分。

玛利娅　是的，傻子都是得天独厚的；因为他除了是个傻瓜之外，又是一个惯会惹是招非的家伙；要是他没有懦夫的天分来缓和一下他那喜欢吵架的脾气，有见识的人都以为他就会有棺材睡的。

托比　我举手发誓，这样说他的人，都是一批坏蛋，信口雌黄的东西。他们是谁啊？

玛利娅　他们又说您每夜跟他在一块儿喝酒。

托比　我们都喝酒祝我的侄女健康呢。只要我的喉咙里有食道，伊利里亚有酒，我便要为她举杯祝饮。谁要是不愿为我的侄女举杯祝饮，喝到像抽陀螺似的天旋地转，他就是个不中用的汉子，是个卑鄙小人。嘿，丫头！放正经些！安德鲁·艾古契克爵士来啦。

　　　安德鲁·艾古契克爵士上。

安德鲁　托比·培尔契爵士！您好，托比·培尔契爵士！

托比　亲爱的安德鲁爵士！

安德鲁　您好，美貌的小泼妇！

玛利娅　您好，大人。

托比　寒暄几句，安德鲁爵士，寒暄几句。

安德鲁　您说什么？

托比　这是舍侄女的丫环。

安德鲁　好寒萱姊姊，我希望咱们多多结识。

玛利娅　我的名字是玛丽，大人。

安德鲁　好玛丽·寒萱姊姊，——

托比　你弄错了，骑士；"寒暄几句"就是跑上去向她应酬一下，招呼一下，客套一下，来一下的意思。

安德鲁　哎哟，当着这些人我可不能跟她打交道。"寒暄"就是这个意思吗？

玛利娅　再见，先生们。

托比　要是你让她这样走了，安德鲁爵士，你以后再不用充汉子了。

安德鲁　要是你这样走了，姑娘，我以后再不用充汉子了。好小姐，你以为你手边是些傻瓜吗？

玛利娅　大人，可是我还不曾跟您握手呢。

安德鲁　那很好办，让我们握手。

玛利娅　好了，大人，思想是无拘无束的。请您把这只手带到卖酒的柜台那里去，让它喝两盅吧。

安德鲁　这怎么讲，好人儿？你在打什么比方？

玛利娅　我是说它怪没劲的。

安德鲁　是啊，我也这样想。不管人家怎么说我蠢，应该好好保养两手的道理我还懂得。可是你说的是什么笑话？

玛利娅　没劲的笑话。

安德鲁　你一肚子都是这种笑话吗？

玛利娅　不错，大人，满手里抓的也都是。得，现在我放开您的手了，我的笑料也都吹了。（下）

托比　骑士啊！你应该喝杯酒儿。几时我见你这样给人愚弄过？

安德鲁　我想你从来没有见过；除非你见我给酒弄昏了头。有时我觉得我跟一般基督徒和平常人一样笨；可是我是个吃牛肉的老饕，我相信那对于我的聪明很有妨害。

托比　一定一定。

安德鲁　要是我真那样想的话，以后我得戒了。托比爵士，明天我要骑马回家去了。

托比　Pourquoi①，我的亲爱的骑士？

安德鲁　什么叫Pourquoi？好还是不好？我理该把我花在击剑、跳舞和耍熊上面的工夫学几种外国话的。唉！要是我读了文学多么好！

---

①　法语，为"为何"之意。

托比 要是你花些工夫在你的鬈发钳①上头，你就可以有一头很好的头发了。

安德鲁 怎么，那跟我的头发有什么关系？

托比 很明白，因为你瞧你的头发不用些工夫上去是不会鬈曲起来的。

安德鲁 可是我的头发不也已经够好看了吗？

托比 好得很，它披下来的样子就像纺杆上的麻线一样，我希望有哪位奶奶把你夹在大腿里纺它一纺。

安德鲁 真的，我明天要回家去了，托比爵士。你侄女不肯接见我；即使接见我，多半她也不会要我。这儿的公爵也向她求婚呢。

托比 她不要什么公爵不公爵；她不愿嫁给比她身份高、地位高、年龄高、智慧高的人，我听见她这样发过誓。嘿，老兄，还有希望呢。

安德鲁 我再耽搁一个月。我是世上心思最古怪的人；我有时老是喜欢喝酒跳舞。

托比 这种玩意儿你很擅长的吗，骑士？

安德鲁 可以比得过伊利里亚无论哪个不比我高明的人；可是我不愿跟老手比。

托比 你跳舞的本领怎样？

安德鲁 不骗你，我会旱地拔葱。

托比 我会葱炒羊肉。

安德鲁 讲到我的倒跳的本事，简直可以比得上伊利里亚的无论什么人。

托比 为什么你要把这种本领藏匿起来呢？为什么这种天才要覆上一块幕布？难道它们也会沾上灰尘，像大姑娘的画像一样吗？为什么不跳着"加里阿"到教堂里去，跳着"科兰多"一路回家？假如我的话，我要走步路也是"捷格"舞，撒泡尿也是

---

① 鬈发钳（tongs）与外国话（tongues）发音相近，故双方才有说东听西的误会。

五步舞呢。你是什么意思？这世界上是应该把才能隐藏起来的吗？照你那双出色的好腿看来，我想它们是在一个跳舞的星光底下生下来的。

安德鲁 哦，我这双腿很有气力，穿了火黄色的袜子倒也十分漂亮。我们喝酒去吧？

托比 除了喝酒，咱们还有什么事好做？咱们的命宫不是金牛星吗？

安德鲁 金牛星！金牛星管的是腰和心。

托比 不，老兄，是腿和股。跳个舞给我看。哈哈！跳得高些！哈哈！好极了！（同下）

第四场 公爵府中一室

凡伦丁及薇奥拉男装上。

凡伦丁 要是公爵继续这样宠幸你，西萨里奥，你多半就要高升起来了；他认识你还只有三天，你就跟他这样熟了。

薇奥拉 看来你不是怕他的心性捉摸不定，就是怕我会玩忽职守，所以你才怀疑他会不会继续这样宠幸我。先生，他待人是不是有始无终的？

凡伦丁 不，相信我。

薇奥拉 谢谢你。公爵来了。

公爵，丘里奥及侍从等上。

公爵 喂！有谁看见西萨里奥吗？

薇奥拉 在这儿，殿下，听候您的吩咐。

公爵 你们暂时走开些。西萨里奥，你已经知道了一切，我已经把我秘密的内心中的书册向你展示过了；因此，好孩子，到她那边去，别让他们把你摈之门外，站在她的门口，对他们说，你要站到脚底下生了根，直等她把你延见为止。

薇奥拉 殿下，要是她真像人家所说的那样沉浸在悲哀里，她一定不会允许我进去的。

公爵 你可以跟他们吵闹，不用顾虑一切礼貌的界限，但一定不要毫无结果而归。

薇奥拉　假定我能够和她见面谈话了，殿下，那么又怎样呢？

公爵　噢！那么就向她宣布我的恋爱的热情，把我的一片挚诚说给她听，让她吃惊。你表演起我的伤心来一定很出色，你这样的青年一定比那些面孔板板的使者们更能引起她的注意。

薇奥拉　我想不见得吧，殿下。

公爵　好孩子，相信我的话；因为像你这样的妙龄，还不能算是个成人：狄安娜①的嘴唇也不比你的更柔滑而红润；你的娇细的喉咙像处女一样尖锐而清朗；在各方面你都像个女人。我知道你的性格很容易对付这件事情。四五个人陪着他去；要是你们愿意，就全去也好；因为我欢喜孤寂。你倘能成功，那么你主人的财产你也可以有份。

薇奥拉　我愿意尽力去向您的爱人求婚。（旁白）

　　　　唉，怨只怨多阻碍的前程！

　　　　但我一定要做他的夫人。（各下）

第五场　奥丽维娅宅中一室

玛利娅及小丑上。

玛利娅　不，你要是不告诉我你到哪里去来，我便把我的嘴唇抿得紧紧的，连一根毛发也钻不进去，不替你说句好话。小姐因为你不在，要吊死你呢。

小丑　让她吊死我吧；好好地吊死的人，在这世上可以不怕敌人。

玛利娅　把你的话解释解释。

小丑　因为他看不见敌人了。

玛利娅　好一句无聊的回答。让我告诉你"不怕敌人"这句话是怎么来的吧。

小丑　怎么来的，玛利娅姑娘？

玛利娅　是从打仗里来的；下回你再撒赖的时候，就可以放开胆子这样说。

---

①　狄安娜代表贞洁之女神。

小丑　好吧，上帝给聪明与聪明人；至于傻子们呢，那只好靠他们的本事了。

玛利娅　可是你这么久在外边鬼混，小姐一定要把你吊死的，否则把你赶出去，那不是跟把你吊死一样好吗？

小丑　好好地吊死常常可以防止坏的婚姻；至于赶出去，那在夏天倒还没甚要紧。

玛利娅　那么你已经下了决心了吗？

小丑　不，没有；可是我决定了两端。

玛利娅　假如一端断了，一端还连着；假如两端都断了，你的裤子也落下来了。

小丑　妙，真的很妙。好，去你的吧；要是托比老爷戒了酒，你在伊利里亚的雌儿中间也好算是个门当户对的调皮角色了。

玛利娅　闭嘴，你这坏蛋，别胡说了。小姐来啦，你还是好好地想出个推托来。（下）

小丑　才情呀，请你帮我好好地装一下傻瓜！那些自负才情的人，实际上往往是些傻瓜；我知道我自己没有才情，因此也许可以算做聪明人。昆那拍勒斯①怎么说的？"与其做愚蠢的智人，不如做聪明的愚人。"

　　　　奥丽维娅偕马伏里奥上。

小丑　上帝祝福你，小姐！

奥丽维娅　把这傻子撵出去！

小丑　喂，你们听不见吗？把这位小姐撵出去。

奥丽维娅　算了吧！你是个干燥无味的傻子，我不要再看见你了；而且你已经变得不老实起来了。

小丑　我的小姐，这两个毛病用酒和忠告都可以治好。只要给干燥无味的傻子一点酒喝，他就不干燥了。只要劝不老实的人洗心革面，弥补他从前的过失；假如他能够弥补的话，他就不再不老实了；假如他不能弥补，那么叫裁缝把他补一补也就得了。

---

① 作者杜撰的人名。

弥补者，弥而补之也：道德的失足无非补上了一块罪恶；罪恶悔改之后，也无非补上了一块道德。假如这种简单的论理可以通得过去，很好；假如通不过去，还有什么办法？当王八是一件倒霉的事，美人好比鲜花，这都是无可怀疑的。小姐吩咐把傻子撵出去；因此我再说一句，把她撵出去吧。

奥丽维娅　尊驾，我吩咐他们把你撵出去呢。

小丑　这就是大错而特错了！小姐，"戴了和尚帽，不定是和尚"；那就好比是说，我身上虽然穿着愚人的彩衣，可是我并不一定连头脑里也穿着它呀。我的好小姐，准许我证明您是个傻子。

奥丽维娅　你能吗？

小丑　再便当也没有了，我的好小姐。

奥丽维娅　那么证明一下看。

小丑　小姐，我必须把您盘问；我的贤淑的小乖乖，回答我。

奥丽维娅　好吧，先生，为了没有别的消遣，我就等候着你的证明吧。

小丑　我的好小姐，你为什么悲伤？

奥丽维娅　好傻子，为了我哥哥的死。

小丑　小姐，我想他的灵魂是在地狱里。

奥丽维娅　傻子，我知道他的灵魂是在天上。

小丑　这就越显得你的傻了，我的小姐；你哥哥的灵魂既然在天上，为什么要悲伤呢？列位，把这傻子撵出去。

奥丽维娅　马伏里奥，你以为这傻子怎样？是不是更有趣了？

马伏里奥　是的，而且会变得越来越有趣，一直到死。老弱会使聪明减退，可是对于傻子却能使他变得格外傻起来。

小丑　大爷，上帝保佑您快快老弱起来，好让您格外傻得厉害！托比老爷可以发誓说我不是狐狸，可是他不愿跟人家打赌两便士说您不是个傻子。

奥丽维娅　你怎么说，马伏里奥？

马伏里奥　我不懂您小姐怎么会喜欢这种没有头脑的混账东西。前天我看见他给一个像石头一样冥顽不灵的下等的傻子算计了去。

您瞧，他已经毫无招架之功了；要是您不笑笑给他一点题目，他便要无话可说。我说，听见这种傻子的话也会那么高兴的聪明人们，都不过是些傻子们的应声虫罢了。

奥丽维娅 啊！你是太自命不凡了，马伏里奥；你缺少一副健全的胃口。你认为是炮弹的，在宽容慷慨、气度汪洋的人看来，不过是鸟箭。傻子有特许放肆的权利，虽然他满口骂人，人家不会见怪于他；君子出言必有分量，虽然他老是指摘人家的错处，也不能算为谩骂。

小丑 麦鸠利赏给你说谎的本领吧，因为你给傻子说了好话！

玛利娅重上。

玛利娅 小姐，门口有一位年轻的先生很想见您说话。

奥丽维娅 从奥西诺公爵那儿来的吧？

玛利娅 我不知道，小姐；他是一位漂亮的青年，随从很盛。

奥丽维娅 我家里有谁在跟他周旋呢？

玛利娅 是令亲托比老爷，小姐。

奥丽维娅 你去叫他走开；他满口都是些疯话。不害羞的！（玛利娅下）马伏里奥，你给我去；假若是公爵差来的，说我病了，或是不在家，随你怎样说，把他打发走。（马伏里奥下）你瞧，先生，你的打诨已经陈腐起来，人家不喜欢了。

小丑 我的小姐，你帮我说话就像你的大儿子也会是个傻子一般；愿上帝在他的头颅里塞满脑子吧！瞧你的那位有一副最不中用的头脑的令亲来了。

托比·培尔契爵士上。

奥丽维娅 哎哟，又已经半醉了。叔叔，门口是谁？

托比 一个绅士。

奥丽维娅 一个绅士！什么绅士？

托比 有一个绅士在这儿——这种该死的咸鱼！怎样，蠢货！

小丑 好托比爷爷！

奥丽维娅 叔叔，叔叔，你怎么这么早就昏天黑地了？

托比 声天色地！我打倒声天色地！有一个人在门口。

小丑　是呀，他是谁呢？
托比　让他是魔鬼也好，我不管；我说，我心里耿耿三尺有神明。好，都是一样。(下)
奥丽维娅　傻子，醉汉像个什么东西？
小丑　像个溺死鬼，像个傻瓜，又像个疯子。多喝了一口就会把他变成个傻瓜；再喝一口就发了疯；喝了第三口就把他溺死了。
奥丽维娅　你去找个验尸的来吧，让他来验验我的叔叔；因为他已经喝酒喝到了第三个阶段，他已经溺死了。瞧瞧他去。
小丑　他还不过是发疯呢，我的小姐；傻子该去照顾疯子。(下)

　　　　马伏里奥重上。

马伏里奥　小姐，那个少年发誓说要见您说话。我对他说您有病；他说他知道，因此要来见您说话。我对他说您睡了；他似乎也早已知道了，因此要来见您说话。还有什么话好对他说呢，小姐？什么拒绝都挡他不了。
奥丽维娅　对他说我不要见他说话。
马伏里奥　这也已经对他说过了；他说，他要像州官衙门前竖着的旗杆那样立在您的门前不去，像凳子脚一样直挺挺地站着，非得见您说话不可。
奥丽维娅　他是怎样一个人？
马伏里奥　呃，就像一个人那么的。
奥丽维娅　可是是什么样子的呢？
马伏里奥　很无礼的样子；不管您愿不愿意，他一定要见您说话。
奥丽维娅　他的相貌怎样？多大年纪？
马伏里奥　说是个大人吧，年纪还太轻；说是个孩子吧，又嫌大些：就像是一颗没有成熟的豆荚，或是一只半生的苹果，又像大人又像小孩，所谓介乎两可之间。他长得很漂亮，说话也很刁钻；看他的样子，似乎有些未脱乳臭。
奥丽维娅　叫他进来。把我的侍女唤来。
马伏里奥　姑娘，小姐叫着你呢。(下)

　　　　玛利娅重上。

奥丽维娅　把我的面纱拿来；来，罩住我的脸。我们要再听一次奥西诺来使的说话。

　　　　　　薇奥拉及侍从等上。

薇奥拉　哪一位是这里府中的贵小姐？

奥丽维娅　有什么话对我说吧；我可以代她答话。你来有什么见教？

薇奥拉　最辉煌的、卓越的、无双的美人！请您指示我这位是不是就是这里府中的小姐，因为我没有见过她。我不大甘心浪掷我的言辞；因为它不但写得非常出色，而且我费了好大的辛苦才把它背熟。两位美人，不要把我取笑；我是个非常敏感的人，一点点轻侮都受不了的。

奥丽维娅　你是从什么地方来的，先生？

薇奥拉　除了我背熟了的以外，我不能说别的话；您那问题是我所不曾预备作答的。温柔的好人儿，好好儿地告诉我您是不是府里的小姐，好让我陈说我的来意。

奥丽维娅　你是个唱戏的吗？

薇奥拉　不，我的深心的人儿；可是我敢当着最有恶意的敌人发誓，我并不是我所扮演的角色。您是这府中的小姐吗？

奥丽维娅　是的，要是我没有篡夺了我自己。

薇奥拉　假如您就是她，那么您的确是篡夺了您自己了；因为您有权力给与别人的，您却没有权力把它藏匿起来。但是这种话跟我来此的使命无关；就要继续着恭维您的言辞，然后告知您我的来意。

奥丽维娅　把重要的话说出来；恭维免了吧。

薇奥拉　唉！我好容易才把它背熟，而且它又是很有诗意的。

奥丽维娅　那么多半是些鬼话，请你留着不用说了吧。我听说你在我门口一味顶撞；让你进来只是为要看看你究竟是个什么人，并不是要听你说话。要是你没有发疯，那么去吧；要是你明白事理，那么说得简单一些：我现在没有那样心思去理会一段没有意思的谈话。

玛利娅　请你动身吧，先生；这儿便是你的路。

薇奥拉　不，好清道夫，我还要在这儿闲荡一会儿呢。亲爱的小姐，请您劝劝您这位"彪形大汉"别那么神气活现。

奥丽维娅　把你的尊意告诉我。

薇奥拉　我是一个使者。

奥丽维娅　你那种礼貌那么可怕，你带来的信息一定是些坏事情。有什么话说出来。

薇奥拉　除了您之外不能让别人听见。我不是来向您宣战，也不是来要求您臣服；我手里握着橄榄枝，我的话里充满了和平，也充满了意义。

奥丽维娅　可是你一开始就不讲礼。你是谁？你要的是什么？

薇奥拉　我的不讲礼是我从你们对我的接待上学来的。我是谁，我要些什么，是个秘密；在您的耳中是神圣，别人听起来就是亵渎。

奥丽维娅　你们都走开吧；我们要听一听这段神圣的话。（玛利娅及侍从等下）现在，先生，请教你的经文？

薇奥拉　最可爱的小姐——

奥丽维娅　倒是一种叫人听了怪舒服的教理，可以大发议论呢。你的经文呢？

薇奥拉　在奥西诺的心头。

奥丽维娅　在他的心头！在他的心头的哪一章？

薇奥拉　照目录上排起来，是他心头的第一章。

奥丽维娅　噢！那我已经读过了，无非是些旁门左道。你没有别的话要说了吗？

薇奥拉　好小姐，让我瞧瞧您的脸。

奥丽维娅　贵主人有什么事要差你来跟我的脸接洽的吗？你现在岔开你的正文了；可是我们不妨拉开幕儿，让你看看这幅图画。（揭除面幕）你瞧，先生，我就是这个样子；它不是画得很好吗？

薇奥拉　要是一切都出于上帝的手，那真是绝妙之笔。

奥丽维娅　它的色彩很耐久，先生，受得起风霜的侵蚀。

薇奥拉　那真是各种色彩精妙地调和而成的美貌；那红红的白白的都是造化亲自用他的可爱的巧手敷上去的。小姐，您是世上最忍心的女人，要是您甘心让这种美埋没在坟墓里，不给世间留下一份副本。

奥丽维娅　啊！先生，我不会那样狠心；我可以列下一张我的美貌的清单，一一开陈清楚，把每一件细目都载在我的遗嘱上，例如：一款，浓淡适中的朱唇两片；一款，灰色的倩眼一双，附眼睑；一款，玉颈一围，柔颐一个，等等。你是奉命到这儿来恭维我的吗？

薇奥拉　我明白您是个什么样的人了。您太骄傲了；可是即使您是个魔鬼，您是美貌的。我的主人爱着您；啊！这么一种爱情，即使您是人间的绝色，也应该酬答他的。

奥丽维娅　他怎样爱着我呢？

薇奥拉　用崇拜，大量的眼泪，震响着爱情的呻吟，吞吐着烈火的叹息。

奥丽维娅　你的主人知道我的意思，我不能爱他；虽然我想他品格很高，知道他很尊贵，很有身份，年轻而纯洁，有很好的名声，慷慨，博学，勇敢，长得又体面；可是我总不能爱他，他老早就已经得到我的回音了。

薇奥拉　要是我也像我主人一样热情地爱着您，也是这样的受苦，这样了无生趣地把生命拖延，我不会懂得您的拒绝是什么意思。

奥丽维娅　啊，你预备怎样呢？

薇奥拉　我要在您的门前用柳枝筑成一所小屋，不时到府中访谒我的灵魂；我要吟咏着被冷淡的忠诚的爱情的篇什，不顾夜多么深我要把它们高声歌唱，我要向着回声的山崖呼喊您的名字，使饶舌的风都叫着"奥丽维娅"。啊！您在天地之间将要得不到安静，除非您怜悯了我！

奥丽堆娅　你的口才倒是颇堪造就的。你的家世怎样？

薇奥拉　超过于我目前的境遇，但我是个有身份的士人。

奥丽维娅　回到你主人那里去；我不能爱他，叫他不要再差人来了；

除非或者你再来见我，告诉我他对于我的答复觉得怎样。再会！多谢你的辛苦；这几个钱赏给你。

薇奥拉　我不是个要钱的信差，小姐，留着您的钱吧；不曾得到报酬的，是我的主人，不是我。但愿爱神使您所爱的人也是心如铁石，好让您的热情也跟我主人的一样遭到轻蔑！再会，忍心的美人！（下）

奥丽维娅　"你的家世怎样？""超过于我目前的境遇，但我是个有身份的士人。"我可以发誓你一定是的；你的语调，你的脸，你的肢体、动作、精神，各方面都可以证明你的高贵。——别这么性急。且慢！且慢！除非颠倒了主仆的名分。——什么！这么快便染上那种病了？我觉得好像这个少年的美处在悄悄地蹑步进入我的眼中。好，让它去吧。喂！马伏里奥！

　　　　　马伏里奥重上。

马伏里奥　有，小姐，听候您的吩咐。

奥丽维娅　去追上那个无礼的使者，公爵差来的人，他不管我要不要，硬把这戒指留下；对他说我不要，请他不要向他的主人献功，让他死了心，我跟他没有缘分。要是那少年明天还打这儿走过，我可以告诉他为什么。去吧，马伏里奥。

马伏里奥　是，小姐。（下）

奥丽维娅　我的行事我自己全不懂，
　　　　　怎一下子便会把人看中？
　　　　　一切但凭着命运的吩咐，
　　　　　谁能够作得了自己的主！（下）

第二幕

第一场 海 滨

安东尼奥及西巴斯辛上。

安东尼奥 您不愿住下去了吗?您也不愿让我陪着您去吗?

西巴斯辛 请您原谅,我不愿。我是个倒霉的人,我的晦气也许要连累了您,所以我要请您离开我,好让我独自担承我的厄运;假如连累到您身上,那是太辜负了您的好意了。

安东尼奥 可是让我知道您的去向吧。

西巴斯辛 不瞒您说,先生,我不能告诉您;因为我所决定的航行不过是无目的的漫游。可是我看您这样有礼,您一定不会强迫我说出我所保守的秘密来;因此按礼该我来向您表白我自己。安东尼奥,您要知道我的名字是西巴斯辛,罗德利哥是我的化名。我的父亲便是梅萨林的西巴斯辛,我知道您一定听见过他的名字。他死后丢下我和一个妹妹,我们两人是在同一个时辰出世的;我多么希望上天也让我们两人在同一个时辰死去!可是您,先生,却来改变我的命运,因为就在您把我从海浪里打救起来之前不久,我的妹妹已经淹死了。

安东尼奥 唉,可惜!

西巴斯辛　先生，虽然人家说她非常像我，许多人都说她是个美貌的姑娘；我虽然不好意思相信这句话，但是至少可以大胆说一句，即使妒嫉她的人也不能不承认她有一颗美好的心。她是已经给海水淹死的了，先生，虽然似乎我要用更多的泪水来淹没对她的记忆。

安东尼奥　先生，请您恕我招待不周。

西巴斯辛　啊，好安东尼奥！我才是多多打扰了您哪！

安东尼奥　要是您看在我的交情分上，不愿叫我痛不欲生的话，请您允许我做您的仆人吧。

西巴斯辛　您已经打救了我的生命，要是您不愿让我抱愧而死，那么请不要提出那样的请求，免得您白白救了我一场。我立刻告辞了！我的心是怪软的，还不曾脱去我母亲的性质，为了一点点理由，我的眼睛里就会露出我的弱点来。就要到奥西诺公爵的宫廷里去；再会了。（下）

安东尼奥　一切神明护佑着你！我在奥西诺的宫廷里有许多敌人，否则我就会马上到那边去会你——

　　　　　但无论如何我爱你太深，
　　　　　履险如夷我定要把你寻。（下）

第二场　街　道

　　　　　薇奥拉上，马伏里奥随上。

马伏里奥　您不是刚从奥丽维娅伯爵小姐那儿来的吗？

薇奥拉　是的，先生；因为我走得慢，所以现在还不过在这儿。

马伏里奥　先生，这戒指她还给您；您当初还不如自己拿走呢，免得我麻烦。她又说您必须叫您家主人死了心，明白她不要跟他来往。还有，您不用再那么莽撞地到这里来替他说话了，除非来回报一声您家主人已经对她的拒绝表示认可。好，拿去吧。

薇奥拉　她自己拿了我这戒指去的；我不要。

马伏里奥　算了吧，先生，您使性子把它丢给她；她的意思也要我把它照样丢还给您。假如它是值得弯下身子拾起来的话，它就在您的眼前；不然的话，让什么人看见就给什么人拿去吧。
（下）

薇奥拉　我没有留下戒指呀；这位小姐是什么意思？但愿她不要迷恋了我的外貌才好！她把我打量得那么仔细；真的，我觉得她看得我那么出神，连自己讲的什么话儿也顾不到了，那么没头没脑，颠颠倒倒的。一定的，她爱上我啦；情急智生，才差这个无礼的使者来邀请我。不要我主人的戒指！嘿，他并没有把什么戒指送给她呀！我才是她意中的人；真是这样的话——事实上确是这样——那么，可怜的小姐，她真是做梦了！我现在才明白假扮的确不是一桩好事情，魔鬼会乘机大显他的身手。一个又漂亮又靠不住的男人，多么容易占据了女人家柔弱的心！唉！这都是我们生性脆弱的缘故，不是我们自身的错处；因为上天造下我们是哪样的人，我们就是哪样的人。这种事情怎么了结呢？我的主人深深地爱着她；我呢，可怜的小鬼，也是那样恋着他；她呢，认错了人，似乎在思念我。这怎么了呢？因为我是个男人，我没有希望叫我的主人爱上我；因为我是个女人，唉！可怜的奥丽维娅也要白费无数的叹息了！

　　这纠纷要让时间来厘清；
　　叫我打开这结儿怎么成！（下）

第三场　奥丽维娅宅中一室

托比·培尔契爵士及安德鲁·艾古契克爵士上。

托比　过来，安德鲁爵士。深夜不睡即是起身得早；"起身早，身体好"，你知道的——

安德鲁　不，老实说，我不知道；我知道的是深夜不睡便是深夜不睡。

托比　一个错误的结论；我听见这种话就像看见一个空酒瓶那么头痛。深夜不睡，过了半夜才睡，那就是到大清早才睡，岂不是睡得很早？我们的生命不是由四大原素组成的吗？

安德鲁　不错，他们是这样说；可是我以为我们的生命不过是吃吃喝喝而已。

托比　你真有学问；那么让我们吃吃喝喝吧。玛利娅，喂！开一瓶酒来！

　　　　　小丑上。

安德鲁　那个傻子来啦。

小丑　啊，我的心肝们！咱们刚好凑成一幅《三个臭皮匠》。

托比　欢迎，驴子！现在我们来一个轮唱歌吧。

安德鲁　说老实话，这傻子有一副很好的喉咙。我宁愿拿四十个先令去换他这么一条腿和这么一副可爱的声音。真的，你昨夜打诨打的很好，说什么匹格罗格罗密忒斯哪维比亚人越过了丘勃斯的赤道线哪，真是好得很。我送六便士给你的姘头，收到了没有？

小丑　你的恩典我已经放进了我的口袋；因为马伏里奥的鼻子不是鞭柄，我的小姐有一双玉手，她的跟班们不是开酒馆的。

安德鲁　好极了！嗯，无论如何这要算是最好的打诨了。现在唱个歌吧。

托比　来，给你六便士，唱个歌吧。

安德鲁　我也有六便士给你呢；要是一个骑士大方起来——

小丑　你们要我唱支爱情的歌呢，还是唱支劝人为善的歌？

托比　唱个情歌，唱个情歌。

安德鲁　是的，是的，劝人为善有什么意思。

小丑　（唱）

　　　　　你到哪儿去，啊我的姑娘？
　　　　　听呀，那边来了你的情郎，
　　　　　嘴里吟着抑扬的曲调。
　　　　　不要再走了，美貌的亲亲；
　　　　　恋人的相遇终结了行程，
　　　　　每个聪明人全都知晓。

安德鲁　真好极了
托比　好，好！
小丑　（唱）

　　　　什么是爱情？它不在明天；
　　　　欢笑嬉游莫放过了眼前，
　　　　将来的事有谁能猜料？
　　　　不要蹉跎了大好的年华；
　　　　来吻着我吧，你双十娇娃，
　　　　转眼青春早化成衰老。

安德鲁　凭良心说话，好一副流利的歌喉！
托比　好一股恶臭的气息！
安德鲁　真的，很甜蜜又很恶臭。
托比　用鼻子听起来，那么恶臭也很动听。可是我们要不要让天空跳起舞来呢？我们要不要唱一支轮唱歌，把夜枭吵醒；那曲调会叫一个织工听了三魂出窍？
安德鲁　要是你爱我，让我们来一下吧；唱轮唱歌我挺拿手啦。
小丑　对啦，大人，有许多狗也会唱得很好。
安德鲁　不错不错。让我们唱《你这坏蛋》吧。
小丑　《闭住你的嘴，你这坏蛋》，是不是这一首，骑士？那么我可不得不叫你做坏蛋啦，骑士。
安德鲁　人家不得不叫我做坏蛋，这也不是第一次。你开头，傻子；第一句是，"闭住你的嘴。"
小丑　要是我闭住我的嘴，我就再也开不了头啦。
安德鲁　说得好，真的。来，唱起来吧。（三人唱轮唱歌）
　　　　玛利娅上。
玛利娅　你们在这里猫儿叫春似的闹些什么呀！要是小姐没有叫起她的管家马伏里奥来把你们赶出门外去，再不用相信我的话好了。

……你开头,傻子;第一句是"闭上你的嘴!"
(三个人轮唱起来)

托比　小姐是个骗子；我们都是大人物；马伏里奥是拉姆西的佩格姑娘；"我们是三个快活的人"。我不是同宗吗？我不是她的一家人吗？胡说八道，姑娘！

巴比伦有一个人，姑娘，姑娘！

小丑　要命，这位老爷真会开玩笑。
安德鲁　哦，他高兴开起玩笑来，开得可是真好，我也一样；不过他的玩笑开得富于风趣，而我的玩笑开得更为自然。
托比

啊！十二月十二——

玛利娅　看在上帝的面上，别闹了吧！
　　　马伏里奥上。
马伏里奥　我的爷爷们，你们疯了吗，还是怎么啦？难道你们没有脑子，不懂规矩，全无礼貌，在这种夜深时候还要像一群发酒疯的补锅匠似的乱吵？你们把小姐的屋子当作一间酒馆，好让你们直着喉咙，唱那种鞋匠的歌儿吗？难道你们全不想想这是什么地方，这儿住的是什么人，或者现在是什么时刻了吗？
托比　老兄，我们的轮唱是严守时划的。你去上吊吧！
马伏里奥　托比老爷，莫怪我说句不怕忌讳的话。小姐吩咐我告诉您说，她虽然把您当个亲戚留住在这儿，可是她不能容忍您那种胡闹。要是您能够循规蹈矩，我们这儿是十分欢迎您的；否则的话，要是您愿意向她告别，她一定会让您走。
托比

既然我非去不可，那么再会吧，亲亲！

玛利娅　别这样，好托比老爷。

小丑
  他的眼睛显示出他末日将要来临。

马伏里奥 岂有此理!
托比
  可是我决不会死亡。

小丑 托比老爷,您在说谎。
马伏里奥 真有体统!
托比
  我要不要叫他滚蛋?

小丑
  叫他滚蛋又怎样?
托比
  要不要叫他滚蛋,毫无留贷?

小丑
  啊!不,不,不,你没有这种胆量。

托比 唱的不入调吗?先生,你说谎!你不过是一个管家,有什么可以神气的?你以为你自己道德高尚,人家便不能喝酒取乐了吗?
小丑 是啊,凭圣安起誓,生姜吃下嘴去也总是辣的。
托比 你说得一点也不错。——去,朋友,用面包屑去擦你的项链吧。开一瓶酒来,玛利娅!
马伏里奥 玛利娅姑娘,要是你没有把小姐的恩典看作一钱不值,你可不要帮助他们作这种胡闹;我一定会去告诉她的。(下)
玛利娅 滚你的吧!
安德鲁 向他挑战,然后失约,愚弄他一下子,倒是个很好的办法,就像人肚子饿了喝酒一样。

托比 好，骑士，我给你写挑战书，或者代你去口头通知他你的愤怒。

玛利娅 亲爱的托比老爷，今夜请忍耐一下子吧；今天公爵那边来的少年会见了小姐之后，她心里很烦。至于马伏里奥先生，我去对付他好了；要是我不把他愚弄得给人当作笑柄，让大家取乐儿，我便是个连直挺挺躺在床上都不会的蠢东西。我知道我一定能够。

托比 告诉我们，告诉我们；告诉我们一些关于他的事情。

玛利娅 好，老爷，有时候他有点儿像清教徒。

安德鲁 啊！要是我早想到了这一点，我要把他像狗一样打一顿呢。

托比 什么，为了像清教徒吗？你有什么绝妙的理由，亲爱的骑士？

安德鲁 我没有什么绝妙的理由，可是我有相当的理由。

玛利娅 他是个鬼清教徒，反复无常、逢迎取巧是他的本领；一头装腔作势的驴子，背熟了几句官话，便倒也似的倒了出来；自信非凡，以为自己真了不得，谁看见他都会爱他；我可以凭着那个弱点堂堂正正地给他一顿教训。

托比 你打算怎样？

玛利娅 我要在他走过的路上丢了一封暧昧的情书，里面活生生地描写着他的胡须的颜色、他的腿的形状、他走路的姿势、他的眼睛、额角和脸上的表情；他一见就会觉得是写的他自己。我会学您侄小姐的笔迹写字；在已经忘记了的信件上，我们连自己的笔迹也很难辨认呢。

托比 好极了，我嗅到了一个计策了。

安德鲁 我鼻子里也闻到了呢。

托比 他见了你丢下的这封信，便会以为是我的侄女写的，以为她爱上了他。

玛利娅 我的意思正是这样。

安德鲁 你的意思是要叫他变成一头驴子。

玛利娅 驴子，那是毫无疑问的。

安德鲁　啊！那好极了！

玛利娅　出色的把戏，你们瞧着好了；我知道我的药对他一定生效。我可以把你们两人连那傻子安顿在他拾着那信的地方，瞧他怎样把它解释。今夜呢，大家上床睡去，梦着那回事吧。再见。（下）

托比　晚安，好姑娘！

安德鲁　我说，她是个好丫头。

托比　她是头纯种的小猎犬，很爱我；怎样？

安德鲁　我也曾经给人爱过呢。

托比　我们去睡吧，骑士。你应该叫家里再寄些钱来。

安德鲁　要是我不能得到你的侄女，我就大上其当了。

托比　去要钱吧，骑士；要是你结果终不能得到她，你就叫我傻子。

安德鲁　要是我不去要，就再不要相信我，随你怎么办。

托比　来，来，我去烫些酒来；现在去睡太晚了。来，骑士；来，骑士。（同下）

第四场　公爵府中一室

公爵、薇奥拉、丘里奥及余人等上。

公爵　给我奏些音乐。早安，朋友们。好西萨里奥，我只要听我们昨晚听的那支古曲；我觉得它比目前轻音乐中那种轻情的乐调和警炼的字句更能慰解我的痴情。来，只唱一节吧。

丘里奥　启禀殿下，会唱这歌儿的人不在这儿。

公爵　他是谁？

丘里奥　是那个弄人费斯特，殿下；他是奥丽维娅小姐的尊翁所宠幸的傻子。他就在这儿左近。

公爵　去找他来，现在先把那曲调奏起来吧。（丘里奥下。奏乐）过来，孩子。要是你有一天和人恋爱了，请在甜蜜的痛苦中记着我；因为真心的恋人都像我一样，在其他一切情感上都是轻浮易变，但他所爱的人儿的影像，却永远铭刻在他的心头。你喜不喜欢这个曲调？

薇奥拉　它传出了爱情的宝座上的回声。

公爵　你说得很好。我相信你虽然这样年轻,你的眼睛一定曾经看中过什么人;是不是,孩子?

薇奥拉　略为有点,请您恕我。

公爵　是个什么样子的女人呢?

薇奥拉　相貌跟您差不多。

公爵　那么她是不配被你爱的。什么年纪呢?

薇奥拉　年纪也跟您差不多,殿下。

公爵　啊,那太老了!女人应当拣一个比她年纪大些的男人,这样她才跟他合得拢来,不会失去她丈夫的欢心;因为,孩子,不论我们怎样自称自赞,我们的爱情总比女人们流动不定些,富于希求,易于反复,更容易消失而生厌。

薇奥拉　这一层我也想到,殿下。

公爵　那么选一个比你年轻一点的姑娘做你的爱人吧,否则你的爱情便不能常青——

　　　　女人正像是娇艳的蔷薇,

　　　　花开才不久便转眼枯萎。

薇奥拉　是啊,可叹她刹那的光荣,早枝头零落留不住东风!

　　　　丘里奥偕小丑重上。

公爵　啊,朋友!来,把我们昨夜听的那支歌儿再唱一遍。好好听着,西萨里奥。那是个古老而平凡的歌儿,是晒着太阳的纺线工人和织布工人以及无忧无虑的制花边的女郎们常唱的;歌里的话儿都是些平常不过的真理,搬弄着纯朴的古代的那种爱情的纯洁。

小丑　您预备好了吗,殿下?

公爵　好,请你唱吧。(奏乐)

小丑　(唱)

　　　　过来吧,过来吧,死神!

　　　　让我横陈在凄凉的柏棺的中央;

> 飞去吧,飞去吧,浮生!
> 我被害于一个狠心的美貌姑娘。
> 为我罩上白色的殓衾铺满紫衫;
> 没有一个真心的人为我而悲哀。
>
> 莫让一朵花儿甜柔,
> 撒上了我那黑色的、黑色的棺材;
> 没有一个朋友迓候
> 我尸身,不久我的骨骼将会散开。
> 免得多情的人们千万次的感伤,
> 请把我埋葬在无从凭吊的荒场。

公爵 这是赏给你的辛苦钱。

小丑 一点不辛苦,殿下;我以唱歌为乐呢。

公爵 那么就算赏给你的快乐钱。

小丑 不错,殿下,快乐总是要付出代价的。

公爵 现在允许我不再见你吧。

小丑 好,忧愁之神保佑着你!但愿裁缝用闪缎给你裁一身衫子,因为你的心就像猫眼石那样闪烁不定。我希望像这种没有恒心的人都航海去,好让他们过着五湖四海,千变万化的生活;因为这样的人总会两手空空地回家。再会。(下)

公爵 大家都退开去。(丘里奥及侍从等下)西萨里奥,你再给我到那位忍心的女王那边去;对她说,我的爱情是超越世间的,泥污的土地不是我所看重的事物;命运所赐给她的尊荣财富,你对她说,在我的眼中都像命运一样无常;吸引我的灵魂的是她的天赋的灵奇,绝世的仙姿。

薇奥拉 可是假如她不能爱您呢,殿下?

公爵 我不能得到这样的回音。

薇奥拉 可是您不能不得到这样的回音。假如有一位姑娘——也许真有那么一个人——也像您爱着奥丽维娅一样痛苦地爱着您;

您不能爱她,您这样告诉她;那么她岂不是必得以这样的答复为满足吗?

公爵　女人的小小的身体一定受不住像爱情强加于我心中的那种激烈的搏跳;女人的心没有这样广大,可以藏得下这许多;她们缺少含忍的能力。唉,她们的爱就像一个人的口味一样,不是从脏腑里,而是从舌尖上感觉到的,过饱了便会食伤呕吐;可是我的爱就像饥饿的大海,能够消化一切。不要把一个女人所能对我发生的爱情跟我对于奥丽维娅的爱情相提并论吧。

薇奥拉　哦,可是我知道——

公爵　你知道什么?

薇奥拉　我知道得很清楚女人对于男人会怀着怎样的爱情;真的,她们是跟我们一样真心的。我的父亲有一个女儿,她爱上了一个男人,正像假如我是个女人也许会爱上了殿下您一样。

公爵　她的历史怎样?

薇奥拉　一片空白而已,殿下。她从来不向人诉说她的爱情,让隐藏在内心中的抑郁像蓓蕾中的蛀虫一样,侵蚀着她的绯红的脸颊;她因相思而憔悴,疾病和忧愁折磨着她,像是墓碑上刻着的"忍耐"的化身,默坐着向悲哀微笑。这不是真的爱情吗?我们男人也许更多话,更会发誓,可是我们所表示的,总多于我们所决心实行的;不论我们怎样山盟海誓,我们的爱情总不过如此。

公爵　但是你的姊姊有没有殉情而死,我的孩子?

薇奥拉　我父亲的女儿只有我一个,儿子也只有我一个——可她有没有殉情我不知道。殿下,我要不要就去见这位小姐?

公爵　对了,这是正事——
　　　　快前去,送给她这颗珍珠;
　　　　说我的爱情永不会认输。(各下)

第五场　奥丽维娅的花园

托比·培尔契爵士、安德鲁·艾古契克爵士及费边上。

托比　来吧，费边先生。

费边　噢，我就来；要是我把这场好戏略为错过了一点点儿，让我在懊恼里煎死了吧。

托比　让这个卑鄙龌龊的丑东西出一场丑，你高兴不高兴？

费边　我才要快活死哩！您知道那次我因为耍熊，被他在小姐跟前说我坏话。

托比　我们再把那头熊牵来激他发怒；我们要把他捉弄得体无完肤。你说怎样，安德鲁爵士？

安德鲁　要是我们不那么做，那才是终身的憾事呢。

托比　小坏东西来了。

　　　　玛利娅上。

托比　啊，我的小宝贝！

玛利娅　你们三人都躲到黄杨树后面去。马伏里奥正从这条道上走过来了；他已经在那边太阳光底下对他自己的影子练习了半个钟头仪法。谁要是喜欢笑话，就留心瞧着他吧；我知道这封信一定会叫他变成一个发痴的呆子的。凭着玩笑的名义，躲起来吧！你躺在那边，（丢下一信）这条鲟鱼已经来了，你不去撩撩他的痒处是捉不到手的。（下）

　　　　马伏里奥上。

马伏里奥　不过是运气；一切都是运气。玛利娅曾经对我说过小姐喜欢我；我也曾经听见她自己说过那样的话，说要是她爱上了人的话，一定要选像我这种脾气的人。而且，她待我比待其他的下人显得分外尊敬。这点我应该怎么解释呢？

托比　瞧这个自命不凡的混蛋！

费边　静些！他已经痴心妄想变成一头出色的火鸡了；瞧他那种蓬起了羽毛高视阔步的样子！

安德鲁　他妈的，我可以把这混蛋痛打一顿！

托比　别闹啦！

马伏里奥　做了马伏里奥伯爵！

托比　啊，混蛋！

安德鲁　给他吃手枪！给他吃手枪！

托比　别闹！别闹！

马伏里奥　这种事情是有前例可援的；斯特拉契夫人也下嫁给家臣。

安德鲁　该死，这畜生！

费边　静些！现在他着了魔啦；瞧他越想越得意。

马伏里奥　跟她结婚过了三个月，我坐在我的宝座上——

托比　啊！我要弹一颗石子到他的眼睛里去！

马伏里奥　身上披着绣花的丝绒袍子，召唤我的臣僚过来；那时我刚睡罢午觉，撇下奥丽维娅酣睡未醒——

托比　大火硫磺烧死他！

费边　静些！静些！

马伏里奥　那时我装出一副威严的神气，先目光凛凛地向众人瞟视一周，对他们表示我知道我的地位，他们也必须明白自己的身份；然后吩咐他们去请我的托比老叔过来——

托比　把他铐起来！

费边　别闹！别闹！别闹！好啦！好啦！

马伏里奥　我的七个仆人恭恭敬敬地前去找他。我皱了皱眉头。或者给我的表上了上弦，或者抚弄着我的——什么珠宝之类。托比来了，向我行了个礼——

托比　这家伙可以让他活命吗？

费边　哪怕有几辆马车要把我们的静默拉走，也不要闹吧！

马伏里奥　我这样向他伸出手去，用一副庄严的威势来抑住我的亲昵的笑容——

托比　那时托比不就给了你一个嘴巴子吗？

马伏里奥　"托比叔父，我已蒙令侄女不弃下嫁，请您准许我这样说话——"

托比　什么？什么？

马伏里奥　"你必须把喝酒的习惯戒掉。"

托比　他妈的，这狗东西！

费边　嗳，别生气，否则我们的计策就要失败了。

马伏里奥 "而且，您还把您的宝贵的光阴跟一个傻瓜骑士在一块儿浪费——"

安德鲁 说的是我，一定的啦。

马伏里奥 "那个安德鲁爵士——"

安德鲁 我知道是我；因为许多人都管我叫傻瓜。

马伏里奥 （见信）这儿有些什么东西呢？

费边 现在那蠢鸟走近陷阱旁边来了。

托比 啊，静些！但愿能操纵人心意的神灵叫他高声朗读。

马伏里奥 （拾信）哎哟，这是小姐的手笔！瞧这一钩一弯一横一直，那不正是她的笔锋吗？没有问题，一定是她写的。

安德鲁 她的一钩一弯一横一直，那是什么意思？

马伏里奥 （读）"给不知名的恋人，至诚的祝福。"完全是她的口气！对不住，封蜡。且慢！这封口上的钤记不就是她一直用作封印的鲁克丽丝的肖像吗？一定是我的小姐。可是那是写给谁的呢？

费边 这叫他心窝儿里都痒起来了。

马伏里奥

　　知我者天，
　　我爱为谁？
　　慎莫多言，
　　莫令人知。

"莫令人知。"下面还写些什么？又换了句调了！"莫令人知"：说的也许是你哩，马伏里奥！

托比 嘿，该死，这獾子！

马伏里奥

　　我可以向我所爱的人发号施令；
　　但隐秘的衷情如鲁克丽丝之刀，
　　杀人不见血地把我的深心割刃：

我的命在 M, O, A, I 的手里飘摇。

费边　无聊的谜语！

托比　我说是个好丫头。

马伏里奥　"我的命在 M, O, A, I 的手里飘摇。"不，让我先想一想，让我想一想，让我想一想。

费边　她给他吃了一服多好的毒药！

托比　瞧那头鹰儿多么饿急似的想一口吞下去！

马伏里奥　"我可以向我所爱的人发号施令。"哦，她可以命令我；我侍候着她，她是我的小姐。这是无论哪个有一点点脑子的人都看得出来的；全然合得拢。可是那结尾一句，那几个字母又是什么意思呢？能不能牵附到我的身上？——慢慢！M, O, A, I——

托比　哎，这应该想个法儿；他弄糊涂了。

费边　即使像一头狐狸那样臊气冲天，这狗子也会闻出味来，汪汪地叫起来的。

马伏里奥　M，马伏里奥；M，嘿，那正是我的名字的第一个字母哩。

费边　我不是说他会想出来的吗？这狗的鼻子在没有味的地方也会闻出味来。

马伏里奥　M——可是这次序不大对；这样一试，反而不成功了。跟着来的应该是个 A 字，可是却是个 O 字。

费边　我希望 O 字应该放在结尾吧？

托比　对了，否则我要揍他一顿，让他喊出个"O！"来。

马伏里奥　A 的背后又跟着个 I。

费边　哼，要是你背后生眼睛的话，你就知道你眼前并没有什么幸运，你的背后却有倒霉的事跟着呢。

马伏里奥　M, O, A, I；这隐语可跟前面所说的不很合辙；可是稍为把它颠倒一下，也就可以适合我了，因为这几个字母都在我的名字里。且慢！这儿还有散文呢。"要是这封信落到你手里，请你想一想。照我的命运而论，我是在你之上，可是你不用惧怕富贵；有的人是生来的富贵，有的人是挣来的富贵，有的人是送上来的富贵。你的好运已经向你伸出手来，赶快用你的全副精神抱住它。你应该练习一下怎样才合乎你所将要做的那种人的身份，脱去你卑恭的旧习，放出一些活泼的神气来。对亲戚不妨分庭抗礼，对仆人不妨摆摆架子；你嘴里要鼓唇弄舌地谈些国家大事，装出一副矜持的样子。为你叹息的人儿这样盼咐着你。记着谁曾经赞美过你的黄袜子，愿意看见你永远扎着十字交叉的袜带；我对你说，你记着吧。好，只要你自己愿意，你就可以出头了；否则让我见你一生一世做个管家，与众仆为伍，不值得抬举。再会！我是愿意跟你交换地位的，幸运的不幸者。"青天白日也没有这么明白，平原旷野也没有这么显豁。我要摆起架子来，谈起国家大事来；我要叫托比丧气，我要断绝那些鄙贱之交，我要一点不含糊地做起这么一个人来。我没有自己哄骗自己，让想象把我愚弄；因为每一个理由都指点着说，我的小姐爱上我了。她最近称赞过我的黄袜子和我的十字交叉的袜带；她就是用这方法表示她爱我，用一种命令的方法叫我打扮成她所喜欢的样式。谢谢我的命星，我好幸福！我要放出高傲的神气来，穿了黄袜子，扎着十字交叉的袜带，立刻就去装束起来。赞美上帝和我的命星！这儿还有附启："你一定想得到我是谁。要是你接受我的爱情，请你用微笑表示你的意思；你的微笑是很好看的。我的好人儿，请你当着我的面前永远微笑着吧。"上帝，我谢谢你！我要微笑；我要做每一件你盼咐我做的事。（下）

费边 即使波斯王给我一笔几千块钱的恩俸，我也不愿错过这场玩意儿。

托比 这丫头想得出这种主意，我简直可以娶了她。

安德鲁 我也可以娶了她呢。

托比 我不要她什么妆奁，只要再给我想出这么一个笑话来就行了。

安德鲁 我也不要她什么妆奁。

费边　我那位捉蠢鹅的好手来了。

　　　　玛利娅重上。

托比　你愿意把你的脚搁在我的头颈上吗？

安德鲁　或者搁在我的头颈上？

托比　要不要我把我的自由作孤注一掷，做你的奴隶？

安德鲁　是的，要不要我也做你的奴隶？

托比　你已经叫他大做其梦，要是那种幻象一离开了他，他一定会发疯的。

玛利娅　可是您老实对我说，他中计了吗？

托比　就像收生婆喝了烧酒一样。

玛利娅　要是你们要看看这场把戏会闹出些什么结果来，请看好他怎样到小姐跟前去；他会穿起了黄袜子，那正是她所讨厌的颜色；还要扎着十字交叉的袜带，那正是她所厌恶的式样；他还要向她微笑，照她现在那样悒郁的心境，她一定会不高兴，管保叫他大受一场没趣。假如你们要看的话，跟我来吧。

托比　好，就是到地狱门口也行，你这好机灵鬼！

安德鲁　我也要去。（同下）

第三幕

第一场　奥丽维娅的花园

  薇奥拉及小丑持手鼓上。

薇奥拉　上帝保佑你和你的音乐,朋友!你是靠着打手鼓过日子的吗?

小丑　不,先生,我靠着教堂过日子。

薇奥拉　你是个教士吗?

小丑　没有的事,先生。我靠着教堂过日子,因为我住在我的家里,而我的家是在教堂附近。

薇奥拉　你也可以说,国王住在叫化窝的附近,因为叫花子住在王宫的附近;教堂筑在你的手鼓旁边,因为你的手鼓放在教堂旁边。

小丑　您说得对,先生。人们一代比一代聪明了!一句话对于一个聪明人就像是一副小山羊皮的手套,一下子就可以翻了转来。

薇奥拉　嗯,那是一定的啦;善于在字面上翻弄花样的,很容易流于轻薄。

小丑　那么,先生,我希望我的妹妹不要有名字。

薇奥拉　为什么呢,朋友?

小丑　先生，她的名字不也是个字吗？在那个字上面翻弄翻弄花样，也许我的妹妹就会轻薄起来。可是文字自从失去自由以后，也就变成很危险的家伙了。

薇奥拉　你说出理由来，朋友？

小丑　不瞒您说，先生，要是我向您说出理由来，那非得用文字不可；可是现在文字变得那么坏，我真不高兴用它们来证明我的理由。

薇奥拉　我敢说你是个快活的家伙，万事都不关心。

小丑　不是的，先生，我所关心的事倒有一点儿；可是凭良心说，先生，我可一点不关心您；如果不关心您就是无所关心的话，先生，我倒希望您也能够化为乌有才好。

薇奥拉　你不是奥丽维娅小姐府中的傻子吗？

小丑　真的不是，先生。奥丽维娅小姐不喜欢傻气；她要嫁了人才会在家里养起傻子来，先生；傻子之于丈夫，犹之乎小鱼之于大鱼，丈夫不过是个大一点的傻子而已。我真的不是她的傻子，我是给她说说笑话的人。

薇奥拉　我最近曾经在奥西诺公爵的地方看见过你。

小丑　先生，傻气就像太阳一样环绕着地球，到处放射它的光辉。要是傻子不常到您主人那里去，如同常在我的小姐那儿一样，那么，先生，我可真是抱歉。我想我也曾经在那边看见过您这聪明人。

薇奥拉　哼，你要在我身上打趣，我可要不睬你了。拿去，这个钱给你。（给他一枚钱币）

小丑　好，上帝保佑您长起胡子来吧！

薇奥拉　老实告诉你，我倒真为了胡子害相思呢；虽然我不要在自己脸上长起来。小姐在里面吗？

小丑　（指着钱币）先生，您要是再赏我一个钱，凑成两个，不就可以养儿子了吗？

薇奥拉　不错，如果你拿它们去放债取利息。

小丑　先生，我愿意做个弗里吉亚的潘达洛斯，给这个特洛伊罗斯找一个克瑞西达①来。

薇奥拉　我知道了,朋友;你很善于乞讨。

小丑　我希望您不会认为这是非分的乞讨,先生,我要乞讨的不过是个叫花子——克瑞西达后来不是变成个叫花子了吗?小姐就在里面,先生。我可以对他们说明您是从哪儿来的;至于您是谁,您来有什么事,那就不属于我的领域之内了——我应当说"范围",可是那两个字已经给人用得太熟了。(下)

薇奥拉　这家伙扮傻子很有点儿聪明。装傻装得好也是要靠才情的:他必须窥伺被他所取笑的人们的心情,了解他们的身份,还要看准了时机;然后像窥伺着眼前每一只鸟雀的野鹰一样,每个机会都不放松。这是一种和聪明人的艺术一样艰难的工作;傻子不妨说几句聪明话,聪明人说傻话难免笑骂。

　　托比·培尔契爵士、安德鲁·艾古契克爵士同上。

托比　您好,先生。

薇奥拉　您好,爵士。

安德鲁　上帝保佑您,先生。

薇奥拉　上帝保佑您,我是您的仆人。

安德鲁　先生,我希望您是我的仆人;我也是您的仆人。

托比　请您进去吧。舍侄女有请,要是您是来看她的话。

薇奥拉　我来正是要拜见令侄女,爵士;她是我的航行的目标。

托比　请您试试您的腿吧,先生;把它们移动起来。

薇奥拉　我的腿倒是听我使唤,爵士,可是我却听不懂您叫我试试我的腿是什么意思?

托比　我的意思是,先生,请您走,请您进去。

薇奥拉　好,我就移步前进。可是人家已经先来了。

　　奥丽维娅及玛利娅上。

薇奥拉　最卓越最完美的小姐,愿诸天为您散下芬芳的香雾!

---

　　① 参见莎士比亚的《特洛伊罗斯与克瑞西达》。克瑞西达因生性轻浮,最终为人抛弃沦为乞丐。

安德鲁　那年轻人是一个出色的廷臣。"散下芬芳的香雾"！好得很。

薇奥拉　我的来意，小姐，只能让您自己的玉耳眷听。

安德鲁　"香雾""玉耳""眷听"，我已经学会了三句话了。

奥丽维娅　关上园门，让我们两人谈话。（托比、安德鲁、玛利娅同下）把你的手给我，先生。

薇奥拉　小姐，我愿意奉献我的绵薄之力为您效劳。

奥丽维娅　你叫什么名字？

薇奥拉　您仆人的名字是西萨里奥，美貌的公主。

奥丽维娅　我的仆人，先生！自从假作卑恭认为是一种恭维之后，世界上从此不曾有过乐趣。你是奥西诺公爵的仆人，年轻人。

薇奥拉　他是您的仆人，他的仆人自然也是您的仆人；您的仆人的仆人便是您的仆人，小姐。

奥丽维娅　我不高兴想他；我希望他心里空无所有，不要充满着我。

薇奥拉　小姐，我来是要替他说动您那颗温柔的心。

奥丽维娅　啊！对不起，请你不要再提起他了。可是如果你肯为另外一个人求爱，我愿意听你的请求，胜过于听天乐。

薇奥拉　亲爱的小姐——

奥丽维娅　对不起，让我说句话。上次你到这儿来把我迷醉了之后，我叫人拿了个戒指追你；我欺骗了我自己，欺骗了我的仆人，也许欺骗了你；我用那种无耻的狡狯把你明知道不属于你的东西强拿在你手里，一定会使你看不起我。你会怎样想呢？你不曾把我的名誉拴在桩柱上，让你那残酷的心所想得到的一切思想恣意地把它虐弄吧？像你这样敏慧的人，我已经表示得太露骨了；掩藏着我的心事的，只是一层薄薄的蝉纱。所以，让我听你的意见吧。

薇奥拉　我可怜你。

奥丽维娅　那是到达恋爱的一个阶段。

薇奥拉　不，此路不通，我们对敌人也往往会发生怜悯，这是常有的经验。

奥丽维娅　啊，听了你的话，我倒是又要笑起来了。世界啊！微贱的人多么容易骄傲！要是作了俘虏，那么落于狮子的爪下比之豺狼的吻中要幸运多少啊！（钟鸣）时钟在谴责我把时间浪费。别担心，好孩子，我不会留住你。可是等到才情和青春成熟之后，你的妻子将会收获到一个出色的男人。向西是你的路。

薇奥拉 那么向西开步走！愿小姐称心如意！您没有什么话要我向我的主人说吗，小姐？

奥丽维娅 且慢，请你告诉我你以为我这人怎样？

薇奥拉 我以为你以为你不是你自己。

奥丽维娅 要是我以为这样，我以为你也是这样。

薇奥拉 你猜想得不错，我不是我自己。

奥丽维娅 我希望你是我所希望于你的那种人！

薇奥拉 那是不是比现在的我要好些，小姐？我希望好一些，因为现在我不过是你的弄人。

奥丽维娅 唉！他嘴角的轻蔑和怒气，
冷然的神态可多么美丽！
爱比杀人重罪更难隐藏；
爱的黑夜有中午的阳光。
西萨里奥，凭着春日蔷薇、
贞操、忠信与一切，我爱你
这样真诚，不顾你的骄傲，
理智拦不住热情的宣告。
别以为我这样向你求情，
你就可以无须再献殷勤；
须知求得的爱虽费心力，
不劳而获的更应该珍惜。

薇奥拉 我起誓，凭着天真与青春，
我只有一条心一片忠诚，
没有女人能够把它占有，
只有我是我自己的君后。
别了，小姐，我从此不再

来为我主人向你苦苦陈哀。
奥丽维娅　你不妨再来，也许能感动
　　我释去憎嫌把感情珍重。（同下）

第二场　奥丽维娅宅中一室

托比·培尔契爵士，安德鲁·艾古契克爵士及费边上。

安德鲁　不，真的，我再不能住下去了。
托比　为什么呢，恼火的朋友？说出你的理由来。
费边　是啊，安德鲁爵士，您得说出个理由来。
安德鲁　嘿，我见你的侄小姐对待那个公爵的用人比之待我好得多；我在花园里瞧见的。
托比　她那时也看见你吗，老兄？告诉我。
安德鲁　就像我现在看见你一样明白。
费边　那正是她爱您的一个很好的证据。
安德鲁　啐！你把我当作一头驴子吗？
费边　大人，我可以用判断和推理来证明这句话的不错。
托比　说得好，判断和推理在挪亚①还没有上船以前，已经就当上陪审官了。
费边　她当着您的脸对那个少年表示殷勤，是要叫您发急，唤醒您那打瞌睡的勇气，给您的心里燃起火来，在您的肝脏里加点儿硫磺罢了。您那时就该走上去向她招呼，说几句崭新的俏皮话儿叫那年轻人哑口无言。她盼望您这样，可是您却大意错过了。您放过了这么一个大好的机会，我的小姐自然要冷淡您啦；您目前在她心里的地位就像挂在荷兰人胡须上的冰柱一样，除非您能用勇气或是手段干出一些出色的勾当，才可以挽回过来。
安德鲁　无论如何，我宁愿用勇气；因为我顶讨厌使手段。叫我做个政客，还不如做个布朗派②的教徒。

---

① 挪亚方舟的故事，见《圣经·创世记》。
② 英国伊丽莎白时代清教徒布朗所创的教派。

托比　好啊，那么把你的命运建筑在勇气上吧。给我去向那个公爵差来的少年挑战，在他身上戳十来个窟窿，我的侄女一定会注意到。你可以相信，世上没有一个媒人会比一个勇敢的名声更能说动女人的心了。

费边　此外可没有别的办法了，安德鲁大人。

安德鲁　你们谁肯替我向他下战书？

托比　快去用一手虎虎有威的笔法写起来；要干脆简单；不用说俏皮话，只要言之成理，别出心裁就得。尽你的笔墨所能把他嘲骂；要是你把他"你"啊"你"的"你"了三四次，那不会有错；再把纸上写满了谎，即使你的纸大得足以铺满英国威尔地方的那张大床①。快去写吧。把你的墨水里掺满着怨毒，虽然你用的是一支鹅毛笔。去吧。

安德鲁　我到什么地方来见你们？

托比　我们会到你房间里来看你；去吧。（安德鲁下）

费边　这是您的一个宝货，托比老爷。

托比　我倒累他破费过不少呢，孩儿，约莫有两千多块钱的样子。

费边　我们就可以看到他的一封妙信了。可是您不会给他送去的吧？

托比　要是我不送去，你别相信我；我一定要把那年轻人激出一个回音来。我想就是叫牛儿拉着车绳也拉不拢他们两人在一起。你把安德鲁解剖开来，要是能在他肝脏里找得出一滴可以沾湿一只跳蚤的脚的血，我愿意把他那副臭皮囊吃下去。

费边　他那个对头的年轻人，照那副相貌看来，也不像是会下辣手的。

托比　瞧，一窠九只的鹪鹩中顶小的一只来了。

　　　　玛利娅上。

玛利娅　要是你们愿意捧腹大笑，不怕笑到腰酸背痛，那么跟我来吧。那只蠢鹅马伏里奥已经信了邪道，变成一个十足的异教徒了；因为没有一个相信正道而希望得救的基督徒，会作出这种

---

①　该床今尚存，十一尺见方。

丑恶不堪的奇形怪状来的。他穿着黄袜子呢。
托比　袜带是十字交叉的吗？
玛利娅　再难看不过的了，就像个在寺院里开学堂的塾师先生。我像是他的刺客一样紧跟着他。我故意掉下来诱他的那封信上的话，他每一句都听从；他笑容满面，脸上的皱纹比增添了东印度群岛的新地图上的线纹还多。你们从来不曾见过这样一个东西；我真忍不住要向他丢东西过去。我知道小姐一定会打他；要是她打了他，他一定仍然会笑，以为是一件大恩典。
托比　来，带我们去，带我们到他那儿去。（同下）

第三场　街　道

西巴斯辛及安东尼奥上。

西巴斯辛　我本来不愿意麻烦你，可是你既然这样欢喜自己劳碌，那么我也不再向你多话了。
安东尼奥　我抛不下你；我的愿望比磨过的刀还要锐利地驱迫着我。虽然为了要看见你，再远的路我也会跟着你去；可并不全然为着这个理由：我担心你在这些地方是个陌生人，路上也许会碰到些什么；一路没人领导没有朋友的异乡客，出门总有许多不方便。我的诚心的爱，再加上这样使我忧虑的理由，迫使我来追赶你。
西巴斯辛　我的善良的安东尼奥，除了感谢、感谢、永远的感谢之外，再没有别的话好回答你了。一件好事常常只换得一声空口的道谢；可是我的钱财假如能跟我的衷心的感谢一样多，你的好心一定不会得不到重重的酬报。我们干些什么呢？要不要去瞧瞧这城里的古迹？
安东尼奥　明天吧，先生；还是先去找个下处。
西巴斯辛　我并不疲倦，到天黑还有许多时候呢；让我们去瞧瞧这儿的名胜，一饱眼福吧。
安东尼奥　请你原谅我；我在这一带街道上走路是冒着危险的。从前我曾经参加海战，和公爵的舰队作过对；那时我很立了一点功，假如在这儿给捉到了，可不知要怎样抵罪哩。
西巴斯辛 大概你杀死了很多的人吧？
安东尼奥 我的罪名并不是这么一种杀人流血的性质；虽然照那时的情形和争执的激烈看来，很容易有流血的可能。本来把我们夺来的东西还给了他们，就可以和平解决了，我们城里大多数人为了经商，也都这样做了；可是我却不肯屈服：因此，要是我在这儿给捉到了的话，他们决不会轻轻放过我。
西巴斯辛 那么你不要太出来招摇吧。
安东尼奥 那的确不大妥当。先生，这儿是我的钱袋，请你拿着吧。南郊的大象旅店是最好的下宿的地方，我先去定好膳宿；你可以在城里逛着见识见识，再到那边来见我好了。
西巴斯辛 为什么你要把你的钱袋给我？
安东尼奥 也许你会看中什么玩意儿想要买下；我知道你的钱不够买这些非急用的东西，先生。
西巴斯辛 好，我就替你保管你的钱袋；过一个钟头再见吧。
安东尼奥 在大象旅店。
西巴斯辛 我记得。（各下）

第四场　奥丽维娅的花园

奥丽维娅及玛利娅上。

奥丽维娅 我已经差人去请他了。假如他肯来，我要怎样款待他呢？我要给他些什么呢？因为年轻人常常是买来的，而不是讨来或借来的。我说得太高声了。马伏里奥在哪儿呢？他这人很严肃，懂得规矩，以我目前的处境来说，很配做我的仆人。马伏里奥在什么地方？
玛利娅 他就来了，小姐；可是他的样子古怪得很。他一定给鬼迷了，小姐。
奥丽维娅 啊，怎么啦？他在说胡话吗？
玛利娅 不，小姐；他只是一味笑。他来的时候，小姐，您最好叫人保护着您，因为这人的神经有点不正常呢。

奥丽维娅	去叫他来。(玛利娅下)
	他是痴汉,我也是个疯婆;
	他欢喜,我忧愁,一样糊涂。
	玛利娅偕马伏里奥重上。
奥丽维娅	怎样,马伏里奥!
马伏里奥	亲爱的小姐,哈哈!
奥丽维娅	你笑吗?我要差你做一件正经事呢,别那么快活。
马伏里奥	不快活,小姐!我当然可以不快活,这种十字交叉的袜带扎得我血脉不通;可是那有什么要紧呢?只要能叫一个人看了欢喜,那就像诗上所说的"一人欢喜,人人欢喜"了。
奥丽维娅	什么,你怎么啦,家伙?究竟是怎么一回事?
马伏里奥	我的腿儿虽然是黄的,我的心儿却不黑。那信已经到了他的手里,命令一定要服从。我想那一手簪花妙楷我们都是认得出来的。
奥丽维娅	你还是睡觉去吧,马伏里奥。
马伏里奥	睡觉去!对了,好人儿;我一定奉陪。
奥丽维娅	上帝保佑你!为什么你这样笑着,还老是吻你的手?
玛利娅	您怎么啦,马伏里奥?
马伏里奥	多承见问!是的,夜莺应该回答乌鸦的问话。
玛利娅	您为什么当着小姐的面前这样放肆?
马伏里奥	"不用惧怕富贵,"写得很好!
奥丽维娅	你说那话是什么意思,马伏里奥?
马伏里奥	"有的人是生来的富贵,"——
奥丽维娅	嘿!
马伏里奥	"有的人是挣来的富贵,"——
奥丽维娅	你说什么?
马伏里奥	"有的人是送上来的富贵。"
奥丽维娅	上天保佑你!
马伏里奥	"记着谁曾经赞美过你的黄袜子,"——
奥丽维娅	你的黄袜子!

马伏里奥　"愿意看见你永远扎着十字交叉的袜带。"
奥丽维娅　扎着十字交叉的袜带！
马伏里奥　"好，只要你自己愿意，你就可以出头了，"——
奥丽维娅　我就可以出头了？
马伏里奥　"否则让我见你一生一世做个管家吧。"
奥丽维娅　哎哟，这家伙简直中了暑在发疯了。

　　　　　一仆人上。

仆人　小姐，奥西诺公爵的那位青年使者回来了，我好容易才请他回来。他在等候着小姐的意旨。
奥丽维娅　我就去见他。（仆人下）好玛利娅，这家伙要好好看管。我的托比叔父呢？叫几个人加意留心着他；我宁可失掉我嫁妆的一半，也不希望看到他有什么意外。（奥丽维娅、玛利娅下）
马伏里奥　啊，哈哈！你现在明白了吗？不叫别人，却叫托比爵士来照看我！我正合信上所说的：她有意叫他来，好让我跟他顶撞一下；因为她信里正要我这样。"脱去你卑恭的旧习；"她说，"对亲戚不妨分庭抗礼，对仆人不妨摆摆架子；你嘴里要鼓唇弄舌地谈些国家大事，装出一副矜持的样子；"随后还写着怎样装出一副严肃的面孔、庄重的举止、慢声慢气的说话腔调，学着大人先生的样子，诸如此类。我已经捉到她了；可是那是上帝的功劳，感谢上帝！而且她刚才临去的时候，她说，"这家伙要好好看管"；家伙！不说马伏里奥，也不照我的地位称呼我，而叫我家伙。哈哈，一切都符合，一点儿没有疑惑，一点儿没有阻碍，一点儿没有不放心的地方。还有什么好说呢？什么也不能阻止我达到我的全部的希望。好，干这种事情的是上帝，不是我，感谢上帝！

　　　　　玛利娅偕托比·培尔契爵士及费边上。

托比　凭着神圣的名义，他在哪儿？要是地狱里的群鬼都缩小了身子，一起走进他的身体里去，我也要跟他说话。
费边　他在这儿，他在这儿。您怎么啦，大爷？您怎么啦，老兄？
马伏里奥　走开，我用不着你；别搅扰了我的安静。走开！

玛利娅　听，魔鬼在他嘴里说着鬼话了！我不是对您说过吗？托比老爷，小姐请您看顾看顾他。

马伏里奥　啊！啊！她这样说吗？

托比　好了，好了，别闹了吧！我们一定要客客气气对付他；让我一个人来吧。——你好，马伏里奥？你怎么啦？嘿，老兄！抵抗魔鬼呀！你想，他是人类的仇敌呢。

马伏里奥　你知道你在说些什么话吗？

玛利娅　你们瞧！你们一说了魔鬼的坏话，他就生气了。求求上帝，不要让他中了鬼迷才好！

费边　把他的小便送到巫婆那边去吧。

玛利娅　好，明天早晨一定送去。我的小姐舍不得他哩。

马伏里奥　怎么，姑娘！

玛利娅　主啊！

托比　请你别闹，这不是个办法；你不见你惹他生气了吗？让我来对付他。

费边　除了用软功之外，没有别的法子；轻轻地、轻轻地，魔鬼是个粗坯，你要跟他动粗是不行的。

托比　喂，怎么啦，我的好家伙！你好，好人儿？

马伏里奥　爵士！

托比　哦，小鸡，跟我来吧。嘿，老兄！跟魔鬼在一起玩可不对。该死的黑鬼！

玛利娅　叫他念祈祷，好托比老爷，叫他祈祷。

马伏里奥　念祈祷，小淫妇！

玛利娅　你们听着，跟他讲到关于上帝的话，他就听不进去了。

马伏里奥　你们全给我去上吊吧！你们都是些浅薄无聊的东西；我不是跟你们一样的人。你们就会知道的。（下）

托比　有这等事吗？

费边　要是这种情形在舞台上表演起来，我一定要批评它捏造得出乎情理之外。

托比　这个计策已经把他迷得神魂颠倒了，老兄。

玛利娅 还是追上他去吧；也许这计策一漏了风，就会毁掉。

费边 哦，我们真的要叫他发起疯来。

玛利娅 那时屋子里可以清静些。

托比 来，我们要把他捆起来关在一间暗室里。我的侄女已经相信他疯了；我们可以这样依计而行，让我们开开心，叫他吃吃苦头。等到我们开腻了这玩笑，再向他发起慈悲来；那时我们宣布我们的计策，把你封做疯人的发现者。可是瞧，瞧！

　　　　安德鲁·艾古契克爵士上。

费边 又有别的花样来了。

安德鲁 挑战书已经写好在此，你读读看；念上去就像酸醋胡椒的味道呢。

费边 是这样厉害吗？

安德鲁 对了，我向他保证的；你只要读着好了。

托比 给我。（读）"年轻人，不管你是谁，你不过是个下贱的东西。"

费边 好，真勇敢！

托比 "不要吃惊，也不要奇怪为什么我这样称呼你，因为我不愿告诉你是什么理由。"

费边 一句很好的话，这样您就可以不受法律的攻击了。

托比 "你来见奥丽维娅小姐，她当着我的面把你厚待；可是你说谎，那并不是我要向你挑战的理由。"

费边 很简单明白，而且百分之百地——不通。

托比 "我要在你回去的时候埋伏着等候你；要是命该你把我杀死的话——"

费边 很好。

托比 "你便是个坏蛋和恶人。"

费边 您仍旧避过了法律方面的责任，很好。

托比 "再会吧；上帝超度我们两人中一人的灵魂吧！也许他会超度我的灵魂；可是我比你有希望一些，所以你留心着自己吧。你的朋友（这要看你怎样对待他），和你的誓不两立的仇敌，安德鲁·艾古契克上。"——要是这封信不能激动他，那么他的两条腿也不能走动了。我去送给他。

玛利娅　您有很凑巧的机会；他现在正在跟小姐谈话，等会儿就要出来了。

托比　去，安德鲁大人，给我在园子角落里等着他，像个衙役似的；一看见他，便拔出剑来；一拔剑，就高声咒骂；一句可怕的咒骂，神气活现地从嘴里厉声发出来，比之真才实艺更能叫人相信他是个了不得的家伙。去吧！

安德鲁　好，骂人的事情我自己会。（下）

托比　我可不去送这封信。因为照这位青年的举止看来，是个很有资格很有教养的人，否则他的主人不会差他来拉拢我的侄女的。这封信写得那么奇妙不通，一定不会叫这青年害怕；他一定会以为这是一个呆子写的。可是，老兄，我要口头去替他挑战，故意夸张艾古契克的勇气，让这位仁兄相信他是个勇猛暴躁的家伙；我知道他那样年轻一定会害怕起来的。这样他们两人便会彼此害怕，就像眼光能杀人的毒蜥蜴似的，两人一照面，就都呜呼哀哉了。

费边　他和您的侄小姐来了；让我们回避他们，等他告别之后再追上去。

托比　我可以想出几句可怕的挑战话儿来。（托比、费边、玛丽娅下）

奥丽维娅偕薇奥拉重上。

奥丽维娅　我对一颗石子样的心太多费唇舌了，鲁莽地把我的名誉下了赌注。我心里有些埋怨自己的错；可是那是个极其倔强的错，埋怨只能招它一阵讪笑。

薇奥拉　我主人的悲哀也正和您这种痴情的样子相同。

奥丽维娅　拿着，为我的缘故把这玩意儿戴在你身上吧，那上面有我的小像。不要拒绝它，它不会多话讨你厌的。请你明天再过来。你无论向我要什么，只要于我的名誉没有妨碍，我都可以给你。

薇奥拉　我向您要的,只是请您把真心的爱给我的主人。

奥丽维娅　那我已经给了你了,怎么还能凭着我的名誉再给他呢?

薇奥拉　我可以奉还给你。

奥丽维娅　好,明天再来吧。

　　　　　　再见!像你这样一个恶魔,

　　　　　　我甘愿被你向地狱里拖。(下)

　　　　　　托比·培尔契爵士及费边重上。

托比　先生,上帝保佑你!

薇奥拉　上帝保佑您,爵士!

托比　准备着防御吧。我不知道你做了什么对不起他的事情;可是你那位对头满心怀恨,一股子的杀气在园子尽头等着你呢。拔出你的剑来,赶快预备好;因为你的敌人是个敏捷精明而可怕的人。

薇奥拉　您弄错了,爵士,我相信没人会跟我争吵;我完全不记得我曾经得罪过什么人。

托比　你会知道事情是恰恰相反的,我告诉你;所以要是你看重你的生命的话,留点神吧;因为你的冤家年轻力壮,武艺不凡,火气又那么大。

薇奥拉　请问爵士,他是谁呀?

托比　他是个不靠军功而受封的骑士;可是跟人吵起架来,那简直是个魔鬼:他已经叫三个人的灵魂出壳了。现在他的怒气已经一发而不可收拾,非把人杀死送进坟墓里去决不甘心。他的格言是不管三七二十一,拼个你死我活。

薇奥拉　我要回到府里去请小姐派几个人给我保镖。我不会跟人打架。我听说有些人故意向别人寻事,试验他们的勇气;这个人大概也是这一类的。

托比　不,先生,他的发怒是有充分理由的,因为你得罪了他;所以你还是上去答应他的要求吧。你不能回到屋子里去,除非你在没有跟他交手之前先跟我比个高低。横竖都得冒险,你何必不去会会他呢?所以上去吧,把你的剑赤条条地拔出来;无论如何你非得动手不可，否则以后你再不用带剑了。
薇奥拉　这真是既无礼又古怪。请您帮我一下忙，去问问那骑士我得罪了他什么。那一定是我偶然的疏忽，决不是有意的。
托比　我就去问他。费边先生，你陪着这位先生等我回来。（下）
薇奥拉　先生，请问您知道这是怎么一回事吗？
费边　我知道那骑士对您很不乐意，抱着拼命的决心；可是详细的情形却不知道。
薇奥拉　请您告诉我他是个什么样子的人？
费边　照他的外表上看起来，并没有什么惊人的地方；可是您跟他一交手，就知道他的厉害了。他，先生，的确是您在伊利里亚无论哪个地方所碰得到的最有本领、最凶狠、最厉害的敌手。您就过去见他好不好？我愿意替您跟他讲和，要是能够的话。
薇奥拉　那多谢您了。我是个宁愿亲近教士不愿亲近骑士的人；我这副小胆子，即使让别人知道了，我也不在乎。（同下）

　　　　托比及安德鲁重上。

托比　嘿，老兄，他才是个魔鬼呢；我从来不曾见过这么一个泼货。我跟他连剑带鞘较量了一回，他给我这么致命的一刺，简直无从招架；至于他还起手来，那简直像是你的脚踏在地上一样万无一失。他们说他曾经在波斯王宫里当过剑师。
安德鲁　糟了！我不高兴跟他动手。
托比　好，但是他可不肯甘休呢；费边在那边简直拦不住他。
安德鲁　该死！早知道他有这种本领，我再也不去惹他的。假如他肯放过这回，我情愿把我的灰色马儿送给他。
托比　我去跟他说去。站在这儿，摆出些威势来；这件事情总可以和平了结的。（旁白）你的马儿少不得要让我来骑，你可大大地给我捉弄了。

　　　　费边及薇奥拉重上。

托比　（向费边）我已经叫他把他的马儿送上议和。我已经叫他相信这孩子是个魔鬼。
费边　他也是十分害怕他，吓得心惊肉跳脸色发白，像是一头熊追在背后似的。

托比 （向薇奥拉）没有法子，先生；他因为已经发过了誓，非得跟你决斗一下不可。他已经把这回吵闹考虑过，认为起因的确是微不足道的；所以为了他所发的誓起见，拔出你的剑来吧，他声明他不会伤害你的。

薇奥拉 （旁白）求上帝保佑我！一点点事情就会给他们知道我是不配当男人的。

费边 要是你见他势不可当，就让让他吧。

托比 来，安德鲁爵士，没有办法，这位先生为了他的名誉起见，不得不跟你较量一下，按着决斗的规则，他不能规避这一回事；可是他已经答应我，因为他是个堂堂君子又是个军人，他不会伤害你的。来吧，上去！

安德鲁 求上帝让他不要背誓！（拔剑）

薇奥拉 相信我，这全然不是出于我的本意。（拔剑）

　　　　安东尼奥上。

安东尼奥 放下你的剑。要是这位年轻的先生得罪了你，我替他担个不是；要是你得罪了他，我可不肯对你甘休。（拔剑）

托比 你，朋友！咦，你是谁呀？

安东尼奥 先生，我是他的好朋友；为了他的缘故，无论什么事情说得出的便做得到。

托比 好吧，你既然这样喜欢管人家的闲事，我就奉陪了。（拔剑）

费边 啊，好托比老爷，住手吧！警官们来了。

托比 过会儿再跟你算账。

薇奥拉 （向安德鲁）先生，请你放下你的剑吧。

安德鲁 好，放下就放下，朋友；我可以向你担保，我的话说过就算数。那匹马你骑起来准很舒服，它也很听话。

　　　　二警吏上。

警吏甲 就是这个人；执行你的任务吧。

警吏乙 安东尼奥，我奉奥西诺公爵之命来逮捕你。

安东尼奥 你看错人了，朋友。

警吏甲 不，先生，一点没有错。我很认识你的脸，虽然你现在头上不戴着水手的帽子。——把他带走，他知道我认识他的。

安东尼奥 我只好服从。（向薇奥拉）这场祸事都是因为要来寻找你而起；可是没有办法，我必得服罪。现在我不得不向你要回我的钱袋了，你预备怎样呢？叫我难过的倒不是我自己的遭遇，而是不能给你尽一点力。你吃惊吗？请你宽心吧。

警吏乙 来，朋友，去吧。

安东尼奥 那笔钱我必须向你要几个。

薇奥拉 什么钱，先生？为了您在这儿对我的好意相助，又看见您现在的不幸，我愿意尽我的微弱的力量借给您几个钱；我是个穷小子，这儿随身带着的钱，可以跟您平分。拿着吧，这是我一半的家私。

安东尼奥 你现在不认识我了吗？难道我给你的好处不能使你心动吗？别看着我倒霉好欺侮，要是激起我的性子来，我也会不顾一切，向你一一数说你的忘恩负义的。

薇奥拉 我一点不知道；您的声音相貌我也完全不认识。我痛恨人们的忘恩，比之痛恨说谎、虚荣、饶舌、酗酒，或是其他存在于脆弱的人心中的陷入的恶德还要厉害。

安东尼奥 唉，天哪！

警吏乙 好了，对不起，朋友，走吧。

安东尼奥 让我再说句话，你们瞧这个孩子，他是我从死神的掌握中夺了来的，我用神圣的爱心照顾着他；我以为他的样子是个好人，才那样看重着他。

警吏甲 那跟我们有什么相干呢？别耽误了时间，去吧！

安东尼奥 可是唉！这个天神一样的人，原来却是个邪魔歪道！西巴斯辛，你未免太羞辱了你这副好相貌了。

　　心上的瑕疵是真的垢污；
　　无情的人才是残废之徒。
　　善即是美；但美丽的奸恶，
　　是魔鬼雕就文采的空椟。

警吏甲 这家伙发疯了;带他去吧!来,来,先生。
安东尼奥 带我去吧。(警吏带安东尼奥下)
薇奥拉 他的话儿句句发自衷肠;
　　　　他坚持不疑,我意乱心慌。
　　　　但愿想象的事果真不错,
　　　　是他把妹妹错认作哥哥!
托比 过来,骑士;过来,费边;让我们悄悄地讲几句聪明话。
薇奥拉 他说起西巴斯辛的名字,
　　　　我哥哥正是我镜中影子,
　　　　兄妹俩生就一般的形状,
　　　　再加上穿扮得一模一样;
　　　　但愿暴风雨真发了慈心,
　　　　无情的波浪变作了多情!(下)
托比 好一个刁滑的卑劣的孩子,比兔子还胆怯!他坐视朋友危急而不顾,还要装作不认识,可见他刁恶的一斑,至于他的胆怯呢,问费边好了。
费边 一个懦夫,一个把怯懦当神灵一样敬奉的懦夫。
安德鲁 他妈的,我要追上去把他揍一顿。
托比 好,把他狠狠地揍一顿,可是别拔出你的剑来。
安德鲁 要是我不——(下)
费边 来,让我们去瞧去。
托比 我可以赌无论多少钱,到头来不会有什么事发生的。(同下)

第四幕

第一场　奥丽维娅宅旁街道

　　西巴斯辛及小丑上。

小丑　你要我相信我不是差来请你的吗？

西巴斯辛　算了吧，算了吧，你是个傻瓜；给我走开去。

小丑　装腔装得真好！是的，我不认识你；我的小姐也不会差我来请你去讲话；你的名字也不是西萨里奥大爷。什么都不是。

西巴斯辛　请你到别处去大放厥辞吧；你又不认识我。

小丑　大放厥词！他从什么大人物那儿听了这句话，却来用在一个傻瓜身上。大放厥词！我担心整个痴愚的世界都要装腔作态起来了。请你别那么怯生生的，告诉我应当向我的小姐放些什么"厥词"。要不要对她说你就来？

西巴斯辛　傻东西，请你走开吧；这儿有钱给你；要是你再不去，我可就要不客气了。

小丑　真的，你倒是很慷慨。这种聪明人把钱给傻子，就像用十四年的收益来买一句好话。

　　安德鲁上。

安德鲁　呀，朋友，我又碰见你了吗？吃这一下。（击西巴斯辛）

西巴斯辛 怎么，给你尝尝这一下，这一下，这一下！（打安德鲁）所有的人们都疯了吗？

    托比及费边上。

托比 停住，朋友，否则我要把你的刀子摔到屋子里去了。

小丑 我就去把这事告诉我的小姐。我不愿凭两便士就代人受过。（下）

托比 （拉西巴斯辛）算了，朋友，住手吧。

安德鲁 不，让他去吧。我要换一个法儿对付他。要是伊利里亚是有法律的话，我要告他非法殴打的罪；虽然是我先动手，可是那没有关系。

西巴斯辛 放下你的手！

托比 算了吧，朋友，我不能放走你。来，我的青年的勇士，放下你的家伙。你打架已经打够了；来吧。

西巴斯辛 你别想抓住我。（挣脱）现在你要怎样？要是你有胆子的话，拔出你的剑来吧。

托比 什么！什么！那么我倒要让你流几滴莽撞的血呢。（拔剑）

    奥丽维娅上。

奥丽维娅 住手，托比！我命令你！

托比 小姐！

奥丽维娅 有这等事吗？忘恩的恶人！只配住在从来不懂得礼貌的山林和洞窟里的。滚开！——别生气，亲爱的西萨里奥。——莽汉，走开！（托比、安德鲁、费边同下）好朋友，你是个有见识的人，这回的惊扰实在太失礼、太不成话了，请你不要生气。跟我到舍下去吧；我可以告诉你这个恶人曾经多少次无缘无故地惹是招非，你听了就可以把这回事情一笑置之了。你一定要去的：

    别推托！他灵魂该受天戮，
    为你惊起了我心头小鹿。

西巴斯辛 滋味难名，不识其中奥妙；
    是疯眼昏迷？是梦魂颠倒？

愿心魂永远在忘河沉浸；

有这般好梦再不须梦醒！

奥丽维娅 请你来吧；你得听我的话。

西巴斯辛 小姐，遵命。

奥丽维娅 但愿这回非假！（同下）

第二场　奥丽维娅宅中一室

玛利娅及小丑上；马伏里奥在相接的暗室内。

玛利娅 哦，我请你把这件袍子穿上，这把胡须套上，让他相信你是副牧师托巴斯师傅。快些，我就去叫托比老爷来。（下）

小丑 好，我就穿起来，假装一下；我希望我是第一个扮作这种样子的。我的身材不够高，穿起来不怎么神气；略为胖一点，也不像个用功念书的：可是给人称赞一声是个老实汉子和很好的当家人，也就跟一个用心思的读书人一样好了。——那两个同党的来了。

托比·培尔契爵士及玛利娅上。

托比 上帝祝福你，牧师先生！

小丑 早安，托比大人！目不识丁的布拉格的老隐士曾经向高波杜克王的侄女说过这么一句聪明话："是什么，就是什么。"因此，我既是牧师先生，也就是牧师先生；因为"什么"即是"什么"，"是"即是"是"。

托比 走过去，托巴斯师傅。

小丑 呃哼，喂！这监狱里平安呀！

托比 这小子装得很像，好小子。

马伏里奥 （在内）谁在叫？

小丑 副牧师托巴斯师傅来看疯人马伏里奥来了。

马伏里奥 托巴斯师傅，托巴斯师傅，托巴斯好师傅，请您到我小姐那儿去一趟。

小丑 滚你的，胡言乱道的魔鬼！瞧这个人给你缠得这样子！只晓得嚷小姐吗？

托比 说得好,牧师先生。

马伏里奥 (在内)托巴斯师傅,从来不曾有人给人这样冤枉过。托巴斯好师傅,别以为我疯了。他们把我关在这个暗无天日的地方。

小丑 啐,你这不老实的撒旦!我用最客气的称呼叫你,因为我是个最有礼貌的人,即使对于魔鬼也不肯失礼。你说这屋子是黑的吗?

马伏里奥 像地狱一样,托巴斯师傅。

小丑 嘿,它的凸窗像壁垒一样透明,它的向着南北方的顶窗像乌木一样发光呢;你还说看不见吗?

马伏里奥 我没有发疯,托巴斯师傅。我对您说,这屋子是黑的。

小丑 疯子,你错了。我对你说,世间并无黑暗,只有愚昧。埃及人在大雾中辨不清方向,还不及你在愚昧里那样发昏。

马伏里奥 我说,这座屋子简直像愚昧一样黑暗,即使愚昧是像地狱一样黑暗。我说,从来不曾有人给人这样欺侮过。我并不比您更疯;您不妨提出几个合理的问题来问我,试试我疯不疯。

小丑 毕达哥拉斯对于野鸟有什么意见?

马伏里奥 他说我们祖母的灵魂也许曾经在鸟儿的身体里寄住过。

小丑 你对于他的意见觉得怎样?

马伏里奥 我认为灵魂是高贵的,绝对不赞成他的说法。

小丑 再见,你在黑暗里住下去吧。等到你赞成了毕达哥拉斯的说法之后,我才可以承认你的头脑健全。留心别打山鹬,因为也许你要害得你祖母的灵魂流离失所了。再见。

马伏里奥 托巴斯师傅!托巴斯师傅!

托比 我的了不得的托巴斯师傅!

小丑 嘿,我可真是多才多艺呢。

玛利娅 你就是不挂胡须不穿道袍也没有关系;他又看不见你。

托比 你再用你自己的口音去对他说话;怎样的情形再来告诉我。我希望这场恶作剧快快告个段落。要是不妨把他释放,我看就放了他吧;因为我已经大大地失去了我侄女的欢心,倘把这玩意儿尽管闹下去,恐怕不大妥当。等会儿到我的屋子里来吧。
(托比、玛利娅下)

小丑

> 嗨,罗宾,快活的罗宾哥,
> 问你的姑娘近况如何。

马伏里奥 傻子!

小丑

> 不骗你,她心肠有点硬。

马伏里奥 傻子!

小丑

> 唉,为了什么原因,请问?

马伏里奥 喂,傻子!

小丑

> 她已经爱上了别人。

——嘿!谁叫我?

马伏里奥 好傻子,谢谢你,给我拿一支蜡烛、笔、墨水和纸张来,以后我不会亏待你的。君子不扯谎,我永远感你的恩。

小丑 马伏里奥大爷吗?

马伏里奥 是的,好傻子。

小丑 唉,大爷,您怎么会发起疯来呢?

马伏里奥 傻子,从来不曾有人给人这样欺侮过。我的头脑跟你一样清楚呢,傻子。

小丑 跟我一样?那么您真的是疯了,要是您的头脑跟傻子差不多。

马伏里奥 他们把我当作一件家具看待,把我关在黑暗里,差牧师们——那些蠢驴子!——来看我,千方百计想把我弄昏了头。

小丑 您说话留点神吧;牧师就在这儿呢。——马伏里奥,马伏里奥，上天保佑你明白过来吧！好好地睡睡觉儿，别啰里啰唆地讲空话。

马伏里奥 托巴斯师傅！

小丑 别跟他说话，好伙计。——谁？我吗，师傅？我可不要跟他说话哩，师傅。上帝和您同在，好托巴斯师傅！——呃，阿门！——好的，师傅，好的。

马伏里奥 傻子，傻子，傻子，我对你说！

小丑 唉，大爷，您耐心吧！您怎么说，师傅？——师傅怪我跟您说话哩。

马伏里奥 好傻子，给我拿一点儿灯火和纸张来。我对你说，我跟伊利里亚无论哪个人一样头脑清楚呢。

小丑 唉，我巴不得这样呢，大爷！

马伏里奥 我可以举手发誓我没有发疯。好傻子，拿墨水、纸和灯火来；我写好之后，你去替我送给小姐。你送了这封信去，一定会到手一笔空前的大赏赐的。

小丑 我愿意帮您的忙。但是老实告诉我，您是不是真的疯了，还是装疯？

马伏里奥 相信我，我没有发疯，我老实告诉你。

小丑 嘿，我可信不过一个疯子的话，除非我能看见他的脑子。我去给您拿蜡烛、纸和墨水。

马伏里奥 傻子，我一定会重重报答你。请你去吧。

小丑

> 大爷我去了，
> 请您不要吵，
> 不多一会的时光，
> 小鬼再来见魔王；
> 手拿木板刀，
> 胸中如火烧，
> 向着魔鬼打哈哈，

样子像个疯娃娃:
爹爹不要恼,
给您剪指爪,
再见,我的魔王爷!(下)

第三场　奥丽维娅的花园

西巴斯辛上。

西巴斯辛　这是空气;那是灿烂的太阳;这是她给我的珍珠,我看得见也摸得到:虽然怪事这样包围着我,然而却不是疯狂。那么安东尼奥到哪儿去了呢?我在大象旅店里找不到他;可是他曾经到过那边,据说他到城中各处寻找我去了。现在我很需要他的指教;因为虽然我心里很觉得这也许是出于错误,而并非是一种疯狂的举动,可是这种意外飞来的好运太有些未之前闻,无可理解了,我简直不敢相信我的眼睛;无论我的理智怎样向我解释,我总觉得不是我疯了便是这位小姐疯了。可是,真是这样的话,她一定不会那样井井有条,神气那么端庄地操持她的家务,指挥她的仆人,料理一切的事情,如同我所看见的那样。其中一定有些蹊跷。她来了。

奥丽维娅及一牧师上。

奥丽维娅　不要怪我太性急。要是你没有坏心肠的话,现在就跟我和这位神父到我家的礼拜堂里去吧;当着他的面前,在那座圣堂的屋顶下,你要向我充分证明你的忠诚,好让我小气的、多疑的心安定下来。他可以保守秘密,直到你愿意宣布出来按照着我的身份的婚礼将在什么时候举行。你说怎样?

西巴斯辛　我愿意跟你们两位前往;
立过的盟誓永没有欺罔。

奥丽维娅　走吧,神父;但愿天公作美,
一片阳光照着我们酣醉!(同下)

第五幕

奥丽维娅宅前街道

小丑及费边上。

费边 看在咱们交情的分上,让我瞧一瞧他的信吧。

小丑 好费边先生,允许我一个请求。

费边 尽管说吧。

小丑 别向我要这封信看。

费边 这就是说,把一条狗给了人,要求的代价是,再把那条狗要还。

公爵、薇奥拉、丘里奥及侍从等上。

公爵 朋友们,你们是奥丽维娅小姐府中的人吗?

小丑 是的,殿下;我们是附属于她的一两件零星小物。

公爵 我认识你;你好吗,我的好朋友?

小丑 不瞒您说,殿下,我的仇敌使我好些,我的朋友使我坏些。

公爵 恰恰相反,你的朋友使你好些。

小丑 不,殿下,坏些。

公爵 为什么呢?

小丑 呃,殿下,他们称赞我,把我当作驴子一样愚弄;可是我的仇敌却坦白地告诉我说我是一头驴子；因此，殿下，多亏我的仇敌我才能明白我自己，我的朋友却把我欺骗了；因此，结论就像接吻一样，说四声"不"就等于说两声"请"，这样一来，当然是朋友使我坏些，仇敌使我好些了。

公爵 啊，这说得好极了！
小丑 凭良心说，殿下，这一点不好；虽然您愿意做我的朋友。
公爵 我不会使你坏些；这儿是钱。
小丑 倘不是恐怕犯了骗人钱财的罪名，殿下，我倒希望您把它再加一倍。
公爵 啊，你给我出的好主意。
小丑 把您的慷慨的手伸进您的袋里去，殿下；只这一次，不要犹疑吧。
公爵 好吧，我姑且来一次罪上加罪，拿去。
小丑 掷骰子有幺二三；古话说，"一不做，二不休，三回才算数"；跳舞要用三拍子；您只要听圣班纳特教堂的钟声好了，殿下——一，二，三。
公爵 你这回可骗不动我的钱了。要是你愿意去对你小姐说我在这儿要见她说话，同着她到这儿来，那么也许会再唤醒我的慷慨来的。
小丑 好吧，殿下，给您的慷慨唱个安眠歌，等着我回来吧。我去了，殿下；可是我希望您明白我的要钱并不是贪财。好吧，殿下，就照您的话，让您的慷慨打个盹儿，我等一会儿再来叫醒他吧。（下）
薇奥拉 殿下，这儿来的人就是搭救了我的。

　　　　安东尼奥及警吏上。

公爵 他那张脸我记得很清楚；可是上次我见他的时候，他脸上涂得黑黑的，就像烽烟里的乌尔冈一样。他是一只吃水量和体积都很小的舰上的舰长，可是却使我们舰队中最好的船只大遭损失，就是心怀嫉恨的、给他打败的人也不得不佩服他。为了什么事？

警吏 启禀殿下,这就是在坎迪地方把"凤凰号"和它的货物劫了去的安东尼奥;也就是在"猛虎号"上把您的侄公子泰特斯削去了腿的那人。我们在这儿的街道上看见他穷极无赖,在跟人家打架,因此抓了来了。

薇奥拉 殿下,他曾经拔刀相助,帮过我忙,可是后来却对我说了一番奇怪的话,似乎发了疯似的。

公爵 好一个海盗!在水上行窃的贼徒!你怎么敢凭着你的愚勇,投身到被你用血肉和巨量的代价结下冤仇的人们的手里呢?

安东尼奥 尊贵的奥西诺,请许我洗刷去您给我的称呼;安东尼奥从来不曾做过海盗或贼徒,虽然我有充分的理由和原因承认我是奥西诺的敌人。一种魔法把我吸引到这儿来。在您身边的那个最没有良心的孩子,是我从汹涌的怒海的吞噬中救了出来的,否则他已经毫无希望了。我给了他生命,又把我的友情无条件地完全给了他;为了他的缘故,纯粹出于爱心,我冒着危险出现在这个敌对的城里,见他给人包围了,就拔剑相助;可是我遭了逮捕,他的狡恶的心肠因恐我连累他受罪,便假装不认识我,一霎眼就像已经睽违了二十年似的,甚至于我在半点钟前给他任意使用的我自己的钱袋,也不肯还给我。

薇奥拉 怎么会有这种事呢?

公爵 他在什么时候到这城里来的?

安东尼奥 今天,殿下;三个月来,我们朝朝夜夜都在一起,不曾有一分钟分离过。

奥丽维娅及侍从等上。

公爵 这里来的是伯爵小姐,天神降临人世了!——可是你这家伙,完全在说疯话;这孩子已经侍候我三个月了。那种话等会儿再说吧。把他带到一旁去。

奥丽维娅 殿下有什么下示?除了断难遵命的一件事之外,凡是奥丽维娅力量所能及的,一定愿意效劳。——西萨里奥,你失了我的约啦。

薇奥拉 小姐!

公爵　温柔的奥丽维娅!——

奥丽维娅　你怎么说,西萨里奥?——殿下——

薇奥拉　我的主人要跟您说话;地位关系我不能开口。

奥丽维娅　殿下,要是您说的仍旧是那么一套,我可已经听厌了,就像奏过音乐以后的叫号一样令人不耐。

公爵　仍旧是那么残酷吗?

奥丽维娅　仍旧是那么坚定,殿下。

公爵　什么,坚定得不肯改变一下你的乖僻吗?你这无礼的女郎!向着你的无情的不仁的祭坛,我的灵魂已经用无比的虔诚吐露出最忠心的献礼。我还有什么办法呢?

奥丽维娅　办法就请殿下自己斟酌吧。

公爵　假如我狠得起那么一条心,为什么我不可以像临死时的埃及大盗一样,把我所爱的人杀死了呢?蛮性的嫉妒有时也带着几分高贵的气质。但是你听着我吧:既然你漠视我的诚意,我也有些知道谁在你的心中夺去了我的位置,你就继续做你的铁石心肠的暴君吧;可是你所爱着的这个宝贝,我当天发誓我曾经那样宠爱着他,我要把他从你的那双冷酷的眼睛里除去,免得他傲视他的主人。来,孩子,跟我来。我的恶念已经成熟:

　　我要牺牲我钟爱的羔羊,

　　白鸽的外貌乌鸦的心肠。(走)

薇奥拉　我甘心愿受一千次死罪,

　　只要您的心里得到安慰。(随行)

奥丽维娅　西萨里奥到哪儿去?

薇奥拉　追随我所爱的人,

　　我爱他甚于生命和眼睛,

　　远过于对于妻子的爱情。

　　愿上天鉴察我一片诚挚,

　　倘有虚谎我决不辞一死!

奥丽维娅　哎哟,他厌弃了我!我受了欺骗了!

薇奥拉　谁把你欺骗?谁给你受气?

奥丽维娅　才不久你难道已经忘记？——请神父来。（一侍从下）

公爵　（向薇奥拉）去吧！

奥丽维娅　到哪里去，殿下？西萨里奥，我的夫，别去！

公爵　你的夫？

奥丽维娅　是的，我的夫；他能抵赖吗？

公爵　她的夫，嘿？

薇奥拉　不，殿下，我不是。

奥丽维娅　唉！是你的卑怯的恐惧使你否认了自己的身份。不要害怕，西萨里奥；别放弃了你的地位。你知道你是什么人，要是承认了出来，你就跟你所害怕的人并肩相埒了。

　　　　　牧师上。

奥丽维娅　啊，欢迎，神父！神父，我请你凭着你的可尊敬的身份，到这里来宣布你所知道的关于这位少年和我之间不久以前的事情；虽然我们本来预备保守秘密，但现在不得不在时机未到之前公布了。

牧师　一个永久相爱的盟约，已经由你们两人握手缔结，用神圣的吻证明，用戒指的交换确定了。这婚约的一切仪式，都由我主持作证；照我的表上所指示，距离现在我不过向我的坟墓走了两小时的行程。

公爵　唉，你这骗人的小畜生！等你年纪一大了起来，你会是个怎样的人呢？

　　　　也许你过分早熟的奸诡，
　　　　反会害你自己身败名毁。
　　　　别了，你尽管和她论嫁娶；
　　　　可留心以后别和我相遇。

薇奥拉　殿下，我要声明——

奥丽维娅　不要发誓；

　　　　放大胆些，别亵渎了神祇！

　　　　安德鲁·艾古契克爵士头破血流上。

安德鲁　看在上帝的份上，叫个外科医生来吧！立刻去请一个来瞧瞧托比爵士。

奥丽维娅 什么事？

安德鲁 他把我的头给打破了，托比爵士也给他弄得满头是血。看在上帝的份上，救救命吧！谁要是给我四十镑钱，我也宁愿回到家里去。

奥丽维娅 谁干了这种事，安德鲁爵士？

安德鲁 公爵的跟班名叫西萨里奥的。我们把他当作一个孱头，哪晓得他简直是个魔鬼。

公爵 我的跟班西萨里奥？

安德鲁 他妈的！他就在这儿。你无缘无故敲破我的头！我不过是给托比爵士怂恿了才动手的。

薇奥拉 你为什么对我说这种话呢？我没有伤害你呀。你自己无缘无故向我拔剑；可是我对你很客气，并没有伤害你。

安德鲁 假如一颗血淋淋的头可以算得是伤害的话，你已经把我伤害了；我想你以为满头是血，是算不了一回事的。托比爵士一跷一拐地来了——

　　　　托比·培尔契爵士由小丑搀扶醉步上。

安德鲁 你等着瞧吧：如果他刚才不是喝醉了，你一定会尝到他的厉害手段。

公爵 怎么，老兄！你怎么啦？

托比 有什么关系？他把我打坏了，还有什么别的说的？傻瓜，你有没有看见狄克医生，傻瓜？

小丑 喔！他在一个钟头之前喝醉了，托比老爷；他的眼睛在早上八点钟就昏花了。

托比 那么他便是个踱着八字步的浑蛋。我顶讨厌酒鬼。

奥丽维娅 把他带走！谁把他们弄成这样子的？

安德鲁 我来扶着您吧，托比爵士；咱们一块儿裹伤口去。

托比 你来扶着我？蠢驴，傻瓜，浑蛋，瘦脸的浑蛋，笨鹅！

奥丽维娅 招呼他上床去，好好看顾一下他的伤口。（小丑、费边、托比、安德鲁同下）

西巴斯辛上。

西巴斯辛 小姐，我很抱歉伤了令亲；可是即使他是我的同胞兄弟，为了自卫起见我也只好出此手段。您用那样冷淡的眼光瞧着我，我知道我一定冒犯了您了；原谅我吧，好人，看在不久以前我们彼此立下的盟誓份上。

公爵 一样的面孔，一样的声音，一样的装束，化成了两个身体；一副天然的幻镜，真实和虚妄的对照！

西巴斯辛 安东尼奥！啊，我的亲爱的安东尼奥！自从我不见了你之后，我的时间过得多么痛苦啊！

安东尼奥 你是西巴斯辛吗？

西巴斯辛 难道你不相信是我吗，安东尼奥？

安东尼奥 你怎么会分身呢？把一只苹果切成两半，也不会比这两人更为相像。哪一个是西巴斯辛？

奥丽维娅 真奇怪呀！

西巴斯辛 那边站着的是我吗？我从来不曾有过一个兄弟；我又不是一尊无所不在的神明。我只有一个妹妹，但已经被盲目的波涛卷去了。对不住，请问你我之间有什么关系？你是哪一国人？叫什么名字？谁是你的父母？

薇奥拉 我是梅萨林人。西巴斯辛是我的父亲；我的哥哥也是一个像你一样的西巴斯辛，他葬身于海洋中的时候也穿着像你一样的衣服。要是灵魂能够照着在生时的形状和服饰出现，那么你是来吓我们的。

西巴斯辛 我的确是一个灵魂；可是还没有脱离我的生而具有的物质的皮囊。你的一切都能符合，只要你是个女人，我一定会让我的眼泪滴在你的脸上，而说，"大大地欢迎，溺死了的薇奥拉！"

薇奥拉 我的父亲额角上有一颗黑痣。

西巴斯辛 我的父亲也有。

薇奥拉 他死的时候，薇奥拉才十三岁。

西巴斯辛 唉！那记忆还鲜明地留在我的灵魂里。他的确在我妹妹刚满十三岁的时候完毕了他人世的任务。

薇奥拉　假如只是我这一身僭妄的男装阻碍了我们彼此的欢欣，那么等一切关于地点、时间、遭遇的枝节完全衔接，证明我确是薇奥拉之后，再拥抱我吧。我可以叫一个在这城中的船长来为我证明，我的女衣便是寄放在他那里的；多亏他的帮忙，我才侥幸保全了生命，能够来侍候这位尊贵的公爵。此后我便一直奔走于这位小姐和这位贵人之间。

西巴斯辛　（向奥丽维娅）小姐；原来您是弄错了；但那也是心理上的自然的倾向。您本来要跟一个女孩子订婚；可是拿我的生命起誓，您的希望并没有落空。您现在同时是一个女人和一个男人的未婚妻了。

公爵　不要惊骇；他的血统也很高贵。要是这回事情果然是真，看来似乎不是一面骗人的镜子，那么在这番最幸运的覆舟里我也要沾点儿光。（向薇奥拉）孩子，你曾经向我说过一千次决不会像爱我一样爱着一个女人。

薇奥拉　那一切的话我愿意再发誓证明；那一切的誓我都要坚守在心中，就像分隔昼夜的天球中蕴藏着的烈火一样。

公爵　把你的手给我；让我瞧你穿了女人的衣服是怎么样子。

薇奥拉　把我带上岸来的船长那里存放着我的女服；可是他现在跟这儿小姐府上的管家马伏里奥有点讼事，被拘留起来了。

奥丽维娅　一定要他把他放出来。去叫马伏里奥来。——唉，我现在记起来了，他们说，可怜的人，他的神经病很厉害呢。因为我自己在大发其疯，所以把他的疯病完全忘记了。

　　　　小丑持信及费边上。

奥丽维娅　他怎样啦，小子？

小丑　启禀小姐，他总算很尽力抵挡着魔鬼。他写了一封信给您。我本该今天早上就给您的；可是疯人的信不比福音，送没送到都没甚关系。

奥丽维娅　拆开来读给我听。

小丑　傻子要念疯子的话了，请你们洗耳恭听。（读）"凭着上帝的名义，小姐——"

奥丽维娅 怎么！你疯了吗？

小丑 不，小姐，我在读疯话呢。您小姐既然要我读这种东西，那么您就得准许我疯声疯气地读。

奥丽维娅 请你读得清楚一些。

小丑 我正是在这样做，小姐；可是他的话怎么清楚，我就只能怎么读。所以，我的好公主，请您还是全神贯注，留意倾听吧。

奥丽维娅 （向费边）喂，还是你读吧。

费边 （读）"凭着上帝的名义，小姐，您屈待了我；全世界都要知道这回事。虽然您已经把我幽闭在黑暗里，叫您的醉酒的令叔看管我，可是我的头脑跟您小姐一样清楚呢。您自己骗我打扮成那个样子，您的信还在我手里；我很可以用它来证明我自己的无辜，可是您的脸上却不好看哩。随您把我怎么看待吧。因为冤枉难明，不得不暂时僭越了奴仆的身份，请您原谅。被虐待的马伏里奥上。"

奥丽维娅 这封信是他写的吗？

小丑 是的，小姐。

公爵 这倒不像是个疯子的话哩。

奥丽维娅 去把他放出来，费边；带他到这儿来。（费边下）殿下，等您把这一切再好好考虑一下之后，如果您不嫌弃，肯认我作一个亲戚，而不是妻子，那么同一天将庆祝我们两家的婚礼，地点就在我家，费用也由我来承担。

公爵 小姐，多蒙厚意，敢不领情。（向薇奥拉）你的主人解除了你的职务了。你事主多么勤劳，全然不顾那种职务多么不适于你的娇弱的身份和优雅的教养；你既然一直把我称作主人，从此以后，你便是你主人的主妇了。握着我的手吧。

奥丽维娅 你是我的妹妹了！

　　　　费边偕马伏里奥重上。

公爵 这便是那个疯子吗？

奥丽维娅 是的，殿下，就是他。——怎样，马伏里奥！

马伏里奥　小姐，您屈待了我，大大地屈待了我！

奥丽维娅　我屈待了你吗，马伏里奥？没有的事。

马伏里奥　小姐，您屈待了我。请您瞧这封信。您能抵赖说那不是您写的吗？您能写几笔跟这不同的字，几句跟这不同的句子吗？您能说这不是您的图章，不是您的大作吗？您可不能否认。好，那么承认了吧；凭着您的贞洁告诉我：为什么您向我表示这种露骨的恩意，吩咐我见您的时候脸带笑容，扎着十字交叉的袜带，穿着黄袜子，对托比大人和底下人要皱眉头？我满心怀着希望，一切服从您，您怎么要把我关起来，禁锢在暗室里，叫牧师来看我，给人当做闻所未闻的大傻瓜愚弄？告诉我为什么？

奥丽维娅　唉！马伏里奥，这不是我写的，虽然我承认很像我的笔迹；但这一定是玛利娅写的。现在我记起来了，第一个告诉我你发疯了的就是她；那时你便一路带笑而来，打扮和动作的样子就跟信里所说的一样。你别恼吧；这场诡计未免太恶作剧，等我们调查明白原因和主谋的人之后，你可以自己兼作原告和审判官来到断这件案子。

费边　好小姐，听我说，不要让争闹和口角来打断了当前这个使我惊喜交加的好时光。我希望您不会见怪，我坦白地承认是我跟托比老爷因为看不上眼这个马伏里奥的顽固无礼，才想出这个计策来。因为托比老爷央求不过，玛利娅才写了这封信；为了酬劳她，他已经跟她结了婚了。假如把两方所受到的难堪衡情酌理地判断起来，那么这种恶作剧的戏谑可供一笑，也不必计较了吧。

奥丽维娅　唉，可怜的傻子，他们太把你欺侮了！

小丑　嘿，"有的人是生来的富贵，有的人是挣来的富贵，有的人是送上来的富贵。"这本戏文里我也是一个角色呢，大爷；托巴斯师傅就是我，大爷；但这没有什么相干。"凭着上帝起誓，傻子，我没有疯。"可是您记得吗？"小姐，您为什么要对这么一个没头脑的浑蛋发笑？您要是不笑，他就开不了口啦。"六十年风水轮流转，您也遭了报应了。

马伏里奥　我一定要出这一口气,你们这批东西一个都不放过(下)
奥丽维娅　他给人欺侮得太不成话了。
公爵　追他回来,跟他讲个和;他还不曾把那船长的事告诉我们哩。等我们知道了以后,假如时辰吉利,我们便可以举行郑重的结合的典礼。贤妹,我们现在还不会离开这儿。西萨里奥,来吧;当你还是一个男人的时候,你便是西萨里奥——

　　　　等你换过了别样的衣裙,
　　　　你才是奥西诺心上情人。(除小丑外均下)

小丑　(歌)

　　　　当初我是个小儿郎,
　　　　嘿,呵,一阵雨儿一阵风;
　　　　做了傻事毫不思量,
　　　　朝朝雨雨呀又风风。

　　　　年纪长大啦不学好,
　　　　嘿,呵,一阵雨儿一阵风;
　　　　闭门羹到处吃个饱,
　　　　朝朝雨雨呀又风风。

　　　　娶了老婆,唉!要照顾,
　　　　嘿,呵,一阵雨儿一阵风;
　　　　法螺医不了肚子饿,
　　　　朝朝雨雨呀又风风。

　　　　一壶老酒往头里灌,
　　　　嘿,呵,一阵雨儿一阵风;
　　　　掀开了被窝三不管,
　　　　朝朝雨雨呀又风风。

开天辟地有几多年,
嘿,呵,一阵雨儿一阵风:
咱们的戏文早完篇,
愿诸君欢喜笑融融!(下)

罗密欧与朱丽叶

Part Three

朱生豪 译

剧中人物

爱斯卡勒斯	维洛那亲王
帕里斯	少年贵族，亲王的亲戚
蒙太古 } 凯普莱特 }	互相敌视的两家家长
罗密欧	蒙太古之子
茂丘西奥	亲王的亲戚
班伏里奥	蒙太古之侄 } 罗密欧的朋友
提伯尔特	凯普莱特夫人之内侄
劳伦斯神父	法兰西斯派教士
约翰神父	与劳伦斯同门的教士
鲍尔萨泽	罗密欧的仆人
山普孙 } 葛莱古里 }	凯普莱特的仆人
彼得	朱丽叶乳媪的从仆
亚伯拉罕	蒙太古的仆人
卖药人	
乐工三人	
茂丘西奥的侍童	
帕里斯的侍童	
蒙太古夫人	
凯普莱特夫人	
朱丽叶	凯普莱特之女
朱丽叶的乳媪	

维洛那市民；两家男女亲属；跳舞者、卫士、巡丁及侍从等致辞者

地 点

维洛那；第五幕第一场在曼多亚

开场诗

致辞者上。
故事发生在维洛那名城,
　有两家门第相当的巨族,
累世的宿怨激起了新争,
　鲜血把市民的白手污渎。
是命运注定这两家仇敌,
　生下了一双不幸的恋人,
他们的悲惨凄凉的殒灭,
　和解了他们交恶的尊亲。
这一段生生死死的恋爱,
　还有那两家父母的嫌隙,
把一对多情的儿女杀害,
　演成了今天这一本戏剧。
交代过这几句挈领提纲,
请诸位耐着心细听端详。(下)

第一幕

第一场　维洛那。广场

　　山普孙及葛莱古里各持盾剑上。

山普孙　葛莱古里，咱们可真的不能让人家当做苦力一样欺侮。

葛莱古里　对了，咱们不是可以随便给人欺侮的。

山普孙　我说，咱们要是发起脾气来，就会拔剑动武。

葛莱古里　对了，你可不要把脖子缩到领口里去。

山普孙　我一动性子，我的剑是不认人的。

葛莱古里　可是你不大容易动性子。

山普孙　我见了蒙太古家的狗子就生气。

葛莱古里　有胆量的，生了气就应当站住不动；逃跑的不是好汉。

山普孙　我见了他们家里的狗子，就会站住不动；蒙太古家里任何男女碰到了我，就像是碰到墙壁一样。

葛莱古里　这正说明你是个软弱无能的奴才；只有最没出息的家伙，才去墙底下躲难。

山普孙　的确不错；所以生来软弱的女人，就老是被人逼得不能动；我见了蒙太古家里人来，是男人我就把他们从墙边推出去，是女人我就把她们对着墙壁摔过去。

葛莱古里 吵架是咱们两家主仆男人们的事，与她们女人有什么相干？

山普孙 那我不管，我要做一个杀人不眨眼的魔王；一面跟男人们打架，一面对娘儿们也不留情面，我要她们的命。

葛莱古里 要娘儿们的性命吗？

山普孙 对了，娘儿们的性命，或是她们视同性命的童贞，你爱怎么说就怎么说。

葛莱古里 那就要看对方怎样感觉了。

山普孙 只要我下手，她们就会尝到我的辣手：就是有名的一身横肉呢。

葛莱古里 幸而你还不是一身鱼肉；否则你便是一条可怜虫了。拔出你的家伙来；有两个蒙太古家的人来啦。

　　　　　亚伯拉罕及鲍尔萨泽上。

山普孙 我的剑已经出鞘；你去跟他们吵起来，我就在你背后帮你的忙。

葛莱古里 怎么？你想转过背逃走吗？

山普孙 你放心吧，我不是那样的人。

葛莱古里 哼，我倒有点不放心！

山普孙 还是让他们先动手，打起官司来也是咱们的理直。

葛莱古里 我走过去向他们横个白眼，瞧他们怎么样。

山普孙 好，瞧他们有没有胆量。我要向他们咬我的大拇指，瞧他们能不能忍受这样的侮辱。

亚伯拉罕 你向我们咬你的大拇指吗？

山普孙 我是咬我的大拇指。

亚伯拉罕 你是向我们咬你的大拇指吗？

山普孙 （向葛莱古里旁白）要是我说是，那么打起官司来是谁的理直？

葛莱古里 （向山普孙旁白）是他们的理直。

山普孙 不，我不是向你们咬我的大拇指；可是我是咬我的大拇指。

葛莱古里 你是要向我们挑衅吗？

亚伯拉罕 挑衅！不，哪儿的话。

山普孙 你要是想跟我们吵架，那么我可以奉陪；你也是你家主子的奴才，我也是我家主子的奴才，难道我家的主子就比不上你家的主子？

亚伯拉罕 比不上。

山普孙 好。

葛莱古里 （向山普孙旁白）说"比得上"；我家老爷的一位亲戚来了。

山普孙 比得上。

亚伯拉罕 你胡说。

山普孙 是汉子就拔出剑来。葛莱古里，别忘了你的杀手剑。（双方互斗）

　　　　班伏里奥上。

班伏里奥 分开，蠢材！收起你们的剑；你们不知道你们在干些什么事。（击下众仆的剑）

　　　　提伯尔特上。

提伯尔特 怎么！你跟这些不中用的奴才吵架吗？过来，班伏里奥，让我结果你的性命。

班伏里奥 我不过维持和平；收起你的剑，或者帮我分开这些人。

提伯尔特 什么！你拔出了剑，还说什么和平？我痛恨这两个字，就跟我痛恨地狱、痛恨所有蒙太古家的人和你一样。照剑，懦夫！（二人相斗）

　　　　两家各有若干人上，加入争斗；一群市民持枪棍继上。

众市民 打！打！打！把他们打下来！打倒凯普莱特！打倒蒙太古！

　　　　凯普莱特穿长袍及凯普莱特夫人同上。

凯普莱特 什么事吵得这个样子？喂！把我的长剑拿来。

凯普莱特夫人 拐杖呢？拐杖呢？你要剑干什么？

凯普莱特 快拿剑来！蒙太古那老东西来啦；他还晃着他的剑，明明在跟我寻事。

　　　　蒙太古及蒙太古夫人上。

蒙太古　凯普莱特，你这奸贼！——别拉住我；让我走。
蒙太古夫人　你要去跟人家吵架，我连一步也不让你走。

　　　　亲王率侍从上。

亲王　目无法纪的臣民，扰乱治安的罪人，你们的刀剑都被你们邻人的血玷污了；——他们不听我的话吗？喂，听着！你们这些人，你们这些畜生，你们为了扑灭你们怨毒的怒焰，不惜让殷红的流泉从你们的血管里喷涌出来；他们要是畏惧刑法，赶快从你们血腥的手里丢下你们的凶器，静听你们震怒的君王的判决。凯普莱特，蒙太古，你们已经三次为了一句口头上的空言，引起了市民的械斗，扰乱了我们街道上的安宁，害得维洛那的年老公民，也不能不脱下他们尊严的装束，在他们习于安乐的苍老衰弱的手里夺过古旧的长枪，分解你们溃烂的纷争。要是你们以后再在市街上闹事，就要把你们的生命作为扰乱治安的代价。现在别人都给我退下去；凯普莱特，你跟我来；蒙太古，你今天下午到自由村的审判厅里来，听候我对于今天这一案的宣判。大家散开去，倘有逗留不去的，格杀勿论！（除蒙太古夫妇及班伏里奥外皆下）

蒙太古　这一场宿怨是谁又重新煽风点火？侄儿，对我说，他们动手的时候，你也在场吗？

班伏里奥　我还没有到这儿来，您的仇家的仆人跟你们家里的仆人已经打成一团了。我拔出剑来分开他们；就在这时候，那个性如烈火的提伯尔特提着剑来了，他对我出言不逊，把剑在他自己头上舞得飕飕直响，就像风在那儿讥笑他的装腔作势一样。当我们正在剑来剑去的时候，人越来越多，有的帮这一面，有的帮那一面，乱哄哄地互相争斗，直等亲王来了，方才把两边的人喝开。

蒙太古夫人　啊，罗密欧呢？你今天见过他吗？我很高兴他没有参加这场争斗。

班伏里奥　伯母，在尊严的太阳开始从东方的黄金窗里探出头来的一小时以前，我因为心中烦闷，到郊外去散步，在城西一丛枫树的下面，我看见罗密欧兄弟一早在那儿走来走去。我正要向他走过去，他已经看见了我，就躲到树林深处去了。我因为自己也是心灰意懒，觉得连自己这一身也是多余的，只想找一处没有人迹的地方，所以凭着自己的心境推测别人的心境，也就不去找他多事，彼此互相避开了。

蒙太古　好多天的早上曾经有人在那边看见过他，用眼泪洒为清晨的露水，用长叹嘘成天空的云雾；可是一等到鼓舞众生的太阳在东方的天边开始揭起黎明女神床上灰黑色的帐幕的时候，我那怀着一颗沉重的心的儿子，就逃避了光明，溜回到家里；一个人关起了门躲在房间里，闭紧了窗子，把大好的阳光锁在外面，为他自己造成了一个人工的黑夜。他这一种怪脾气恐怕不是好兆，除非良言劝告可以替他解除心头的烦恼。

班伏里奥　伯父，您知道他的烦恼的根源吗？

蒙太古　我不知道，也没有法子从他自己嘴里探听出来。

班伏里奥　您有没有设法探问过他？

蒙太古　我自己以及许多其他的朋友都曾经探问过他，可是他把心事一古脑儿闷在自己肚里，总是守口如瓶，不让人家试探出来，正像一条初生的蓓蕾，还没有迎风舒展它的嫩瓣，向太阳献吐它的娇艳，就给妒嫉的蛀虫咬啮了一样。只要能够知道他的悲哀究竟是从什么地方来的，我们一定会尽心竭力替他找寻治疗的方案。

班伏里奥　瞧，他来了；请您站在一旁，等我去问问他究竟有些什么心事，看他理不理我。

蒙太古　但愿你留在这儿，能够听到他的真情的吐露。来，夫人，我们去吧。（蒙太古夫妇同下）

　　　　罗密欧上。

班伏里奥　早安，兄弟。

罗密欧　天还是这样早吗？

班伏里奥　刚敲过九点钟。

罗密欧　唉！在悲哀里度过的时间似乎是格外长的。急忙忙地走过去的那个人，不就是我的父亲吗？

班伏里奥　正是。什么悲哀使罗密欧的时间过得这样长？

罗密欧　因为我缺少了可以使时间变为短促的东西。

班伏里奥　你跌进恋爱的网里了吗？

罗密欧　我还在门外徘徊——

班伏里奥　在恋爱的门外？

罗密欧　我不能得到我的意中人的欢心。

班伏里奥　唉！想不到爱神的外表这样温柔，实际上却是如此残暴！

罗密欧　唉！想不到爱神蒙着眼睛，却会一直闯进人们的心灵！我们在什么地方吃饭？哎哟！又是谁在这儿打过架了？可是不必告诉我，我早就知道了。这些都是怨恨造成的后果，可是爱情的力量比它要大过许多。啊，吵吵闹闹的相爱，亲亲热热的怨恨！啊，无中生有的一切！啊，沉重的轻浮，严肃的狂妄，整齐的混乱，铅铸的羽毛，光明的烟雾，寒冷的火焰，憔悴的健康，永远觉醒的睡眠，否定的存在！我感觉到的爱情正是这么一种东西，可是我并不喜爱这一种爱情。你不会笑我吗？

班伏里奥　不，兄弟，我倒是有点儿想哭。

罗密欧　好人，为什么呢？

班伏里奥　因为瞧着你善良的心受到这样的痛苦。

罗密欧　唉！这就是爱情的错误，我自己已经有太多的忧愁重压在我的心头，你对我表示的同情，徒然使我在太多的忧愁之上再加上一重忧愁。爱情是叹息吹起的一阵烟；恋人的眼中有它净化了的火星；恋人的眼泪是它激起的波涛。它又是最智慧的疯狂，哽喉的苦味，吃不到嘴的蜜糖。再见，兄弟。（欲去）

班伏里奥　且慢，让我跟你一块儿去；要是你就这样丢下了我，未免太不给我面子啦。

罗密欧　嘿！我已经遗失了我自己；我不在这儿；这不是罗密欧，他是在别的地方。

班伏里奥　老实告诉我，你所爱的是谁？

罗密欧　什么！你要我在痛苦呻吟中说出她的名字来吗？

班伏里奥　痛苦呻吟！不，你只要告诉我她是谁就得了。

罗密欧　叫一个病人郑重其事地立起遗嘱来！啊，对于一个病重的人，还有什么比这更刺痛他的心？老实对你说，兄弟，我是爱上了一个女人。

班伏里奥　我说你一定在恋爱，果然猜得不错。

罗密欧　好一个每发必中的射手！我所爱的是一位美貌的姑娘。

班伏里奥　好兄弟，目标越好，射得越准。

罗密欧　你这一箭就射岔了。丘匹德的金箭不能射中她的心；她有狄安娜女神的圣洁，不让爱情软弱的弓矢损害她的坚不可破的贞操。她不愿听任深怜密爱的词句把她包围，也不愿让灼灼逼人的眼光向她进攻，更不愿接受可以使圣人动心的黄金的诱惑；啊！美貌便是她巨大的财富，只可惜她一死以后，她的美貌也要化为黄土！

班伏里奥　那么她已经立誓终身守贞不嫁了吗？

罗密欧　她已经立下了这样的誓言，为了珍惜她自己，造成了莫大的浪费；因为她让美貌在无情的岁月中日渐枯萎，不知道替后世传留下她的绝世容华。她是个太美丽、太聪明的人儿，不应该剥夺她自身的幸福，使我抱恨终天。她已经立誓割舍爱情，我现在活着也就等于死去一般。

班伏里奥　听我的劝告，别再想起她了。

罗密欧　啊！那么你教我怎样忘记吧。

班伏里奥　你可以放纵你的眼睛，让它们多看几个世间的美人。

罗密欧　那不过格外使我觉得她的美艳无双罢了。那些吻着美人娇额的幸运的面罩，因为它们是黑色的缘故，常常使我们想起被它们遮掩的面庞不知多么娇丽。突然盲目的人，永远不会忘记存留在他消失了的视觉中的宝贵的影像。给我着一个姿容绝代的美人，她的美貌除了使我记起世上有一个人比她更美以外，还有什么别的用处？再见，你不能教我怎样忘记。

班伏里奥　我一定要证明我的意见不错，否则死不瞑目。（同下）

第二场　同前。街道

　　凯普莱特、帕里斯及仆人上。

凯普莱特　可是蒙太古也负着跟我同样的责任；我想象我们这样有了年纪的人，维持和平还不是难事。

帕里斯　你们两家都是很有名望的大族，结下了这样不解的冤仇，真是一件不幸的事。可是，老伯，您对于我的求婚有什么见教？

凯普莱特　我的意思早就对您表示过了。我的女儿今年还没有满十四岁，完全是一个不懂事的孩子；再过两个夏天，才可以谈到亲事。

帕里斯　比她年纪更小的人，都已经做了幸福的母亲了。

凯普莱特　早结果的树木一定早凋。我在这世上已经什么希望都没有了，只有她是我的唯一的安慰。可是向她求爱吧，善良的帕里斯，得到她的欢心；只要她愿意，我的同意是没有问题的。今天晚上，我要按照旧例，举行一次宴会，邀请许多亲友参加；您也是我所要邀请的一个，请您接受我的最诚意的欢迎。在我的寒舍里，今晚您可以见到灿烂的群星翩然下降，照亮黑暗的天空；在蓓蕾一样娇艳的女郎丛里，您可以充分享受青春的愉快，正像盛装的四月追随着残冬的足迹降临人世，在年轻人的心里充满着活跃的欢欣一样。您可以听一个够，看一个饱，从许多美貌的女郎中间，连我的女儿也在内，拣一个最好的做您的意中人。来，跟我去。（以一纸交仆）你到维洛那全城去走一转，挨着这单子上一个一个的名字去找人，请他们到我的家里来。（凯普莱特、帕里斯同下）

仆人　挨着这单子上的名字去找人！人家说，鞋匠的钉锤，裁缝的针线，渔夫的网，画师的笔，各人有各人的职司；可是我们的老爷却叫我挨着这单子上的名字去找人，我怎么知道写字的人在这上面写着些什么？我一定要找个识字的人。来得正好。

　　班伏里奥及罗密欧上。

班伏里奥　不，兄弟，新的火焰可以把旧的火焰扑灭，大的苦痛可以使小的苦痛减轻；头晕目眩的时候，只要转身向后；一桩绝望的忧伤，也可以用另一桩烦恼把它驱除。给你的眼睛找一个新的迷惑，你的原来的痼疾就可以霍然脱体。

罗密欧　你的药草只好医治——

班伏里奥　医治什么？

罗密欧　医治你的跌伤的胫骨。

班伏里奥　怎么，罗密欧，你疯了吗？

罗密欧　我没有疯，可是比疯人更不自由；关在牢狱里，不进饮食，挨受着鞭挞和酷刑——晚安，好朋友！

仆人　晚安！请问先生，您念过书吗？

罗密欧　是的，这是我的不幸中的资产。

仆人　也许您只会背诵；可是请问您会不会看着字一个一个地念？

罗密欧　我认得的字，我就会念。

仆人　您说得很老实；愿您一生快乐！（欲去）

罗密欧　等一等，朋友；我会念。"玛丁诺先生暨夫人及诸位令媛；安赛尔美伯爵及诸位令妹；寡居之维特鲁维奥夫人；帕拉森西奥先生及诸位令侄女；茂丘西奥及其令弟凡伦丁；凯普莱特叔父暨婶母及诸位贤妹；罗瑟琳贤侄女；里维娅；伐伦西奥先生及其令表弟提伯尔特；路西奥及活泼之海丽娜。"好一群名士贤媛！请他们到什么地方去？

仆人　到——

罗密欧　哪里？

仆人　到我们家里吃饭去。

罗密欧　谁的家里？

仆人　我的主人的家里。

罗密欧　对了，我该先问你的主人是谁才是。

仆人　您也不用问了，我就告诉您吧。我的主人就是那个有财有势的凯普莱特；要是您不是蒙太古家里的人，请您也来跟我们喝一杯酒，愿您一生快乐！（下）

班伏里奥　在这一个凯普莱特家里按照旧例举行的宴会中间，你所热恋的美人罗瑟琳也要跟着维洛那城里所有的绝色名媛一同去赴宴。你也到那儿去吧,用着不带成见的眼光,把她的容貌跟别人比较比较,你就可以知道你的天鹅不过是一只乌鸦罢了。

罗密欧 要是我的虔敬的眼睛会相信这种谬误的幻象,那么让眼泪变成火焰,把这一双罪状昭著的异教邪徒烧成灰烬吧!比我的爱人还美!烛照万物的太阳,自有天地以来也不曾看见过一个可以和她媲美的人。

班伏里奥 嘿!你看见她的时候,因为没有别人在旁边,你的两只眼睛里只有她一个人,所以你以为她是美丽的;可是在你那水晶的天秤里,要是把你的恋人跟另外一个我可以在这宴会里指点给你看的美貌的姑娘同时较量起来,那么她现在虽然仪态万方,那时候就要自惭形秽了。

罗密欧 我倒要去这一次;不是去看你所说的美人,只要看看我自己的爱人怎样大放光彩,我就心满意足了。(同下)

第三场　同前。凯普莱特家中一室

凯普莱特夫人及乳媪上。

凯普莱特夫人 奶妈,我的女儿呢?叫她出来见我。

乳媪 凭着我十二岁时候的童贞发誓,我早就叫过她了。喂,小绵羊!喂,小鸟儿!上帝保佑!这孩子到什么地方去啦?喂,朱丽叶!

朱丽叶上。

朱丽叶 什么事?谁叫我?

乳媪 你的母亲。

朱丽叶 母亲,我来了。您有什么吩咐?

凯普莱特夫人 是这么一件事。奶妈,你出去一会儿。我们要谈些秘密的话。——奶妈,你回来吧;我想起来了,你也应当听听我们的谈话。你知道我的女儿年纪也不算怎么小啦。

乳媪 对啊,我把她的生辰记得清清楚楚的。

凯普莱特夫人 她现在还不满十四岁。

乳媪 我可以用我的十四颗牙齿打赌——唉，说来伤心，我的牙齿掉得只剩四颗啦！——她还没有满十四岁呢。现在离开收获节还有多久？

凯普莱特夫人 两个星期多一点。

乳媪 不多不少，不先不后，到收获节的晚上她才满十四岁。苏珊跟她同年——上帝安息一切基督徒的灵魂！唉！苏珊是跟上帝在一起啦，我命里不该有这样一个孩子。可是我说过的，到收获节的晚上，她就要满十四岁啦；正是，一点不错，我记得清清楚楚的。自从地震那一年到现在，已经十一年啦；那时候她已经断了奶，我永远不会忘记，不先不后，刚巧在那一天；因为我在那时候用艾叶涂在奶头上，坐在鸽棚下面晒着太阳；老爷跟您那时候都在曼多亚。瞧，我的记性可不算坏。可是我说的，她一尝到我奶头上的艾叶的味道，觉得变苦啦，哎哟，这可爱的小傻瓜！她就发起脾气来，把奶头摔开啦。那时候地震，鸽棚都在摇动呢：这个说来话长，算来也有十一年啦；后来她就慢慢地会一个人站得直挺挺的，还会摇呀摆的到处乱跑，就是在她跌破额角的那一天，我那去世的丈夫——上帝安息他的灵魂！他是个喜欢说说笑笑的人，把这孩子抱了起来，"啊！"他说，"你往前扑了吗？等你年纪一大，你就要往后仰了；是不是呀，朱丽？"谁知道这个可爱的坏东西忽然停住了哭声，说"嗯。"哎哟，真把人都笑死了！要是我活到一千岁，我也再不会忘记这句话。"是不是呀，朱丽？"他说；这可爱的小傻瓜就停住了哭声，说"嗯。"

凯普莱特夫人 得了得了，请你别说下去了吧。

乳媪 是，太太。可是我一想到她会停住了哭说"嗯"，就禁不住笑起来。不说假话，她额角上肿起了像小雄鸡的睾丸那么大的一个包哩；她痛得放声大哭；"啊！"我的丈夫说，"你往前扑了吗？等你年纪一大，你就要往后仰了；是不是呀，朱丽？"她就停住了哭声，说"嗯。"

朱丽叶 我说，奶妈，你也可以停住嘴了。

乳媪 好,我不说啦,我不说啦。上帝保佑你!你是在我手里抚养长大的一个最可爱的小宝贝;要是我能够活到有一天瞧着你嫁了出去,也算了结我的一桩心愿啦。

凯普莱特夫人 是呀,我现在就是要谈起她的亲事。朱丽叶,我的孩子,告诉我,要是现在把你嫁了出去,你觉得怎么样?

朱丽叶 这是我做梦也没有想到过的一件荣誉。

乳媪 一件荣誉!倘不是你只有我这一个奶妈,我一定要说你的聪明是从奶头上得来的。

凯普莱特夫人 好,现在你把婚姻问题考虑考虑吧。在这儿维洛那城里,比你再年轻点儿的千金小姐们,都已经做了母亲啦。就拿我来说吧,我在你现在这样的年纪,也已经生下了你。废话用不着多说,少年英俊的帕里斯已经来向你求过婚啦。

乳媪 真是一位好官人,小姐!像这样的一个男人,小姐,真是天下少有。哎哟!他真是一位十全十美的好郎君。

凯普莱特夫人 维洛那的夏天找不到这样一朵好花。

乳媪 是啊,他是一朵花,真是一朵好花。

凯普莱特夫人 你怎么说?你能不能喜欢这个绅士?今晚上在我们家里的宴会中间,你就可以看见他。从年轻的帕里斯的脸上,你可以读到用秀美的笔写成的迷人诗句;一根根齐整的线条,交织成整个一幅谐和的图画;要是你想探索这一卷美好的书中的奥秘,在他的眼角上可以找到微妙的诠释。这本珍贵的恋爱的经典,只缺少一帧可以使它相得益彰的封面;正像游鱼需要活水,美妙的内容也少不了美妙的外表陪衬。记载着金科玉律的宝籍,锁合在漆金的封面里,它的辉煌富丽为众目所共见;要是你做了他的封面,那么他所有的一切都属于你所有了。

乳媪 何止如此!我们女人有了男人就富足了。

凯普莱特夫人 简简单单地回答我,你能够接受帕里斯的爱吗?

朱丽叶 要是我看见了他以后,能够发生好感,那么我是准备喜欢他的。可是我的眼光的飞箭,倘然没有得到您的允许,是不敢大胆发射出去的呢。

　　　　一仆人上。

仆人 太太,客人都来了,餐席已经摆好了,请您跟小姐快些出去。大家在厨房里埋怨着奶妈,什么都乱成一团。我要侍候客人去;请您马上就来。

凯普莱特夫人 我们就来了。朱丽叶,那伯爵在等着呢。

乳媪 去,孩子,快去找天天欢乐,夜夜良宵。(同下)

第四场　同前。街道

　　　　罗密欧、茂丘西奥、班伏里奥及五六人或戴假面或持火炬上。

罗密欧 怎么!我们就用这一番话作为我们的进身之阶呢,还是就这么昂然直入,不说一句道歉的话?

班伏里奥 这种虚文俗套,现在早就不流行了。我们用不着蒙着眼睛的丘匹德,背着一张花漆的木弓,像个稻草人似的去吓那些娘儿们;也用不着跟着提示的人一句一句念那从书上默诵出来的登场白;随他们把我们认做什么人,我们只要跳完一回舞,走了就完啦。

罗密欧 给我一个火炬,我不高兴跳舞。我的阴沉的心需要着光明。

茂丘西奥 不,好罗密欧,我们一定要你陪着我们跳舞。

罗密欧 我实在不能跳。你们都有轻快的舞鞋;我只有一个铅一样重的灵魂,把我的身体紧紧地钉在地上,使我的脚步不能移动。

茂丘西奥 你是一个恋人,你就借着丘匹德的翅膀,高高地飞起来吧。

罗密欧 他的羽镞已经穿透我的胸膛,我不能借着他的羽翼高翔;他束缚住了我整个的灵魂,爱的重担压得我向下坠沉,跳不出烦恼去。

茂丘西奥 爱是一件温柔的东西,要是你拖着它一起沉下去,那未免太难为它了。

罗密欧 爱是温柔的吗?它是太粗暴、太专横、太野蛮了;它像荆棘一样刺人。

茂丘西奥 要是爱情虐待了你,你也可以虐待爱情;它刺痛了你,你也可以刺痛它;这样你就可以战胜了爱情。给我一个面具,让我把我的尊容藏起来;(戴假面)哎哟,好难看的鬼脸!再给我拿一个面具来把它罩住吧。也罢,就让人家笑我丑,也有这一张鬼脸替我遮羞。

班伏里奥 来,敲门进去;大家一进门,就跳起舞来。

罗密欧 拿一个火炬给我。让那些无忧无虑的公子哥儿们去卖弄他们的舞步吧;莫怪我说句老气横秋的话,我对于这种玩意儿实在敬谢不敏,还是作个壁上旁观的人吧。

茂丘西奥 胡说!要是你已经没头没脑深陷在恋爱的泥沼里——恕我说这样的话——那么我们一定要拉你出来。来来来,我们别白昼点灯浪费光阴啦!

罗密欧 我们并没有白昼点灯。

茂丘西奥 我的意思是说,我们耽误时光,好比白昼点灯一样。我们没有恶意,我们还有五个官能,可以有五倍的观察能力呢。

罗密欧 我们去参加他们的舞会也无恶意,只怕不是一件聪明的事。

茂丘西奥 为什么?请问。

罗密欧 昨天晚上我做了一个梦。

茂丘西奥 我也做了一个梦。

罗密欧 好,你做了什么梦?

茂丘西奥 我梦见做梦的人老是说谎。

罗密欧 一个人在睡梦里往往可以见到真实的事情。

茂丘西奥 啊!那么一定有春梦婆来望过你了。

班伏里奥 春梦婆!她是谁?

茂丘西奥 她是精灵们的稳婆;她的身体只有郡吏手指上一颗玛瑙那么大;几匹蚂蚁大小的细马替她拖着车子,越过酣睡的人们的鼻梁,她的车辐是用蜘蛛的长脚作成的;车篷是蚱蜢的翅膀;挽索是小蜘蛛丝,颈带如水的月光;马鞭是蟋蟀的骨头;缰绳是天际的游丝。替她驾车的是一只小小的灰色的蚊虫,它的大小还不及从一个贪懒丫头的指尖上挑出来的懒虫的一半。她的车子是野蚕用一个榛子的空壳替她造成，它们从古以来，就是精灵们的车匠。她每夜驱着这样的车子，穿过情人们的脑中，他们就会在梦里谈情说爱；经过官员们的膝上，他们就会在梦里打躬作揖；经过律师们的手指，他们就会在梦里伸手讨讼费；经过娘儿们的嘴唇，她们就会在梦里跟人家接吻，可是因为春梦婆讨厌她们嘴里吐出来的糖果的气息，往往罚她们满嘴长着水泡。有时奔驰过廷臣的鼻子，他就会在梦里寻找好差事；有时她从捐献给教会的猪身上拔下它的尾巴来，撩拨着一个牧师的鼻孔，他就会梦见自己又领到一份俸禄；有时她绕过一个兵士的颈项，他就会梦见杀敌人的头，进攻、埋伏、锐利的剑锋、淋漓的痛饮——忽然被耳边的鼓声惊醒，咒骂了几句，又翻个身睡去了。就是这一个春梦婆在夜里把马鬃打成了辫子，把懒女人的龌龊的乱发烘成一处处胶粘的硬块，倘然把它们梳通了，就要遭逢祸事；就是这个婆子在人家女孩子们仰面睡觉的时候，压在她们的身上，教会她们怎样养儿子；就是她——

罗密欧　得啦，得啦，茂丘西奥，别说啦！你全然在那儿痴人说梦。

茂丘西奥　对了，梦本来是痴人脑中的胡思乱想；它的本质像空气一样稀薄；它的变化莫测，就像一阵风，刚才还在向着冰雪的北方求爱，忽然发起恼来，一转身又到雨露的南方来了。

班伏里奥　你讲起的这一阵风，不知把我们自己吹到哪儿去了。人家晚饭都用过了，我们进去怕要太晚啦。

罗密欧　我怕也许是太早了；我仿佛觉得有一种不可知的命运，将要从我们今天晚上的狂欢开始它的恐怖的统治，我这可憎恨的生命，将要遭遇惨酷的夭折而告一结束。可是让支配我的前途的上帝指导我的行动吧！前进，快活的朋友们！

班伏里奥　来，把鼓擂起来。（同下）

第五场　同前。凯普莱特家中厅堂

乐工各持乐器等候；众仆上。

仆甲　卜得潘呢？他怎么不来帮忙把这些盘子拿下去？他不愿意搬

碟子!他不愿意揩砧板!
仆乙　一切事情都交给一两个人管,叫他们连洗手的工夫都没有,这真糟糕!
仆甲　把折凳拿进去,把食器架搬开,留心打碎盘子。好兄弟,留一块杏仁酥给我;谢谢你去叫那管门的让苏珊跟耐儿进来。安东尼!卜得潘!
仆乙　哦,兄弟,我在这儿。
仆甲　里头在找着你,叫着你,问着你,到处寻着你。
仆丙　我们可不能一身分两处呀。
仆乙　来,孩子们,大家出力!(众仆退后)

　　　　凯普莱特、朱丽叶及其家族等自一方上;众宾客及假面跳舞者等自另一方上,相遇。

凯普莱特　诸位朋友,欢迎欢迎!足趾上不生茧子的小姐太太们要跟你们跳一回舞呢。啊哈!我的小姐们,你们中间现在有什么人不愿意跳舞?我可以发誓,谁要是推三阻四的,一定脚上长着老大的茧子;果然给我猜中了吗?诸位朋友,欢迎欢迎!我从前也曾经戴过假面,在一个标致姑娘的耳朵旁边讲些使得她心花怒放的话儿;这种时代现在是过去了,过去了,过去了。诸位朋友,欢迎欢迎!来,乐工们,奏起音乐来吧。站开些!站开些!让出地方来。姑娘们,跳起来吧。(奏乐;众开始跳舞)混蛋,把灯点亮一点,把桌子一起搬掉,把火炉熄了,这屋子里太热啦。啊,好小子!这才玩得有兴。啊!请坐,请坐,好兄弟,我们两人现在是跳不起来的了;您还记得我们最后一次戴着假面跳舞是在什么时候?
凯普莱特族人　这话说来也有三十年啦。
凯普莱特　什么,兄弟!没有这么久,没有这么久;那是在路森修结婚的那年,大概离现在有二十五年模样,我们曾经跳过一次。
凯普莱特族人　不止了,不止了;大哥,他的儿子也有三十岁啦。
凯普莱特　我难道不知道吗?他的儿子两年以前还没有成年哩。
罗密欧　搀着那位骑士的手的那位小姐是谁?

仆人　我不知道,先生。

罗密欧　啊!火炬远不及她的明亮;
　　　　　她皎然悬在暮天的颊上,
　　　　　像黑奴耳边璀璨的珠环:
　　　　　她是天上明珠降落人间!
　　　　　瞧她随着女伴进退周旋,
　　　　　像鸦群中一头白鸽蹁跹。
　　　　　我要等舞阑后追随左右,
　　　　　握一握她那纤纤的素手。
　　　　　我从前的恋爱是假非真,
　　　　　今晚才遇见绝世的佳人!

提伯尔特　听这个人的声音,好像是一个蒙太古家里的人。孩子,拿我的剑来。哼!这不知死活的奴才,竟敢套着一个鬼脸,到这儿来嘲笑我们的盛会吗?为了保持凯普莱特家族的光荣,我把他杀死了也不算罪过。

凯普莱特　哎哟,怎么,侄儿!你怎么动起怒来啦?

提伯尔特　姑父,这是我们的仇家蒙太古家里的人;这贼子今天晚上到这儿来,一定不怀好意,存心来捣乱我们的盛会。

凯普莱特　他是罗密欧那小子吗?

提伯尔特　正是他,正是罗密欧这小杂种。

凯普莱特　别生气,好侄儿,让他去吧。瞧他的举动倒也规规矩矩;说句老实话,在维洛那城里,他也算得一个品行很好的青年。我无论如何不愿意在我自己的家里跟他闹事。你还是耐着性子,别理他吧。我的意思就是这样,你要是听我的话,赶快收下了怒容,和和气气的,不要打断大家的兴致。

提伯尔特　这样一个贼子也来做我们的宾客,我怎么不生气?我不能容他在这儿放肆。

凯普莱特　不容也得容;哼,目无尊长的孩子!我偏要容他。嘿!谁是这里的主人?是你还是我?嘿!你容不得他!什么话!你要当着这些客人的面前吵闹吗?你不服气!你要充好汉!

提伯尔特 姑父,咱们不能忍受这样的耻辱。

凯普莱特 得啦,得啦,你真是一点规矩都不懂。——是真的吗?您也许不喜欢这个调调儿。——我知道你一定要跟我闹别扭!——说得很好,我的好人儿!——你是个放肆的孩子;去,别闹!不然的话——把灯再点亮些!把灯再点亮些!——不害臊的!我要叫你闭嘴。——啊!痛痛快快地玩一下,我的好人儿们!

提伯尔特 我这满腔怒火偏给他浇下一盆冷水,好教我气得浑身哆嗦。我且退下去;可是今天由他闯进了咱们的屋子,看他不会有一天得意反成后悔。(下)

罗密欧 (向朱丽叶)
要是我这俗手上的尘污,
亵渎了你的神圣的庙宇,
这两片嘴唇,含羞的信徒,
愿意用一吻乞求你宥恕。

朱丽叶 信徒,莫把你的手儿侮辱,
这样才是最虔诚的礼敬;
神明的手本许信徒接触,
掌心的密合远胜如亲吻。

罗密欧 生下了嘴唇有什么用处?

朱丽叶 信徒的嘴唇要祷告神明。

罗密欧 那么我要祷求你的允许,
让手的工作交给了嘴唇。

朱丽叶 你的祷告已蒙神明允准。

罗密欧 神明,请容我把殊恩受领。(吻朱丽叶)
这一吻涤清了我的罪孽。

朱丽叶 你的罪却沾上我的唇间。

罗密欧 啊,我的唇间有罪?感谢你精心的指摘!让我收回吧。

朱丽叶 你可以亲一下《圣经》。

乳媪 小姐,你妈要跟你说话。

罗密欧　谁是她的母亲？

乳媪　小官人，她的母亲就是这儿府上的太太，她是个好太太，又聪明，又贤德；我替她抚养她的女儿，就是刚才跟您说话的那个；告诉您吧，谁要是娶了她去，才发财咧。

罗密欧　她是凯普莱特家里的人吗？哎哟！我的生死现在操在我的仇人的手里了！

班伏里奥　去吧，跳舞快要完啦。

罗密欧　是的，我只怕盛筵易散，良会难逢。

凯普莱特　不，列位，请慢点儿去；我们还要请你们稍微用一点茶点。真要走吗？那么谢谢你们；各位朋友，谢谢，谢谢，再会！再会！再拿几个火把来！来，我们去睡吧。啊，好小子！天真是不早了；我要去休息一会儿。（除朱丽叶及乳媪外俱下）

朱丽叶　过来，奶妈。那边的那位绅士是谁？

乳媪　提伯里奥那老头儿的儿子。

朱丽叶　现在跑出去的那个人是谁？

乳媪　呃，我想他就是那个年轻的彼特鲁乔。

朱丽叶　那个跟在人家后面不跳舞的人是谁？

乳媪　我不认识。

朱丽叶　去问他叫什么名字。——要是他已经结过婚，那么坟墓便是我的婚床。

乳媪　他的名字叫罗密欧，是蒙太古家里的人，咱们仇家的独子。

朱丽叶　恨灰中燃起了爱火融融，
　　　　　要是不该相识，何必相逢！
　　　　　昨天的仇敌，今日的情人，
　　　　　这场恋爱怕要种下祸根。

乳媪　你在说什么？你在说什么？

朱丽叶　那是刚才一个陪我跳舞的人教给我的几句诗。（内呼，"朱丽叶！"）

乳媪　就来，就来！来，咱们去吧；客人们都已经散了。（同下）

开 场 诗

致辞者上。
旧日的温情已尽付东流,
　　新生的爱恋正如日初上;
为了朱丽叶的绝世温柔,
　　忘却了曾为谁魂思梦想。
罗密欧爱着她媚人容貌,
　　把一片痴心呈献给仇雠;
朱丽叶恋着他风流才调,
　　甘愿被香饵钓上了金钩。
只恨解不开的世仇宿怨,
　　这段山海深情向谁申诉?
幽闺中锁住了桃花人面,
　　要相见除非是梦魂来去。
可是热情总会战胜辛艰,
苦味中间才有无限甘甜。(下)

第二幕

第一场　维洛那。凯普莱特花园墙外的小巷

罗密欧上。

罗密欧　我的心还逗留在这里,我能够就这样掉头前去吗?转回去,你这无精打采的身子,去找寻你的灵魂吧。(攀登墙上,跳入墙内)

班伏里奥及茂丘西奥上。

班伏里奥　罗密欧!罗密欧兄弟!

茂丘西奥　他是个乖巧的家伙;我说他一定溜回家去睡了。

班伏里奥　他往这条路上跑,一定跳进这花园的墙里去了。好茂丘西奥,你叫叫他吧。

茂丘西奥　不,我还要念咒喊他出来呢。罗密欧!痴人!疯子!恋人!情郎!快快化作一声叹息出来吧!我不要你多说什么,只要你念一行诗,叹一口气,把咱们那位维纳斯奶奶恭维两句,替她的瞎眼儿子丘匹德少爷取个绰号,这位小爱神真是个神弓手,竟让国王爱上了叫花子的女儿!他没有听见,他没有作声,他没有动静;这猴崽子难道死了吗?待我咒他的鬼魂出来。凭着罗瑟琳的光明的眼睛,凭着她的高额角,她的红嘴唇,她的

玲珑的脚，挺直的小腿，弹性的大腿和大腿附近的那一部分，凭着这一切的名义，赶快给我现出真形来吧！

班伏里奥　他要是听见了，一定会生气的。

茂丘西奥　这不至于叫他生气；他要是生气，除非是气得他在他情人的圈儿里唤起一个异样的妖精，由它在那儿昂然直立，直等她降伏了它，并使它低下头来；那样做的话，才是怀着恶意呢；我的咒语却很正当，我无非凭着他情人的名字唤他出来罢了。

班伏里奥　来，他已经躲到树丛里，跟那多露水的黑夜做伴去了；爱情本来是盲目的，让他在黑暗里摸索去吧。

茂丘西奥　爱情如果是盲目的，就射不中靶。此刻他该坐在枇杷树下了，希望他的情人就是他口中的枇杷。——啊，罗密欧，但愿，但愿她真的成了你到口的枇杷！罗密欧，晚安！我要上床睡觉去；这儿草地上太冷啦，我可受不了。来，咱们走吧。

班伏里奥　好，走吧；他要避着我们，找他也是白费辛勤。（同下）

第二场　同前。凯普莱特家的花园

罗密欧上。

罗密欧　没有受过伤的才会讥笑别人身上的创痕。（朱丽叶自上方窗户中出现）轻声！那边窗子里亮起来的是什么光？那就是东方，朱丽叶就是太阳！起来吧，美丽的太阳！赶走那妒忌的月亮，她因为她的女弟子比她美得多，已经气得面色惨白了。既然她这样妒忌着你，你不要忠于她吧；脱下她给你的这一身惨绿色的贞女的道服，它是只配给愚人穿的。那是我的意中人；啊！那是我的爱；唉，但愿她知道我在爱着她！她欲言又止，可是她的眼睛已经道出了她的心事。待我去回答她吧；不，我不要太鲁莽，她不是对我说话。天上两颗最灿烂的星，因为有事他去，请求她的眼睛替代它们在空中闪耀。要是她的眼睛变成了天上的星，天上的星变成了她的眼睛，那便怎样呢？她脸上的光辉会掩盖了星星的明亮，正像灯光在朝阳下黯然失色一样；在天上的她的眼睛，会在太空中大放光明，使鸟儿误认为黑夜已经过去而唱出它们的歌声。瞧！她用纤手托住了脸，那姿态是多么美妙！啊，但愿我是那一只手上的手套，好让我亲一亲她脸上的香泽！

朱丽叶 唉！

罗密欧 她说话了。啊！再说下去吧，光明的天使！因为我在这夜色之中仰视着你，就像一个尘世的凡人，张大了出神的眼睛，瞻望着一个生着翅膀的天使，驾着白云缓缓地驰过了天空一样。

朱丽叶 罗密欧啊，罗密欧！为什么你偏偏是罗密欧呢？否认你的父亲，抛弃你的姓名吧；也许你不愿意这样做，那么只要你宣誓做我的爱人，我也不愿再姓凯普莱特了。

罗密欧 （旁白）我还是继续听下去呢，还是现在就对她说话？

朱丽叶 只有你的名字才是我的仇敌；你即使不姓蒙太古，仍然是这样的一个人。姓不姓蒙太古又有什么关系呢？它又不是手，又不是脚，又不是手臂，又不是脸，又不是身体上任何其他的部分。啊！换一个姓名吧！姓名本来是没有意义的；我们叫做玫瑰的这一种花，要是换了个名字，它的香味还是同样的芬芳；罗密欧要是换了别的名字，他的可爱的完美也决不会有丝毫改变。罗密欧，抛弃了你的名字吧；我愿意把我整个的心灵，赔偿你这一个身外的空名。

罗密欧 那么我就听你的话，你只要叫我做爱，我就重新受洗，重新命名；从今以后，永远不再叫罗密欧了。

朱丽叶 你是什么人，在黑夜里躲躲闪闪地偷听人家的话？

罗密欧 我没法告诉你我叫什么名字。敬爱的神明，我痛恨我自己的名字，因为它是你的仇敌；要是把它写在纸上，我一定把这几个字撕成粉碎。

朱丽叶 我的耳朵里还没有灌进从你嘴里吐出来的一百个字，可是我认识你的声音；你不是罗密欧，蒙太古家里的人吗？

罗密欧 不是，美人，要是你不喜欢这两个名字。

朱丽叶 告诉我，你怎么会到这儿来，为什么到这儿来？花园的墙这么高，是不容易爬上来的；要是我家里的人瞧见你在这儿，他们一定不让你活命。
罗密欧　我借着爱的轻翼飞过园墙,因为砖石的墙垣是不能把爱情阻隔的;爱情的力量所能够做到的事,它都会冒险尝试,所以我不怕你家里人的干涉。
朱丽叶　要是他们瞧见了你,一定会把你杀死的。
罗密欧　唉!你的眼睛比他们二十柄刀剑还厉害;只要你用温柔的眼光看着我,他们就不能伤害我的身体。
朱丽叶　我怎么也不愿让他们瞧见你在这儿。
罗密欧　朦胧的夜色可以替我遮过他们的眼睛。只要你爱我,就让他们瞧见我吧;与其因为得不到你的爱情而在这世上挨命,还不如在仇人的刀剑下丧生。
朱丽叶　谁叫你找到这儿来的?
罗密欧　爱情怂恿我探听出这一个地方;他替我出主意,我借给他眼睛。我不会操舟驾舵,可是倘使你在辽远辽远的海滨,我也会冒着风波寻访你这颗珍宝。
朱丽叶　幸亏黑夜替我罩上了一重面幕,否则为了我刚才被你听去的话,你一定可以看见我脸上羞愧的红晕。我真想遵守礼法,否认已经说过的言语,可是这些虚文俗礼,现在只好一切置之不顾了!你爱我吗?我知道你一定会说"是的";我也一定会相信你的话;可是也许你起的誓只是一个谎,人家说,对于恋人们的寒盟背信,天神是一笑置之的。温柔的罗密欧啊!你要是真的爱我,就请你诚意告诉我;你要是嫌我太容易降心相从,我也会堆起怒容,装出倔强的神气,拒绝你的好意,好让你向我婉转求情,否则我是无论如何不会拒绝你的。俊秀的蒙太古啊,我真的太痴心了,所以也许你会觉得我的举动有点轻浮;可是相信我,朋友,总有一天你会知道我的忠心远胜过那些善于矜持作态的人。我必须承认,倘不是你乘我不备的时候偷听去了我的真情的表白,我一定会更加矜持一点的;所以原谅我吧,是黑夜泄漏了我心底的秘密,不要把我的允诺看作无耻的轻狂。

罗密欧 姑娘,凭着这一轮皎洁的月亮,它的银光涂染着这些果树的梢端,我发誓——

朱丽叶 啊!不要指着月亮起誓,它是变化无常的,每个月都有盈亏圆缺;你要是指着它起誓,也许你的爱情也会像它一样无常。

罗密欧 那么我指着什么起誓呢?

朱丽叶 不用起誓吧;或者要是你愿意的话,就凭着你优美的自身起誓,那是我所崇拜的偶像,我一定会相信你的。

罗密欧 要是我的出自深心的爱情——

朱丽叶 好,别起誓啦。我虽然喜欢你,却不喜欢今天晚上的密约;它太仓促、太轻率、太出人意外了,正像一闪电光,等不及人家开一声口,已经消隐了下去。好人,再会吧!这一朵爱的蓓蕾,靠着夏天的暖风的吹拂,也许会在我们下次相见的时候,开出鲜艳的花来。晚安,晚安!但愿恬静的安息同样降临到你我两人的心头!

罗密欧 啊!你就这样离我而去,不给我一点满足吗?

朱丽叶 你今夜还要什么满足呢?

罗密欧 你还没有把你的爱情的忠实的盟誓跟我交换。

朱丽叶 在你没有要求以前,我已经把我的爱给了你了;可是我倒愿意重新给你。

罗密欧 你要把它收回去吗?为什么呢,爱人?

朱丽叶 为了表示我的慷慨,我要把它重新给你。可是我只愿意要我已有的东西:我的慷慨像海一样浩渺,我的爱情也像海一样深沉;我给你的越多,我自己也越是富有,因为这两者都是没有穷尽的。(乳媪在内呼唤)我听见里面有人在叫;亲爱的,再会吧!——就来了,好奶妈!——亲爱的蒙太古,愿你不要负心。再等一会儿,我就会来的。(自上方下)

罗密欧 幸福的,幸福的夜啊!我怕我只是在晚上做了一个梦,这样美满的事不会是真实的。

　　　　朱丽叶自上方重上。

朱丽叶 亲爱的罗密欧,再说三句话,我们真的要再会了。要是你的爱情的确是光明正大，你的目的是在于婚姻，那么明天我会叫一个人到你的地方来，请你叫他带一个信给我，告诉我你愿意在什么地方、什么时候举行婚礼；我就会把我的整个命运交托给你，把你当作我的主人，跟随你到天涯海角。

乳媪　（在内）小姐！

朱丽叶　就来。——可是你要是没有诚意，那么我请求你——

乳媪　（在内）小姐！

朱丽叶　等一等，我来了。——停止你的求爱，让我一个人独自伤心吧。明天我就叫人来看你。

罗密欧　凭着我的灵魂——

朱丽叶　一千次的晚安！（自上方下）

罗密欧　晚上没有你的光，我只有一千次的心伤！恋爱的人去赴他情人的约会，像一个放学归来的儿童；可是当他和情人分别的时候，却像上学去一般满脸懊丧。（退后）

　　　　朱丽叶自上方重上。

朱丽叶　嘘！罗密欧！嘘！唉！我希望我会发出呼鹰的声音，招这只鹰儿回来。我不能高声说话，否则我要让我的喊声传进厄科①的洞穴，让她的无形的喉咙因为反复叫喊着我的罗密欧的名字而变成嘶哑。

罗密欧　那是我的灵魂在叫喊着我的名字。恋人的声音在晚间多么清婉，听上去就像最柔和的音乐！

朱丽叶　罗密欧！

罗密欧　我的爱！

朱丽叶　明天我应该在什么时候叫人来看你？

罗密欧　就在九点钟吧。

朱丽叶　我一定不失信；挨到那个时候，该有二十年那么长久！我记不起为什么要叫你回来了。

---

① 厄科（Echo）。是希腊神话中的仙女，因恋爱美少年那耳喀索斯不遂而形消体灭，化为山谷中的回声。

罗密欧 让我站在这儿,等你记起了告诉我。

朱丽叶 你这样站在我的面前,我一心想着多么爱跟你在一块儿,一定永远记不起来了。

罗密欧 那么我就永远等在这儿,让你永远记不起来,忘记除了这里以外还有什么家。

朱丽叶 天快要亮了;我希望你快去;可是我就好比一个淘气的女孩子,像放松一个囚犯似的让她心爱的鸟儿暂时跳出她的掌心,又用一根丝线把它拉了回来,爱的私心使她不愿意给它自由。

罗密欧 我但愿我是你的鸟儿。

朱丽叶 好人,我也但愿这样;可是我怕你会死在我的过分的爱抚里。晚安!晚安!离别是这样甜蜜的凄清,我真要向你道晚安直到天明!(下)

罗密欧 但愿睡眠合上你的眼睛!
但愿平静安息我的心灵!
我如今要去向神父求教,
把今宵的艳遇诉他知晓。(下)

第三场 同前。劳伦斯神父的寺院

　　　劳伦斯神父携篮上。

劳伦斯 黎明笑向着含愠的残宵,
金鳞浮上了东方的天梢;
看赤轮驱走了片片乌云,
像一群醉汉向四处狼奔。
趁太阳还没有睁开火眼,
晒干深夜里的涔涔露点,
我待要采摘下满篚盈筐,
毒草灵葩充实我的青囊。
大地是生化万类的慈母,
她又是掩藏群生的坟墓,
试看她无所不载的胸怀,

哺乳着多少的姹女婴孩！
天生下的万物没有弃掷，
什么都有它各自的特色，
石块的冥顽，草木的无知，
都含着玄妙的造化生机。
莫看那蠢蠢的恶木莠蔓，
对世间都有它特殊贡献；
即使最纯良的美谷嘉禾，
用得失当也会害性戕躯。
美德的误用会变成罪过，
罪恶有时反会造成善果。
这一朵有毒的弱蕊纤苞，
也会把淹煎的痼疾医疗；
它的香味可以祛除百病，
吃下腹中却会昏迷不醒。
草木和人心并没有不同，
各自有善意和恶念争雄；
恶的势力倘然占了上风，
死便会蛀蚀进它的心中。

　　罗密欧上。

罗密欧　早安，神父。

劳伦斯　上帝祝福你！是谁的温柔的声音这么早就在叫我？孩子，你一早起身，一定有什么心事。老年人因为多忧多虑，往往容易失眠，可是身心壮健的青年，一上了床就应该酣然入睡；所以你的早起，倘不是因为有什么烦恼，一定是昨夜没有睡过觉。

罗密欧　你的第二个猜测是对的；我昨夜享受到比睡眠更甜蜜的安息。

劳伦斯　上帝饶恕我们的罪恶！你是跟罗瑟琳在一起吗？

罗密欧　跟罗瑟琳在一起，我的神父？不，我已经忘记了那一个名字，和那个名字所带来的烦恼。

劳伦斯　那才是我的好孩子；可是你究竟到什么地方去了？

罗密欧　我愿意在你没有问我第二遍以前告诉你。昨天晚上我跟我的仇敌在一起宴会，突然有一个人伤害了我，同时她也被我伤害了；只有你的帮助和你的圣药，才会医治我们两人的重伤。神父，我并不怨恨我的敌人，因为瞧，我来向你请求的事，不单为了我自己，也同样为了她。

劳伦斯　好孩子，说明白一点，把你的意思老老实实告诉我，别打着哑谜了。

罗密欧　那么老实告诉你吧，我心底的一往深情，已经完全倾注在凯普莱特的美丽的女儿身上了。她也同样爱着我；一切都完全定当了，只要你肯替我们主持神圣的婚礼。我们在什么时候遇见，在什么地方求爱，怎样彼此交换着盟誓，这一切我都可以慢慢告诉你；可是无论如何，请你一定答应就在今天替我们成婚。

劳伦斯　圣芳济啊！多么快的变化！难道你所深爱着的罗瑟琳，就这样一下子被你抛弃了吗？这样看来，年轻人的爱情，都是见异思迁，不是发于真心的。耶稣，玛利亚！你为了罗瑟琳的缘故，曾经用多少的眼泪洗过你消瘦的面庞！为了替无味的爱情添加一点辛酸的味道，曾经浪费掉多少的咸水！太阳还没有扫清你吐向苍穹的怨气，我这龙钟的耳朵里还留着你往日的呻吟！瞧！就在你自己的颊上，还剩着一丝不曾揩去的旧时的泪痕。要是你不曾变了一个人，这些悲哀都是你真实的情感，那么你是罗瑟琳的，这些悲哀也是为罗瑟琳而发的；难道你现在已经变心了吗？男人既然这样没有恒心，那就莫怪女人家朝三暮四了。

罗密欧　你常常因为我爱罗瑟琳而责备我。

劳伦斯　我的学生，我不是说你不该恋爱，我只叫你不要因为恋爱而发痴。

罗密欧　你又叫我把爱情埋葬在坟墓里。

劳伦斯　我没有叫你把旧的爱情埋葬了，再去另找新欢。

罗密欧　请你不要责备我；我现在所爱的她，跟我心心相印，不像前回那个一样。

劳伦斯　啊，罗瑟琳知道你对她的爱情完全抄着人云亦云的老调，你还没有读过恋爱入门的一课哩。可是来吧，朝三暮四的青年，跟我来；为了一个理由，我愿意帮助你一臂之力：因为你们的结合也许会使你们两家释嫌修好，那就是天大的幸事了。

罗密欧　啊！我们就去吧，我巴不得越快越好。

劳伦斯　凡事三思而行；跑得太快是会滑倒的。（同下）

第四场　同前。街道

班伏里奥及茂丘西奥上。

茂丘西奥　见鬼的，这罗密欧究竟到哪儿去了？他昨天晚上没有回家吗？

班伏里奥　没有，我问过他的仆人了。

茂丘西奥　哎哟！那个白面孔狠心肠的女人，那个罗瑟琳，一定把他虐待得要发疯了。

班伏里奥　提伯尔特，凯普莱特那老头子的亲戚，有一封信送到他父亲那里。

茂丘西奥　一定是一封挑战书。

班伏里奥　罗密欧一定会给他一个答复。

茂丘西奥　只要会写几个字，谁都会写一封复信。

班伏里奥　不，我说他一定会接受他的挑战。

茂丘西奥　唉！可怜的罗密欧！他已经死了，一个白女人的黑眼睛戳破了他的心；一支恋歌穿过了他的耳朵；瞎眼的丘匹德的箭已把他当胸射中；他现在还能够抵得住提伯尔特吗？

班伏里奥　提伯尔特是个什么人？

茂丘西奥　我可以告诉你，他不是个平常的阿猫阿狗。啊！他是个胆大心细、剑法高明的人。他跟人打起架来，就像照着乐谱唱歌一样，一板一眼都不放松，一秒钟的停顿，然后一、二、三，刺进人家的胸膛；他全然是个穿礼服的屠夫，一个决斗的专家；

一个名门贵胄，一个击剑能手。啊！那了不得的侧击！那反击！那直中要害的一剑！

班伏里奥　那什么？

茂丘西奥　那些怪模怪样、扭扭捏捏的装腔作势，说起话来怪声怪气的荒唐鬼的对头。他们只会说，"耶稣哪，好一柄锋利的刀子！"——好一个高大的汉子，好一个风流的婊子！嘿，我的老爷子，咱们中间有这么一群不知从哪儿飞来的苍蝇，这一群满嘴法国话的时髦人，他们因为趋新好异，坐在一张旧凳子上也会不舒服，这不是一件可以痛哭流涕的事吗？

　　　罗密欧上。

班伏里奥　罗密欧来了，罗密欧来了。

茂丘西奥　瞧他孤零零的神气，倒像一条风干的咸鱼。啊，你这块肉呀，你是怎样变成了鱼的！现在他又要念起彼特拉克①的诗句来了：罗拉比起他的情人来不过是个灶下的丫头，虽然她有一个会做诗的爱人；狄多是个蓬头垢面的村妇；克莉奥佩屈拉是个吉卜赛姑娘；海伦、希罗都是下流的娼妓；提斯柏也许有一双美丽的灰色眼睛，可是也不配相提并论。罗密欧先生，给你个法国式的敬礼！昨天晚上你给我们开了多大的一个玩笑哪。

罗密欧　两位大哥早安！昨晚我开了什么玩笑？

茂丘西奥　你昨天晚上逃走得好；装什么假？

罗密欧　对不起，茂丘西奥，我当时有一件很重要的事情，在那情况下我只好失礼了。

茂丘西奥　这就是说，在那情况下，你不得不屈一屈膝了。

罗密欧　你的意思是说，赔个礼。

茂丘西奥　你回答得正对。

罗密欧　正是十分有礼的说法。

茂丘西奥　何止如此，我是讲礼讲到头了。

---

①　彼特拉克（Petrarch，1304—1374），意大利诗人，他的作品有很多是歌颂他终身的爱人罗拉的。

罗密欧　像是花儿鞋子的尖头。

茂丘西奥　说得对。

罗密欧　那么我的鞋子已经全是花花的洞儿了。

茂丘西奥　讲得妙；跟着我把这个笑话追到底吧，直追得你的鞋子都破了，只剩下了鞋底，而那笑话也就变得又秃又呆了。

罗密欧　啊，好一个又呆又秃的笑话，真配傻子来说。

茂丘西奥　快来帮忙，好班伏里奥；我的脑袋不行了。

罗密欧　要来就快马加鞭；不然我就宣告胜利了。

茂丘西奥　不，如果比聪明像赛马，我承认我输了；我的马儿哪有你的野？说到野，我的五官加在一起也比不上你的任何一官。可是你野的时候，我几时跟你在一起过？

罗密欧　哪一次撒野没有你这呆头鹅？

茂丘西奥　你这话真有意思，我巴不得咬你一口才好。

罗密欧　啊，好鹅儿，莫咬我。

茂丘西奥　你的笑话又甜又辣；简直是辣酱油。

罗密欧　美鹅加辣酱，岂不绝妙？

茂丘西奥　啊，妙语横生，越拉越横！

罗密欧　横得好；你这呆头鹅变成一只横胖鹅了。

茂丘西奥　呀，我们这样打着趣岂不比呻吟求爱好得多吗？此刻你多么和气，此刻你才真是罗密欧了；不论是先天还是后天，此刻是你的真面目了；为了爱，急得涕零满脸，就像一个天生的傻子，奔上奔下，找洞儿藏他的棍儿。

班伏里奥　打住吧，打住吧。

茂丘西奥　你不让我的话讲完，留着尾巴好不顺眼。

班伏里奥　不打住你，你的尾巴还要长大呢。

茂丘西奥　啊，你错了；我的尾巴本来就要缩小了；我的话已经讲到了底，不想老占着位置啦。

罗密欧　看哪，好把戏来啦！

　　　　　乳媪及彼得上。

茂丘西奥　一条帆船，一条帆船！

班伏里奥　两条,两条!一公一母。

乳媪　彼得!

彼得　有!

乳媪　彼得,我的扇子。

茂丘西奥　好彼得,替她把脸遮了;因为她的扇子比她的脸好看一点。

乳媪　早安,列位先生。

茂丘西奥　晚安,好太太。

乳媪　是道晚安时候了吗?

茂丘西奥　我告诉你,不会错;那日规上的指针正顶着中午呢。

乳媪　你说什么!你是什么人!

罗密欧　好太太,上帝造了他,他可不知好歹。

乳媪　说得好:你说他不知好歹哪?列位先生,你们有谁能够告诉我年轻的罗密欧在什么地方?

罗密欧　我可以告诉你;可是等你找到他的时候,年轻的罗密欧已经比你寻访他的时候老了点儿了。我因为取不到一个好一点的名字,所以就叫做罗密欧;在取这一个名字的人们中间,我是最年轻的一个。

乳媪　您说得真好。

茂丘西奥　呀,这样一个最坏的家伙你也说好?想得周到;有道理,有道理。

乳媪　先生,要是您就是他,我要跟您单独讲句话儿。

班伏里奥　她要拉他吃晚饭去。

茂丘西奥　一个老虔婆,一个老虔婆!有了!有了!

罗密欧　有了什么?

茂丘西奥　不是什么野兔子;要说是兔子的话,也不过是斋节里做的兔肉饼,没有吃完就发了霉。(唱)

　　　　老兔肉,发白霉,
　　　　老兔肉,发白霉,

原是斋节好点心；
可是霉了的兔肉饼，
二十个人也吃不尽，
吃不完的霉肉饼。

罗密欧，你到不到你父亲那儿去？我们要在那边吃饭。
罗密欧 我就来。
茂丘西奥 再见，老太太；（唱）
再见，我的好姑娘！（茂丘西奥、班伏里奥下）
乳媪 好，再见！先生，这个满嘴胡说八道的放肆家伙是谁？
罗密欧 奶妈，这位先生最喜欢听他自己讲话；他在一分钟里所说的话，比他在一个月里听人家讲的话还多。
乳媪 要是他对我说了一句不客气的话，尽管他力气再大一点，我也要给他一顿教训；这种家伙二十个我都对付得了，要是对付不了，我会叫那些对付得了他们的人来。混账东西！他把老娘看做什么人啦？我不是那些烂污婊子，由他随便取笑。（向彼得）你也是个好东西，看着人家把我欺侮，站在旁边一动也不动！
彼得 我没有看见什么人欺侮你；要是我看见了，一定会立刻拔出刀子来的。碰到吵架的事，只要理直气壮，打起官司来不怕人家，我是从来不肯落在人家后头的。
乳媪 哎哟！真把我气得浑身发抖。混账的东西！对不起，先生，让我跟您说句话儿。我刚才说过的，我家小姐叫我来找您；她叫我说些什么话我可不能告诉您；可是我要先明白对您说一句，要是正像人家说的，您想骗她做一场春梦，那可真是人家说的一件顶坏的行为；因为这位姑娘年纪还小，所以您要是欺骗了她，实在是一桩对无论哪一位好人家的姑娘都是对不起的事情，而且也是一桩顶不应该的举动。
罗密欧 奶妈，请你替我向你家小姐致意。我可以对你发誓——
乳媪 很好，我就这样告诉她。主啊！主啊！她听见了一定会非常喜欢的。

罗密欧 奶妈,你去告诉她什么话呢?你没有听我说呀。

乳媪 我就对她说您发过誓了,证明您是一位正人君子。

罗密欧 你请她今天下午想个法子出来到劳伦斯神父的寺院里忏悔,就在那个地方举行婚礼。这几个钱是给你的酬劳。

乳媪 不,真的,先生,我一个钱也不要。

罗密欧 别客气了,你还是拿着吧。

乳媪 今天下午吗,先生?好,她一定会去的。

罗密欧 好奶妈,请你在这寺墙后面等一等,就在这一点钟之内,我要叫我的仆人去拿一捆扎得像船上的软梯一样的绳子来给你带去;在秘密的夜里,我要凭着它攀登我的幸福的尖端。再会!愿你对我们忠心,我一定不会有负你的辛劳。再会!替我向你的小姐致意。

乳媪 天上的上帝保佑您!先生,我对您说。

罗密欧 你有什么话说,我的好奶妈?

乳媪 您那仆人可靠得住吗?您没听见古话说,两个人知道是秘密,三个人知道就不是秘密吗?

罗密欧 你放心吧,我的仆人是最可靠不过的。

乳媪 好先生,我那小姐是个最可爱的姑娘——主啊!主啊!——那时候她还是个咿咿呀呀怪会说话的小东西——啊!本地有一位叫做帕里斯的贵人,他巴不得把我家小姐抢到手里;可是她,好人儿,瞧他比瞧一只蛤蟆还讨厌。我有时候对她说帕里斯人品不错,你才不知道哩,她一听见这样的话,就会气得面如土色。请问罗丝玛丽花①和罗密欧是不是同样一个字开头的呀?

罗密欧 是呀,奶妈;怎么样?都是罗字起头的哪。

乳媪 啊,你开玩笑哩!那是狗的名字啊;阿罗就是那个——不对;我知道一定是另一个字开头的——她还把你同罗丝玛丽花连在一起,我也不懂,反正你听了一定喜欢的。

---

① 即"迷迭香"(Rosemary),是婚礼常用的花。

罗密欧　替我向你小姐致意。

乳媪　一定一定。(罗密欧下)彼得！

彼得　有！

乳媪　给我带路，拿着我的扇子，快些走。(同下)

第五场　同前。凯普莱特家的花园

　　　　朱丽叶上。

朱丽叶　我在九点钟差奶妈去；她答应在半小时以内回来。也许她碰不见他；那是不会的。啊！她的脚走起路来不大方便。恋爱的使者应当是思想，因为它比驱散山坡上的阴影的太阳光还要快十倍；所以维纳斯的云车是用白鸽驾驶的，所以凌风而飞的丘匹德生着翅膀。现在太阳已经升上中天，从九点钟到十二点钟是三个很长的钟点，可是她还没有回来。要是她是个有感情、有温暖的青春的血液的人，她的行动一定会像球儿一样敏捷，我用一句话就可以把她抛到我的心爱的情人那里，他也可以用一句话把她抛回到我这里；可是年纪老的人，大多像死人一般，手脚滞钝，呼唤不灵，慢腾腾地没有一点精神。

　　　　乳媪及彼得上。

朱丽叶　啊，上帝！她来了。啊，好心肝奶妈！什么消息？你碰到他了吗？叫那个人出去。

乳媪　彼得，到门口去等着。(彼得下)

朱丽叶　亲爱的好奶妈——哎呀！你怎么满脸的懊恼？即使是坏消息，你也应该装着笑容说；如果是好消息，你就不该用这副难看的面孔奏出美妙的音乐来。

乳媪　我累死了，让我歇一会儿吧。嗳呀，我的骨头好痛！我赶了多少的路！

朱丽叶　我但愿把我的骨头给你，你的消息给我。求求你，快说呀；好奶妈，说呀。

乳媪　耶稣哪！你忙什么？你不能等一下子吗？你没见我气都喘不过来吗？

朱丽叶　你既然气都喘不过来,那么你怎么会告诉我说你气都喘不过来?你费了这么久的时间推三阻四的,要是干脆告诉了我,还不是几句话就完了。我只要你回答我,你的消息是好的还是坏的?只要先回答我一个字,详细的话慢慢再说好了。快让我知道了吧,是好消息还是坏消息?

乳媪　好,你是个傻孩子,选中了这么一个人;你不知道怎样选一个男人。罗密欧!不,他不行,虽然他的脸长得比人家漂亮一点;可是他的腿才长得有样子;讲到他的手、他的脚、他的身体,虽然这种话不大好出口,可是的确谁也比不上他。他不顶懂得礼貌,可是温柔得就像一头羔羊。好,看你的运气吧,姑娘;好好敬奉上帝。怎么,你在家里吃过饭了吗?

朱丽叶　没有,没有。你这些话我都早就知道了。他对于结婚的事情怎么说?

乳媪　主啊!我的头痛死了!我害了多厉害的头痛!痛得好像要裂成二十块似的。还有我那一边的背痛;哎哟,我的背!我的背!你的心肠真好,叫我到外边东奔西走去寻死。

朱丽叶　害你这样不舒服,我真是说不出的抱歉。亲爱的,亲爱的,亲爱的奶妈,告诉我,我的爱人说些什么话?

乳媪　你的爱人说——他说得很像个老老实实的绅士,很有礼貌,很和气,很漂亮,而且也很规矩——你的妈呢?

朱丽叶　我的妈!她就在里面;她还会在什么地方?你回答得多么古怪:"你的爱人说,他说得很像个老老实实的绅士,你的妈呢?"

乳媪　哎哟,圣母娘娘!你这样性急吗?哼!反了反了,这就是你瞧着我筋骨酸痛而替我涂上的药膏吗?以后还是你自己去送信吧。

朱丽叶　别缠下去啦!快些,罗密欧怎么说?

乳媪　你已经得到准许今天去忏悔吗?

朱丽叶　我已经得到了。

乳媪　那么你快到劳伦斯神父的寺院里去,有一个丈夫在那边等着你去做他的妻子哩。现在你的脸红起来啦。你到教堂里去吧,我还要到别处去搬一张梯子来,等到天黑的时候,你的爱人就可以凭着它爬进鸟窠里。为了使你快乐我就吃苦奔跑;可是你到了晚上也要负起那个重担来啦。去吧,我还没有吃过饭呢。
朱丽叶　我要找寻我的幸运去!好奶妈,再会。(各下)

第六场　同前。劳伦斯神父的寺院

　　劳伦斯神父及罗密欧上。
劳伦斯　愿上天祝福这神圣的结合,不要让日后的懊恨把我们谴责!
罗密欧　阿门,阿门!可是无论将来会发生什么悲哀的后果,都抵不过我在看见她这短短一分钟内的欢乐。不管侵蚀爱情的死亡怎样伸展它的魔手,只要你用神圣的言语,把我们的灵魂结为一体,让我能够称她一声我的人,我也就不再有什么遗恨了。
劳伦斯　这种狂暴的快乐将会产生狂暴的结局,正像火和火药的亲吻,就在最得意的一刹那烟消云散。最甜的蜜糖可以使味觉麻木;不太热烈的爱情才会维持久远;太快和太慢,结果都不会圆满。

　　朱丽叶上。
劳伦斯　这位小姐来了。啊!这样轻盈的脚步,是永远不会踩破神龛前的砖石的;一个恋爱中的人,可以踏在随风飘荡的蛛网上而不会跌下,幻妄的幸福使他灵魂飘然轻举。
朱丽叶　晚安,神父。
劳伦斯　孩子,罗密欧会替我们两人感谢你的。
朱丽叶　我也向他同样问了好,他何必再来多余的客套。
罗密欧　啊,朱丽叶!要是你感觉到像我一样多的快乐,要是你的灵唇慧舌,能够宣述你衷心的快乐,那么让空气中满布着从你嘴里吐出来的芳香,用无比的妙乐把这一次会晤中我们两人给与彼此的无限欢欣倾吐出来吧。
朱丽叶　充实的思想不在于言语的富丽;只有乞儿才能够计数他的家私。真诚的爱情充溢在我的心里,我无法估计自己享有的财富。

劳伦斯　来,跟我来,我们要把这件事情早点办好;因为在神圣的教会没有把你们两人结合以前,你们两人是不能在一起的。(同下)

第三幕

第一场　维洛那。广场

　　茂丘西奥、班伏里奥、侍童及若干仆人上。

班伏里奥　好茂丘西奥，咱们还是回去吧。天这么热，凯普莱特家里的人满街都是，要是碰到了他们，又免不了吵架；因为在这种热天气里，一个人的脾气最容易暴躁起来。

茂丘西奥　你就像这么一种家伙，跑进了酒店的门，把剑在桌子上一放，说，"上帝保佑我不要用到你！"等到两杯喝罢，却无缘无故拿起剑来跟酒保吵架。

班伏里奥　我难道是这样一种人吗？

茂丘西奥　得啦得啦，你的坏脾气比得上意大利无论哪一个人；动不动就要生气，一生气就要乱动。

班伏里奥　再以后怎样呢？

茂丘西奥　哼！要是有两个像你这样的人碰在一起，结果总会一个也没有，因为大家都要把对方杀死了方肯罢休。你！嘿，你会因为人家比你多一根或是少一根胡须，就跟人家吵架。瞧见人家剥栗子，你也会跟他闹翻，你的理由只是因为你有一双栗色的眼睛。除了生着这样一双眼睛的人以外，谁还会像这样吹毛求疵地去跟人家寻事？你的脑袋里装满了惹事招非的念头，正像鸡蛋里装满了蛋黄蛋白，虽然为了惹事招非的缘故，你的脑袋曾经给人打得像个坏蛋一样。你曾经为了有人在街上咳了一声嗽而跟他吵架，因为他咳醒了你那条在太阳底下睡觉的狗。不是有一次你因为看见一个裁缝在复活节以前穿起他的新背心来，所以跟他大闹吗？不是还有一次因为他用旧带子系他的新鞋子，所以又跟他大闹吗？现在你却要教我不要跟人家吵架！

班伏里奥 要是我像你一样爱吵架，不消一时半刻，我的性命早就卖给人家了。

茂丘西奥 性命卖给人家！哼，算了吧！

班伏里奥 哎哟！凯普莱特家里的人来了。

茂丘西奥 啊唷！我不在乎。

提伯尔特及余人等上。

提伯尔特 你们跟着我不要走开，等我去向他们说话。两位晚安！我要跟你们中间无论哪一位说句话儿。

茂丘西奥 您只要跟我们两人中间的一个人讲一句话吗？再来点儿别的吧。要是您愿意在一句话以外，再跟我们较量一两手，那我们倒愿意奉陪。

提伯尔特 只要您给我一个理由，您就会知道我也不是个怕事的人。

茂丘西奥 您不会自己想出一个什么理由来吗？

提伯尔特 茂丘西奥，你陪着罗密欧到处拉唱——

茂丘西奥 到处拉唱！怎么！你把我们当作一群沿街卖唱的人吗？你要是把我们当作沿街卖唱的人，那么我们倒要请你听一点儿不大好听的声音；这就是我的提琴上的拉弓，拉一拉就要叫你跳起舞来。他妈的！到处拉唱！

班伏里奥 这儿来往的人太多，讲话不大方便，最好还是找个清静一点的地方去谈谈；要不然大家别闹意气，有什么过不去的事平心静气理论理论；否则各走各的路，也就完了，别让这么许多人的眼睛瞧着我们。

茂丘西奥　人们生着眼睛总要瞧,让他们瞧去好了;我可不能为着别人高兴离开这块地方。

　　　　　罗密欧上。

提伯尔特　好,我的人来了;我不跟你吵。

茂丘西奥　他又不吃你的饭,不穿你的衣,怎么是你的人?可是他虽然不是你的跟班,要是你拔脚逃起来,他倒一定会紧紧跟住你的。

提伯尔特　罗密欧,我对你的仇恨使我只能用一个名字称呼你——你是一个恶贼!

罗密欧　提伯尔特,我跟你无冤无恨,你这样无端挑衅,我本来是不能容忍的,可是因为我有必须爱你的理由,所以也不愿跟你计较了。我不是恶贼;再见,我看你还不知道我是个什么人。

提伯尔特　小子,你冒犯了我,现在可不能用这种花言巧语掩饰过去;赶快回过身子,拔出剑来吧。

罗密欧　我可以郑重声明,我从来没有冒犯过你,而且你想不到我是怎样爱你,除非你知道了我所以爱你的理由。所以,好凯普莱特——我尊重这一个姓氏,就像尊重我自己的姓氏一样——咱们还是讲和了吧。

茂丘西奥　哼,好丢脸的屈服!只有武力才可以洗去这种耻辱。(拔剑)提伯尔特,你这捉耗子的猫儿,你愿意跟我决斗吗?

提伯尔特　你要我跟你干么?

茂丘西奥　好猫精,听说你有九条性命,我只要取你一条命,留下那另外八条,等以后再跟你算账。快快拔出你的剑来,否则莫怪无情,我的剑就要临到你的耳朵边了。

提伯尔特　(拔剑)好,我愿意奉陪。

罗密欧　好茂丘西奥,收起你的剑。

茂丘西奥　来,来,来,我倒要领教领教你的剑法。(二人互斗)

罗密欧　班伏里奥,拔出剑来,把他们的武器打下来。两位老兄,这算什么?快别闹啦!提伯尔特,茂丘西奥,亲王已经明令禁止在维洛那的街道上斗殴。住手,提伯尔特!好茂丘西奥!(提

伯尔特及其党徒下)

茂丘西奥 我受伤了。你们这两家倒霉的人家!我已经完啦。他不带一点伤就去了吗?

班伏里奥 啊!你受伤了吗?

茂丘西奥 嗯,嗯,擦破了一点儿;可是也够受的了。我的侍童呢?你这家伙,快去找个外科医生来。(侍童下)

罗密欧 放心吧,老兄;这伤口不算十分厉害。

茂丘西奥 是的,它没有一口井那么深,也没有一扇门那么阔,可是这一点伤也就够要命了;要是你明天找我,就到坟墓里来看我吧。我这一生是完了。你们这两家倒霉的人家!他妈的!狗、耗子、猫儿,都会咬得死人!这个说大话的家伙,这个混账东西,打起架来也要按照着数学的公式!谁叫你把身子插了进来?都是你把我拉住了,我才受了伤。

罗密欧 我完全是出于好意。

茂丘西奥 班伏里奥,快把我扶进什么屋子里去,不然我就要晕过去了。你们这两家倒霉的人家!我已经死在你们手里了。——你们这两家人家!(茂丘西奥,班伏里奥同下)

罗密欧 他是亲王的近亲,也是我的好友;如今他为了我的缘故受到了致命的重伤。提伯尔特杀死了我的朋友,又毁谤了我的名誉,虽然他在一小时以前还是我的亲人。亲爱的朱丽叶啊!你的美丽使我变成懦弱,磨钝了我的勇气的锋刃!

班伏里奥重上。

班伏里奥 啊,罗密欧,罗密欧!勇敢的茂丘西奥死了;他已经撒手离开尘世,他的英魂已经升上天庭了!

罗密欧 今天这一场意外的变故,怕要引起日后的灾祸。

提伯尔特重上。

班伏里奥 暴怒的提伯尔特又来了。

罗密欧 茂丘西奥死了,他却耀武扬威活在人世!现在我只好抛弃一切顾忌,不怕伤了亲戚的情分,让眼睛里喷出火焰的愤怒支配着我的行动了!提伯尔特,你刚才骂我恶贼,我要你把这两个字收回去；茂丘西奥的阴魂就在我们头上，他在等着你去跟他作伴；我们两个人中间必须有一个人去陪陪他，要不然就是两人一起死。

提伯尔特　你这该死的小子，你生前跟他做朋友，死后也去陪他吧！

罗密欧　这柄剑可以替我们决定谁死谁生。（二人互斗；提伯尔特倒下）

班伏里奥　罗密欧，快走！市民们都已经被这场争吵惊动了，提伯尔特又死在这儿。别站着发怔；要是你给他们捉住了，亲王就要判你死刑。快去吧！快去吧！

罗密欧　唉！我是受命运玩弄的人。

班伏里奥　你为什么还不走？（罗密欧下）

　　　　　市民等上。

市民甲　杀死茂丘西奥的那个人逃到哪儿去了？那凶手提伯尔特逃到什么地方去了？

班伏里奥　躺在那边的就是提伯尔特。

市民甲　先生，起来吧，请你跟我去。我用亲王的名义命令你服从。

　　　　　亲王率侍从；蒙太古夫妇、凯普莱特夫妇及余人等上。

亲王　这一场争吵的肇祸的罪魁在什么地方？

班伏里奥　啊，尊贵的亲王！我可以把这场流血的争吵的不幸的经过向您从头告禀。躺在那边的那个人，就是把您的亲戚，勇敢的茂丘西奥杀死的人，他现在已经被年轻的罗密欧杀死了。

凯普莱特夫人　提伯尔特，我的侄儿！啊，我的哥哥的孩子！亲王啊！侄儿啊！丈夫啊！哎哟！我的亲爱的侄儿给人杀死了！殿下，您是正直无私的，我们家里流的血，应当用蒙太古家里流的血来报偿。哎哟，侄儿啊！侄儿啊！

亲王　班伏里奥，是谁开始这场血斗的？

班伏里奥　死在这儿的提伯尔特，他是被罗密欧杀死的。罗密欧很诚恳地劝告他，叫他想一想这种争吵多么没意思，并且也提起您的森严的禁令。他用温和的语调、谦恭的态度，赔着笑脸向他反复劝解，可是提伯尔特充耳不闻，一味逞着他的骄横，拔出剑来就向勇敢的茂丘西奥胸前刺了过去；茂丘西奥也动了怒气，就和他两下交锋起来，自恃着本领高强，满不在乎地一手挡开了敌人致命的剑锋，一手向提伯尔特还刺过去，提伯尔特眼明手快，也把它挡开了。那个时候罗密欧就高声喊叫，"住手，朋友；两下分开！"说时迟，那时快，他的敏捷的腕臂已经打下了他们的利剑，他就插身在他们两人中间；谁料提伯尔特怀着毒心，冷不防打罗密欧的手臂下面刺了一剑过去，竟中茂丘西奥的要害，于是他就逃走了。等了一会儿他又回来找罗密欧，罗密欧这时候正是满腔怒火，就像闪电似的跟他打起来，我还来不及拔剑阻止他们，勇猛的提伯尔特已经中剑而死，罗密欧见他倒在地上，也就转身逃走了。我所说的句句都是真话，倘有虚言，愿受死刑。

凯普莱特夫人　他是蒙太古家的亲戚，他说的话都是徇着私情，完全是假的。他们一共有二十来个人参加这场恶斗，二十个人合力谋害一个人的生命。殿下，我要请您主持公道，罗密欧杀死了提伯尔特，罗密欧必须抵命。

亲王　罗密欧杀了他，他杀了茂丘西奥；茂丘西奥的生命应当由谁抵偿？

蒙太古　殿下，罗密欧不应该偿他的命；他是茂丘西奥的朋友，他的过失不过是执行了提伯尔特依法应处的死刑。

亲王　为了这一个过失，我现在宣布把他立刻放逐出境。你们双方的憎恨已经牵涉到我的身上，在你们残暴的斗殴中，已经流下了我的亲人的血；可是我要给你们一个重重的惩罚，儆戒儆戒你们的将来。我不要听任何的请求辩护，哭泣和祈祷都不能使我枉法徇情，所以不用想什么挽回的办法，赶快把罗密欧遣送出境吧；不然的话，我们什么时候发现他，就在什么时候把他处死。把这尸体抬去，不许违抗我的命令；对杀人的凶手不能讲慈悲，否则就是鼓励杀人了。（同下）

第二场　同前。凯普莱特家的花园

　　朱丽叶上。

朱丽叶　快快跑过去吧，踏着火云的骏马，把太阳拖回到它的安息的所在；但愿驾车的法厄同①鞭策你们飞驰到西方，让阴沉的暮夜赶快降临。展开你密密的帷幕吧，成全恋爱的黑夜！遮住夜行人的眼睛，让罗密欧悄悄地投入我的怀里，不被人家看见也不被人家谈论！恋人们可以在他们自身美貌的光辉里互相缱绻；即使恋爱是盲目的，那也正好和黑夜相称。来吧，温文的夜，你朴素的黑衣妇人，教会我怎样在一场全胜的赌博中失败，把各人纯洁的童贞互为赌注。用你黑色的罩巾遮住我脸上羞怯的红潮，等我深藏内心的爱情慢慢地胆大起来，不再因为在行动上流露真情而惭愧。来吧，黑夜！来吧，罗密欧！来吧，你黑夜中的白昼！因为你将要睡在黑夜的翼上，比乌鸦背上的新雪还要皎白。来吧，柔和的黑夜！来吧，可爱的黑颜的夜，把我的罗密欧给我！等他死了以后，你再把他带去，分散成无数的星星，把天空装饰得如此美丽，使全世界都恋爱着黑夜，不再崇拜炫目的太阳。啊！我已经买下了一所恋爱的华厦，可是它还不曾属我所有；虽然我已经把自己出卖，可是还没有被买主领去。这日子长得真叫人厌烦，正像一个做好了新衣服的小孩，在节日的前夜焦躁地等着天明一样。啊！我的奶妈来了。

　　乳媪携绳上。

朱丽叶　她带着消息来了。谁的舌头上只要说出了罗密欧的名字，他就在吐露着天上的仙音。奶妈，什么消息？你带着些什么来了？那就是罗密欧叫你去拿的绳子吗？

乳媪　是的，是的，这绳子。（将绳掷下）

朱丽叶　哎哟！什么事？你为什么扭着你的手？

---

①　法厄同（Phaethon），是日神的儿子，曾为其父驾御日车，不能控制其马而闯离常道。故事见奥维德《变形记》第二章。

乳媪 唉！唉！唉！他死了，他死了，他死了！我们完了，小姐，我们完了！唉！他去了，他给人杀了，他死了！

朱丽叶 天道竟会这样狠毒吗？

乳媪 不是天道狠毒，罗密欧才下得了这样狠毒的手。啊！罗密欧，罗密欧！谁想得到会有这样的事情？罗密欧！

朱丽叶 你是个什么鬼，这样煎熬着我？这简直就是地狱里的酷刑。罗密欧把他自己杀死了吗？你只要回答我一个"是"字，这一个"是"字就比毒龙眼里射放的死光更会致人死命。如果真有这样的事，我就不会再在人世，或者说，那叫你说声"是"的人，从此就要把眼睛紧闭。要是他死了，你就说"是"；要是他没有死，你就说"不"；这两个简单的字就可以决定我的终身祸福。

乳媪 我看见他的伤口，我亲眼看见他的伤口，慈悲的上帝！就在他的宽阔的胸上。一个可怜的尸体，一个可怜的流血的尸体，像灰一样苍白，满身都是血，满身都是一块块的血；我一瞧见就晕过去了。

朱丽叶 啊，我的心要碎了！——可怜的破产者，你已经丧失了一切，还是赶快碎裂了吧！失去了光明的眼睛，你从此不能再见天日了！你这俗恶的泥土之躯，赶快停止呼吸，复归于泥土，去和罗密欧同眠在一个圹穴里吧！

乳媪 啊！提伯尔特，提伯尔特！我的顶好的朋友！啊，温文的提伯尔特，正直的绅士！想不到我活到今天，却会看见你死去！

朱丽叶 这是一阵什么风暴，一会儿又倒转方向！罗密欧给人杀了，提伯尔特又死了吗？一个是我的最亲爱的表哥，一个是我的更亲爱的夫君？那么，可怕的号角，宣布世界末日的来临吧！要是这样两个人都可以死去，谁还应该活在这世上？

乳媪 提伯尔特死了，罗密欧放逐了；罗密欧杀了提伯尔特，他现在被放逐了。

朱丽叶 上帝啊！提伯尔特是死在罗密欧手里的吗？

乳媪 是的，是的；唉！是的。

朱丽叶　啊，花一样的面庞里藏着蛇一样的心！那一条恶龙曾经栖息在这样清雅的洞府里？美丽的暴君！天使般的魔鬼！披着白鸽羽毛的乌鸦！豺狼一样残忍的羔羊！圣洁的外表包覆着丑恶的实质！你的内心刚巧和你的形状相反，一个万恶的圣人，一个庄严的奸徒！造物主啊！你为什么要从地狱里提出这一个恶魔的灵魂，把它安放在这样可爱的一座肉体的天堂里？哪一本邪恶的书籍曾经装订得这样美观？啊！谁想得到这样一座富丽的宫殿里，会容纳着欺人的虚伪！

乳媪　男人都靠不住，没有良心，没有真心的；谁都是三心二意，反复无常，奸恶多端，尽是些骗子。啊！我的人呢？快给我倒点儿酒来；这些悲伤烦恼，已经使我老起来了。愿耻辱降临到罗密欧的头上！

朱丽叶　你说出这样的愿望，你的舌头上就应该长起水疱来！耻辱从来不曾和他在一起，它不敢侵上他的眉宇，因为那是君临天下的荣誉的宝座。啊！我刚才把他这样辱骂，我真是个畜生！

乳媪　杀死了你的族兄的人，你还说他好话吗？

朱丽叶　他是我的丈夫，我应当说他坏话吗？啊！我的可怜的丈夫！你的三小时的妻子都这样凌辱你的名字，谁还会对它说一句温情的慰藉呢？可是你这恶人，你为什么杀死我的哥哥？他要是不杀死我的哥哥，我的凶恶的哥哥就会杀死我的丈夫。回去吧，愚蠢的眼泪，流回到你的源头；你那滴滴的细流，本来是悲哀的倾注，可是你却错把它呈献给喜悦。我的丈夫活着，他没有被提伯尔特杀死；提伯尔特死了，他想要杀死我的丈夫！这明明是喜讯，我为什么要哭泣呢？还有两个字比提伯尔特的死更使我痛心，像一柄利刃刺进了我的胸中；我但愿忘了它们，可是唉！它们紧紧地牢附在我的记忆里，就像萦回在罪人脑中的不可宥恕的罪恶。"提伯尔特死了，罗密欧放逐了！"放逐了！这"放逐"两个字，就等于杀死了一万个提伯尔特。单单提伯尔特的死，已经可以令人伤心了；即使祸不单行，必须在"提伯尔特死了"这一句话以后，再接上一句不幸的消息，为什么不说你的父亲，或是你的母亲，或是父母两人都死了，那也可以引起一点人情之常的哀悼？可是在提伯尔特的噩耗以后，再接连一记更大的打击，"罗密欧放逐了！"这句话简直等于说，父亲、母亲、提伯尔特、罗密欧、朱丽叶，一起被杀，一起死了。"罗密欧放逐了！"这一句话里面包含着无穷无际、无极无限的死亡，没有字句能够形容出这里面蕴蓄着的悲伤。——奶妈，我的父亲、我的母亲呢？

乳媪　他们正在抚着提伯尔特的尸体痛哭。你要去看他们吗？让我带着你去。

朱丽叶　让他们用眼泪洗涤他的伤口，我的眼泪是要留着为罗密欧的放逐而哀哭的。拾起那些绳子来。可怜的绳子，你是失望了，我们俩都失望了，因为罗密欧已经被放逐；他要借着你做接引相思的桥梁，可是我却要做一个独守空闺的怨女而死去。来，绳儿；来，奶妈。我要去睡上我的新床，把我的童贞奉献给死亡！

乳媪　那么你快到房里去吧；我去找罗密欧来安慰你，我知道他在什么地方。听着，你的罗密欧今天晚上一定会来看你；他现在躲在劳伦斯神父的寺院里，我就去找他。

朱丽叶　啊！你快去找他；把这指环拿去给我的忠心的骑士，叫他来作一次最后的诀别。（各下）

第三场　同前。劳伦斯神父的寺院

劳伦斯神父上。

劳伦斯　罗密欧，跑出来；出来吧，你受惊的人，你已经和坎坷的命运结下了不解之缘。

罗密欧上。

罗密欧　神父，什么消息？亲王的判决怎样？还有什么我所不知道的不幸的事情将要来找我？

劳伦斯　我的好孩子，你已经遭逢到太多的不幸了。我来报告你亲王的判决。

罗密欧　除了死罪以外，还会有什么判决？
劳伦斯　他的判决是很温和的：他并不判你死罪，只宣布把你放逐。
罗密欧　嘿！放逐！慈悲一点，还是说"死"吧！不要说"放逐"，因为放逐比死还要可怕。
劳伦斯　你必须立刻离开维洛那境内。不要懊恼，这是一个广大的世界。
罗密欧　在维洛那城以外没有别的世界，只有地狱的苦难；所以从维洛那放逐，就是从这世界上放逐，也就是死。明明是死，你却说是放逐，这就等于用一柄利斧砍下我的头，反因为自己犯了杀人罪而洋洋得意。
劳伦斯　哎哟，罪过罪过！你怎么可以这样不知恩德！你所犯的过失，按照法律本来应该处死，幸亏亲王仁慈，特别对你开恩，才把可怕的死罪改成了放逐；这明明是莫大的恩典，你却不知道。
罗密欧　这是酷刑，不是恩典。朱丽叶所在的地方就是天堂；这儿的每一只猫、每一只狗、每一只小小的老鼠，都生活在天堂里，都可以瞻仰到她的容颜，可是罗密欧却看不见她。污秽的苍蝇都可以接触亲爱的朱丽叶的皎洁的玉手，从她的嘴唇上偷取天堂中的幸福，那两片嘴唇是这样的纯洁贞淑，永远含着娇羞，好像觉得它们自身的相吻也是一种罪恶；苍蝇可以这样做，我却必须远走高飞，它们是自由人，我却是一个放逐的流徒。你还说放逐不是死吗？难道你没有配好的毒药、锋锐的刀子或者无论什么致命的利器，而必须用"放逐"两个字把我杀害吗？放逐！啊，神父！只有沉沦在地狱里的鬼魂才会用到这两个字，伴着凄厉的呼号；你是一个教士，一个替人忏罪的神父，又是我的朋友，怎么忍心用"放逐"这两个字来寸磔我呢？
劳伦斯　你这痴心的疯子，听我说一句话。
罗密欧　啊！你又要对我说起放逐了。
劳伦斯　我要教给你怎样抵御这两个字的方法，用哲学的甘乳安慰你的逆运，让你忘却被放逐的痛苦。

罗密欧　又是"放逐"！我不要听什么哲学！除非哲学能够制造一个朱丽叶，迁徙一个城市，撤销一个亲王的判决，否则它就没有什么用处。别再多说了吧。

劳伦斯　啊！那么我看疯人是不生耳朵的。

罗密欧　聪明人不生眼睛，疯人何必生耳朵呢？

劳伦斯　让我跟你讨论讨论你现在的处境吧。

罗密欧　你不能谈论你所没有感觉到的事情；要是你也像我一样年轻，朱丽叶是你的爱人，才结婚一小时，就把提伯尔特杀了；要是你也像我一样热恋，像我一样被放逐，那时你才可以讲话，那时你才会像我现在一样扯着你的头发，倒在地上，替自己量一个葬身的墓穴。（内叩门声）

劳伦斯　快起来，有人在敲门；好罗密欧，躲起来吧。

罗密欧　我不要躲，除非我心底里发出来的痛苦呻吟的气息，会像一重云雾一样把我掩过了追寻者的眼睛。（叩门声）

劳伦斯　听！门打得多么响！——是谁在外面？——罗密欧，快起来，你要给他们捉住了。——等一等！——站起来；（叩门声）跑到我的书斋里去。——就来了！——上帝啊！瞧你多么不听话！——来了，来了！（叩门声）谁把门敲得这么响？你是什么地方来的？你有什么事？

乳媪　（在内）让我进来，你就可以知道我的来意；我是从朱丽叶小姐那里来的。

劳伦斯　那好极了，欢迎欢迎！

　　　　乳媪上。

乳媪　啊，神父！啊，告诉我，神父，我的小姐的姑爷呢？罗密欧呢？

劳伦斯　在那边地上哭得死去活来的就是他。

乳媪　啊！他正像我的小姐一样，正像她一样！

劳伦斯　唉！真是同病相怜，一般的伤心！她也是这样躺在地上，一边唠叨一边哭，一边哭一边唠叨。起来，起来；是个男子汉就该起来；为了朱丽叶的缘故，为了她的缘故，站起来吧。为什么您要伤心到这个样子呢？

罗密欧　奶妈！

乳媪　唉，姑爷！唉，姑爷！一个人到头来总是要死的。

罗密欧　你刚才不是说起朱丽叶吗？她现在怎么样？我现在已经用她近亲的血玷污了我们的新欢，她不会把我当作一个杀人的凶犯吗？她在什么地方？她怎么样？我这位秘密的新妇对于我们这一段中断的情缘说些什么话？

乳媪　啊，她没有说什么话，姑爷，只是哭呀哭的哭个不停；一会儿倒在床上，一会儿又跳了起来；一会儿叫一声提伯尔特，一会儿哭一声罗密欧；然后又倒了下去。

罗密欧　好像我那一个名字是从枪口里瞄准了射出来似的，一弹出去就把她杀死，正像我这一双该死的手杀死了她的亲人一样。啊！告诉我，神父，告诉我，我的名字是在我身上哪一处万恶的地方？告诉我，好让我捣毁这可恨的巢穴。（拔剑）

劳伦斯　放下你的鲁莽的手！你是一个男子吗？你的形状是一个男子，你却流着妇人的眼泪；你的狂暴的举动，简直是一头野兽的无可理喻的咆哮。你这须眉的贱妇，你这人头的畜类！我真想不到你的性情竟会这样毫无涵养。你已经杀死了提伯尔特，你还要杀死你自己吗？你没想到你对自己采取了这种万劫不赦的暴行就是杀死与你相依为命的你的妻子吗？为什么你要怨恨天地，怨恨你自己的生不逢辰？天地好容易生下你这一个人来，你却要亲手把你自己摧毁！呸！呸！你有的是一副堂堂的七尺之躯，有的是热情和智慧，你却不知道把它们好好利用，这岂不是辜负了你的七尺之躯，辜负了你的热情和智慧？你的堂堂的仪表不过是一尊蜡像，没有一点男子汉的血气；你的山盟海誓都是些空虚的谎语，杀害你所发誓珍爱的情人；你的智慧不知道指示你的行动，驾御你的感情，它已经变成了愚妄的谬见，正像装在一个笨拙的兵士的枪膛里的火药，本来是自卫的武器，因为不懂得点燃的方法，反而毁损了自己的肢体。怎么！起来吧，孩子！你刚才几乎要为了你的朱丽叶而自杀，可是她现在好好活着，这是你的第一件幸事。提伯尔特要把你杀死，可是你却杀死了提伯尔特，这是你的第二件幸事。法律上本来规定杀人抵命，可是它对你特别留情，减成了放逐的处分，这是你的第三件幸事。这许多幸事照顾着你，幸福穿着盛装向你献媚，你却像一个倔强乖僻的女孩，向你的命运和爱情噘起了嘴唇。留心，留心，像这样不知足的人是不得好死的。去，快去会见你的情人，按照预定的计划，到她的寝室里去，安慰安慰她；可是在逻骑没有出发以前，你必须及早离开，否则你就到不了曼多亚。你可以暂时在曼多亚住下，等我们觑着机会，把你们的婚姻宣布出来，和解了你们两家的亲族，向亲王请求特赦，那时我们就可以用超过你现在离别的悲痛两百万倍的欢乐招呼你回来。奶妈，你先去，替我向你家小姐致意；叫她设法催促她家里的人早早安睡，他们在遭到这样重大的悲伤以后，这是很容易办到的。你对她说，罗密欧就要来了。

乳媪 主啊！像这样好的教训，我就是在这儿听上一整夜都愿意；啊！真是有学问人说的话！姑爷，我就去对小姐说您就要来了。

罗密欧 很好，请你再叫我的爱人预备好一顿责骂。

乳媪 姑爷，这一个戒指小姐叫我拿来送给您，请您赶快就去，天色已经很晚了。（下）

罗密欧 现在我又重新得到了多大的安慰！

劳伦斯 去吧，晚安！你的运命在此一举：你必须在巡逻者没有开始查缉以前脱身，否则就得在黎明时候化装逃走。你就在曼多亚安下身来；我可以找到你的仆人，倘使这儿有什么关于你的好消息，我会叫他随时通知你。把你的手给我。时候不早了，再会吧。

罗密欧 倘不是一个超乎一切喜悦的喜悦在招呼着我，像这样匆匆的离别，一定会使我黯然神伤。再会！（各下）

第四场 同前。凯普莱特家中一室

凯普莱特、凯普莱特夫人及帕里斯上。

凯普莱特 伯爵，舍间因为遭逢变故，我们还没有时间去开导小女；

您知道她跟她那个表兄提伯尔特是友爱很笃的，我也非常喜欢他；唉！人生不免一死，也不必再去说他了。现在时间已经很晚，她今夜不会再下来了；不瞒您说，倘不是您大驾光临，我也早在一小时以前上了床啦。

帕里斯 我在你们正在伤心的时候来此求婚，实在是太冒昧了。晚安，伯母；请您替我向令嫒致意。

凯普莱特夫人 好，我明天一早就去探听她的意思；今夜她已经怀着满腔的悲哀关上门睡了。

凯普莱特 帕里斯伯爵，我可以大胆替我的孩子做主，我想她一定会绝对服从我的意志；是的，我对于这一点可以断定。夫人，你在临睡以前先去看看她，把这位帕里斯伯爵向她求爱的意思告诉她知道；你再对她说，听好我的话，叫她在星期三——且慢！今天星期几？

帕里斯 星期一，老伯。

凯普莱特 星期一！哈哈！好，星期三是太快了点儿，那么就是星期四吧。对她说，在这个星期四，她就要嫁给这位尊贵的伯爵。您来得及准备吗？您不嫌太匆促吗？咱们也不必十分铺张，略为请几位亲友就够了；因为提伯尔特才死不久，他是我们自己家里的人，要是我们大开欢宴，人家也许会说我们对去世的人太没有情分。所以我们只要请五、六个亲友，把仪式举行一下就算了。您说星期四怎样？

帕里斯 老伯，我但愿星期四便是明天。

凯普莱特 好，你去吧；那么就是星期四。夫人，你在临睡前先去看看朱丽叶，叫她预备预备，好作起新娘来啊。再见，伯爵。喂！掌灯！时候已经很晚了，等一会儿我们就要说时间很早了。晚安！（各下）

第五场　同前。朱丽叶的卧室

罗密欧及朱丽叶上。

朱丽叶 你现在就要走了吗？天亮还有一会儿呢。那刺进你惊恐的耳膜中的，不是云雀，是夜莺的声音；它每天晚上在那边石榴树上歌唱。相信我，爱人，那是夜莺的歌声。

罗密欧　那是报晓的云雀，不是夜莺。瞧，爱人，不作美的晨曦已经在东天的云朵上镶起了金线，夜晚的星光已经烧烬，愉快的白昼蹑足踏上了迷雾的山巅。我必须到别处去找寻生路，或者留在这儿束手等死。

朱丽叶　那光明不是晨曦，我知道；那是从太阳中吐射出来的流星，要在今夜替你拿着火炬，照亮你到曼多亚去。所以你不必急着要去，再耽搁一会儿吧。

罗密欧　让我被他们捉住，让我被他们处死；只要是你的意思，我就毫无怨恨。我愿意说那边灰白色的云彩不是黎明睁开它的睡眼，那不过是从月亮的眉宇间反映出来的微光；那响彻云霄的歌声，也不是出于云雀的喉中。我巴不得留在这里，永远不要离开。来吧，死，我欢迎你！因为这是朱丽叶的意思。怎么，我的灵魂？让我们谈谈；天还没有亮哩。

朱丽叶　天已经亮了，天已经亮了；快走吧，快走吧！那唱得这样刺耳、嘶着粗涩的噪声和讨厌的锐音的，正是天际的云雀。有人说云雀会发出千变万化的甜蜜的歌声，这句话一点不对，因为它只使我们彼此分离；有人说云雀曾经和丑恶的蟾蜍交换眼睛，啊！我但愿它们也交换了声音，因为那声音使你离开了我的怀抱，用催醒的晨歌催促你登程。啊！现在你快走吧；天越来越亮了。

罗密欧　天越来越亮，我们悲哀的心却越来越黑暗。

　　　　　乳媪上。

乳媪　小姐！

朱丽叶　奶妈？

乳媪　你的母亲就要到你房里来了。天已经亮啦，小心点儿。（下）

朱丽叶　那么窗啊，让白昼进来，让生命出去。

罗密欧　再会，再会！给我一个吻，我就下去。（由窗口下降）

朱丽叶　你就这样走了吗？我的夫君，我的爱人，我的朋友！我必须在每一小时内的每一天听到你的消息,因为一分钟就等于许多天。啊!照这样计算起来,等我再看见我的罗密欧的时候,我不知道已经老到怎样了。

罗密欧 再会!我决不放弃任何的机会,爱人,向你传达我的衷忱。

朱丽叶 啊!你想我们会不会再有见面的日子?

罗密欧 一定会有的;我们现在这一切悲哀痛苦,到将来便是握手谈心的资料。

朱丽叶 上帝啊!我有一颗预感不祥的灵魂;你现在站在下面,我仿佛望见你像一具坟墓底下的尸骸。也许是我的眼光昏花,否则就是你的面容太惨白了。

罗密欧 相信我,爱人,在我的眼中你也是这样;忧伤吸干了我们的血液。再会!再会!(下)

朱丽叶 命运啊命运!谁都说你反复无常;要是你真的反复无常,那么你怎样对待一个忠贞不贰的人呢?愿你不要改变你的轻浮的天性,因为这样也许你会早早打发他回来。

凯普莱特夫人 (在内)喂,女儿!你起来了吗?

朱丽叶 谁在叫我?是我的母亲吗?——难道她这么晚还没有睡觉,还是这么早就起来了?什么特殊的原因使她到这儿来?

凯普莱特夫人上。

凯普莱特夫人 啊!怎么,朱丽叶!

朱丽叶 母亲,我不大舒服。

凯普莱特夫人 老是为了你表兄的死而掉泪吗?什么!你想用眼泪把他从坟墓里冲出来吗?就是冲得出来,你也没法子叫他复活;所以还是算了吧。适当的悲哀可以表示感情的深切,过度的伤心却可以证明智慧的欠缺。

朱丽叶 可是让我为了这样一个痛心的损失而流泪吧。

凯普莱特夫人 损失固然痛心,可是一个失去的亲人,不是眼泪哭得回来的。

朱丽叶 因为这损失实在太痛心了,我不能不为了失去的亲人而痛哭。

凯普莱特夫人　好,孩子,人已经死了,你也不用多哭他了;顶可恨的是那杀死他的恶人仍旧活在世上。

朱丽叶　什么恶人,母亲?

凯普莱特夫人　就是罗密欧那个恶人。

朱丽叶　(旁白)恶人跟他相去真有十万八千里呢。——上帝饶恕他!我愿意全心饶恕他;可是没有一个人像他那样使我心里充满了悲伤。

凯普莱特夫人　那是因为这个万恶的凶手还活在世上。

朱丽叶　是的,母亲,我恨不得把他抓住在我的手里。但愿我能够独自报复这一段杀兄之仇!

凯普莱特夫人　我们一定要报仇的,你放心吧;别再哭了。这个亡命的流徒现在到曼多亚去了,我要差一个人到那边去,用一种希有的毒药把他毒死,让他早点儿跟提伯尔特见面;那时候我想你一定可以满足了。

朱丽叶　真的,我心里永远不会感到满足,除非我看见罗密欧在我的面前——死去;我这颗可怜的心是这样为了一个亲人而痛楚!母亲,要是您能够找到一个愿意带毒药去的人,让我亲手把它调好,好叫那罗密欧服下以后,就会安然睡去。唉!我心里多么难过,只听到他的名字,却不能赶到他的面前,为了我对哥哥的感情,我巴不得能在那杀死他的人的身上报这一个仇!

凯普莱特夫人　你去想办法,我一定可以找到这样一个人。可是,孩子,现在我要告诉你好消息。

朱丽叶　在这样不愉快的时候,好消息来得真是再适当没有了。请问母亲,是什么好消息呢?

凯普莱特夫人　哈哈,孩子,你有一个体贴你的好爸爸哩;他为了替你排解愁闷已经为你选定了一个大喜的日子,不但你想不到,就是我也没有想到。

朱丽叶　母亲,快告诉我,是什么日子?

凯普莱特夫人　哈哈,我的孩子,星期四的早晨,那位风流年少的贵人,帕里斯伯爵,就要在圣彼得教堂里娶你做他的幸福的新娘了。

朱丽叶　凭着圣彼得教堂和圣彼得的名字起誓,我决不让他娶我做他的幸福的新娘。世间哪有这样匆促的事情,人家还没有来向我求过婚,我倒先做了他的妻子了!母亲,请您对我的父亲说,我现在还不愿意出嫁;就是要出嫁,我可以发誓,我也宁愿嫁给我所痛恨的罗密欧,不愿嫁给帕里斯。真是些好消息!

凯普莱特夫人　你爸爸来啦;你自己对他说去,看他会不会听你的话。

　　　　　凯普莱特及乳媪上。

凯普莱特　太阳西下的时候,天空中落下了蒙蒙的细露;可是我的侄儿死了,却有倾盆的大雨送着他下葬。怎么!装起喷水管来了吗,孩子?咦!还在哭吗?雨到现在还没有停吗?你这小小的身体里面,也有船,也有海,也有风;因为你的眼睛就是海,永远有泪潮在那儿涨退;你的身体是一艘船,在这泪海上面航行;你的叹息是海上的狂风;你的身体经不起风浪的吹打,会在这汹涌的怒海中覆没的。怎么,妻子!你没有把我们的主意告诉她吗?

凯普莱特夫人　我告诉她了!可是她说谢谢你,她不要嫁人。我希望这傻丫头还是死了干净!

凯普莱特　且慢!讲明白点儿,讲明白点儿,妻子。怎么!她不要嫁人吗?她不谢谢我们吗?她不称心吗?像她这样一个贱丫头,我们替她找到了这么一位高贵的绅士做她的新郎,她还不想想这是多大的福气吗?

朱丽叶　我没有喜欢,只有感激;你们不能勉强我喜欢一个我对他没有好感的人,可是我感激你们爱我的一片好心。

凯普莱特　怎么!怎么!胡说八道!这是什么话?什么"喜欢""不喜欢","感激""不感激"!好丫头,我也不要你感谢,我也不要你喜欢,只要你预备好星期四到圣彼得教堂里去跟帕里斯结婚;你要是不愿意,我就把你装在木笼里拖了去。不要脸的死丫头,贱东西!

凯普莱特夫人 哎哟！哎哟！你疯了吗？

朱丽叶 好爸爸，我跪下来求求您，请您耐心听我说一句话。

凯普莱特 该死的小贱妇！不孝的畜生！我告诉你，星期四给我到教堂里去，不然以后再也不要见我的面。不许说话，不要回答我；我的手指痒着呢。——夫人，我们常常怨叹自己福薄，只生下这一个孩子；可是现在我才知道就是这一个已经太多了，总是家门不幸，出了这一个冤孽！不要脸的贱货！

乳媪 上帝祝福她！老爷，您不该这样骂她。

凯普莱特 为什么不该！我的聪明的老太太？谁要你多嘴，我的好大娘？你去跟你那些婆婆妈妈们谈天去吧，去！

乳媪 我又没有说过一句冒犯您的话。

凯普莱特 啊，去你的吧。

乳媪 人家就不能开口吗？

凯普莱特 闭嘴，你这叽里咕噜的蠢婆娘！我们不要听你的教训。

凯普莱特夫人 你的脾气太躁了。

凯普莱特 哼！我气都气疯啦。每天每夜，时时刻刻，不论忙着空着，独自一个人或是跟别人在一起，我心里总是在盘算着怎样把她许配给一份好好的人家；现在好容易找到一位出身高贵的绅士，又有家私，又年轻，又受过高尚的教养，正是人家说的十二分的人才，好到没得说的了；偏偏这个不懂事的傻丫头，放着送上门来的好福气不要，说什么"我不要结婚""我不懂恋爱""我年纪太小""请你原谅我"；好，你要是不愿意嫁人，我可以放你自由，尽你的意思到什么地方去，我这屋子里可容不得你了。你给我想想明白，我是一向说到哪里做到哪里的。星期四就在眼前；自己仔细考虑考虑。你倘然是我的女儿，就得听我的话嫁给我的朋友；你倘然不是我的女儿，那么你去上吊也好，做叫花子也好，挨饿也好，死在街道上也好，我都不管，因为凭着我的灵魂起誓，我是再也不会认你这个女儿的，你也别想我会分一点什么给你。我不会骗你，你想一想吧；我已经发过誓了，我一定要把它做到。（下）

朱丽叶　天知道我心里是多么难过，难道它竟会不给我一点慈悲吗？啊，我的亲爱的母亲！不要丢弃我！把这门亲事延期一个月或是一个星期也好；或者要是您不答应我，那么请您把我的新床安放在提伯尔特长眠的幽暗的坟茔里吧！

凯普莱特夫人　不要对我讲话，我没有什么话好说的。随你的便吧，我是不管你啦。（下）

朱丽叶　上帝啊！啊，奶妈！这件事情怎么避过去呢？我的丈夫还在世间，我的誓言已经上达天庭；倘使我的誓言可以收回，那么除非我的丈夫已经脱离人世，从天上把它送还给我。安慰安慰我，替我想想办法吧。唉！想不到天也会捉弄像我这样一个柔弱的人！你怎么说？难道你没有一句可以使我快乐的话吗？奶妈，给我一点安慰吧！

乳媪　好，那么你听我说。罗密欧是已经放逐了；我可以拿随便什么东西跟你打赌，他再也不敢回来责问你，除非他偷偷地溜了回来。事情既然这样，那么我想你最好还是跟那伯爵结婚吧。啊！他真是个可爱的绅士！罗密欧比起他来只好算是一块抹布；小姐，一只鹰也没有像帕里斯那样一双又是碧绿好看、又是锐利的眼睛。说句该死的话，我想你这第二个丈夫，比第一个丈夫好得多啦；纵然不是好得多，可是你的第一个丈夫虽然还在世上，对你已经没有什么用处，也就跟死了差不多啦。

朱丽叶　你这些话是从心里说出来的吗？

乳媪　那不但是我心里的话，也是我灵魂里的话；倘有虚假，让我的灵魂下地狱。

朱丽叶　阿门！

乳媪　什么！

朱丽叶　好，你已经给了我很大的安慰。你进去吧；告诉我的母亲说我出去了，因为得罪了我的父亲，要到劳伦斯的寺院里去忏悔我的罪过。

乳媪　很好，我就这样告诉她；这才是聪明的办法哩。（下）

朱丽叶　老而不死的魔鬼！顶丑恶的妖精！她希望我背弃我的盟誓；

她几千次向我夸奖我的丈夫，说他比谁都好，现在却又用同一条舌头说他的坏话！去，我的顾问；从此以后，我再也不把你当作心腹看待了。我要到神父那儿去向他求救；要是一切办法都已用尽，我还有死这条路。（下）

第四幕

第一场　维洛那。劳伦斯神父的寺院

　　劳伦斯神父及帕里斯上。

劳伦斯　在星期四吗，伯爵？时间未免太局促了。

帕里斯　这是我的岳父凯普莱特的意思；他既然这样性急，我也不愿把时间延迟下去。

劳伦斯　您说您还没有知道那小姐的心思；我不赞成这种片面决定的事情。

帕里斯　提伯尔特死后她伤心过度，所以我没有跟她多谈恋爱，因为在一间哭哭啼啼的屋子里，维纳斯是露不出笑容来的。神父，她的父亲因为瞧她这样一味忧伤，恐怕会发生什么意外，所以才决定提早替我们完婚，免得她一天到晚哭得像个泪人儿一般；一个人在房间里最容易触景伤情，要是有了伴侣，也许可以替她排除悲哀。现在您可以知道我这次匆促结婚的理由了。

劳伦斯　（旁白）我希望我不知道它为什么必须延迟的理由。——瞧，伯爵，这位小姐到我寺里来了。

　　朱丽叶上。

帕里斯　您来得正好，我的爱妻。

朱丽叶　伯爵，等我做了妻子以后，也许您可以这样叫我。

帕里斯　爱人，也许到星期四这就要成为事实了。

朱丽叶　事实是无可避免的。

劳伦斯　那是当然的道理。

帕里斯　您是来向这位神父忏悔的吗？

朱丽叶　回答您这一个问题，我必须向您忏悔了。

帕里斯　不要在他的面前否认您爱我。

朱丽叶　我愿意在您的面前承认我爱他。

帕里斯　我相信您也一定愿意在我的面前承认您爱我。

朱丽叶　要是我必须承认，那么在您的背后承认，比在您的面前承认好得多啦。

帕里斯　可怜的人儿！眼泪已经毁损了你的美貌。

朱丽叶　眼泪并没有得到多大的胜利；因为我这副容貌在没有被眼泪毁损以前，已经够丑了。

帕里斯　你不该说这样的话诽谤你的美貌。

朱丽叶　这不是诽谤，伯爵，这是实在的话，我当着我自己的脸说的。

帕里斯　你的脸是我的，你不该侮辱它。

朱丽叶　也许是的，因为它不是我自己的。神父，您现在有空吗？还是让我在晚祷的时候再来？

劳伦斯　我还是现在有空，多愁的女儿。伯爵，我们现在必须请您离开我们。

帕里斯　我不敢打扰你们的祈祷。朱丽叶，星期四一早我就来叫醒你；现在我们再会吧，请你保留下这一个神圣的吻。（下）

朱丽叶　啊！把门关了！关了门，再来陪着我哭吧。没有希望、没有补救、没有挽回了！

劳伦斯　啊，朱丽叶！我早已知道你的悲哀，实在想不出一个万全的计策。我听说你在星期四必须跟这伯爵结婚，而且毫无拖延的可能了。

朱丽叶　神父，不要对我说你已经听见这件事情，除非你能够告诉我怎样避免它；要是你的智慧不能帮助我，那么只要你赞同我的决心，我就可以立刻用这把刀解决一切。上帝把我的心和罗密欧的心结合在一起，我们两人的手是你替我们结合的；要是我这一只已经由你证明和罗密欧缔盟的手，再去和别人缔结新盟，或是我的忠贞的心起了叛变，投进别人的怀里，那么这把刀可以割下这背盟的手，诛戮这叛变的心。所以，神父，凭着你的丰富的见识阅历，请你赶快给我一些指教；否则瞧吧，这把血腥气的刀，就可以在我跟我的困难之间做一个公证人，替我解决你的经验和才能所不能替我觅得一个光荣解决的难题。不要老是不说话；要是你不能指教我一个补救的办法，那么我除了一死以外，没有别的希冀。

劳伦斯　住手，女儿；我已经望见了一线希望，可是那必须用一种非常的手段，方才能够抵御这一种非常的变故。要是你因为不愿跟帕里斯伯爵结婚，能够毅然立下视死如归的决心，那么你也一定愿意采取一种和死差不多的办法，来避免这种耻辱；倘然你敢冒险一试，我就可以把办法告诉你。

朱丽叶　啊！只要不嫁给帕里斯，你可以叫我从那边塔顶的雉堞上跳下来；你可以叫我在盗贼出没、毒蛇潜迹的路上匍匐行走；把我和咆哮的怒熊锁禁在一起；或者在夜间把我关在堆积尸骨的地窟里，用许多陈死的白骨、霉臭的腿胴和失去下颚的焦黄的骷髅掩盖着我的身体；或者叫我跑进一座新坟里去，把我隐匿在死人的殓衾里；无论什么使我听了战栗的事，只要可以让我活着对我的爱人做一个纯洁无瑕的妻子，我都愿意毫不恐惧、毫不迟疑地做去。

劳伦斯　好，那么放下你的刀；快快乐乐地回家去，答应嫁给帕里斯。明天就是星期三了；明天晚上你必须一人独睡，别让你的奶妈睡在你的房间里；这一个药瓶你拿去，等你上床以后，就把这里面炼就的液汁一口喝下，那时就会有一阵昏昏沉沉的寒气通过你全身的血管，接着脉搏就会停止跳动；没有一丝热气和呼吸可以证明你还活着；你的嘴唇和颊上的红色都会变成灰白；你的眼睑闭下，就像死神的手关闭了生命的白昼；你身上的每一部分失去了灵活的控制，都像死一样僵硬寒冷；在这种与死无异的状态中，你必须经过四十二小时，然后你就仿佛从一场酣睡中醒了过来。当那新郎在早晨来催你起身的时候，他们会发现你已经死了，然后，照着我们国里的规矩，他们就要替你穿起盛装，用柩车载着你到凯普莱特族中祖先的坟茔里。同时因为要预备你醒来，我可以写信给罗密欧，告诉他我们的计划，叫他立刻到这儿来；我跟他两个人就守在你的身边，等你一醒过来，当夜就叫罗密欧带着你到曼多亚去。只要你不临时变卦，不中途气馁，这一个办法一定可以使你避免这一场眼前的耻辱。

朱丽叶 给我！给我！啊，不要对我说起害怕两个字！

劳伦斯 拿着；你去吧，愿你意志坚强，前途顺利！我就叫一个弟兄飞快到曼多亚，带我的信去送给你的丈夫。

朱丽叶 爱情啊，给我力量吧！只有力量可以搭救我。再会，亲爱的神父！（各下）

第二场 同前。凯普莱特家中厅堂

凯普莱特、凯普莱特夫人、乳媪及众仆上。

凯普莱特 这单子上有名字的，都是要去邀请的客人。（仆甲下）来人，给我去雇二十个有本领的厨子来。

仆乙 老爷，您请放心，我一定要挑选能舔手指头的厨子来做菜。

凯普莱特 你怎么知道他们能做菜呢？

仆乙 呀，老爷。不能舔手指头的就不能做菜；这样的厨子我就不要。

凯普莱特 好，去吧。咱们这一次实在有点儿措手不及。什么！我的女儿到劳伦斯神父那里去了吗？

乳媪 正是。

凯普莱特 好，也许他可以劝告劝告她；真是个乖僻不听话的浪蹄子！

乳媪 瞧她已经忏悔完毕，高高兴兴地回来啦。

朱丽叶上。

凯普莱特　啊，我的倔强的丫头！你荡到什么地方去啦？

朱丽叶　我因为自知忤逆不孝，违抗了您的命令，所以特地前去忏悔我的罪过。现在我听从劳伦斯神父的指教，跪在这儿请您宽恕。爸爸，请您宽恕我吧！从此以后，我永远听您的话了。

凯普莱特　去请伯爵来，对他说：我要把婚礼改在明天早上举行。

朱丽叶　我在劳伦斯寺里遇见这位少年伯爵；我已经在不超过礼法的范围以内，向他表示过我的爱情了。

凯普莱特　啊，那很好，我很高兴。站起来吧；这样才对。让我见见这伯爵；喂，快去请他过来。多谢上帝，把这位可尊敬的神父赐给我们！我们全城的人都感戴他的好处。

朱丽叶　奶妈，请你陪我到我的房间里去，帮我检点检点衣饰，看有哪几件可以在明天穿戴。

凯普莱特夫人　不，还是到星期四再说吧，急什么呢？

凯普莱特　去，奶妈，陪她去。我们一定明天上教堂。（朱丽叶及乳媪下）

凯普莱特夫人　我们现在预备起来怕来不及；天已经快黑了。

凯普莱特　胡说！我现在就动手起来，你瞧着吧，太太，到明天一定什么都安排得好好的。你快去帮朱丽叶打扮打扮；我今天晚上不睡了，让我一个人在这儿做一次管家妇。喂！喂！这些人一个都不在。好，让我自己跑到帕里斯那里去，叫他准备明天做新郎。这个倔强的孩子现在回心转意，真叫我高兴得了不得。（各下）

第三场　同前。朱丽叶的卧室

朱丽叶及乳媪上。

朱丽叶　嗯，那些衣服都很好。可是，好奶妈，今天晚上请你不用陪我，因为我还要念许多祷告，求上天宥恕我过去的罪恶，默佑我将来的幸福。

凯普莱特夫人上。

凯普莱特夫人　啊！你正在忙着吗？要不要我帮你？

朱丽叶　不，母亲！我们已经选择好了明天需用的一切，所以现在请您让我一个人在这儿吧；让奶妈今天晚上陪着您不睡，因为我相信这次事情办得太匆促了，您一定忙得不可开交。

凯普莱特夫人　晚安！早点睡觉，你应该好好休息休息。（凯普莱特夫人及乳媪下）

朱丽叶　再会！上帝知道我们将在什么时候相见。我觉得仿佛有一阵寒颤刺激着我的血液，简直要把生命的热流冻结起来似的；待我叫她们回来安慰安慰我。奶妈！——要她到这儿来干吗？这凄惨的场面必须让我一个人扮演。来，药瓶。要是这药水不发生效力呢？那么我明天早上就必须结婚吗？不，不，这把刀会阻止我；你躺在那儿吧。（将匕首置枕边）也许这瓶里是毒药，那神父因为已经替我和罗密欧证婚，现在我再跟别人结婚，恐怕损害他的名誉，所以有意骗我服下去毒死我；我怕也许会有这样的事；可是他一向是众所公认的道高德重的人，我想大概不至于；我不能抱着这样卑劣的思想。要是我在坟墓里醒了过来，罗密欧还没有到来把我救出去呢？这倒是很可怕的一点！那时我不是要在终年透不进一丝新鲜空气的地窟里活活闷死，等不到我的罗密欧到来吗？即使不闷死，那死亡和长夜的恐怖，那古墓中阴森的气象，几百年来，我祖先的尸骨都堆积在那里，入土未久的提伯尔特蒙着他的殓衾，正在那里腐烂；人家说，一到晚上，鬼魂便会归返他们的墓穴；唉！唉！要是我太早醒来，这些恶臭的气味，这些使人听了会发疯的凄厉的叫声；啊！要是我醒来，周围都是这种吓人的东西，我不会心神迷乱，疯狂地抚弄着我的祖宗的骨骼，把肢体溃烂的提伯尔特拖出了他的殓衾吗？在这样疯狂的状态中，我不会拾起一根老祖宗的骨头来，当作一根棍子，打破我的发昏的头颅吗？啊，瞧！那不是提伯尔特的鬼魂，正在那里追赶罗密欧，报复他的一剑之仇吗？等一等，提伯尔特，等一等！罗密欧，我来了！我为你干了这一杯！（倒在幕内的床上）

第四场　同前。凯普莱特家中厅堂

凯普莱特夫人及乳媪上。

凯普莱特夫人　奶妈,把这串钥匙拿去,再拿一点香料来。

乳媪　点心房里在喊着要枣子和榲桲呢。

凯普莱特上。

凯普莱特　来,赶紧点儿,赶紧点儿!鸡已经叫了第二次,晚钟已经打过,到三点钟了。好安吉丽加①,当心看看肉饼有没有烤焦。多花几个钱没有关系。

乳媪　走开,走开,女人家的事用不着您多管;快去睡吧,今天忙了一个晚上,明天又要害病了。

凯普莱特　不,哪儿的话!嘿,我为了没要紧的事,也曾经整夜不睡,几曾害过病来?

凯普莱特夫人　对啦,你从前也是惯偷女人的夜猫儿,可是现在我却不放你出去胡闹啦。(凯普莱特夫人及乳媪下)

凯普莱特　真是个醋娘子!真是个醋娘子!

三四仆人持炙叉、木柴及篮上。

凯普莱特　喂,这是什么东西?

仆甲　老爷,都是拿去给厨子的,我也不知道是什么东西。

凯普莱特　赶紧点儿,赶紧点儿。(仆甲下)喂,木头要拣干燥点儿的,你去问彼得,他可以告诉你什么地方有。

仆乙　老爷,我自己也长着眼睛会拣木头,用不着麻烦彼得。(下)

凯普莱特　嘿,倒说得有理,这个淘气的小杂种!哎哟!天已经亮了;伯爵就要带着乐工来了,他说过的。(内乐声)我听见他已经走近了。奶妈!妻子!喂,喂!喂,奶妈呢?

乳媪重上。

凯普莱特　快去叫朱丽叶起来,把她打扮打扮;我要去跟帕里斯谈天去了。快去,快去,赶紧点儿;新郎已经来了;赶紧点儿!

---

①　安吉丽加,是凯普莱特夫人的名字。

（各下）

第五场　同前。朱丽叶的卧室

乳媪上。

乳媪　小姐！喂，小姐！朱丽叶！她准是睡熟了。喂，小羊！喂，小姐！哼，你这懒丫头！喂，亲亲！小姐！心肝！喂，新娘！怎么！一声也不响？现在尽你睡去，尽你睡一个星期；到今天晚上，帕里斯伯爵可不让你安安静静休息一会儿了。上帝饶恕我，阿门，她睡得多熟！我必须叫她醒来。小姐！小姐！小姐！好，让那伯爵自己到你床上来吧，那时你可要吓得跳起来了，是不是？怎么！衣服都穿好了，又重新睡下去吗？我必须把你叫醒。小姐！小姐！小姐！哎哟！哎哟！救命！救命！我的小姐死了！哎哟！我还活着做什么！喂，拿一点酒来！老爷！太太！

凯普莱特夫人上。

凯普莱特夫人　吵什么？

乳媪　哎哟，好伤心啊！

凯普莱特夫人　什么事？

乳媪　瞧，瞧！哎哟，好伤心啊！

凯普莱特夫人　哎哟，哎哟！我的孩子，我的唯一的生命！醒来！睁开你的眼睛来！你死了，叫我怎么活得下去？救命！救命！大家来啊！

凯普莱特上。

凯普莱特　还不送朱丽叶出来，她的新郎已经来啦。

乳媪　她死了，死了，她死了！哎哟，伤心啊！

凯普莱特夫人　唉！她死了，她死了，她死了！

凯普莱特　嘿！让我瞧瞧。哎哟！她身上冰冷的；她的血液已经停止不流，她的手脚都硬了；她的嘴唇里已经没有了生命的气息；死像一阵未秋先降的寒霜，摧残了这一朵最鲜嫩的娇花。

乳媪　哎哟，好伤心啊！

死神夺去了我的孩子,他使我悲伤得说不话来。

凯普莱特夫人　哎哟,好苦啊!

凯普莱特　死神夺去了我的孩子,他使我悲伤说不出话来。

   劳伦斯神父、帕里斯及乐工等上。

劳伦斯　来,新娘有没有预备好上教堂去?

凯普莱特　她已经预备动身,可是这一去再不回来了。啊贤婿!死神已经在你新婚的前夜降临到你妻子的身上。她躺在那里,像一朵被他摧残了的鲜花。死神是我的新婿,是我的后嗣,他已经娶走了我的女儿。我也快要死了,把我的一切都传给他;我的生命财产,一切都是死神的!

帕里斯　难道我眼巴巴望到天明,却让我看见这一个凄惨的情景吗?

凯普莱特夫人　倒霉的、不幸的、可恨的日子!永无休止的时间的运行中的一个顶悲惨的时辰!我就生了这一个孩子,这一个可怜的疼爱的孩子,她是我唯一的宝贝和安慰,现在却被残酷的死神从我眼前夺了去啦!

乳媪　好苦啊!好苦的、好苦的、好苦的日子啊!我这一生一世里顶伤心的日子,顶凄凉的日子!哎哟,这个日子!这个可恨的日子!从来不曾见过这样倒霉的日子!好苦的、好苦的日子啊!

帕里斯　最可恨的死,你欺骗了我,杀害了她,拆散了我们的良缘,一切都被残酷的、残酷的你破坏了!啊!爱人!啊,我的生命!没有生命,只有被死亡吞噬了的爱情!

凯普莱特　悲痛的命运,为什么你要来打破、打破我们的盛礼?儿啊!儿啊!我的灵魂,你死了!你已经不是我的孩子了!死了!唉!我的孩子死了,我的快乐也随着我的孩子埋葬了!

劳伦斯　静下来!不害羞吗?你们这样乱哭乱叫是无济于事的。上天和你们共有着这一个好女儿;现在她已经完全属于上天所有,这是她的幸福,因为你们不能使她的肉体避免死亡,上天却能使她的灵魂得到永生。你们竭力替她找寻一个美满的前途,因为你们的幸福是寄托在她的身上;现在她高高地升上云中去了,你们却为她哭泣吗?啊!你们瞧着她享受最大的幸福,却这样发疯一样号啕叫喊,这可以算是真爱你们的女儿吗?活着,嫁了人，一直到老，这样的婚姻有什么乐趣呢？在年轻时候结了婚而死去，才是最幸福不过的。揩干你们的眼泪，把你们的香花散布在这美丽的尸体上，按照着习惯，把她穿着盛装抬到教堂里去。愚痴的天性虽然使我们伤心痛哭，可是在理智眼中，这些天性的眼泪却是可笑的。

凯普莱特 我们本来为了喜庆预备好的一切，现在都要变成悲哀的殡礼；我们的乐器要变成忧郁的丧钟，我们的婚筵要变成凄凉的丧席，我们的赞美诗要变成沉痛的挽歌，新娘手里的鲜花要放在坟墓中殉葬，一切都要相反而行。

劳伦斯 凯普莱特先生，您进去吧；夫人，您陪他进去；帕里斯伯爵，您也去吧；大家准备送这具美丽的尸体下葬。上天的愤怒已经降临在你们身上，不要再违拂他的意旨，招致更大的灾祸。

（凯普莱特夫妇、帕里斯、劳伦斯同下）

乐工甲 真的，咱们也可以收起笛子走啦。

乳媪 啊！好兄弟们，收起来吧，收起来吧；这真是一场伤心的横祸！（下）

乐工甲 唉，我巴不得这事有什么办法补救才好。

彼得上。

彼得 乐工！啊！乐工，《心里的安乐》，《心里的安乐》！啊！替我奏一曲《心里的安乐》，否则我要活不下去了。

乐工甲 为什么要奏《心里的安乐》呢？

彼得 啊！乐工，因为我的心在那里唱着《我心里充满了忧伤》。啊！替我奏一支快活的歌儿，安慰安慰我吧。

乐工甲 不奏不奏，现在不是奏乐的时候。

彼得 那么你们不奏吗？

乐工甲 不奏。

彼得 那么我就给你们——

乐工甲 你给我们什么？

彼得 我可不给你们钱，哼！我要给你们一顿骂；我骂你们是一群卖唱的叫花子。

乐工甲　那么我就骂你是个下贱的奴才。

彼得　那么我就把奴才的刀搁在你们的头颅上。我决不含糊：不是高音，就是低调，你们听见吗？

乐工甲　什么高音低调，你倒还懂得这一套。

乐工乙　且慢，君子动口，小人动手。

彼得　好，那么让我用舌剑唇枪杀得你们抱头鼠窜。有本领的，回答我这一个问题：

> 悲哀伤痛着心灵，
> 忧郁萦绕在胸怀，
> 惟有音乐的银声——

为什么说"银声"？为什么说"音乐的银声"？西门·凯特林，你怎么说？

乐工甲　因为银子的声音很好听。

彼得　说得好！休利培克，你怎么说？

乐工乙　因为乐工奏乐的目的，是想人家赏他一些银子。

彼得　说得好！詹姆士·桑德普斯特，你怎么说？

乐工丙　不瞒你说，我可不知道应当怎么说。

彼得　啊！对不起，你是只会唱唱歌的；我替你说了吧：因为乐工尽管奏乐奏到老死，也换不到一些金子。

> 惟有音乐的银声，
> 可以把烦闷推开。（下）

乐工甲　真是个讨厌的家伙！

乐工乙　该死的奴才！来，咱们且慢回去，等吊客来的时候吹奏两声，吃他们一顿饭再走。（同下）

第五幕

第一场 曼多亚。街道

罗密欧上。

罗密欧　要是梦寐中的幻景果然可以代表真实,那么我的梦预兆着将有好消息到来;我觉得心君宁恬,整日里有一种向所没有的精神,用快乐的思想把我从地面上飘扬起来。我梦见我的爱人来看见我死了——奇怪的梦,一个死人也会思想!——她吻着我,把生命吐进了我的嘴唇里,于是我复活了,并且成为一个君王。唉!仅仅是爱的影子,已经给人这样丰富的欢乐,要是能占有爱的本身,那该有多么甜蜜!

鲍尔萨泽上。

罗密欧　从维洛那来的消息!啊,鲍尔萨泽!不是神父叫你带信来给我吗?我的爱人怎样?我父亲好吗?我再问你一遍,我的朱丽叶安好吗?因为只要她安好,一定什么都是好好的。

鲍尔萨泽　那么她是安好的,什么都是好好的;她的身体长眠在凯普莱特家的坟茔里,她的不死的灵魂和天使们在一起。我看见她下葬在她亲族的墓穴里,所以立刻飞马前来告诉您。啊,少爷!恕我带了这恶消息来,因为这是您吩咐我做的事。

罗密欧 有这样的事!命运,我咒诅你!——你知道我的住处;给我买些纸笔,雇下两匹快马,我今天晚上就要动身。

鲍尔萨泽 少爷,请您宽心一下;您的脸色惨白而仓皇,恐怕是不吉之兆。

罗密欧 胡说,你看错了。快去,把我叫你做的事赶快办好。神父没有叫你带信给我吗?

鲍尔萨泽 没有,我的好少爷。

罗密欧 算了,你去吧,把马匹雇好了;我就来找你。(鲍尔萨泽下)好,朱丽叶,今晚我要睡在你的身旁。让我想个办法。啊,罪恶的念头!你会多么快钻进一个绝望者的心里!我想起了一个卖药的人,他的铺子就开设在附近,我曾经看见他穿着一身破烂的衣服,皱着眉头在那儿拣药草;他的形状十分消瘦,贫苦把他熬煎得只剩一把骨头;他的寒碜的铺子里挂着一只乌龟,一头剥制的鳄鱼,还有几张形状丑陋的鱼皮;他的架子上稀疏地散放着几只空匣子、绿色的瓦罐、一些胞囊和发霉的种子、几段包扎的麻绳,还有几块陈年的干玫瑰花,作为聊胜于无的点缀。看到这一种寒酸的样子,我就对自己说,在曼多亚城里,谁出卖了毒药是会立刻处死的,可是倘有谁现在需要毒药,这儿有一个可怜的奴才会卖给他。啊!不料我这一个思想,竟会预兆着我自己的需要,这个穷汉的毒药却要卖给我。我记得这里就是他的铺子;今天是假日,所以这叫花子没有开门。喂!卖药的!

卖药人上。

卖药人 谁在高声叫喊?

罗密欧 过来,朋友。我瞧你很穷,这儿是四十块钱,请你给我一点能够迅速致命的毒药,厌倦于生命的人一服下去便会散入全身的血管,立刻停止呼吸而死去,就像火药从炮膛里放射出去一样快。

卖药人 这种致命的毒药我是有的;可是曼多亚的法律严禁发卖,出卖的人是要处死刑的。

罗密欧　难道你这样穷苦，还怕死吗？饥寒的痕迹刻在你的面颊上，贫乏和迫害在你的眼睛里射出了饿火，轻蔑和卑贱重压在你的背上；这世间不是你的朋友，这世间的法律也保护不到你，没有人为你定下一条法律使你富有；那么你何必苦耐着贫穷呢？违犯了法律，把这些钱收下吧。

卖药人　我的贫穷答应了你，可是那是违反我的良心的。

罗密欧　我的钱是给你的贫穷，不是给你的良心的。

卖药人　把这一服药放在无论什么饮料里喝下去，即使你有二十个人的气力，也会立刻送命。

罗密欧　这儿是你的钱，那才是害人灵魂的更坏的毒药，在这万恶的世界上，它比你那些不准贩卖的微贱的药品更会杀人；你没有把毒药卖给我，是我把毒药卖给你。再见；买些吃的东西，把你自己喂得胖一点。——来，你不是毒药，你是替我解除痛苦的仙丹，我要带着你到朱丽叶的坟上去，少不得要借重你一下哩。（各下）

第二场　维洛那。劳伦斯神父的寺院

约翰神父上。

约翰　喂！师兄在哪里？

劳伦斯神父上。

劳伦斯　这是约翰师弟的声音。欢迎你从曼多亚回来！罗密欧怎么说？要是他的意思在信里写明，那么把他的信给我吧。

约翰　我临走的时候，因为要找一个同门的师弟作我的同伴，他正在这城里访问病人，不料给本地巡逻的人看见了，疑心我们走进了一家染着瘟疫的人家，把门封锁住了，不让我们出来，所以耽误了我的曼多亚之行。

劳伦斯　那么谁把我的信送去给罗密欧了？

约翰　我没有法子把它送出去，现在我又把它带回来了；因为他们害怕瘟疫传染，也没有人愿意把它送还给你。

劳伦斯　糟了！这封信不是等闲，性质十分重要，把它耽误下来，

也许会引起极大的灾祸。约翰师弟，你快去给我找一柄铁锄，立刻带到这儿来。

约翰　好师兄，我去给你拿来。（下）

劳伦斯　现在我必须独自到墓地里去；在这三小时之内，朱丽叶就会醒来，她因为罗密欧不曾知道这些事情，一定会责怪我。我现在要再写一封信到曼多亚去，让她留在我的寺院里，直等罗密欧到来。可怜的没有死的尸体，幽闭在一座死人的坟墓里！（下）

第三场　同前。凯普莱特家坟茔所在的墓地

帕里斯及侍童携鲜花火炬上。

帕里斯　孩子，把你的火把给我；走开，站在远远的地方；还是灭了吧，我不愿给人看见。你到那边的紫杉树底下直躺下来，把你的耳朵贴着中空的地面，地下挖了许多墓穴，土是松的，要是有踉跄的脚步走到坟地上来，你准听得见；要是听见有什么声息，便吹一个唿哨通知我。把那些花给我。照我的话做去，走吧。

侍童　（旁白）我简直不敢独自一个人站在这墓地上，可是我要硬着头皮试一下。（退后）

帕里斯　这些鲜花替你铺盖新床；
　　　　惨啊，一朵娇红永委沙尘！
　　　　我要用沉痛的热泪淋浪，
　　　　和着香水浇溉你的芳坟；
　　　　夜夜到你墓前撒花哀泣，
　　　　这一段相思啊永无消歇！（侍童吹口哨）

　　　　这孩子在警告我有人来了。哪一个该死的家伙在这晚上到这儿来打扰我在爱人墓前的凭吊？什么！还拿着火把来吗？——让我躲在一旁看看他的动静。（退后）

罗密欧及鲍尔萨泽持火炬锹锄等上。

罗密欧　把那锄头跟铁钳给我。且慢，拿着这封信；等天一亮，你就把它送给我的父亲。把火把给我。听好我的吩咐，无论你听

见什么瞧见什么，都只好远远地站着不许动，免得妨碍我的事情；要是动一动，我就要你的命。我所以要跑下这个坟墓里去，一部分的原因是要探望探望我的爱人，可是主要的理由却是要从她的手指上取下一个宝贵的指环，因为我有一个很重要的用途。所以你赶快给我走开吧；要是你不相信我的话，胆敢回来窥伺我的行动，那么，我可以对天发誓，我要把你的骨骼一节一节扯下来，让这饥饿的墓地上散满了你的肢体。我现在的心境非常狂野，比饿虎或是咆哮的怒海都要凶猛无情，你可不要惹我性起。

鲍尔萨泽 少爷，我走就是了，决不来打扰您。

罗密欧 这才像个朋友。这些钱你拿去，愿你一生幸福。再会，好朋友。

鲍尔萨泽 （旁白）虽然这么说，我还是要躲在附近的地方看着他；他的脸色使我害怕，我不知道他究竟打算做出什么事来。（退后）

罗密欧 你无情的泥土，吞噬了世上最可爱的人儿，我要擘开你的馋吻，（将墓门掘开）索性让你再吃一个饱！

帕里斯 这就是那个已经放逐出去的骄横的蒙太古，他杀死了我爱人的表兄，据说她就是因为伤心他的惨死而夭亡的。现在这家伙又要来盗尸发墓了，待我去抓住他。（上前）万恶的蒙太古！停止你的罪恶的工作，难道你杀了他们还不够，还要在死人身上发泄你的仇恨吗？该死的凶徒，赶快束手就捕，跟我见官去！

罗密欧 我果然该死，所以才到这儿来。年轻人，不要激怒一个不顾死活的人，快快离开我走吧；想想这些死了的人，你也该胆寒了。年轻人，请你不要激动我的怒气，使我再犯一次罪；啊，走吧！我可以对天发誓，我爱你远过于爱我自己，因为我来此的目的，就是要跟自己作对。别留在这儿，走吧；好好留着你的活命，以后也可以对人家说，是一个疯子发了慈悲，叫你逃走的。

帕里斯 我不听你这种鬼话；你是一个罪犯，我要逮捕你。

罗密欧　你一定要激怒我吗？那么好，来，朋友！（二人格斗）

侍童　哎哟，主啊！他们打起来了，我去叫巡逻的人来！（下）

帕里斯　（倒下）啊，我死了！——你倘有几分仁慈，打开墓门来，把我放在朱丽叶的身旁吧！（死）

罗密欧　好，我愿意成全你的志愿。让我瞧瞧他的脸；啊，茂丘西奥的亲戚，尊贵的帕里斯伯爵！当我们一路上骑马而来的时候，我的仆人曾经对我说过几句话，那时我因为心绪烦乱，没有听得进去；他说些什么？好像他告诉我说帕里斯本来预备娶朱丽叶为妻；他不是这样说吗？还是我做过这样的梦？或者还是我神经错乱，听见他说起朱丽叶的名字，所以发生了这一种幻想？啊！把你的手给我，你我都是登录在噩运的黑册上的人，我要把你葬在一个胜利的坟墓里；一个坟墓吗？啊，不！被杀害的少年，这是一个灯塔，因为朱丽叶睡在这里，她的美貌使这一个墓窟变成一座充满着光明的欢宴的华堂。死了的人，躺在那儿吧，一个死了的人把你安葬了。（将帕里斯放下墓中）人们临死的时候，往往反会觉得心中愉快，旁观的人便说这是死前的一阵回光返照；啊！这也就是我的回光返照吗？啊。我的爱人！我的妻子！死虽然已经吸去了你呼吸中的芳蜜，却还没有力量摧残你的美貌；你还没有被他征服，你的嘴唇上、面庞上，依然显着红润的美艳，不曾让灰白的死亡进占。提伯尔特，你也裹着你的血淋淋的殓衾躺在那儿吗？啊！你的青春葬送在你仇人的手里，现在我来替你报仇来了，我要亲手杀死那杀害你的人。原谅我吧，兄弟！啊！亲爱的朱丽叶，你为什么仍然这样美丽？难道那虚无的死亡，那枯瘦可憎的妖魔，也是个多情种子，所以把你藏匿在这幽暗的洞府里做他的情妇吗？为了防止这样的事情，我要永远陪伴着你，再不离开这漫漫长夜的幽宫；我要留在这儿，跟你的侍婢，那些蛆虫们在一起；啊！我要在这儿永久安息下来，从我这厌倦人世的凡躯上挣脱噩运的束缚。眼睛，瞧你的最后一眼吧！手臂，作你最后一次的拥抱吧！嘴唇，啊！你呼吸的门户，用一个合法的吻，跟网罗一切的死亡订立一个永久的契约吧！来，苦味的向导，绝望的领港人，现在赶快把你的厌倦于风涛的船舶向那巉岩上冲撞过去吧！为了我的爱人，我干了这一杯！（饮药）啊！卖药的人果然没有骗我，药性很快地发作了。我就这样在这一吻中死去。（死）

    劳伦斯神父持灯笼、锄、锹自墓地另一端上。

劳伦斯 圣芳济保佑我！我这双老脚今天晚上怎么老是在坟堆里绊来跌去的！那边是谁？

鲍尔萨泽 是一个朋友，也是一个跟您熟识的人。

劳伦斯 祝福你！告诉我，我的好朋友，那边是什么火把，向蛆虫和没有眼睛的骷髅浪费着它的光明？照我辨认起来，那火把亮着的地方，似乎是凯普莱特家里的坟茔。

鲍尔萨泽 正是，神父；我的主人，您的好朋友，就在那儿。

劳伦斯 他是谁？

鲍尔萨泽 罗密欧。

劳伦斯 他来多久了？

鲍尔萨泽 足足半点钟。

劳伦斯 陪我到墓穴里去。

鲍尔萨泽 我不敢，神父。我的主人不知道我还没有走；他曾经对我严辞恐吓，说要是我留在这儿窥伺他的动静，就要把我杀死。

劳伦斯 那么你留在这儿，让我一个人去吧。恐惧临到我的身上；啊！我怕会有什么不幸的祸事发生。

鲍尔萨泽 当我在这株紫杉树底下睡了过去的时候，我梦见我的主人跟另外一个人打架，那个人被我的主人杀了。

劳伦斯 （趋前）罗密欧！哎哟！哎哟，这坟墓的石门上染着些什么血迹？在这安静的地方，怎么横放着这两柄无主的血污的刀剑？（进墓）罗密欧！啊，他的脸色这么惨白！还有谁？什么！帕里斯也躺在这儿，浑身浸在血泊里？啊！多么残酷的时辰，造成了这场凄惨的意外！那小姐醒了。（朱丽叶醒）

朱丽叶 啊，善心的神父！我的夫君呢？我记得很清楚我应当在什么地方，现在我正在这地方。我的罗密欧呢？（内喧声）

劳伦斯　我听见有什么声音。小姐,赶快离开这个密布着毒氛腐臭的死亡的巢穴吧;一种我们所不能反抗的力量已经阻挠了我们的计划。来,出去吧。你的丈夫已经在你的怀中死去;帕里斯也死了。来,我可以替你找一处地方出家做尼姑。不要耽误时间盘问我,巡夜的人就要来了。来,好朱丽叶,去吧。(内喧声又起)我不敢再等下去了。

朱丽叶　去,你去吧!我不愿意走。(劳伦斯下)这是什么?一只杯子,紧紧地握住在我的忠心的爱人的手里?我知道了,一定是毒药结果了他的生命。唉,冤家!你一起喝干了,不留下一滴给我吗?我要吻着你的嘴唇,也许这上面还留着一些毒液,可以让我当作兴奋剂服下而死去。(吻罗密欧)你的嘴唇还是温暖的!

巡丁甲　(在内)孩子,带路;在哪一个方向?

朱丽叶　啊,人声吗?那么我必须快一点了结。啊,好刀子!(攫住罗密欧的匕首)这就是你的鞘子;(以匕首自刺)你插了进去,让我死了吧。(扑在罗密欧身上死去)

　　　　巡丁及帕里斯侍童上。

侍童　就是这儿,那火把亮着的地方。

巡丁甲　地上都是血;你们几个人去把墓地四周搜查一下,看见什么人就抓起来。(若干巡丁下)好惨!伯爵被人杀了躺在这儿,朱丽叶胸口流着血,身上还是热热的好像死得不久,虽然她已经葬在这里两天了。去,报告亲王,通知凯普莱特家里,再去把蒙太古家里的人也叫醒了,剩下的人到各处搜搜。(若干巡丁续下)我们看见这些惨事发生在这个地方,可是在没有得到人证以前,却无法明了这些惨事的真相。

　　　　若干巡丁率鲍尔萨泽上。

巡丁乙　这是罗密欧的仆人;我们看见他躲在墓地里。

巡丁甲　把他好生看押起来,等亲王来审问。

　　　　若干巡丁率劳伦斯神父上。

巡丁丙　我们看见这个教士从墓地旁边跑出来,神色慌张,一边叹气一边流泪,他手里还拿着锄头铁锹,都给我们拿下来了。

巡丁甲 他有很重大的嫌疑;把这教士也看押起来。

    亲王及侍从上。

亲王 什么祸事在这样早的时候发生,打断了我的清晨的安睡?

    凯普莱特、凯普莱特夫人及余人等上。

凯普莱特 外边这样乱叫乱喊,是怎么一回事?

凯普莱特夫人 街上的人们有的喊着罗密欧,有的喊着朱丽叶,有的喊着帕里斯;大家沸沸扬扬地向我们家里的坟上奔去。

亲王 这么许多人为什么发出这样惊人的叫喊?

巡丁甲 王爷,帕里斯伯爵被人杀死了躺在这儿;罗密欧也死了;已经死了两天的朱丽叶,身上还热着,又被人重新杀死了。

亲王 用心搜寻,把这场万恶的杀人命案的真相调查出来。

巡丁甲 这儿有一个教士,还有一个被杀的罗密欧的仆人,他们都拿着掘墓的器具。

凯普莱特 天啊!——啊,妻子!瞧我们的女儿流着这么多的血!这把刀弄错了地位了!瞧,它的空鞘子还在蒙太古家小子的背上,它却插进了我的女儿的胸前!

凯普莱特夫人 哎哟!这些死的惨相就像惊心动魄的钟声,警告我这风烛残年,快要不久于人世了。

    蒙太古及余人等上。

亲王 来,蒙太古,你起来虽然很早,可是你的儿子倒下得更早。

蒙太古 唉!殿下,我的妻子因为悲伤小儿的远逐,已经在昨天晚上去世了;还有什么祸事要来跟我这老头子作对呢?

亲王 瞧吧,你就可以看见。

蒙太古 啊,你这不孝的东西!你怎么可以抢在你父亲的前面,自己先钻到坟墓里去呢?

亲王 暂时停止你们的悲恸,让我把这些可疑的事实审问明白,知道了详细的原委以后,再来领导你们放声一哭吧;也许我的悲哀还要远远胜过你们呢!——把嫌疑犯带上来。

劳伦斯 时间和地点都可以作不利于我的证人;在这场悲惨的血案

中，我虽然是一个能力最薄弱的人，但却是嫌疑最重的人。我现在站在殿下的面前，一方面要供认我自己的罪过，一方面也要为我自己辩解。

亲王 那么快把你所知道的一切说出来。

劳伦斯 我要把经过的情形尽量简单地叙述出来，因为我的短促的残生还不及一段冗烦的故事那么长。死了的罗密欧是死了的朱丽叶的丈夫，她是罗密欧的忠心的妻子，他们的婚礼是由我主持的。就在他们秘密结婚的那天，提伯尔特死于非命，这位才做新郎的人也从这城里被放逐出去；朱丽叶是为了他，不是为了提伯尔特，才那样伤心憔悴。你们因为要替她解除烦恼，把她许婚给帕里斯伯爵，还要强迫她嫁给他，她就跑来见我，神色慌张地要我替她想个办法避免这第二次的结婚，否则她要在我的寺院里自杀。所以我就根据我的医药方面的学识，给她一服安眠的药水；它果然发生了我所预期的效力，她一服下去就像死了一样昏沉过去。同时我写信给罗密欧，叫他就在这一个悲惨的晚上到这儿来，帮助把她搬出她寄寓的坟墓，因为药性一到时候便会过去。可是替我带信的约翰神父却因遭到意外，不能脱身，昨天晚上才把我的信依然带了回来。那时我只好按照着预先算定她醒来的时间，一个人前去把她从她家族的墓茔里带出来，预备把她藏匿在我的寺院里，等有方便再去叫罗密欧来；不料我在她醒来以前几分钟到这儿来的时候，尊贵的帕里斯和忠诚的罗密欧已经双双惨死了。她一醒过来，我就请她出去，劝她安心忍受这一种出自天意的变故；可是那时我听见了纷纷的人声，吓得逃出了墓穴，她在万分绝望之中不肯跟我去，看样子她是自杀了。这是我所知道的一切，至于他们两人的结婚，那么她的乳母也是与闻的，要是这一场不幸的惨祸，是由我的疏忽所造成，那么我这条老命愿受最严厉的法律的制裁，请您让它提早几点钟牺牲了吧。

亲王 我一向知道你是一个道行高尚的人。罗密欧的仆人呢？他有什么话说？

鲍尔萨泽 我把朱丽叶的死讯通知了我的主人,因此他从曼多亚急急地赶到这里,到了这座坟堂的前面。这封信他叫我一早送去给我家老爷;当他走进墓穴里的时候,他还恐吓我,说要是我不离开他赶快走开,他就要杀死我。

亲王 把那封信给我,我要看看。叫巡丁来的那个伯爵的侍童呢?喂,你的主人到这地方来做什么?

侍童 他带了花来撒在他夫人的坟上,他叫我站得远远的,我就听他的话;不一会儿工夫,来了一个拿着火把的人把坟墓打开了。后来我的主人就拔剑跟他打了起来,我就奔去叫巡丁。

亲王 这封信证实了这个神父的话,讲起他们恋爱的经过和她的去世的消息;他还说他从一个穷苦的卖药人手里买到一种毒药,要把它带到墓穴里来准备和朱丽叶长眠在一起。这两家仇人在哪里?——凯普莱特!蒙太古!瞧你们的仇恨已经受到了多大的惩罚,上天借手于爱情,夺去了你们心爱的人;我为了忽视你们的争执,也已经丧失了一双亲戚,大家都受到惩罚了。

凯普莱特 啊,蒙太古大哥!把你的手给我;这就是你给我女儿的一份聘礼,我不能再作更大的要求了。

蒙太古 但是我可以给你更多的;我要用纯金替她铸一座像,只要维洛那一天不改变它的名称,任何塑像都不会比忠贞的朱丽叶那一座更为卓越。

凯普莱特 罗密欧也要有一座同样富丽的金像卧在他情人的身旁,这两个在我们的仇恨下惨遭牺牲的可怜的人儿!

亲王 清晨带来了凄凉的和解,
 太阳也惨得在云中躲闪。
 大家先回去发几声感慨,
 该恕的、该罚的再听宣判。
 古往今来多少离合悲欢,
 谁曾见这样的哀怨辛酸!(同下)

哈姆莱特

Part Four

朱生豪 译

剧中人物

克劳狄斯	丹麦国王
哈姆莱特	前王之子,今王之侄
福丁布拉斯	挪威王子
霍拉旭	哈姆莱特之友
波洛涅斯	御前大臣
雷欧提斯	波洛涅斯之子
伏提曼德 考尼律斯 罗森格兰兹 吉尔登斯吞 奥斯里克 }	朝臣
侍臣	
教士	
马西勒斯 勃那多 }	军官
弗兰西斯科	兵士
雷奈尔多	波洛涅斯之仆
队长	
英国使臣	
众伶人	
二小丑	掘坟墓者
乔特鲁德	丹麦王后,哈姆莱特之母
奥菲利娅	波洛涅斯之女

贵族、贵妇、军官、兵士、教士、水手、使者及侍从等
哈姆莱特父亲的鬼魂

地　点

艾尔西诺

第一幕

第一场　艾尔西诺。城堡前的露台

　　弗兰西斯科立台上守望。勃那多自对面上。

勃那多　那边是谁？

弗兰西斯科　不，你先回答我；站住，告诉我你是什么人。

勃那多　国王万岁！

弗兰西斯科　勃那多吗？

勃那多　正是。

弗兰西斯科　你来得很准时。

勃那多　现在已经打过十二点钟；你去睡吧，弗兰西斯科。

弗兰西斯科　谢谢你来替我；天冷得厉害，我心里也老大不舒服。

勃那多　你守在这儿，一切都很安静吗？

弗兰西斯科　一只小老鼠也不见走动。

勃那多　好，晚安！要是你碰见霍拉旭和马西勒斯，我的守夜的伙伴们，就叫他们赶紧来。

弗兰西斯科　我想我听见了他们的声音。喂，站住！你是谁？

　　霍拉旭及马西勒斯上。

霍拉旭　都是自己人。

马西勒斯　丹麦王的臣民。

弗兰西斯科　祝你们晚安!

马西勒斯　啊!再会,正直的军人!谁替了你?

弗兰西斯科　勃那多接我的班。祝你们晚安!(下)

马西勒斯　喂!勃那多!

勃那多　喂,——啊!霍拉旭也来了吗?

霍拉旭　有这么一个他。

勃那多　欢迎,霍拉旭!欢迎,好马西勒斯!

马西勒斯　什么!这东西今晚又出现过了吗?

勃那多　我还没有瞧见什么。

马西勒斯　霍拉旭说那不过是我们的幻想。我告诉他我们已经两次看见过这一个可怕的怪象,他总是不肯相信;所以我请他今晚也来陪我们守一夜,要是这鬼魂再出来,就可以证明我们并没有看错,还可以叫他和它说几句话。

霍拉旭　嘿,嘿,它不会出现的。

勃那多　先请坐下;虽然你一定不肯相信我们的故事,我们还是要把我们这两夜来所看见的情形再向你絮叨一遍。

霍拉旭　好,我们坐下来,听听勃那多怎么说。

勃那多　昨天晚上,北极星西面的那颗星已经移到了它现在吐射光辉的地方,时钟刚敲了一点,马西勒斯跟我两个人——

马西勒斯　住声!不要说下去;瞧,它又来了!

　　　　　鬼魂上。

勃那多　正像已故的国王的模样。

马西勒斯　你是有学问的人,去和它说话,霍拉旭。

勃那多　它的样子不像已故的国王吗?看,霍拉旭。

霍拉旭　像得很;它使我心里充满了恐怖和惊奇。

勃那多　它希望我们对它说话。

马西勒斯　你去问它,霍拉旭。

霍拉旭　你是什么鬼怪,胆敢僭窃丹麦先王出征时的神武的雄姿,在这样深夜的时分出现?凭着上天的名义,我命令你说话!

马西勒斯　它生气了。

勃那多　瞧，它昂然不顾地走开了！

霍拉旭　不要走！说呀，说呀！我命令你，快说！（鬼魂下）

马西勒斯　它走了，不愿回答我们。

勃那多　怎么，霍拉旭！你在发抖，你的脸色这样惨白。这不是幻想吧？你有什么高见？

霍拉旭　凭上帝起誓，倘不是我自己的眼睛向我证明，我再也不会相信这样的怪事。

马西勒斯　它不像我们的国王吗？

霍拉旭　正和你像你自己一样。它身上的那副战铠，就是它讨伐野心的挪威王的时候所穿的；它脸上的那副怒容，活像它有一次在谈判决裂以后把那些乘雪车的波兰人击溃在冰上的时候的神气。怪事怪事！

马西勒斯　前两次它也是这样不先不后地在这个静寂的时辰，用军人的步态走过我们的眼前。

霍拉旭　我不知道究竟应该怎样想法；可是大概推测起来，这恐怕预兆着我们国内将要有一番非常的变故。

马西勒斯　好吧，坐下来。谁要是知道的，请告诉我，为什么我们要有这样森严的戒备，使全国的军民每夜不得安息；为什么每天都在制造铜炮，还要向国外购买战具；为什么征集大批造船匠，连星期日也不停止工作；这样夜以继日地辛苦忙碌，究竟为了什么？谁能告诉我？

霍拉旭　我可以告诉你；至少一般人都是这样传说。刚才它的形象还像我们出现的那位已故的王上，你们知道，曾经接受骄矜好胜的挪威的福丁布拉斯的挑战；在那一次决斗中间，我们的勇武的哈姆莱特，——他的英名是举世称颂的——把福丁布拉斯杀死了；按照双方根据法律和骑士精神所订立的协定，福丁布拉斯要是战败了，除了他自己的生命以外，必须把他所有的一切土地拨归胜利的一方；同时我们的王上也提出相当的土地作为赌注，要是福丁布拉斯得胜了，那土地也就归他所有，正像在同一协定上所规定的，他失败了，哈姆莱特可以把他的土地没收一样。现在要说起那位福丁布拉斯的儿子，他生得一副未经锻炼的烈火也似的性格，在挪威四境召集了一群无赖之徒，供给他们衣食，驱策他们去干冒险的勾当，好叫他们显一显身手。他的唯一的目的，我们的当局看得很清楚，无非是要用武力和强迫性的条件，夺回他父亲所丧失的土地。照我所知道的，这就是我们种种准备的主要动机，我们这样戒备的唯一原因，也是全国所以这样慌忙骚乱的缘故。

勃那多 我想正是为了这个缘故。我们那位王上在过去和目前的战乱中间，都是一个主要的角色，所以无怪他的武装的形象要向我们出现示警了。

霍拉旭 那是扰乱我们心灵之眼的一点微尘。从前在富强繁盛的罗马，在那雄才大略的裘力斯·恺撒遇害以前不久，披着殓衾的死人都从坟墓里出来，在街道上啾啾鬼语，星辰拖着火尾，露水带血，太阳变色，支配潮汐的月亮被吞蚀得像一个没有起色的病人；这一类预报重大变故的征兆，在我们国内的天上地下也已经屡次出现了。可是不要响！瞧！瞧！它又来了！

鬼魂重上。

霍拉旭 我要挡住它的去路，即使它会害我。不要走，鬼魂！要是你能出声，会开口，对我说话吧；要是我有可以为你效劳之处，使你的灵魂得到安息，那么对我说话吧；要是你预知祖国的命运，靠着你的指示，也许可以及时避免未来的灾祸，那么对我说话吧；或者你在生前曾经把你搜括得来的财宝埋藏在地下，我听见人家说，鬼魂往往在他们藏金的地方徘徊不散，（鸡啼）要是有这样的事，你也对我说吧；不要走，说呀！拦住它，马西勒斯。

马西勒斯 要不要我用我的戟刺它？

霍拉旭 好的，要是它不肯站定。

勃那多 它在这儿！

霍拉旭 它在这儿！（*鬼魂下*）

马西勒斯　它走了！我们不该用暴力对待这样一个尊严的亡魂；因为它是像空气一样不可侵害的，我们无益的打击不过是恶意的徒劳。

勃那多　它正要说话的时候，鸡就啼了。

霍拉旭　于是它就像一个罪犯听到了可怕的召唤似的惊跳起来。我听人家说，报晓的雄鸡用它高锐的啼声，唤醒了白昼之神，一听到它的警告，那些在海里、火里、地下、空中到处浪游的有罪的灵魂，就一个个钻回自己的巢穴里去；这句话现在已经证实了。

马西勒斯　那鬼魂正是在鸡鸣的时候隐去的。有人说，在我们每次欢庆圣诞之前不久，这报晓的鸟儿总会彻夜长鸣；那时候，他们说，没有一个鬼魂可以出外行走，夜间的空气非常清净，没有一颗星用毒光射人，没有一个神仙用法术迷人，妖巫的符咒也失去了力量，一切都是圣洁而美好的。

霍拉旭　我也听人家这样说过，倒有几分相信。可是瞧，清晨披着赤褐色的外衣，已经踏着那边东方高山上的露水走过来了。我们也可以下班了。照我的意思，我们应该把我们今夜看见的事情告诉年轻的哈姆莱特；因为凭着我的生命起誓，这一个鬼魂虽然对我们不发一言，见了他一定有话要说。你们以为按着我们的交情和责任说起来，是不是应当让他知道这件事情？

马西勒斯　很好，我们决定去告诉他吧；我知道今天早上在什么地方最容易找到他。（同下）

第二场　城堡中的大厅

　　国王、王后、哈姆莱特、波洛涅斯、雷欧提斯、伏提曼德、考尼律斯、群臣、侍从等上。

国王　虽然我们亲爱的王兄哈姆莱特新丧未久，我们的心里应当充满了悲痛，我们全国都应当表示一致的哀悼，可是我们凛于后死者责任的重大，不能不违情逆性，一方面固然要用适度的悲哀纪念他，一方面也要为自身的利害着想；所以，在一种悲喜交集的情绪之下，让幸福和忧郁分据了我的两眼，殡葬的挽歌和结婚的笙乐同时并奏，用盛大的喜乐抵消沉重的不幸，我已经和我旧日的长嫂，当今的王后，这一个多事之国的共同的统治者，结为夫妇；这一次婚姻事先曾经征求各位的意见，多承你们诚意的赞助，这是我必须向大家致谢的。现在我要告诉你们知道，年轻的福丁布拉斯看轻了我们的实力，也许他以为自从我们亲爱的王兄驾崩以后，我们的国家已经瓦解，所以挟着他的从中取利的梦想，不断向我们书面要求把他的父亲依法割让给我们英勇的王兄的土地归还。这是他一方面的话。现在要讲到我们的态度和今天召集各位来此的目的。我们的对策是这样的：我这儿已经写好了一封信给挪威国王，年轻的福丁布拉斯的叔父——他因为卧病在床，不曾与闻他侄子的企图——在信里我请他注意他的侄子擅自在国内征募壮丁，训练士卒，积极进行各种准备的事实，要求他从速制止他的进一步的行动；现在我就派遣你，考尼律斯，还有你，伏提曼德，替我把这封信送给挪威老王，除了训令上所规定的条件以外，你们不得僭用你们的权力，和挪威成立逾越范围的妥协。你们赶紧去吧，再会！

考尼律斯
伏提曼德 我们敢不尽力执行陛下的旨意。

国王 我相信你们的忠心；再会！（伏提曼德、考尼律斯同下）现在，雷欧提斯，你有什么话说？你对我说你有一个请求；是什么请求，雷欧提斯？只要是合理的事情，你向丹麦王说了，他总不会不答应你。你有什么要求，雷欧提斯，不是你未开口我就自动许给了你？丹麦王室和你父亲的关系，正像头脑之于心灵一样密切；丹麦国王乐意为你父亲效劳，正像双手乐于为嘴服役一样。你要些什么，雷欧提斯？

雷欧提斯 陛下，我要请求您允许我回到法国去。这一次我回国参加陛下加冕的盛典，略尽臣子的微忱，实在是莫大的荣幸；可是现在我的任务已尽，我的心愿又向法国飞驰，但求陛下开恩允准。

国王 你父亲已经答应你了吗？波洛涅斯怎么说？

波洛涅斯 陛下，我却不过他几次三番的恳求，已经勉强答应他了；请陛下放他去吧。

国王 好好利用你的时间，雷欧提斯，尽情发挥你的才能吧！可是来，我的侄儿哈姆莱特，我的孩子——

哈姆莱特 （旁白）超乎寻常的亲族，漠不相干的路人。

国王 为什么愁云依旧笼罩在你的身上？

哈姆莱特 不，陛下；我已经在太阳里晒得太久了。

王后 好哈姆莱特，抛开你阴郁的神气吧，对丹麦王应该和颜悦色一点；不要老是垂下了眼皮，在泥土之中找寻你的高贵的父亲。你知道这是一件很普通的事情，活着的人谁都要死去，从生活踏进永久的宁静。

哈姆莱特 嗯，母亲，这是一件很普通的事情。

王后 既然是很普通的，那么你为什么瞧上去好像老是这样郁郁于心呢？

哈姆莱特 好像，母亲！不，是这样就是这样，我不知道什么"好像"不"好像"。好妈妈，我的墨黑的外套、礼俗上规定的丧服、难以吐出来的叹气、像滚滚江流一样的眼泪、悲苦沮丧的脸色，以及一切仪式、外表和忧伤的流露，都不能表示出我的真实的情绪。这些才真是给人瞧的，因为谁也可以做成这种样子。它们不过是悲哀的装饰和衣服；可是我的郁结的心事却是无法表现出来的。

国王 哈姆莱特，你这样孝思不匮，原是你天性中纯笃过人之处；可是你要知道，你的父亲也曾失去过一个父亲，那失去的父亲自己也失去过父亲；那后死的儿子为了尽他的孝道，必须有一个时期服丧守制，然而固执不变的哀伤，却是一种逆天悖理的愚行，不是堂堂男子所应有的举动；它表现出一个不肯安于天命的意志，一个经不起艰难痛苦的心，一个缺少忍耐的头脑和一个简单愚昧的理性。既然我们知道那是无可避免的事，无论谁都要遭遇到同样的经验，那么我们为什么要这样固执地把它介介于怀呢？嘿！那是对上天的罪戾，也是违反人情的罪戾；在理智上它是完全荒谬的，因为从第一个死了的父亲起，直到今天死去的最后一个父亲为止，理智永远在呼喊，"这是无可避免的。"我请你抛弃了这种无益的悲伤，把我当做你的父亲；因为我要让全世界知道，你是王位的直接的继承者，我要给你的尊荣和恩宠，不亚于一个最慈爱的父亲之于他的儿子。至于你要回到威登堡去继续求学的意思，那是完全违反我们的愿望的；请你听从我的劝告，不要离开这里，在朝廷上领袖群臣，做我们最亲近的国亲和王子，使我们因为每天能看见你而感到欢欣。

王后 不要让你母亲的祈求全归无用，哈姆莱特；请你不要离开我们，不要到威登堡去。

哈姆莱特 我将要勉力服从您的意志，母亲。

国王 啊，那才是一句有孝心的答复；你将在丹麦享有和我同等的尊荣。御妻，来。哈姆莱特这一种自动的顺从使我非常高兴；为了表示庆祝，今天丹麦王每一次举杯祝饮的时候，都要放一响高入云霄的祝炮，让上天应和着地上的雷鸣，发出欢乐的回声。来。（除哈姆莱特外均下）

哈姆莱特 啊，但愿这一个太坚实的肉体会溶解、消散，化成一堆露水！或者那永生的真神未曾制定禁止自杀的律法！上帝啊！上帝啊！人世间的一切在我看来是多么可厌、陈腐、乏味而无聊！哼！哼！那是一个荒芜不治的花园，长满了恶毒的莠草。想不到居然会有这种事情！刚死了两个月！不，两个月还不满！这样好的一个国王，比起当前这个来，简直是天神和丑怪；这样爱我的母亲，甚至于不愿让天风吹痛了她的脸。天地呀！我必须记着吗？嘿，她会偎倚在他的身旁，好像吃了美味的食物，格外促进了食欲一般；可是，只有一个月的时间，我不能再想下去了！脆弱啊，你的名字就是女人！短短的一个月以前，她哭得像个泪人儿似的，送我那可怜的父亲下葬；她在送葬的时候所穿的那双鞋子还没有破旧，她就，她就——上帝啊！一头没有理性的畜生也要悲伤得长久一些——她就嫁给我的叔父，我的父亲的弟弟，可是他一点不像我的父亲，正像我一点不像赫剌克勒斯一样。只有一个月的时间，她那流着虚伪之泪的眼睛还没有消去红肿，她就嫁了人了。啊，罪恶的匆促，这样迫不及待地钻进了乱伦的衾被！那不是好事，也不会有好结果；可是碎了吧，我的心，因为我必须噤住我的嘴！

    霍拉旭、马西勒斯、勃那多同上。

霍拉旭　祝福，殿下！

哈姆莱特　我很高兴看见你身体健康。你不是霍拉旭吗？绝对没有错。

霍拉旭　正是，殿下；我永远是您的卑微的仆人。

哈姆莱特　不，你是我的好朋友；我愿意和你朋友相称。你怎么不在威登堡，霍拉旭？马西勒斯！

马西勒斯　殿下——

哈姆莱特　我很高兴看见你。（向勃那多）你好，朋友。——可是你究竟为什么离开威登堡？

霍拉旭　无非是偷闲躲懒罢了，殿下。

哈姆莱特　我不愿听见你的仇敌说这样的话，你也不能用这样的话刺痛我的耳朵，使它相信你对你自己所作的诽谤；我知道你不是一个偷闲躲避的人。可是你到艾尔西诺来有什么事？趁你未去之前，我们要陪你痛饮几杯哩。

霍拉旭　殿下，我是来参加您的父王的葬礼的。

哈姆莱特　请你不要取笑，我的同学；我想你是来参加我的母后的婚礼的。

霍拉旭　真的，殿下，这两件事情相去得太近了。

哈姆莱特　这是一举两便的办法，霍拉旭！葬礼中剩下来的残羹冷炙，正好宴请婚筵上的宾客。霍拉旭，我宁愿在天上遇见我的最痛恨的仇人，也不愿看到那样的一天！我的父亲，我仿佛看见我的父亲。

霍拉旭　啊，在什么地方，殿下？

哈姆莱特 在我的心灵的眼睛里,霍拉旭。

霍拉旭 我曾经见过他一次;他是一位很好的君王。

哈姆莱特 他是一个堂堂男子;整个说起来,我再也见不到像他那样的人了。

霍拉旭 殿下,我想我昨天晚上看见他。

哈姆莱特 看见谁?

霍拉旭 殿下,我看见您的父王。

哈姆莱特 我的父王!

霍拉旭 不要吃惊,请您静静地听我把这件奇事告诉您,这两位可以替我做见证。

哈姆莱特 看在上帝的份上,讲给我听。

霍拉旭 这两位朋友,马西勒斯和勃那多,在万籁俱寂的午夜守望的时候,曾经连续两夜看见一个自顶至踵全身甲胄、像您父亲一样的人形,在他们的面前出现,用庄严而缓慢的步伐走过他们的身边。在他们惊奇骇愕的眼前,它三次走过去,它手里所握的鞭杖可以碰到他们的身上;他们吓得几乎浑身都瘫痪了,只是呆立着不动,一句话也没有对它说。怀着慑惧的心情,他们把这件事悄悄地告诉了我,我就在第三夜陪着他们一起守望;正像他们所说的一样,那鬼魂又出现了,出现的时间和它的形状,证实了他们的每一个字都是正确的。我认识您的父亲;那鬼魂是那样酷肖它的生前,我这两手也不及他们彼此的相似。

哈姆莱特 可是这是在什么地方?

马西勒斯 殿下,就在我们守望的露台上。

哈姆莱特 你们有没有和它说话?

霍拉旭 殿下,我说了,可是它没有回答我;不过有一次我觉得它好像抬起头来,像要开口说话似的,可是就在那时候,晨鸡高声啼了起来,它一听见鸡声,就很快地隐去不见了。

哈姆莱特 这很奇怪。

霍拉旭 凭着我的生命起誓,殿下,这是真的;我们认为按着我们的责任,应该让您知道这件事。

哈姆莱特　不错,不错,朋友们;可是这件事情很使我迷惑。你们今晚仍旧要去守望吗?

马西勒斯
勃那多　是,殿下

哈姆莱特　你们说它穿着甲胄吗?

马西勒斯
勃那多　是,殿下。

哈姆莱特　从头到脚?

马西勒斯
勃那多　从头到脚,殿下。

哈姆莱特　那么你们没有看见它的脸吗?

霍拉旭　啊,看见的,殿下;它的脸是掀起的。

哈姆莱特　怎么,它瞧上去像在发怒吗?

霍拉旭　它的脸上悲哀多于愤怒。

哈姆莱特　它的脸色是惨白的还是红红的?

霍拉旭　非常惨白。

哈姆莱特　它把眼睛注视着你吗?

霍拉旭　它直盯着我瞧。

哈姆莱特　我真希望当时我也在场。

霍拉旭　那一定会使您吃惊万分。

哈姆莱特　多半会的,多半会的。它停留得长久吗?

霍拉旭　大概有一个人用不快不慢的速度从一数到一百的那段时间。

马西勒斯
勃那多　还要长久一些,还要长久一些。

霍拉旭　我看见它的时候,不过这么久。

哈姆莱特　它的胡须是斑白的吗?

霍拉旭　是的,正像我在它生前看见的那样,乌黑的胡须里略有几根变成白色。

哈姆莱特　我今晚也要守夜去;也许它还会出来。

霍拉旭　我可以担保它一定会出来。

哈姆莱特 要是它借着我的父王的形貌出现，即使地狱张开嘴来，叫我不要做声，我也一定要对它说话。要是你们到现在还没有把你们所看见的告诉别人，那么就要请求你们大家继续保持沉默；无论今夜发生什么事情，都请放在心里，不要在口舌之间泄漏出去。我一定会报答你们的忠诚。好，再会；今晚十一点钟到十二点钟之间，我要到露台上来看你们。

众人 我们愿意为殿下尽忠。

哈姆莱特 让我们彼此保持着不渝的交情；再会！（霍拉旭、马西勒斯、勃那多同下）我父亲的灵魂披着甲胄！事情有些不妙；我想这里面一定有奸人的恶计。但愿黑夜早点到来！静静地等着吧，我的灵魂；罪恶的行为总有一天会发现，虽然地上所有的泥土把它们遮掩。（下）

第三场　波洛涅斯家中一室

雷欧提斯及奥菲利娅上。

雷欧提斯 我需要的物件已经装在船上，再会了；妹妹，在好风给人方便、船只来往无阻的时候，不要贪睡，让我听见你的消息。

奥菲利娅 你还不相信我吗？

雷欧提斯 对于哈姆莱特和他的调情献媚，你必须把它认作年轻人一时的感情冲动，一朵初春的紫罗兰早熟而易凋，馥郁而不能持久，一分钟的芬芳和喜悦，如此而已。

奥菲利娅 不过如此吗？

雷欧提斯 不过如此；因为一个人成长的过程，不仅是肌肉和体格的增强，而且随着身体的发展，精神和心灵也同时扩大。也许他现在爱你，他的真诚的意志是纯洁而不带欺诈的；可是你必须留心，他有这样高的地位，他的意志并不属于他自己，因为他自己也要被他的血统所支配；他不能像一般庶民一样为自己选择，因为他的决定足以影响到整个国本的安危，他是全身的首脑，他的选择必须得到各部分肢体的同意；所以要是他说，他爱你，你不可贸然相信，应该明白：照他的身份地位说来，他要想把自己的话付诸实现，决不能越出丹麦国内普遍舆论所同意的范围。你再想一想，要是你用过于轻信的耳朵倾听他的歌曲，让他攫走了你的心，在他的狂妄的渎求之下，打开了你的宝贵的童贞，那时候你的名誉将要蒙受多大的损失。留心，奥菲利娅，留心，我的亲爱的妹妹，不要放纵你的爱情，不要让欲望的利箭把你射中。一个自爱的女郎，若是向月亮显露她的美貌就算是极端放荡了；圣贤也不能逃避谗口的中伤；春天的草木往往还没有吐放它们的蓓蕾，就被蛀虫蠹蚀；朝露一样晶莹的青春，常常会受到罡风的吹打。所以留心吧，戒惧是最安全的方策；即使没有旁人的诱惑，少年的血气也要向他自己叛变。

奥菲利娅 我将要记住你这个很好的教训，让它看守着我的心。可是，我的好哥哥，你不要像有些坏牧师一样，指点我上天去的险峻的荆棘之途，自己却在花街柳巷流连忘返，忘记了自己的箴言。

雷欧提斯 啊！不要为我担心。我耽搁得太久了；可是父亲来了。

波洛涅斯上。

雷欧提斯 两度的祝福是双倍的福分；第二次的告别是格外可喜的。

波洛涅斯 还在这儿，雷欧提斯！上船去，上船去，真好意思！风息在帆顶上，人家都在等着你哩。好，我为你祝福！还有几句教训，希望你铭刻在记忆之中：不要想到什么就说什么，凡事必须三思而行。对人要和气，可是不要过分狎昵。相知有素的朋友，应该用钢圈箍在你的灵魂上，可是不要对每一个泛泛的新知滥施你的交情。留心避免和人家争吵；可是万一争端已起，就应该让对方知道你不是可以轻侮的。倾听每一个人的意见，可是只对极少数人发表你的意见；接受每一个人的批评，可是保留你自己的判断。尽你的财力购置贵重的衣服，可是不要炫新立异，必须富丽而不浮艳，因为服装往往可以表现人格；法国的名流要人，就是在这点上显得最高尚，与众不同。不要向人告贷，也不要借钱给人；因为债款放了出去，往往不但丢了本钱，而且还失去了朋友；向人告贷的结果，容易养成因循懒惰的习惯。尤其要紧的，你必须对你自己忠实；正像有了白昼才有黑夜一样，对自己忠实，才不会对别人欺诈。再会；愿我的祝福使这一番话在你的行事中奏效！

雷欧提斯 父亲，我告别了。

波洛涅斯 时候不早了；去吧，你的仆人都在等着。

雷欧提斯 再会，奥菲利娅，记住我对你说的话。

奥菲利娅 你的话已经锁在我的记忆里，那钥匙你替我保管着吧。

雷欧提斯 再会！（下）

波洛涅斯 奥菲利娅，他对你说些什么话？

奥菲利娅 回父亲的话，我们刚才谈起哈姆莱特殿下的事情。

波洛涅斯 嗯，这是应该考虑一下的。听说他近来常常跟你在一起，你也从来不拒绝他的求见；要是果然有这种事——人家这样告诉我，也无非是叫我注意的意思——那么我必须对你说，你还没有懂得你做了我的女儿，按照你的身份，应该怎样留心你自己的行动。究竟在你们两人之间有些什么关系？老实告诉我。

奥菲利娅 父亲，他最近曾经屡次向我表示他的爱情。

波洛涅斯 爱情！呸！你讲的话完全像是一个不曾经历过这种危险的不懂事的女孩子。你相信你所说的他的那种表示吗？

奥菲利娅 父亲，我不知道我应该怎样想才好。

波洛涅斯 好，让我来教你；你应该这样想，你是一个毛孩子，竟然把这些假意的表示当作了真心的奉献。你应该"表示"出一番更大的架子，要不然——就此打住吧，这个可怜的字眼被我使唤得都快断气了——你就"表示"你是个十足的傻瓜。

奥菲利娅 父亲，他向我求爱的态度是很光明正大的。

波洛涅斯 不错，那只是态度；算了，算了。

奥菲利娅 而且，父亲，他差不多用尽一切指天誓日的神圣的盟约，证实他的言语。

波洛涅斯 嗯，这些都是捕捉愚蠢的山鹬的圈套。我知道在热情燃烧的时候，一个人无论什么盟誓都会说出口来；这些火焰，女儿,是光多于热的,刚刚说出口就会光销焰灭,你不能把它们当作真火看待。从现在起,你还是少露一些你的女儿家的脸;你应该抬高身价,不要让人家以为你是可以随意呼召的。对于哈姆莱特殿下,你应该这样想,他是个年轻的王子,他比你在行动上有更大的自由。总而言之,奥菲利娅,不要相信他的盟誓,它们不过是淫媒,内心的颜色和服装完全不一样,只晓得诱人干一些龌龊的勾当,正像道貌岸然大放厥辞的鸨母,只求达到骗人的目的。我的言尽于此,简单一句话,从现在起,我不许你一有空闲就跟哈姆莱特殿下聊天。你留点儿神吧;进去。

奥菲利娅　我一定听从您的话,父亲。(同下)

第四场　露台

　　哈姆莱特、霍拉旭及马西勒斯上。

哈姆莱特　风吹得人怪痛的,这天气真冷。

霍拉旭　是很凛冽的寒风。

哈姆莱特　现在什么时候了?

霍拉旭　我想还不到十二点。

马西勒斯　不,已经打过了。

霍拉旭　真的?我没有听见;那么鬼魂出现的时候快要到了。(内喇叭奏花腔及鸣炮声)这是什么意思,殿下?

哈姆莱特　王上今晚大宴群臣,作通宵的醉舞;每次他喝下了一杯葡萄美酒,铜鼓和喇叭便吹打起来,欢祝万寿。

霍拉旭　这是向来的风俗吗?

哈姆莱特　嗯,是的。可是我虽然从小就熟习这种风俗,我却以为把它破坏了倒比遵守它还体面些。这一种酗酒纵乐的风俗,使我们在东西各国受到许多非议;他们称我们为酒徒醉汉,将下流的污名加在我们头上,使我们各项伟大的成就都因此而大为减色。在个人方面也常常是这样,由于品性上有某些丑恶的瘢痣:或者是天生的——这就不能怪本人,因为天性不能由自己选择;或者是某种脾气发展到反常地步,冲破了理智的约束和防卫；或者是某种习惯玷污了原来令人喜爱的举止；这些人只要带着上述一种缺点的烙印——天生的标记或者偶然的机缘——不管在其余方面他们是如何圣洁，如何具备一个人所能有的无限美德，由于那点特殊的毛病，在世人的非议中也会感染溃烂；少量的邪恶足以勾销全部高贵的品质，害得人声名狼藉。

　　鬼魂上。

霍拉旭　瞧，殿下，它来了！

哈姆莱特　天命保佑我们！不管你是一个善良的灵魂或是万恶的妖魔，不管你带来了天上的和风或是地狱中的罡风，不管你的来意好坏，因为你的形状是这样引起我的怀疑，我要对你说话；我要叫你哈姆莱特，君王，父亲！尊严的丹麦先王，啊，回答我！不要让我在无知的蒙昧里抱恨终天；告诉我为什么你的长眠的骸骨不安窀穸，为什么安葬着你的遗体的坟墓张开它的沉重的大理石的两颚，把你重新吐放出来。你这已死的尸体这样全身甲胄，出现在月光之下，使黑夜变得这样阴森，使我们这些为造化所玩弄的愚人由于不可思议的恐怖而心惊胆颤，究竟是什么意思呢？说，这是为了什么？你要我们怎样？（鬼魂向哈姆莱特招手）

霍拉旭　它招手叫您跟着它去，好像它有什么话要对您一个人说似的。

马西勒斯　瞧，它用很有礼貌的举动，招呼您到一个僻远的所在去；可是别跟它去。

霍拉旭　千万不要跟它去。

哈姆莱特　它不肯说话；我还是跟它去。

霍拉旭　不要去，殿下。

哈姆莱特　嘿，怕什么呢？我把我的生命看得不值一枚针；至于我的灵魂，那是跟它自己同样永生不灭的，它能够加害它吗？它又在招手叫我前去了；我要跟它去。

霍拉旭　殿下，要是它把您诱到潮水里去，或者把您领到下临大海的峻峭的悬崖之巅,那可怎么好呢?您想,无论什么人一到了那样的地方,望着下面千仞的峭壁,听见海水奔腾的怒吼,即使没有别的原因,也会起穷凶极恶的怪念的。

哈姆莱特　它还在向我招手。去吧,我跟着你。

马西勒斯　你不能去,殿下。

哈姆莱特　放开你们的手!

霍拉旭　听我们的劝告,不要去。

哈姆莱特　我的运命在高声呼喊,使我全身每一根微细的血管都变得像怒狮的筋骨一样坚硬。(鬼魂招手)它仍旧在招我去。放开我,朋友们;(挣脱二人之手)凭着上天起誓,谁要是拉住我,我要叫他变成一个鬼!走开!去吧,我跟着你。(鬼魂及哈姆莱特同下)

霍拉旭　幻想占据了他的头脑,使他不顾一切。

马西勒斯　让我们跟上去;我们不应该服从他的话。

霍拉旭　那么跟上去吧。这种事情会引出些什么结果来呢?

马西勒斯　丹麦国里恐怕有些不可告人的坏事。

霍拉旭　上帝的旨意支配一切。

马西勒斯　得了,我们还是跟上去吧。(同下)

第五场　露台的另一部分

鬼魂及哈姆莱特上。

哈姆莱特　你要领我到什么地方去?说,我不愿再前进了。

鬼魂　听我说。

哈姆莱特　我在听着。

鬼魂　我的时间快到了,我必须再回到硫磺的烈火里去受煎熬的痛苦。

哈姆莱特　唉,可怜的亡魂!

鬼魂　不要可怜我,你只要留心听着我要告诉你的话。

哈姆莱特　说吧;我自然要听。

鬼魂　你听了以后,也自然要替我报仇。

哈姆莱特　什么？

鬼魂　我是你父亲的灵魂，因为生前孽障未尽，被判在晚间游行地上，白昼忍受火焰的烧灼，必须经过相当的时期，等生前的过失被火焰净化以后，方才可以脱罪。若不是因为我不能违犯禁令，泄漏我的狱中的秘密，我可以告诉你一桩事，最轻微的几句话，都可以使你魂飞魄散，使你年轻的血液凝冻成冰，使你的双眼像脱了轨道的星球一样向前突出，使你的纠结的鬈发根根分开，像愤怒的豪猪身上的刺毛一样森然耸立；可是这一种永恒的神秘，是不能向血肉的凡人宣示的。听着，听着，啊，听着！要是你曾经爱过你的亲爱的父亲——

哈姆莱特　上帝啊！

鬼魂　你必须替他报复那逆伦惨恶的杀身的仇恨。

哈姆莱特　杀身的仇恨！

鬼魂　杀人是重大的罪恶；可是这一件谋杀的惨案，更是骇人听闻而逆天害理的罪行。

哈姆莱特　赶快告诉我，让我驾着像思想和爱情一样迅速的翅膀，飞去把仇人杀死。

鬼魂　我的话果然激动了你；要是你听见了这种事情而漠然无动于衷，那你除非比舒散在忘河之滨的蔓草还要冥顽不灵。现在，哈姆莱特，听我说；一般人都以为我在花园里睡觉的时候，一条蛇来把我螫死，这一个虚构的死状，把丹麦全国的人都骗过了；可是你要知道，好孩子，那毒害你父亲的蛇，头上戴着王冠呢。

哈姆莱特　啊，我的预感果然是真的！我的叔父！

鬼魂　嗯，那个乱伦的、奸淫的畜生，他有的是过人的诡诈，天赋的奸恶，凭着他的阴险的手段，诱惑了我的外表上似乎非常贞淑的王后，满足他的无耻的兽欲。啊，哈姆莱特，那是一个多么卑鄙无耻的背叛！我的爱情是那样纯洁真诚，始终信守着我在结婚的时候对她所作的盟誓；她却会对一个天赋的才德远不如我的恶人降心相从！可是正像一个贞洁的女子，虽然淫欲罩上神圣的外表，也不能把她煽动一样，一个淫妇虽然和光明的天使为偶，也会有一天厌倦于天上的唱随之乐，而宁愿搂抱人间的朽骨。可是且慢！我仿佛嗅到了清晨的空气；让我把话说得简短一些。当我按照每天午后的惯例，在花园里睡觉的时候，你的叔父乘我不备，悄悄溜了进来，拿着一个盛着毒草汁的小瓶，把一种使人麻痹的药水注入我的耳腔之内，那药性发作起来，会像水银一样很快地流过全身的大小血管，像酸液滴进牛乳一般把淡薄而健全的血液凝结起来；它一进入我的身体，我全身光滑的皮肤上便立刻发生无数疱疹，像害着癞病似的满布着可憎的鳞片。这样，我在睡梦之中，被一个兄弟同时夺去了我的生命、我的王冠和我的王后；甚至于不给我一个忏罪的机会，使我在没有领到圣餐也没有受过临终涂膏礼以前，就一无准备地负着我的全部罪恶去对簿阴曹。可怕啊，可怕！要是你有天性之情，不要默尔而息，不要让丹麦的御寝变成了藏奸养逆的卧榻；可是无论你怎样进行复仇，不要胡乱猜疑，更不可对你的母亲有什么不利的图谋，她自会受到上天的裁判，和她自己内心中的荆棘的刺戳。现在我必须去了！萤火的微光已经开始暗淡下去，清晨快要到来了；再会，再会！哈姆莱特，记看我。（下）

哈姆莱特　天上的神明啊！地啊！再有什么呢？我还要向地狱呼喊吗？啊，呸！忍着吧，忍着吧，我的心！我的全身的筋骨，不要一下子就变成衰老，支持着我的身体呀！记着你！是的，我可怜的亡魂，当记忆不曾从我这混乱的头脑里消失的时候，我会记着你的。记着你！是的，我要从我的记忆的碑版上，拭去一切琐碎愚蠢的记录、一切书本上的格言、一切陈言套语、一切过去的印象、我的少年的阅历所留下的痕迹，只让你的命令留在我的脑筋的书卷里，不掺杂一些下贱的废料；是的，上天为我作证！啊，最恶毒的妇人！啊，奸贼，奸贼，脸上堆着笑的万恶的奸贼！我的记事簿呢？我必须把它记下来：一个人可以尽管满面都是笑，骨子里却是杀人的奸贼；至少我相信在丹麦是这样的。(写字)好，叔父，我把你写下来了。现在我要记下我的座右铭那是，"再会，再会！记着我。"我已经发过誓了。

霍拉旭　（在内）殿下！殿下！

马西勒斯　（在内）哈姆莱特殿下！

霍拉旭　（在内）上天保佑他！

马西勒斯　（在内）但愿如此！

霍拉旭　（在内）喂，呵，呵，殿下！

哈姆莱特　喂，呵，呵，孩儿！来，鸟儿，来。

　　　　　霍拉旭及马西勒斯上。

马西勒斯　怎样，殿下！

霍拉旭　有什么事，殿下？

哈姆莱特　啊！奇怪！

霍拉旭　好殿下，告诉我们。

哈姆莱特　不，你们会泄漏出去的。

霍拉旭　不，殿下，凭着上天起誓，我一定不泄漏。

马西勒斯　我也一定不泄漏，殿下。

哈姆莱特　那么你们说，哪一个人会想得到有这种事？可是你们能够保守秘密吗？

霍拉旭 ⎱
马西勒斯 ⎰　是，上天为我们作证，殿下。

哈姆莱特　全丹麦从来不曾有哪一个奸贼不是一个十足的坏人。

霍拉旭　殿下，这样一句话是用不着什么鬼魂从坟墓里出来告诉我们的。

哈姆莱特　啊，对了，你说得有理；所以，我们还是不必多说废话，大家握握手分开了吧。你们可以去照你们自己的意思干你们自己的事——因为各人都有各人的意思和各人的事，这是实际情况——至于我自己，那么我对你们说，我是要祈祷去的。

霍拉旭　殿下，您这些话好像有些疯疯癫癫似的。

哈姆莱特　我的话得罪了你，真是非常抱歉；是的，我从心底里抱歉。

霍拉旭　谈不上得罪,殿下。

哈姆莱特　不,凭着圣伯特力克①的名义,霍拉旭,谈得上,而且罪还不小呢。讲到这一个幽灵,那么让我告诉你们,它是一个老实的亡魂;你们要是想知道它对我说了些什么话,我只好请你们暂时不必动问。现在,好朋友们,你们都是我的朋友,都是学者和军人,请你们允许我一个卑微的要求。

霍拉旭　是什么要求,殿下?我们一定允许您。

哈姆莱特　永远不要把你们今晚所见的事情告诉别人。

勃那多
马西勒斯　} 殿下,我们一定不告诉别人。

哈姆莱特　不,你们必须宣誓。

霍拉旭　凭着良心起誓,殿下,我决不告诉别人。

马西勒斯　凭着良心起誓,殿下,我也决不告诉别人。

哈姆莱特　把手按在我的剑上宣誓。

马西勒斯　殿下,我们已经宣誓过了。

哈姆莱特　那不算,把手按在我的剑上。

鬼魂　(在下)宣誓!

哈姆莱特　啊哈!孩儿!你也这样说吗?你在那儿吗,好家伙?来;你们不听见这个地下的人怎么说吗?宣誓吧。

霍拉旭　请您教我们怎样宣誓,殿下。

哈姆莱特　永不向人提起你们所看见的这一切。把手按在我的剑上宣誓。

鬼魂　(在下)宣誓!

哈姆莱特　"说哪里,到哪里"吗?那么我们换一个地方。过来,朋友们。把你们的手按在我的剑上,宣誓永不向人提起你们所听见的这件事。

鬼魂　(在下)宣誓!

哈姆莱特　说得好,老鼹鼠!你能够在地底钻得这么快吗?好一个

---

① 爱尔兰的保护神。

开路的先锋！好朋友们，我们再来换一个地方。

霍拉旭 哎哟，真是不可思议的怪事！

哈姆莱特 那么你还是用见怪不怪的态度对待它吧。霍拉旭，天地之间有许多事情，是你们的哲学里所没有梦想到的呢。可是，来，上帝的慈悲保佑你们，你们必须再作一次宣誓。我今后也许有时候要故意装出一副疯疯癫癫的样子，你们要是在那时候看见了我的古怪的举动，切不可像这样交叉着手臂，或者这样摇头摆脑的，或者嘴里说一些吞吞吐吐的言词，例如"呃，呃，我们知道"，或者"只要我们高兴，我们就可以"，或是"要是我们愿意说出来的话"，或是"有人要是怎么怎么"，诸如此类的含糊其辞的话语，表示你们知道我有些什么秘密；你们必须答应我避开这一类言词，上帝的恩惠和慈悲保佑着你们，宣誓吧。

鬼魂 （在下）宣誓！（二人宣誓）

哈姆莱特 安息吧，安息吧，受难的灵魂！好，朋友们，我以满怀的热情，信赖着你们两位；要是在哈姆莱特的微弱的能力以内，能够有可以向你们表示他的友情之处，上帝在上，我一定不会有负你们。让我们一同进去；请你们记着无论在什么时候都要守口如瓶。这是一个颠倒混乱的时代，唉，倒霉的我却要负起重整乾坤的责任！来，我们一块儿去吧。（同下）

第二幕

第一场　波洛涅斯家中一室

　　波洛涅斯及雷奈尔多上。

波洛涅斯　把这些钱和这封信交给他,雷奈尔多。

雷奈尔多　是,老爷。

波洛涅斯　好雷奈尔多,你在没有去看他以前,最好先探听探听他的行为。

雷奈尔多　老爷,我本来就是这个意思。

波洛涅斯　很好,很好,好得很。你先给我调查调查有些什么丹麦人在巴黎,他们是干什么的,叫什么名字,有没有钱,住在什么地方,跟哪些人做伴,用度大不大;用这种转弯抹角的方法,要是你打听到他们也认识我的儿子,你就可以更进一步,表示你对他也有相当的认识;你可以这样说:"我知道他的父亲和他的朋友,对他也略为有点认识。"你听见没有,雷奈尔多?

雷奈尔多　是,我在留心听着,老爷。

波洛涅斯　"对他也略为有点认识,可是,"你可以说,"不怎么熟悉;不过假如果然是他的话,那么他是个很放浪的人,有些怎样怎样的坏习惯。"说到这里,你就可以随便捏造一些关于他的坏话；当然啰，你不能把他说得太不成样子，那是会损害他的名誉的，这一点你必须注意；可是你不妨举出一些纨绔子弟们所犯的最普通的浪荡的行为。

雷奈尔多 譬如赌钱，老爷。

波洛涅斯 对了，或是喝酒、斗剑、赌咒、吵嘴、嫖妓之类，你都可以说。

雷奈尔多 老爷，那是会损害他的名誉的。

波洛涅斯 不，不，你可以在言语之间说得轻淡一些。你不能说他公然纵欲，那可不是我的意思；可是你要把他的过失讲得那么巧妙，让人家听着好像那不过是行为上的小小的不检，一个躁急的性格不免会有的发作，一个血气方刚的少年的一时胡闹，算不了什么。

雷奈尔多 可是老爷——

波洛涅斯 为什么叫你做这种事？

雷奈尔多 是的，老爷，请您告诉我。

波洛涅斯 呃，我的用意是这样的，我相信这是一种说得过去的策略；你这样轻描淡写地说了我儿子的一些坏话，就像你提起一件略有污损的东西似的，听着，要是跟你谈话的那个人，也就是你向他探询的那个人，果然看见过你所说起的那个少年犯了你刚才所列举的那些罪恶，他一定会用这样的话向你表示同意："好先生——"也许他称你"朋友"，"仁兄"，按照着各人的身份和各国的习惯。

雷奈尔多 很好，老爷。

波洛涅斯 然后他就——他就——我刚才要说一句什么话？哎哟，我正要说一句什么话；我说到什么地方啦？

雷奈尔多 您刚才说到"用这样的话表示同意"；还有"朋友"或者"仁兄"。

波洛涅斯 说到"用这样的话表示同意"，嗯，对了；他会用这样的话对你表示同意："我认识这位绅士，昨天我还看见他，或许是前天，或许是什么什么时候，跟什么什么人在一起，正像您所说的，他在什么地方赌钱，在什么地方喝得酩酊大醉，在什么地方因为打网球而跟人家打起架来；"也许他还会说，"我看见他走进什么什么一家生意人家去。"那就是说窑子或是诸如此类的所在。你瞧，你用说谎的钓饵，就可以把事实的真相诱上你的钓钩；我们有智慧、有见识的人，往往用这种旁敲侧击的方法，间接达到我们的目的；你也可以照着我上面所说的那一番话，探听出我的儿子的行为。你懂得我的意思没有？

雷奈尔多　老爷，我懂得。
波洛涅斯　上帝和你同在；再会！
雷奈尔多　那么我去了，老爷。
波洛涅斯　你自己也得留心观察他的举止。
雷奈尔多　是，老爷。
波洛涅斯　叫他用心学习音乐。
雷奈尔多　是，老爷。
波洛涅斯　你去吧！（雷奈尔多下）
　　　　　奥菲利娅上。
波洛涅斯　啊，奥菲利娅！什么事？
奥菲利娅　哎哟，父亲，吓死我了！
波洛涅斯　凭着上帝的名义，怕什么？
奥菲利娅　父亲，我正在房间里缝纫的时候，哈姆莱特殿下跑了进来，走到我的面前；他的上身的衣服完全没有扣上纽子，头上也不戴帽子，他的袜子上沾着污泥，没有袜带，一直垂到脚踝上；他的脸色像他的衬衫一样白，他的膝盖互相碰撞，他的神气是那样凄惨，好像他刚从地狱里逃出来，要向人讲述地狱的恐怖一样。
波洛涅斯　他因为不能得到你的爱而发疯了吗？
奥菲利娅　父亲，我不知道，可是我想也许是的。
波洛涅斯　他怎么说？
奥菲利娅　他握住我的手腕紧紧不放，拉直了手臂向后退立，用他的另一只手这样遮在他的额角上，一眼不眨地瞧着我的脸，好像要把它临摹下来似的。这样经过了好久的时间，然后他轻轻地摇动一下我的手臂，他的头上上下下点了三次，于是他发出一声非常惨痛而深长的叹息，好像他的整个的胸部都要爆裂，他的生命就在这一声叹息中间完毕似的。然后他放松了我，转过他的身体，他的头还是向后回顾，好像他不用眼睛的帮助也能够找到他的路，因为直到他走出了门外，他的两眼还是注视在我的身上。

波洛涅斯 跟我来；我要见王上去。这正是恋爱不遂的疯狂；一个人受到这种剧烈的刺激，什么不顾一切的事情都会干得出来，其他一切能迷住我们本性的狂热，最厉害也不过如此。我真后悔。怎么，你最近对他说过什么使他难堪的话没有？

奥菲利娅 没有，父亲，可是我已经遵从您的命令，拒绝他的来信，并且不允许他来见我。

波洛涅斯 这就是使他疯狂的原因。我很后悔考虑得不够周到，看错了人。我以为他不过把你玩弄玩弄，恐怕贻误你的终身；可是我不该这样多疑！正像年轻人干起事来，往往不知道瞻前顾后一样，我们这种上了年纪的人，总是免不了鳃鳃过虑。来，我们见王上去。这种事情是不能蒙蔽起来的，要是隐讳不报，也许会闹出乱子来，比直言受责要严重得多。来。（同下）

第二场　城堡中一室

国王、王后、罗森格兰兹、吉尔登斯吞及侍从等上。

国王 欢迎，亲爱的罗森格兰兹和吉尔登斯吞！这次匆匆召请你们两位前来，一方面是因为我非常思念你们，一方面也是因为我有需要你们帮忙的地方。你们大概已经听到哈姆莱特的变化；我把它称为变化，因为无论在外表上或是精神上，他已经和从前大不相同。除了他父亲的死以外，究竟还有些什么原因，把他激成了这种疯疯癫癫的样子，我实在无从猜测。你们从小便跟他在一起长大，素来知道他的脾气，所以我特地请你们到我们宫廷里来盘桓几天，陪伴陪伴他，替他解解愁闷，同时乘机窥探他究竟有些什么秘密的心事，为我们所不知道的，也许一旦公开之后，我们就可以替他对症下药。

王后 他常常讲起你两位，我相信世上没有哪两个人比你们更为他所亲信了。你们要是不嫌怠慢，答应在我们这儿小作逗留，帮助我们实现我们的希望，那么你们的盛情雅意，一定会受到丹麦王室隆重的礼谢的。

罗森格兰兹 我们是两位陛下的臣子，两位陛下有什么旨意，尽管命令我们；像这样言重的话，倒使我们置身无地了。

吉尔登斯吞 我们愿意投身在两位陛下的足下，两位陛下无论有什么命令，我们都愿意尽力奉行。

国王 谢谢你们，罗森格兰兹和善良的吉尔登斯吞。

王后 谢谢你们，吉尔登斯吞和善良的罗森格兰兹。现在我就要请你们立刻去看看我的大大变了样子的儿子。来人，领这两位绅士到哈姆莱特的地方去。

吉尔登斯吞 但愿上天加佑，使我们能够得到他的欢心，帮助他恢复常态！

王后 阿门！（罗森格兰兹、吉尔登斯吞及若干侍从下）

波洛涅斯上。

波洛涅斯 启禀陛下，我们派往挪威去的两位钦使已经喜气洋洋地回来了。

国王 你总是带着好消息来报告我们。

波洛涅斯 真的吗，陛下？不瞒陛下说，我把我对于我的上帝和我的宽仁厚德的王上的责任，看得跟我的灵魂一样重呢。此外，除非我的脑筋在观察问题上不如过去那样有把握了，不然我肯定相信我已经发现了哈姆莱特发疯的原因。

国王 啊！你说吧，我急着要听呢。

波洛涅斯 请陛下先接见了钦使；我的消息留着做盛筵以后的佳果美点吧。

国王 那么有劳你去迎接他们进来。（波洛涅斯下）我的亲爱的乔特鲁德，他对我说他已经发现了你的儿子心神不定的原因。

王后　我想主要的原因还是他父亲的死和我们过于迅速的结婚。

国王　好，等我们仔细问问。

　　　　　　　波洛涅斯率伏提曼德及考尼律斯重上。

国王　欢迎，我的好朋友们！伏提曼德，我们的挪威王兄怎么说？

伏提曼德　他叫我们向陛下转达他的友好的问候。他听到了我们的要求，就立刻传谕他的侄儿停止征兵；本来他以为这种举动是准备对付波兰人的，可是一经调查，才知道它的对象原来是陛下；他知道此事以后，痛心自己因为年老多病，受人欺罔，震怒之下，传令把福丁布拉斯逮捕；福丁布拉斯并未反抗，受到了挪威王一番申斥，最后就在他的叔父面前立誓决不兴兵侵犯陛下。老王看见他诚心悔过，非常欢喜，当下就给他三千克朗的年俸，并且委任他统率他所征募的那些兵士，去向波兰人征伐；同时他叫我把这封信呈上陛下，（以书信呈上）请求陛下允许他的军队借道通过陛下的领土，他已经在信里提出若干条件，保证决不扰乱地方的安宁。

国王　这样很好，等我们有空的时候，还要仔细考虑一下，然后答复。你们远道跋涉，不辱使命，很是劳苦了，先去休息休息，今天晚上我们还要在一起欢宴。欢迎你们回来！（伏提曼德、考尼律斯同下）

波洛涅斯　这件事情总算圆满结束了。王上，娘娘，要是我向你们长篇大论地解释君上的尊严，臣下的名分，白昼何以为白昼，黑夜何以为黑夜，时间何以为时间，那不过徒然浪费了昼、夜、时间；所以，既然简洁是智慧的灵魂，冗长是肤浅的藻饰，我还是把话说得简单一些吧。你们的那位殿下是疯了；我说他疯了，因为假如再说明什么才是真疯，那就只有发疯，此外还有什么可说的呢？可是那也不用说了。

王后　多谈些实际，少弄些玄虚。

波洛涅斯　娘娘，我发誓我一点不弄玄虚。他疯了，这是真的；惟其是真的，所以才可叹，它的可叹也是真的——蠢话少说，因为我不愿弄玄虚。好，让我们同意他已经疯了；现在我们就应该求出这一个结果的原因,或者不如说,这一种病态的原因,因为这个病态的结果不是无因而至的,这就是我们现在要做的一步工作。我们来想一想吧。我有一个女儿——当她还不过是我的女儿的时候,她是属于我的——难得她一片孝心,把这封信给了我;现在请猜一猜这里面说些什么话。"给那天仙化人的,我的灵魂的偶像,最艳丽的奥菲利娅——"这是一个粗俗的说法,下流的说法;"艳丽"两字用得非常下流;可是你们听下去吧;"让这几行诗句留下在她的皎洁的胸中——"

王后 这是哈姆莱特写给她的吗?

波洛涅斯 好娘娘,等一等,我要老老实实地照原文念:

> 你可以疑心星星是火把;
> 　你可以疑心太阳会移转;
> 你可以疑心真理是谎话;
> 　可是我的爱永没有改变。

亲爱的奥菲利娅啊!我的诗写得太坏。我不会用诗句来抒写我的愁怀;可是相信我,最好的人儿啊!我最爱的是你。再会!最亲爱的小姐,只要我一息尚存,我就永远是你的,哈姆莱特。"这一封信是我的女儿出于孝顺之心拿来给我看的;此外,她又把他一次次求爱的情形,在什么时候,用什么方法,在什么所在,全都讲给我听了。

国王 可是她对于他的爱情抱着怎样的态度呢?

波洛涅斯 陛下以为我是怎样的一个人?

国王 一个忠心正直的人。

波洛涅斯 但愿我能够证明自己是这样一个人。可是假如我看见这场热烈的恋爱正在进行——不瞒陛下说,我在我的女儿没有告诉我以前,早就看出来了——假如我知道有了这么一回事,却在暗中玉成他们的好事,或者故意视若无睹,假作痴聋,一切不闻不问,那时候陛下的心里觉得怎样?我的好娘娘,您这位王后陛下的心里又觉得怎样？不，我一点儿也不敢懈怠我的责任，立刻就对我那位小姐说："哈姆莱特殿下是一位王子，不是你可以仰望的；这种事情不能让它继续下去。"于是我把她教训一番，叫她深居简出，不要和他见面，不要接纳他的来使，也不要收受他的礼物；她听了这番话，就照着我的意思实行起来。说来话短，他遭到拒绝以后，心里就郁郁不快，于是饭也吃不下了，觉也睡不着了，他的身体一天憔悴一天，他的精神一天恍惚一天，这样一步步发展下去，就变成现在他这一种为我们大家所悲痛的疯狂。

国王 你想是这个原因吗？

王后 这是很可能的。

波洛涅斯 我倒很想知道知道，哪一次我曾经肯定地说过了"这件事情是这样的"，而结果却并不这样？

国王 照我所知道的，那倒没有。

波洛涅斯 要是我说错了话，把这个东西从这个上面拿下来吧，（指自己的头及肩）只要有线索可寻，我总会找出事实的真相，即使那真相一直藏在地球的中心。

国王 我们怎么可以进一步试验试验？

波洛涅斯 您知道，有时候他会接连几个钟头在这儿走廊里踱来踱去。

王后 他真的常常这样踱来踱去。

波洛涅斯 乘他踱来踱去的时候，我就让我的女儿去见他，你我可以躲在帏幕后面注视他们相会的情形；要是他不爱她，他的理智不是因为恋爱而丧失，那么不要叫我襄理国家的政务，让我去做个耕田赶牲口的农夫吧。

国王 我们要试一试。

王后 可是瞧，这可怜的孩子忧忧愁愁地念着一本书来了。

波洛涅斯 请陛下和娘娘避一避；让我走上去招呼他。（国王、王后及侍从等下）

　　　　哈姆莱特读书上。

波洛涅斯　啊，恕我冒昧。您好，哈姆莱特殿下？

哈姆莱特　呃，上帝怜悯世人！

波洛涅斯　您认识我吗，殿下？

哈姆莱特　认识认识，你是一个卖鱼的贩子。

波洛涅斯　我不是，殿下。

哈姆莱特　那么我但愿你是一个和鱼贩子一样的老实人。

波洛涅斯　老实，殿下！

哈姆莱特　嗯，先生；在这世上，一万个人中间只不过有一个老实人。

波洛涅斯　这句话说得很对，殿下。

哈姆莱特　要是太阳能在一条死狗尸体上孵育蛆虫，因为它是一块可亲吻的臭肉——你有一个女儿吗？

波洛涅斯　我有，殿下。

哈姆莱特　不要让她在太阳光底下行走；肚子里有学问是幸福，但不是像你女儿肚子里会有的那种学问。朋友，留心哪。

波洛涅斯　（旁白）你们瞧，他念念不忘地提我的女儿；可是最初他不认识我，他说我是一个卖鱼的贩子。他的疯病已经很深了，很深了。说句老实话，我在年轻的时候，为了恋爱也曾大发其疯，那样子也跟他差不多哩。让我再去对他说话。——您在读些什么，殿下？

哈姆莱特　都是些空话，空话，空话。

波洛涅斯　讲的是什么事，殿下？

哈姆莱特　谁同谁的什么事？

波洛涅斯　我是说您读的书里讲到些什么事，殿下。

哈姆莱特　一派诽谤，先生；这个专爱把人讥笑的坏蛋在这儿说着，老年人长着灰白的胡须，他们的脸上满是皱纹，他们的眼睛里粘满了眼屎，他们的头脑是空空洞洞的，他们的两腿是摇摇摆摆的；这些话，先生，虽然我十分相信，可是照这样写在书上，总有些有伤厚道；因为就是拿您先生自己来说，要是您能够像一只蟹一样向后倒退，那么您也应该跟我一样年轻了。

波洛涅斯 （旁白）这些虽然是疯话,却有深意在内。——您要走进里边去吗,殿下?别让风吹着!

哈姆莱特 走进我的坟墓里去?

波洛涅斯 那倒真是风吹不着的地方。(旁白)他的回答有时候是多么深刻!疯狂的人往往能够说出理智清明的人所说不出来的话。我要离开他,立刻就去想法让他跟我的女儿见面。——殿下,我要向您告别了。

哈姆莱特 先生,那是再好没有的事;但愿我也能够向我的生命告别,但愿我也能够向我的生命告别,但愿我也能够向我的生命告别。

波洛涅斯 再会,殿下。(欲去)

哈姆莱特 这些讨厌的老傻瓜!

  罗森格兰兹及吉尔登斯吞重上。

波洛涅斯 你们要找哈姆莱特殿下,那儿就是。

罗森格兰兹 上帝保佑您,大人!(波洛涅斯下)

吉尔登斯吞 我的尊贵的殿下!

罗森格兰兹 我的最亲爱的殿下!

哈姆莱特 我的好朋友们!你好,吉尔登斯吞?啊,罗森格兰兹!好孩子们,你们两人都好?

罗森格兰兹 不过像一般庸庸碌碌之辈,在这世上虚度时光而已。

吉尔登斯吞 无荣无辱便是我们的幸福;我们高不到命运女神帽子上的钮扣。

哈姆莱特 也低不到她的鞋底吗?

罗森格兰兹 正是,殿下。

哈姆莱特 那么你们是在她的腰上,或是在她的怀抱之中吗?

吉尔登斯吞 说老实话,我们是在她的私处。

哈姆莱特 在命运身上秘密的那部分吗?啊,对了;她本来是一个娼妓。你们听到什么消息没有?

罗森格兰兹 没有,殿下,我们只知道这世界变得老实起来了。

哈姆莱特 那么世界末日快到了;可是你们的消息是假的。让我再仔细问问你们；我的好朋友们，你们在命运手里犯了什么案子，她把你们送到这儿牢狱里来了？

古尔登斯吞 牢狱，殿下！

哈姆莱特 丹麦是一所牢狱。

罗森格兰兹 那么世界也是一所牢狱。

哈姆莱特 一所很大的牢狱，里面有许多监房、囚室、地牢；丹麦是其中最坏的一间。

罗森格兰兹 我们倒不这样想，殿下。

哈姆莱特 啊，那么对于你们它并不是牢狱；因为世上的事情本来没有善恶，都是各人的思想把它们分别出来的；对于我它是一所牢狱。

罗森格兰兹 啊，那是因为您的雄心太大，丹麦是个狭小的地方，不够给您发展，所以您把它看成一所牢狱啦。

哈姆莱特 上帝啊！倘不是因为我总做噩梦，那么即使把我关在一个果壳里，我也会把自己当作一个拥有着无限空间的君王的。

吉尔登斯吞 那种噩梦便是您的野心；因为野心家本身的存在，也不过是一个梦的影子。

罗森格兰兹 不错，因为野心是那么空虚轻浮的东西，所以我认为它不过是影子的影子。

哈姆莱特 那么我们的乞丐是实体，我们的帝王和大言不惭的英雄，却是乞丐的影子了。我们进宫去好不好？因为我实在不能陪着你们谈玄说理。

罗森格兰兹
吉尔登斯吞｝我们愿意侍候殿下。

哈姆莱特 没有的事，我不愿把你们当作我的仆人一样看待；老实对你们说吧，在我旁边侍候我的人全很不成样子。可是，凭着我们多年的交情，老实告诉我，你们到艾尔西诺来有什么贵干？

罗森格兰兹 我们是来拜访您来的，殿下；没有别的原因。

哈姆莱特 像我这样一个叫花子，我的感谢也是不值钱的，可是我谢谢你们；我想，亲爱的朋友们，你们专程而来，只换到我的一声不值半文钱的感谢,未免太不值得了。不是有人叫你们来的吗?果然是你们自己的意思吗?真的是自动的访问吗?来,不要骗我。来,来,快说。

吉尔登斯吞　叫我们说些什么话呢,殿下?

哈姆莱特　无论什么话都行,只要不是废话。你们是奉命而来的;瞧你们掩饰不了你们良心上的惭愧,已经从你们的脸色上招认出来了。我知道是我们这位好国王和好王后叫你们来的。

罗森格兰兹　为了什么目的呢,殿下?

哈姆莱特　那可要请你们指教我了。可是凭着我们朋友间的道义,凭着我们少年时候亲密的情谊,凭着我们始终不渝的友好的精神,凭着比我口才更好的人所能提出的其他一切更有力量的理由,让我要求你们开诚布公,告诉我究竟你们是不是奉命而来的?

罗森格兰兹　(向吉尔登斯吞旁白)你怎么说?

哈姆莱特　(旁白)好,那么我看透你们的行动了。——要是你们爱我,别再抵赖了吧。

吉尔登斯吞　殿下,我们是奉命而来的。

哈姆莱特　让我代你们说明来意,免得你们泄漏了自己的秘密,有负国王、王后的付托。我近来不知为了什么缘故,一点兴致都提不起来,什么游乐的事都懒得过问;在这一种抑郁的心境之下,仿佛负载万物的大地,这一座美好的框架,只是一个不毛的荒岬;这个覆盖众生的苍穹,这一顶壮丽的帐幕,这个金黄色的火球点缀着的庄严的屋宇,只是一大堆污浊的瘴气的集合。人类是一件多么了不得的杰作!多么高贵的理性!多么伟大的力量!多么优美的仪表!多么文雅的举动!在行为上多么像一个天使!在智慧上多么像一个天神!宇宙的精华!万物的灵长!可是在我看来,这一个泥土塑成的生命算得了什么?人类不能使我发生兴趣;不,女人也不能使我发生兴趣,虽然从你现在的微笑之中,我可以看到你在这样想。

罗森格兰兹　殿下,我心里并没有这样的思想。

哈姆莱特 那么当我说"人类不能使我发生兴趣"的时候,你为什么笑起来?

罗森格兰兹 我想,殿下,要是人类不能使您发生兴趣,那么那班戏子们恐怕要来自讨一场没趣了;我们在路上赶过了他们,他们是要到这儿来向您献技的。

哈姆莱特 扮演国王的那个人将要得到我的欢迎,我要在他的御座之前致献我的敬礼;冒险的骑士可以挥舞他的剑盾;情人的叹息不会没有报酬;躁急易怒的角色可以平安下场;小丑将要使那班善笑的观众捧腹;我们的女主角可以坦白诉说她的心事,不用怕那无韵诗的句子脱去板眼。他们是一班什么戏子?

罗森格兰兹 就是您向来所欢喜的那一个班子,在城里专演悲剧的。

哈姆莱特 他们怎么走起江湖来了呢?固定在一个地方演戏,在名誉和进益上都要好得多哩。

罗森格兰兹 我想他们不能在一个地方立足,是为了时势的变化。

哈姆莱特 他们的名誉还是跟我在城里那时候一样吗?他们的观众还是那么多吗?

罗森格兰兹 不,他们现在已经大非昔比了。

哈姆莱特 怎么会这样的?他们的演技退步了吗?

罗森格兰兹 不,他们还是跟从前一样努力;可是,殿下,他们的地位已经被一群羽毛未丰的黄口小儿占夺了去。这些娃娃们的嘶叫博得了台下疯狂的喝彩,他们是目前流行的宠儿,他们的声势压倒了所谓普通的戏班,以至于许多腰佩长剑的上流顾客,都因为惧怕批评家鹅毛管的威力,而不敢到那边去。

哈姆莱特 什么!是一些童伶吗?谁维持他们的生活?他们的薪工是怎么计算的?他们一到不能唱歌的年龄,就不再继续他们的本行了吗?要是他们赚不了多少钱,长大起来多半还是要做普通戏子的,那时候难道他们不会抱怨写戏词的人把他们害了,因为原先叫他们挖苦备至的不正是他们自己的未来前途吗?

罗森格兰兹 真的,两方面闹过不少的纠纷,全国的人都站在旁边恬不为意地呐喊助威,怂恿他们互相争斗。曾经有一个时期,一个脚本非得插进一段编剧家和演员争吵的对话,不然是没有人愿意出钱购买的。

哈姆莱特 有这等事?

吉尔登斯吞 是啊,在那场交锋里,许多人都投入了大量心血。

哈姆莱特 结果是娃娃们打赢了吗?

罗森格兰兹 正是,殿下;连赫剌克勒斯和他背负的地球都成了他们的战利品。①

哈姆莱特 那也没有什么稀奇;我的叔父是丹麦的国王,那些当我父亲在世的时候对他扮鬼脸的人,现在都愿意拿出二十、四十、五十、一百块金洋来买他的一幅小照。哼,这里面有些不是常理可解的地方,要是哲学能够把它推究出来的话。(内喇叭奏花腔)

吉尔登斯吞 这班戏子们来了。

哈姆莱特 两位先生,欢迎你们到艾尔西诺来。把你们的手给我;欢迎总要讲究这些礼节、俗套;让我不要对你们失礼,因为这些戏子们来了以后,我不能不敷衍他们一番,也许你们见了会发生误会,以为我招待你们还不及招待他们殷勤。我欢迎你们;可是我的叔父父亲和婶母母亲可弄错啦。

吉尔登斯吞 弄错了什么,我的好殿下?

哈姆莱特 天上刮着西北风,我才发疯;风从南方吹来的时候,我不会把一只鹰当作了一只鹭鸶。

波洛涅斯重上。

波洛涅斯 祝福你们,两位先生!

哈姆莱特 听着,吉尔登斯吞;你也听着;一只耳朵边有一个人听:你们看见的那个大孩子,还在襁褓之中,没有学会走路哩。

罗森格兰兹 也许他是第二次裹在襁褓里,因为人家说,一个老年人是第二次做婴孩。

---

① 莎士比亚剧团经常在环球剧院演出,该剧院即以赫剌克勒斯背负地球为招牌。

哈姆莱特　我可以预言他是来报告我戏子们来到的消息的；听好。——你说得不错；在星期一早上；正是正是①。

波洛涅斯　殿下，我有消息要来向您报告。

哈姆莱特　大人，我也有消息要向您报告。当罗歇斯②在罗马演戏的时候——

波洛涅斯　那班戏子们已经到这儿来了，殿下。

哈姆莱特　嗤！嗤！

波洛涅斯　凭着我的名誉起誓——

哈姆莱特　那时每一个伶人都骑着驴子而来——

波洛涅斯　他们是全世界最好的伶人，无论悲剧、喜剧、历史剧、田园剧、田园喜剧、田园史剧、历史悲剧、历史田园悲喜剧、场面不变的正宗戏或是摆脱拘束的新派戏，他们无不拿手；塞内加的悲剧不嫌其太沉重，普鲁图斯③的喜剧不嫌其太轻浮。无论在演出规律的或是自由的剧本方面，他们都是唯一的演员。

哈姆莱特　以色列的士师耶弗他④啊，你有一件怎样的宝贝！

波洛涅斯　他有什么宝贝，殿下？

哈姆莱特　嘿，

　　　　　　他有一个独生娇女，
　　　　　　爱她胜过掌上明珠。

波洛涅斯　（旁白）还在提我的女儿。

哈姆莱特　我念得对不对，耶弗他老头儿？

波洛涅斯　要是您叫我耶弗他，殿下，那么我有一个爱如掌珠的娇女。

---

① 哈姆莱特故意说给波洛涅斯听，表示他正在专心和朋友谈话。
② 罗歇斯是古罗马著名演员。
③ 两人均为古罗马的著名戏剧家，前者写悲剧，后者写喜剧。
④ 耶佛他得上帝之助，击败敌人，以其女献祭。见《旧约·士师记》。

哈姆莱特　不,下面不是这样的。
波洛涅斯　那么应当是怎样的呢,殿下?
哈姆莱特　嘿,

　　　　上天不佑,劫数临头。

下面你知道还有,

　　　　偏偏凑巧,谁也难保——

要知道全文,请查这支圣歌的第一节,因为,你瞧,有人来把我的话头打断了。
　　优伶四五人上。
哈姆莱特　欢迎,各位朋友,欢迎欢迎!——我很高兴看见你这样健康。——欢迎,列位。——啊,我的老朋友!你的脸上比我上次看见你的时候,多长了几根胡子,格外显得威武啦;你是要到丹麦来向我挑战吗?啊,我的年轻的姑娘!凭着圣母起誓,您穿上了一双高底木靴,比我上次看见您的时候更苗条得多啦;求求上帝,但愿您的喉咙不要沙嘎得像一面破碎的铜锣才好!各位朋友,欢迎欢迎!我们要像法国的鹰师一样,不管看见什么就撒出鹰去;让我们立刻就来念一段剧词。来,试一试你们的本领,来一段激昂慷慨的剧词。
伶甲　殿下要听的是哪一段?
哈姆莱特　我曾经听见你向我背诵过一段台词,可是它从来没有上演过;即使上演,也不会有一次以上,因为我记得这本戏并不受大众的欢迎。它是不合一般人口味的鱼子酱;可是照我的意思看来,还有其他在这方面比我更有权威的人也抱着同样的见解,它是一本绝妙的戏剧,场面支配得很是适当,文字质朴而富于技巧。我记得有人这样说过:哪出戏里没有滥加提味的作料,字里行间毫无矫揉造作的痕迹;他把它称为一种老老实实的写法，兼有刚健与柔和之美，壮丽而不流于纤巧。其中有一段话是我最喜爱的，那就是埃涅阿斯对狄多讲述的故事，尤其是讲到普里阿摩斯被杀的那一节。要是你们还没有把它忘记，请从这一行念起；让我想想，让我想想：——

  野蛮的皮洛斯像猛虎一样——

不，不是这样；但是的确是从皮洛斯开始的；——

  野蛮的皮洛斯蹲伏在木马之中，
  黝黑的手臂和他的决心一样，
  像黑夜一般阴森而恐怖；
  在这黑暗狰狞的肌肤之上，
  现在更染上令人惊怖的纹章，
  从头到脚，他全身一片殷红，
  溅满了父母子女们无辜的血；
  那些燃烧着熊熊烈火的街道，
  发出残忍而惨恶的凶光，
  照亮敌人去肆行他们的杀戮，
  也焙干了到处横流的血泊；
  冒着火焰的熏炙，像恶魔一般，
  全身胶黏着凝结的血块，
  圆睁着两颗血红的眼睛，
  来往寻找普里阿摩斯老王的踪迹。

你接下去吧。
波洛涅斯 上帝在上，殿下，您念得好极了；真是抑扬顿挫，曲尽其妙。
伶甲
  那老王正在苦战，

但是砍不着和他对敌的希腊人；
一点不听他手臂的指挥，
他的古老的剑锵然落地；
皮洛斯瞧他孤弱可欺，
疯狂似的向他猛力攻击，
凶恶的利刃虽然没有击中，
一阵风却把那衰弱的老王搠倒。
这一下打击有如天崩地裂，
惊动了没有感觉的伊利恩①。
冒着火焰的城楼霎时坍下，
那轰然的巨响像一个霹雳，
震聋了皮洛斯的耳朵；瞧！
他的剑还没砍下普里阿摩斯
白发的头颅，却已在空中停住；
像一个涂朱抹彩的暴君，
对自己的行为漠不关心，
他兀立不动。
在一场暴风雨未来以前，
天上往往有片刻的宁寂，
一块块乌云静悬在空中，
狂风悄悄地收起它的声息，
死样的沉默笼罩整个大地；
可是就在这片刻之内，
可怕的雷鸣震裂了天空。
经过暂时的休止，杀人的暴念
重新激起了皮洛斯的精神；
库克罗普斯②为战神铸造甲胄，

---

① 伊利恩，特洛亚的别名。
② 古希腊神话中的独眼巨人。

那巨力的锤击，还不及皮洛斯
　　　流血的剑向普里阿摩斯身上劈下
　　　那样凶狠无情。
　　　去，去，你娼妇一样的命运！
　　　天上的诸神啊！剥去她的权力，
　　　不要让她僭窃神明的宝座；
　　　拆毁她的车轮，把它滚下神山，
　　　直到地狱的深渊。

波洛涅斯　这一段太长啦。
哈姆莱特　它应当跟你的胡子一起到理发匠那儿去薙一薙。念下去吧。他只爱听俚俗的歌曲和淫秽的故事，否则他就要瞌睡的。念下去；下面要讲到赫卡柏了。
伶甲　　　　可是啊！谁看见那蒙脸的王后——
哈姆莱特　"那蒙脸的王后"？
波洛涅斯　那很好；"蒙脸的王后"是很好的句子。
伶甲

　　　满面流泪，在火焰中赤脚奔走，
　　　一块布覆在失去宝冕的头上，
　　　也没有一件蔽体的衣服，
　　　只有在惊惶中抓到的一幅毡巾，
　　　裹住她瘦削而多产的腰身；
　　　谁见了这样伤心惨目的景象，
　　　不要向残酷的命运申申毒詈？
　　　她看见皮洛斯以杀人为戏，
　　　正在把她丈夫的肢体脔割，
　　　忍不住大放哀声，那凄凉的号叫——
　　　除非人间的哀乐不能感动天庭——
　　　即使天上的星星也会陪她流泪，
　　　假使那时诸神曾在场目击，

他们的心中都要充满悲愤。

波洛涅斯　瞧，他的脸色都变了，他的眼睛里已经含着眼泪！不要念下去了吧。

哈姆莱特　很好，其余的部分等会儿再念给我听吧。大人，请您去找一处好好的地方安顿这一班伶人。听着，他们是不可怠慢的，因为他们是这一个时代的缩影；宁可在死后得到一首恶劣的墓铭，不要在生前受他们一场刻毒的讥讽。

波洛涅斯　殿下，我按着他们应得的名分对待他们就是了。

哈姆莱特　哎哟，朋友，还要客气得多哩！要是照每一个人应得的名分对待他，那么谁逃得了一顿鞭子？照你自己的名誉地位对待他们；他们越是不配受这样的待遇，越可以显出你的谦虚有礼。领他们进去。

波洛涅斯　来，各位朋友。

哈姆莱特　跟他去，朋友们；明天我们要听你们唱一本戏。（波洛涅斯偕众伶下，伶甲独留）听着，老朋友，你会演《贡扎古之死》吗？

伶甲　会演的，殿下。

哈姆莱特　那么我们明天晚上就把它上演。也许我为了必须的理由，要另外写下约莫十几行句子的一段剧词插进去，你能够把它预先背熟吗？

伶甲　可以，殿下。

哈姆莱特　很好。跟着那位老爷去；留心不要取笑他。（伶甲下。向罗森格兰兹、吉尔登斯吞）我的两位好朋友，我们今天晚上再见；欢迎你们到艾尔西诺来！

吉尔登斯吞　再会，殿下！（罗森格兰兹、吉尔登斯吞同下）

哈姆莱特　好，上帝和你们同在！现在我只剩一个人了。啊，我是一个多么不中用的蠢材！这一个伶人不过在一本虚构的故事、一场激昂的幻梦之中，却能够使他的灵魂融化在他的意象里，在它的影响之下，他的整个的脸色变成惨白，他的眼中洋溢着热泪，他的神情流露着仓皇，他的声音是这么呜咽凄凉，他的全部动作都表现得和他的意象一致，这不是极其不可思议的吗？而且一点也不为了什么！为了赫卡柏！赫卡柏对他有什么相干，他对赫卡柏又有什么相干，他却要为她流泪？要是他也有了像我所有的那样使人痛心的理由，他将要怎样呢？他一定会让眼泪淹没了舞台，用可怖的字句震裂了听众的耳朵，使有罪的人发狂，使无罪的人惊骇，使愚昧无知的人惊慌失措，使所有的耳目迷乱了它们的功能。可是我，一个糊涂颠顶的家伙，垂头丧气，一天到晚像在做梦似的，忘记了杀父的大仇；虽然一个国王给人家用万恶的手段掠夺了他的权位，杀害了他的最宝贵的生命，我却始终哼不出一句话来。我是一个懦夫吗？谁骂我恶人？谁敲破我的脑壳？谁拔去我的胡子，把它吹在我的脸上？谁扭我的鼻子？谁当面指斥我胡说？谁对我做这种事？嘿！我应该忍受这样的侮辱，因为我是一个没有心肝、逆来顺受的怯汉，否则我早已用这奴才的尸肉，喂肥了满天盘旋的乌鸢了。嗜血的、荒淫的恶贼！狠心的、奸诈的、淫邪的、悖逆的恶贼！啊！复仇！——嗨，我真是个蠢材！我的亲爱的父亲被人谋杀了，鬼神都在鞭策我复仇，我这做儿子的却像一个下流女人似的，只会用空言发发牢骚，学起泼妇骂街的样子来，在我已经是了不得的了！呸！呸！活动起来吧，我的脑筋！我听人家说，犯罪的人在看戏的时候，因为台上表演的巧妙，有时会激动天良，当场供认他们的罪恶；因为暗杀的事情无论干得怎样秘密，总会借着神奇的喉舌泄露出来。我要叫这班伶人在我的叔父面前表演一本跟我的父亲的惨死情节相仿的戏剧，我就在一旁窥察他的神色；我要探视到他的灵魂的深处，要是他稍露惊骇不安之态，我就知道我应该怎么办。我所看见的幽灵也许是魔鬼的化身，借着一个美好的形状出现，魔鬼是有这一种本领的；对于柔弱忧郁的灵魂，他最容易发挥他的力量；也许他看准了我的柔弱和忧郁，才来向我作祟，要把我引诱到沉沦的路上。我要先得到一些比这更切实的证据；凭着这一本戏，我可以发掘国王内心的隐秘。（下）

第三幕

第一场　城堡中一室

国王、王后、波洛涅斯、奥菲利娅、罗森格兰兹及吉尔登斯吞上。

国王　你们不能用迂回婉转的方法，探出他为什么这样神魂颠倒，让紊乱而危险的疯狂困扰他的安静的生活吗？

罗森格兰兹　他承认他自己有些神经迷惘，可是绝口不肯说为了什么缘故。

吉尔登斯吞　他也不肯虚心接受我们的探问；当我们想要引导他吐露他自己的一些真相的时候，他总是用假作痴呆的神气故意回避。

王后　他对待你们还客气吗？

罗森格兰兹　很有礼貌。

吉尔登斯吞　可是不大自然。

罗森格兰兹　他很吝惜自己的话，可是我们问他话的时候，他回答起来却是毫无拘束。

王后　你们有没有劝诱他找些什么消遣？

罗森格兰兹　娘娘，我们来的时候，刚巧有一班戏子也要到这儿来，给我们赶过了，我们把这消息告诉了他，他听了好像很高兴。现在他们已经到了宫里，我想他已经吩咐他们今晚为他演出了。

波洛涅斯 一点不错，他还叫我来请两位陛下同去看看他们演得怎样哩。

国王 那好极了；我非常高兴听见他在这方面感到兴趣。请你们两位还要更进一步鼓起他的兴味，把他的心思移转到这种娱乐上面。

罗森格兰兹 是，陛下。（罗森格兰兹、吉尔登斯吞同下）

国王 亲爱的乔特鲁德，你也暂时离开我们；因为我们已经暗中差人去唤哈姆莱特到这儿来，让他和奥菲利娅见见面，就像他们偶然相遇一般。她的父亲跟我两人将要权充一下密探，躲在可以看见他们，却不能被他们看见的地方，注意他们会面的情形，从他的行为上判断他的疯病究竟是不是因为恋爱上的苦闷。

王后 我愿意服从您的意旨。奥菲利娅，但愿你的美貌果然是哈姆莱特疯狂的原因；更愿你的美德能够帮助他恢复原状，使你们两人都能安享尊荣。

奥菲利娅 娘娘，但愿如此。（王后下）

波洛涅斯 奥菲利娅，你在这儿走走。陛下，我们就去躲起来吧。（向奥菲利娅）你拿这本书去读，他看见你这样用功，就不会疑心你为什么一个人在这儿了。人们往往用至诚的外表和虔敬的行动，掩饰一颗魔鬼般的内心，这样的例子是太多了。

国王 （旁白）啊，这句话是太真实了！它在我的良心上抽了多么重的一鞭！涂脂抹粉的娼妇的脸，还不及掩藏在虚伪的言辞后面的我的行为更丑恶。难堪的重负啊！

波洛涅斯 我听见他来了；我们退下去吧，陛下。（国王及波洛涅斯下）

哈姆莱特上。

哈姆莱特 生存还是毁灭，这是一个值得考虑的问题；默然忍受命运的暴虐的毒箭、或是挺身反抗人世的无涯的苦难，通过斗争把它们扫清，这两种行为，哪一种更高贵？死了；睡着了；什么都完了；要是在这一种睡眠之中，我们心头的创痛，以及其他无数血肉之躯所不能避免的打击，都可以从此消失，那正是我们求之不得的结局。死了；睡着了；睡着了也许还会做梦；嗯，阻碍就在这儿：因为当我们摆脱了这一具朽腐的皮囊以后，在那死的睡眠里，究竟将要做些什么梦，那不能不使我们踌躇顾虑。人们甘心久困于患难之中，也就是为了这个缘故；谁愿意负着这样的重担，在烦劳的生命的压迫下呻吟流汗，倘不是因为惧怕不可知的死后，惧怕那从来不曾有一个旅人回来过的神秘之国，是它迷惑了我们的意志，使我们宁愿忍受目前的磨折，不敢向我们所不知道的痛苦飞去？这样，重重的顾虑使我们全变成了懦夫，决心的赤热的光彩，被审慎的思维盖上了一层灰色，伟大的事业在这一种考虑之下，也会逆流而退，失去了行动的意义。且慢！美丽的奥菲利娅！——女神，在你的祈祷之中，不要忘记替我忏悔我的罪孽。

奥菲利娅 我的好殿下，您这许多天来贵体安好吗？

哈姆莱特 谢谢你，很好，很好，很好。

奥菲利娅 殿下，我有几件您送给我的纪念品，我早就想把它们还给您；请您现在收回去吧。

哈姆莱特 不，我不要；我从来没有给你什么东西。

奥菲利娅 殿下，我记得很清楚您把它们送给了我，那时候您还向我说了许多甜言蜜语，使这些东西格外显得贵重；现在它们的芳香已经消散，请您拿回去吧，因为在有骨气的人看来，送礼的人要是变了心，礼物虽贵，也会失去了价值。拿去吧，殿下。

哈姆莱特 哈哈！你贞洁吗？

奥菲利娅 殿下！

哈姆莱特 你美丽吗？

奥菲利娅 殿下是什么意思？

哈姆莱特 要是你既贞洁又美丽，那么你的贞洁应该断绝跟你的美丽来往。

奥菲利娅 殿下，难道美丽除了贞洁以外，还有什么更好的伴侣吗？

哈姆莱特　嗯，真的；因为美丽可以使贞洁变成淫荡，贞洁却未必能使美丽受它自己的感化；这句话从前像是怪诞之谈，可是现在时间已经把它证实了。我的确曾经爱过你。

奥菲利娅　真的，殿下，您曾经使我相信您爱我。

哈姆莱特　你当初就不应该相信我，因为美德不能熏陶我们罪恶的本性；我没有爱过你。

奥菲利娅　那么我真是受了骗了。

哈姆莱特　进尼姑庵去吧；为什么你要生一群罪人出来呢？我自己还不算是一个顶坏的人，可是我可以指出我的许多过失，一个人有了那些过失，他的母亲还是不要生下他来的好。我很骄傲，有仇必报，富于野心，我的罪恶是那么多，连我的思想也容纳不下，我的想象也不能给它们形象，甚至于我都没有充分的时间可以把它们实行出来。像我这样的家伙，匍匐于天地之间，有什么用处呢？我们都是些十足的坏人；一个也不要相信我们。进尼姑庵去吧。你的父亲呢？

奥菲利娅　在家里，殿下。

哈姆莱特　把他关起来，让他只好在家里发发傻劲。再会！

奥菲利娅　哎哟，天哪！救救他！

哈姆莱特　要是你一定要嫁人，我就把这一个咒诅送给你做嫁奁：尽管你像冰一样坚贞，像雪一样纯洁，你还是逃不过谗人的诽谤。进尼姑庵去吧，去；再会！或者要是你必须嫁人的话，就嫁给一个傻瓜吧；因为聪明人都明白你们会叫他们变成怎样的怪物。进尼姑庵去吧，去；越快越好。再会！

奥菲利娅　天上的神明啊，让他清醒过来吧！

哈姆莱特　我也知道你们会怎样涂脂抹粉；上帝给了你们一张脸，你们又替自己另外造了一张。你们烟视媚行，淫声浪气，替上帝造下的生物乱取名字，卖弄你们不懂事的风骚。算了吧，我再也不敢领教了；它已经使我发了狂。我说，我们以后再不要结什么婚了；已经结过婚的，除了一个人以外，都可以让他们活下去；没有结婚的不准再结婚，进尼姑庵去吧，去。（下）

奥菲利娅 啊，一颗多么高贵的心是这样陨落了！朝臣的眼睛、学者的辩舌、军人的利剑、国家所瞩望的一朵娇花；时流的明镜、人伦的雅范、举世瞩目的中心，这样无可挽回地陨落了！我是一切妇女中间最伤心而不幸的，我曾经从他音乐一般的盟誓中吮吸芬芳的甘蜜，现在却眼看着他的高贵无上的理智，像一串美妙的银铃失去了谐和的音调，无比的青春美貌，在疯狂中凋谢！啊！我好苦，谁料过去的繁华，变作今朝的泥土！（退后）

　　国王及波洛涅斯重上。

国王 恋爱！他的精神错乱不像是为了恋爱；他说的话虽然有些颠倒，也不像是疯狂。他有些什么心事盘踞在他的灵魂里，我怕它也许会产生危险的结果。为了防止万一，我已经当机立断，决定了一个办法：他必须立刻到英国去，向他们追索延宕未纳的贡物；也许他到海外各国游历一趟以后，时时变换的环境，可以替他排解去这一桩使他神思恍惚的心事。你看怎么样？

波洛涅斯 那很好；可是我相信他的烦闷的根本原因，还是为了恋爱上的失意。啊，奥菲利娅！你不用告诉我们哈姆莱特殿下说些什么话；我们全都听见了。陛下，照您的意思办吧；可是您要是认为可以的话，不妨在戏剧终场以后，让他的母后独自一人跟他在一起，恳求他向她吐露他的心事；她必须很坦白地跟他谈谈，我就找一个所在听他们说些什么。要是她也探听不出他的秘密来，您就叫他到英国去，或者凭着您的高见，把他关禁在一个适当的地方。

国王 就这样吧；大人物的疯狂是不能听其自然的。（同下）

第二场　城堡中的厅堂

　　哈姆莱特及若干伶人上。

哈姆莱特 请你念这段剧词的时候，要照我刚才读给你听的那样子，一个字一个字打舌头上很轻快地吐出来；要是你也像多数的伶人们一样，只会拉开了喉咙嘶叫，那么我宁愿叫那宣布告示的公差念我这几行词句。也不要老是把你的手在空中这么摇挥；

一切动作都要温文，因为就是在洪水暴风一样的感情激发之中，你也必须取得一种节制，免得流于过火。啊！我顶不愿意听见一个披着满头假发的家伙在台上乱嚷乱叫，把一段感情片片撕碎，让那些只爱热闹的低级观众听了出神，他们中间的大部分是除了欣赏一些莫名其妙的手势以外，什么都不懂。我可以把这种家伙抓起来抽一顿鞭子，因为他把妥玛刚特形容过分，希律王的凶暴也要对他甘拜下风①。请你留心避免才好。

伶甲 我留心着就是了，殿下。

哈姆莱特 可是太平淡了也不对，你应该接受你自己的常识的指导，把动作和言语互相配合起来；特别要注意到这一点，你不能越过自然的常道；因为任何过分的表现都是和演剧的原意相反的，自有戏剧以来，它的目的始终是反映自然，显示善恶的本来面目，给它的时代看一看它自己演变发展的模型。要是表演得过分了或者太懈怠了，虽然可以博外行的观众一笑，明眼之士却要因此而皱眉；你必须看重这样一个卓识者的批评甚于满场观众盲目的毁誉。啊！我曾经看见有几个伶人演戏，而且也听见有人把他们极力捧场，说一句比喻不伦的话，他们既不会说基督徒的语言，又不会学着基督徒、异教徒或者一般人的样子走路，瞧他们在台上大摇大摆，使劲叫喊的样子，我心里就想一定是什么造化的雇工把他们造了下来：造得这样拙劣，以至于全然失去了人类的面目。

伶甲 我希望我们在这方面已经有了相当的纠正了。

哈姆莱特 啊！你们必须彻底纠正这一种弊病。还有你们那些扮演小丑的，除了剧本上专为他们写下的台词以外，不要让他们临时编造一些话加上去。往往有许多小丑爱用自己的笑声，引起台下一些无知的观众的哄笑，虽然那时候全场的注意力应当集中于其他更重要的问题上；这种行为是不可恕的，它表示出那

---

① 妥玛刚特是当地基督徒虚构的伊斯兰教神祇；希律王是耶稣诞生时犹太人的君主。

丑角的可鄙的野心。去，准备起来吧。（伶人等同下）

　　　　　波洛涅斯、罗森格兰兹及吉尔登斯吞上。

哈姆莱特　啊，大人，王上愿意来听这一本戏吗？

波洛涅斯　他跟娘娘都就要来了。

哈姆莱特　叫那些戏子们赶紧点儿。（波洛涅斯下）你们两人也去帮着催催他们。

罗森格兰兹
吉尔登斯吞　是，殿下。（罗森格兰兹、吉尔登斯吞下）

哈姆莱特　喂！霍拉旭！

　　　　　霍拉旭上。

霍拉旭　有，殿下。

哈姆莱特　霍拉旭，你是我所交结的人们中间最正直的一个人。

霍拉旭　啊，殿下！

哈姆莱特　不，不要以为我在恭维你；你除了你的善良的精神以外，身无长物，我恭维了你又有什么好处呢？为什么要向穷人恭维？不，让蜜糖一样的嘴唇去吮舐愚妄的荣华，在有利可图的所在屈下他们生财富有道的膝盖来吧。听着。自从我能够辨别是非、察择贤愚以后，你就是我灵魂里选中的一个人，因为你虽然经历一切的颠沛，却不曾受到一点伤害，命运的虐待和恩宠，你都是受之泰然；能够把感情和理智调整得那么适当，命运不能把他玩弄于指掌之间，那样的人是有福的。给我一个不为感情所奴役的人，我愿意把他珍藏在我的心坎，我的灵魂的深处，正像我对你一样。这些话现在也不必多说了。今晚我们要在国王面前演一出戏，其中有一场的情节跟我告诉过你的我的父亲的死状颇相仿佛；当那幕戏正在串演的时候，我要请你集中你的全副精神，注视我的叔父，要是他在听到了那一段戏词以后，他的隐藏的罪恶还是不露出一丝痕迹来，那么我们所看见的那个鬼魂一定是个恶魔，我的幻想也就像铁匠的砧石那样黑漆一团了。留心看他；我也要把我的眼睛看定他的脸上；过后我们再把各人观察的结果综合起来，给他下一个判断。

霍拉旭 很好，殿下；在演这出戏的时候，要是他在容色举止之间，有什么地方逃过了我们的注意，请您唯我是问。

哈姆莱特 他们来看戏了；我必须装出一副糊涂样子。你去拣一个地方坐下。

    奏《丹麦进行曲》，喇叭奏花腔。国王、王后、波洛涅斯、奥菲利娅、罗森格兰兹、吉尔登斯吞及余人等上。

国王 你过得好吗，哈姆莱特贤侄？

哈姆莱特 很好，好极了；我过的是变色蜥蜴的生活，整天吃空气，肚子让甜言蜜语塞满了；这可不是你们填鸭子的办法。

国王 你这种话真是答非所问，哈姆莱特；我不是那个意思。

哈姆莱特 不，我现在也没有那个意思。（向波洛涅斯）大人，您说您在大学里念书的时候，曾经演过一回戏吗？

波洛涅斯 是的，殿下，他们都称赞我是一个很好的演员哩。

哈姆莱特 您扮演什么角色呢？

波洛涅斯 我扮的是裘力斯·恺撒；勃鲁托斯在朱庇特神殿里把我杀死。

哈姆莱特 他在神殿里杀死了那么好的一头小牛，真太残忍了。那班戏子已经预备好了吗？

罗森格兰兹 是，殿下，他们在等候您的旨意。

王后 过来，我的好哈姆莱特，坐在我的旁边。

哈姆莱特 不，好妈妈，这儿有一个更迷人的东西哩。

波洛涅斯 （向国王）啊哈！您看见吗？

哈姆莱特 小姐，我可以睡在您的怀里吗？

奥菲利娅 不。殿下。

哈姆莱特 我的意思是说，我可以把我的头枕在您的膝上吗？

奥菲利娅 嗯，殿下。

哈姆莱特 您以为我在转着下流的念头吗？

奥菲利娅 我没有想到，殿下。

哈姆莱特 睡在姑娘大腿的中间，想起来倒是很有趣的。

奥菲利娅 什么，殿下？

哈姆莱特 没有什么。

奥菲利娅 您在开玩笑哩,殿下。

哈姆莱特 谁,我吗?

奥菲利娅 嗯,殿下。

哈姆莱特 上帝啊!要说玩笑,那就得属我了。一个人为什么不说说笑笑呢?您瞧,我的母亲多么高兴,我的父亲还不过死了两个钟头。

奥菲利娅 不,已经四个月了,殿下。

哈姆莱特 这么久了吗?哎哟,那么让魔鬼去穿孝服吧,我可要去做一身貂皮的新衣啦。天啊!死了两个月,还没有把他忘记吗?那么也许一个大人物死了以后,他的记忆还可以保持半年之久;可是凭着圣母起誓,他必须造下几所教堂,否则他就要跟那被遗弃的木马一样,没有人再会想念他了。

　　　　高音笛奏乐。哑剧登场。

　　　　一国王及一王后上,状极亲热,互相拥抱。后跪地,向王作宣誓状,王扶后起,俯首后颈上。王就花坪上睡下;后见王睡熟离去。另一人上,自王头上去冠,吻冠,注毒药于王耳下。后重上,见王死,作哀恸状。下毒者率其他二三人重上,佯作陪后悲哭状。从者舁王尸下。下毒者以礼物赠后,向其乞爱;后先作憎恶不愿状,卒允其请。同下。

奥菲利娅 这是什么意思,殿下?

哈姆莱特 呃,这是阴谋诡计、不干好事的意思。

奥菲利娅 大概这一场哑剧就是全剧的本事了。

　　　　致开场词者上。

哈姆莱特 这家伙可以告诉我们一切;演戏的都不能保守秘密,他们什么话都会说出来。

奥菲利娅 他也会给我们解释方才那场哑剧有什么奥妙吗?

哈姆莱特 是啊;这还不算,只要你做给他看什么,他也能给你解释什么;只要你做出来不害臊,他解释起来也决不害臊。

奥菲利娅 殿下真是淘气,真是淘气。我还是看戏吧。

开场词者

> 这悲剧要是演不好,
> 要请各位原谅指教,
> 小的在这厢有礼了。(致开场词者下)

哈姆莱特 这算开场词呢,还是指环上的诗铭?
奥菲利娅 它很短,殿下。
哈姆莱特 正像女人的爱情一样。

二伶人扮国王、王后上。

伶王

> 日轮已经盘绕三十春秋,
> 那茫茫海水和滚滚地球,
> 月亮吐耀着借来的晶光,
> 三百六十回向大地环航,
> 自从爱把我们缔结良姻,
> 许门替我们证下了鸳盟。

伶后

> 愿日月继续他们的周游,
> 让我们再厮守三十春秋!
> 可是唉,你近来这样多病,
> 郁郁寡欢,失去旧时高兴,
> 好叫我满心里为你忧惧。
> 可是,我的主,你不必疑虑;
> 女人的忧伤像爱情一样,
> 不是太少,就是超过分量;
> 你知道我爱你是多么深,
> 所以才会有如此的忧心。
> 越是相爱,越是挂肚牵胸;
> 不这样哪显得你我情浓?

伶王

  爱人,我不久必须离开你,
  我的全身将要失去生机;
  留下你在这繁华的世界
  安享尊荣,受人们的敬爱:
  也许再嫁一位如意郎君

伶后

  啊!我断不是那样薄情人,
  我倘忘旧迎新,难邀天恕,
  再嫁的除非是杀夫淫妇。

哈姆莱特 (旁白)苦恼,苦恼!

伶后

  妇人失节大半贪慕荣华,
  多情女子决不另抱琵琶;
  我要是与他人共枕同衾,
  怎么对得起地下的先灵!

伶王

  我相信你的话发自心田,
  可是我们往往自食前言。
  志愿不过是记忆的奴隶,
  总是有始无终,虎头蛇尾,
  像未熟的果子密布树梢,
  一朝红烂就会离去枝条。
  我们对自己所负的债务,
  最好把它丢在脑后不顾;
  一时的热情中发下誓愿,

心冷了，那意志也随云散。
过分的喜乐，剧烈的哀伤，
反会毁害了感情的本常。
人世间的哀乐变幻无端，
痛哭转瞬早变成了狂欢。
世界也会有毁灭的一天，
何怪爱情要随境遇变迁；
有谁能解答这一个哑谜，
是境由爱造？是爱逐境移？
失财势的伟人举目无亲；
走时运的穷酸仇敌逢迎。
这炎凉的世态古今一辙：
富有的门庭挤满了宾客；
要是你在穷途向人求助，
即使知交也要情同陌路。
把我们的谈话拉回本题，
意志命运往往背道而驰，
决心到最后会全部推倒，
事实的结果总难符预料。
你以为你自己不会再嫁，
只怕我一死你就要变卦。

伶后

地不要养我，天不要亮我！
昼不得游乐，夜不得安卧！
毁灭了我的希望和信心；
铁锁囚门把我监禁终身！
每一种恼人的飞来横逆，
把我一重重的心愿摧折！
我倘死了丈夫再作新人，

让我生前死后永陷沉沦！

哈姆莱特　要是她现在背了誓！

伶王

难为你发这样重的誓愿。
爱人，你且去；我神思昏倦，
想要小睡片刻。（睡）

伶后

愿你安睡；
上天保佑我俩永无灾悔！（下）

哈姆莱特　母亲，您觉得这出戏怎样？

王后　我觉得那女人在表白心迹的时候，说话过火了一些。

哈姆莱特　啊，可是她会守约的。

国王　这本戏是怎么一个情节？里面没有什么要不得的地方吗？

哈姆莱特　不，不，他们不过开玩笑毒死了一个人；没有什么要不得的。

国王　戏名叫什么？

哈姆莱特　《捕鼠机》。呃，怎么？这是一个象征的名字。戏中的故事影射着维也纳的一件谋杀案。贡扎古是那公爵的名字；他的妻子叫做白普蒂丝妲。您看下去就知道是怎么一回事啦。这是个很恶劣的作品，可是那有什么关系？它不会对您陛下跟我们这些灵魂清白的人有什么相干；让那有毛病的马儿去惊跳退缩吧，我们的肩背都是好好的。

　　　　一伶人扮琉西安纳斯上。

哈姆莱特　这个人叫做琉西安纳斯，是那国王的侄子。

奥菲利娅　您很会解释剧情，殿下。

哈姆莱特　要是我看见傀儡戏搬演您跟您爱人的故事，我也会替你们解释的。

奥菲利娅 您的嘴真厉害,殿下,您的嘴真厉害。
哈姆莱特 我要是真厉害起来,你非得哼哼不可。
奥菲利娅 说好就好,说糟就糟。
哈姆莱特 女人嫁丈夫也是一样。动手吧,凶手!混账东西,别扮鬼脸了,动手吧!来;哇哇的乌鸦发出复仇的啼声。

琉西安纳斯

> 黑心快手,遇到妙药良机;
> 趁着没人看见事不宜迟。
> 你夜半采来的毒草炼成,
> 赫卡忒的咒语念上三巡,
> 赶快发挥你凶恶的魔力,
> 让他的生命速归于幻灭。(以毒药注入睡者耳中)

哈姆莱特 他为了觊觎权位,在花园里把他毒死。他的名字叫贡扎古;那故事原文还存在,是用很好的意大利文写成的。底下就要做到那凶手怎样得到贡扎古的妻子的爱了。
奥菲利娅 王上站起来了!
哈姆莱特 什么!给一响空枪吓怕了吗?
王后 陛下怎么样啦?
波洛涅斯 不要演下去了!
国王 给我点起火把来!去!
众人 火把!火把!火把!(除哈姆莱特、霍拉旭外均下)
哈姆莱特 嘿,让那中箭的母鹿掉泪,
  没有伤的公鹿自去游玩:
  有的人失眠,有的人酣睡。
  世界就是这样循环轮转。
  老兄,要是我的命运跟我作起对来,凭着我这念词的本领,头上插上满头的羽毛,开缝的靴子上再缀上两朵绢花,你想我能不能在戏班子里插足?

霍拉旭　也许他们可以让您领半额包银。

哈姆莱特　我可要领全额的。
因为你知道，亲爱的朋友，
这一个荒凉破碎的国土
原本是乔武统治的雄邦，
而今王位上却坐着——孔雀。

霍拉旭　您该押韵才是。

哈姆莱特　啊，好霍拉旭！那鬼魂真的没有骗我。你看见吗？

霍拉旭　看见的，殿下。

哈姆莱特　在那演戏的一提到毒药的时候？

霍拉旭　我看得他很清楚。

哈姆莱特　啊哈！来，奏乐！来，那吹笛子的呢？
要是国王不爱这出喜剧，
那么他多半是不能赏识。
来，奏乐！

罗森格兰兹及吉尔登斯吞重上。

吉尔登斯吞　殿下，允许我跟您说句话。

哈姆莱特　好，你对我讲全部历史都可以。

吉尔登斯吞　殿下，王上——

哈姆莱特　嗯，王上怎么样？

吉尔登斯吞　他回去以后，非常不舒服。

哈姆莱特　喝醉了吗？

吉尔登斯吞　不，殿下，他在发脾气。

哈姆莱特　你应该把这件事告诉他的医生，才算你的聪明；因为叫我去替他诊视，恐怕反而更会激动他的脾气的。

吉尔登斯吞　好殿下，请您说话检点些，别这样拉扯下去。

哈姆莱特　好，我是听话的，你说吧。

吉尔登斯吞　您的母后心里很难过，所以叫我来。

哈姆莱特　欢迎得很。

吉尔登斯吞　不，殿下，这一种礼貌是用不着的。要是您愿意给我一个好好的回答，我就把您母亲的意旨向您传达；不然的话，请您原谅我，让我就这么回去，我的事情就算完了。

哈姆莱特 我不能。

吉尔登斯吞 您不能什么，殿下？

哈姆莱特 我不能给你一个好好的回答，因为我的脑子已经坏了；可我所能够给你的回答，你——我应该说我的母亲——可以要多少有多少。所以别说废话，言归正传吧；你说我的母亲——

罗森格兰兹 她这样说，您的行为使她非常吃惊。

哈姆莱特 即使她十次是我的母亲，我也一定服从她。你还有什么别的事情？

罗森格兰兹 殿下，我曾经蒙您错爱。

哈姆莱特 凭着我这双扒手起誓，我现在还是欢喜你的。

罗森格兰兹 好殿下，您心里这样不痛快，究竟为了什么原因？要是您不肯把您的心事告诉您的朋友，那恐怕会害您自己失去自由。

哈姆莱特 我不满足我现在的地位。

罗森格兰兹 怎么！王上自己已经亲口把您立为王位的继承者了，您还不能满足吗？

哈姆莱特 嗯，可是"要等草儿青青——"① 这句老话也有点儿发了霉啦。

　　　　　　乐工等持笛上。

哈姆莱特 啊！笛子来了；拿一支给我。跟你们退后一步说话；为什么你们总这样千方百计地绕到我下风的一面，好像一定要把我逼进你们的圈套？

吉尔登斯吞 啊！殿下，要是我有太冒昧放肆的地方，那都是因为我对于您敬爱太深的缘故。

哈姆莱特 我不大懂得你的话。你愿意吹吹这笛子吗？

吉尔登斯吞 殿下，我不会吹。

---

① 俗谚："要等草儿青青，马儿早已饿死。"

哈姆莱特 请你吹一吹。

吉尔登斯吞 我真的不会吹。

哈姆莱特 请你不要客气。

吉尔登斯吞 我真的一点不会,殿下。

哈姆莱特 那是跟说谎一样容易的;你只要用你的手指按着这些笛孔,把你的嘴放在上面一吹,它就会发出最好听的音乐来。瞧,这些是音栓。

吉尔登斯吞 可是我不会从它里面吹出谐和的曲调来;我不懂那技巧。

哈姆莱特 哼,你把我看成了什么东西!你会玩弄我;你自以为摸得到我的心窍;你想要探出我的内心的秘密;你会从我的最低音试到我的最高音;可是在这支小小的乐器之内,藏着绝妙的音乐,你却不会使它发出声音来。哼,你以为玩弄我比玩弄一支笛子容易吗?无论你把我叫作什么乐器,你也只能撩拨我,不能玩弄我。

　　　　波洛涅斯重上。

哈姆莱特 上帝祝福你,先生!

波洛涅斯 殿下,娘娘请您立刻就去见她说话。

哈姆莱特 你看见那片像骆驼一样的云吗?

波洛涅斯 哎哟,它真的像一头骆驼。

哈姆莱特 我想它还是像一头鼬鼠。

波洛涅斯 它拱起了背,正像是一头鼬鼠。

哈姆莱特 还是像一条鲸鱼吧?

波洛涅斯 很像一条鲸鱼。

哈姆莱特 那么等一会儿我就去见我的母亲。(旁白)我给他们愚弄得再也忍不住了。(高声)我等一会儿就来。

波洛涅斯 我就去这么说。(下)

哈姆莱特 说等一会儿是很容易的。离开我,朋友们。(除哈姆莱特外均下)现在是一夜之中最阴森的时候,鬼魂都在此刻从坟墓里出来,地狱也要向人世吐放疠气;现在我可以痛饮热腾腾的鲜血，干那白昼所不敢正视的残忍的行为。且慢！我还要到我母亲那儿去一趟。心啊！不要失去你的天性之情，永远不要让尼禄①的灵魂潜入我这坚定的胸怀；让我做一个凶徒，可是不要做一个逆子。我要用利剑一样的说话刺痛她的心，可是决不伤害她身体上一根毛发；我的舌头和灵魂要在这一次学学伪善者的样子，无论在言语上给她多么严厉的谴责，在行动上却要做得丝毫不让人家指摘。（下）

第三场　城堡中一室

国王、罗森格兰兹及吉尔登斯吞上。

国王　我不喜欢他；纵容他这样疯闹下去，对于我是一个很大的威胁。所以你们快去准备起来吧；我马上叫人办好你们要递送的文书，同时打发他跟你们一块儿到英国去。就我的地位而论，他的疯狂每小时都可以危害我的安全，我不能让他留在我的近旁。

吉尔登斯吞　我们就去准备起来；许多人的安危都寄托在陛下身上，这一种顾虑是最圣明不过的。

罗森格兰兹　每一个庶民都知道怎样远祸全身，一个身负天下重寄的人，尤其应该时刻不懈地防备危害的袭击。君主的薨逝不仅是个人的死亡，它像一个漩涡一样，凡是在它近旁的东西，都要被它卷去同归于尽；又像一个矗立在最高山峰上的巨轮，它的轮辐上连附着无数的小物件，当巨轮轰然崩裂的时候，那些小物件也跟着它一齐粉碎。国王的一声叹息，总是随着全国的呻吟。

国王　请你们准备立刻出发；因为我们必须及早制止这一种公然的威胁。

罗森格兰兹
吉尔登斯吞　我们就去赶紧预备。（罗森格兰兹、吉尔登斯吞同下）

波洛涅斯上。

---

① 尼禄，古罗马暴君，曾谋杀其母。

波洛涅斯 陛下，他到他母亲房间里去了。我现在就去躲在帷幕后面，听他们怎么说。我可以断定她一定会把他好好教训一顿的。您说得不错，母亲对于儿子总有几分偏心，所以最好有一个第三者躲在旁边偷听他们的谈话。再会，陛下；在您未睡以前，我还要来看您一次，把我所探听到的事情告诉您。

国王 谢谢你，贤卿。（波洛涅斯下）啊！我的罪恶的戾气已经上达于天；我的灵魂上负着一个元始以来最初的咒诅，杀害兄弟的暴行！我不能祈祷，虽然我的愿望像决心一样强烈；我的更坚强的罪恶击败了我的坚强的意愿。像一个人同时要做两件事，我因为不知道应该先从什么地方下手而徘徊歧途，结果反弄得一事无成。要是这一只可咒诅的手上染满了一层比它本身还厚的兄弟的血，难道天上所有的甘霖，都不能把它洗涤得像雪一样洁白吗？慈悲的使命，不就是宽宥罪恶吗？祈祷的目的，不是一方面预防我们的堕落，一方面救我们于已堕落之后吗？那么我要仰望上天；我的过失已经犯下了。可是唉！哪一种祈祷才是我所适用的呢？"求上帝赦免我的杀人重罪"吗？那不能，因为我现在还占有着那些引起我的犯罪动机的目的物，我的王冠、我的野心和我的王后。非分攫取的利益还在手里，就可以幸邀宽恕吗？在这贪污的人世，罪恶的镀金的手也许可以把公道推开不顾，暴徒的赃物往往成为枉法的贿赂；可是天上却不是这样的，在那边一切都无可遁避，任何行动都要显现它的真相，我们必须当面为我们自己的罪恶作证。那么怎么办呢？还有什么法子好想呢？试一试忏悔的力量吧。什么事情是忏悔所不能做到的？可是对于一个不能忏悔的人，它又有什么用呢？啊，不幸的处境！啊，像死亡一样黑暗的心胸！啊，越是挣扎，越是不能脱身的胶住了的灵魂！救救我，天使们！试一试吧：屈下来，顽强的膝盖；钢丝一样的心弦，变得像新生之婴的筋肉一样柔嫩吧！但愿一切转祸为福！（退后跪祷）

　　　　哈姆莱特上。

哈姆莱特 他现在正在祈祷，我正好动手；我决定现在就干，让他上天堂去，我也算报了仇了。不，那还要考虑一下：一个恶人杀死我的父亲；我，他的独生子，却把这个恶人送上天堂。啊，这简直是以恩报怨了。他用卑鄙的手段，在我父亲满心俗念、罪孽正重的时候乘其不备把他杀死；虽然谁也不知道在上帝面前，他的生前的善恶如何相抵，可是照我们一般的推想，他的孽债多半是很重的。现在他正在洗涤他的灵魂，要是我在这时候结果了他的性命，那么天国的路是为他开放着，这样还算是复仇吗？不！收起来，我的剑，等候一个更惨酷的机会吧；当他在酒醉以后，在愤怒之中，或是在乱伦纵欲的时候，有赌博、咒骂或是其他邪恶的行为的中间，我就要叫他颠踬在我的脚下，让他幽深黑暗不见天日的灵魂永堕地狱。我的母亲在等我。这一服续命的药剂不过延长了你临死的痛苦。（下）

   国王起立上前。
国王 我的言语高高飞起，我的思想滞留地下；没有思想的言语永远不会上升天界。（下）

第四场 王后寝宫

   王后及波洛涅斯上。
波洛涅斯 他就要来了。请您把他着实教训一顿，对他说他这种狂妄的态度，实在叫人忍无可忍，倘没有您娘娘替他居中回护，王上早已对他大发雷霆了。我就悄悄地躲在这儿。请您对他讲得着力一点。
哈姆莱特 （在内）母亲，母亲，母亲！
王后 都在我身上，你放心吧。下去吧，我听见他来了。（波洛涅斯匿帏后）

   哈姆莱特上。
哈姆莱特 母亲，您叫我有什么事？
王后 哈姆莱特，你已经大大得罪了你的父亲啦。
哈姆莱特 母亲，您已经大大得罪了我的父亲啦。
王后 来，来，不要用这种胡说八道的话回答我。

哈姆莱特　去，去，不要用这种胡说八道的话问我。

王后　啊，怎么，哈姆莱特！

哈姆莱特　现在又是什么事？

王后　你忘记我了吗？

哈姆莱特　不，凭着十字架起誓，我没有忘记你；你是王后，你的丈夫的兄弟的妻子，你又是我的母亲——但愿你不是！

王后　哎哟，那么我要去叫那些会说话的人来跟你谈谈了。

哈姆莱特　来，来，坐下来，不要动；我要把一面镜子放在你的面前，让你看一看你自己的灵魂。

王后　你要干什么呀？你不是要杀我吗？救命！救命呀！

波洛涅斯　（在后）喂！救命！救命！救命！

哈姆莱特　（拔剑）怎么！是哪一个鼠贼？准是不要命了，我来结果你。（以剑刺穿帏幕）

波洛涅斯　（在后）啊！我死了！

王后　哎哟！你干了什么事啦？

哈姆莱特　我也不知道；那不是国王吗？

王后　啊，多么鲁莽残酷的行为！

哈姆莱特　残酷的行为！好妈妈。简直就跟杀了一个国王再去嫁给他的兄弟一样坏。

王后　杀了一个国王！

哈姆莱特　嗯，母亲，我正是这样说。（揭帏见波洛涅斯）你这倒运的、粗心的、爱管闲事的傻瓜，再会！我还以为是一个在你上面的人哩。也是你命不该活；现在你可知道爱管闲事的危险了。——别尽扭着你的手。静一静，坐下来，让我扭你的心；你的心倘不是铁石打成的，万恶的习惯倘不曾把它硬化得透不进一点感情，那么我的话一定可以把它刺痛。

王后　我干了些什么错事，你竟敢这样肆无忌惮地向我摇唇弄舌？

哈姆莱特　你的行为可以使贞节蒙污，使美德得到了伪善的名称；从纯洁的恋情的额上取下娇艳的蔷薇，替它盖上一个烙印；使婚姻的盟约变成一个没有灵魂的躯壳，神圣的婚礼变成一串谵妄的狂言；苍天的脸上也为它带上羞色，大地因为痛心这样的行为，也罩上满面的愁容，好像世界末日就要到来一般。

王后 唉！究竟是什么极恶重罪，你把它说得这样惊人呢？

哈姆莱特 瞧这一幅图画，再瞧这一幅；这是两个兄弟的肖像。你看这一个的相貌多么高雅优美：太阳神的鬈发，天神的前额，像战神一样威风凛凛的眼睛，像降落在高吻穹苍的山巅的神使一样矫健的姿态；这一个完善卓越的仪表，真像每一个天神都曾在那上面打下印记，向世间证明这是一个男子的典型。这是你从前的丈夫。现在你再看这一个：这是你现在的丈夫，像一株霉烂的禾穗，损害了他的健硕的兄弟。你有眼睛吗？你甘心离开这一座大好的高山，靠着这荒野生活吗？嘿！你有眼睛吗？你不能说那是爱情，因为在你的年纪，热情已经冷淡下来，变驯服了，肯听从理智的判断；什么理智愿意从这么高的地方，降落到这么低的所在呢？知觉你当然是有的，否则你就不会有行动；可是你那知觉也一定已经麻木了；因为就是疯人也不会犯那样的错误，无论怎样丧心病狂，总不会连这样悬殊的差异都分辨不出来。那么是什么魔鬼蒙住了你的眼睛，把你这样欺骗呢？有眼睛而没有触觉、有触觉而没有视觉、有耳朵而没有眼或手、只有嗅觉而别的什么都没有，甚至只剩下一种官觉还出了毛病，也不会糊涂到你这步田地。羞啊！你不觉得惭愧吗？要是地狱中的孽火可以在一个中年妇人的骨髓里煽起了蠢动，那么在青春的烈焰中，让贞操像蜡一样融化了吧。当无法阻遏的情欲大举进攻的时候，用不着喊什么羞耻了，因为霜雪都会自动燃烧，理智都会做情欲的奴隶呢。

王后 啊，哈姆莱特！不要说下去了！你使我的眼睛看进了我自己灵魂的深处，看见我灵魂里那些洗拭不去的黑色的污点。

哈姆莱特 嘿，生活在汗臭垢腻的眠床上，让淫邪熏没了心窍，在污秽的猪圈里调情弄爱——

王后 啊，不要再对我说下去了！这些话像刀子一样戳进我的耳朵里；不要说下去了，亲爱的哈姆莱特！

哈姆莱特　一个杀人犯、一个恶徒、一个不及你前夫二百分之一的庸奴、一个冒充国王的丑角、一个盗国窃位的扒手,从架子上偷下那顶珍贵的王冠,塞在自己的腰包里!

王后　别说了!

哈姆莱特　一个下流褴褛的国王——

　　　　　　鬼魂上。

哈姆莱特　天上的神明啊,救救我,用你们的翅膀覆盖我的头顶!——陛下英灵不昧,有什么见教?

王后　哎哟,他疯了!

哈姆莱特　您不是来责备您的儿子不该消磨时间和热情,把您煌煌的命令搁在一旁,耽误了应该做的大事吗?啊,说吧!

鬼魂　不要忘记。我现在是来磨砺你的快要蹉跎下去的决心。可是瞧!你的母亲那副惊愕的表情。啊,快去安慰安慰她的正在交战中的灵魂吧!最柔弱的人最容易受幻想的激动。去对她说话,哈姆莱特。

哈姆莱特　你怎么啦,母亲?

王后　唉!你怎么啦?为什么你把眼睛睁视着虚无,向空中喃喃说话?你的眼睛里射出狂乱的神情;像熟睡的兵士突然听到警号一般,你的整齐的头发一根根都像有了生命似的竖立起来。啊,好儿子!在你的疯狂的热焰上,浇洒一些清凉的镇静吧!你瞧什么?

哈姆莱特　他,他!您瞧,他的脸色多么惨淡!看见了他这一种形状,要是再知道他所负的沉冤,即使石块也会感动的——不要瞧着我,免得你那种可怜的神气反会妨碍我的冷酷的决心;也许我会因此而失去勇气,让挥泪代替了流血。

王后　你这番话是对谁说的?

哈姆莱特　您没有看见什么吗?

王后　什么也没有;要是有什么东西在那边,我不会看不见的。

哈姆莱特　您也没有听见什么吗?

王后　不,除了我们两人的说话以外,我什么也没有听见。

哈姆莱特　啊，您瞧！瞧，它悄悄地去了！我的父亲，穿着他生前所穿的衣服！瞧！他就在这一刻，从门口走出去了！（鬼魂下）

王后　这是你脑中虚构的意象；一个人在心神恍惚之中，最容易发生这种幻妄的错觉。

哈姆莱特　心神恍惚！我的脉搏跟您的一样，在按着正常的节奏跳动哩。我所说的并不是疯话；要是您不信，不妨试试，我可以把话一字不漏地复述一遍，一个疯人是不会记忆得那样清楚的。母亲，为了上帝的慈悲，不要自己安慰自己，以为我这一番说话，只是出于疯狂，不是真的对您的过失而发；那样的思想不过是骗人的油膏，只能使您溃烂的良心上结起一层薄膜，那内部的毒疮却在底下愈长愈大。向上天承认您的罪恶吧，忏悔过去，警戒未来；不要把肥料浇在莠草上，使它们格外蔓延起来。原谅我这一番正义的劝告；因为在这种万恶的时世，正义必须向罪恶乞恕，它必须俯首屈膝，要求人家接纳他的善意的箴规。

王后　啊，哈姆莱特！你把我的心劈为两半了！

哈姆莱特　啊！把那坏的一半丢掉，保留那另外的一半，让您的灵魂清净一些。晚安！可是不要上我叔父的床；即使您已经失节，也得勉力学做一个贞节妇人的样子。习惯虽然是一个可以使人失去羞耻的魔鬼，但是它也可以做一个天使，对于勉力为善的人，它会用潜移默化的手段，使他弃恶从善。您要是今天晚上自加抑制，下一次就会觉得这一种自制的功夫并不怎样为难，慢慢地就可以习以为常了；因为习惯简直有一种改变气质的神奇的力量，它可以制服魔鬼，并且把他从人们心里驱逐出去。让我再向您道一次晚安；当您希望得到上天祝福的时候，我将求您祝福我。至于这一位老人家，（指波洛涅斯）我很后悔自己一时鲁莽把他杀死；可是这是上天的意思，要借着他的死惩罚我，同时借着我的手惩罚他，使我成为代天行刑的凶器和使者。我现在先去把他的尸体安顿好了，再来承担这个杀人的过咎。晚安！为了顾全母子的恩慈，我不得不忍情暴戾；不幸已经开始，更大的灾祸还在接踵而至。再有一句话，母亲。

王后　我应当怎么做？

哈姆莱特　我不能禁止您不再让那肥猪似的僭王引诱您和他同床，让他拧您的脸，叫您做他的小耗子；我也不能禁止您因为他给了您一两个恶臭的吻，或是用他万恶的手指抚摩您的颈项，就把您所知道的事情一起说了出来，告诉他我实在是装疯，不是真疯。您应该让他知道的；因为哪一个美貌聪明懂事的王后，愿意隐藏着这样重大的消息，不去告诉一只蛤蟆、一只蝙蝠、一只老雄猫知道呢？不，虽然理性警告您保守秘密，您尽管学那寓言中的猴子，因为受了好奇心的驱使，到屋顶上去开了笼门，把鸟儿放走，自己钻进笼里去，结果连笼子一起掉下来跌死吧。

王后　你放心吧，要是言语来自呼吸，呼吸来自生命，只要我一息犹存，就决不会让我的呼吸泄漏了你对我所说的话。

哈姆莱特　我必须到英国去；您知道吗？

王后　唉！我忘了；这事情已经这样决定了。

哈姆莱特　公文已经封好，打算交给我那两个同学带去，对这两个家伙我要像对待两条咬人的毒蛇一样随时提防；他们将要做我的先驱，引导我钻进什么圈套里去。我倒要瞧瞧他们的能耐。开炮的要是给炮轰了，也是一件好玩的事；他们会埋地雷，我要比他们埋得更深，把他们轰到月亮里去。啊！用诡计对付诡计，不是顶有趣的吗？这家伙一死，多半会提早了我的行期；让我把这尸体拖到隔壁去。母亲，晚安！这一位大臣生前是个愚蠢饶舌的家伙，现在却变成非常谨严庄重的人了。来，老先生，该是收场的时候了。晚安，母亲！（各下。哈姆莱特拽波洛涅斯尸入内）

第四幕

第一场　城堡中一室

　　国王、王后、罗森格兰兹及吉尔登斯吞上。

国王　这些长吁短叹之中，都含着深长的意义，你必须明说出来，让我知道。你的儿子呢？

王后　（向罗森格兰兹、吉尔登斯吞）请你们暂时退开。（罗森格兰兹、吉尔登斯吞下）啊，陛下！今晚我看见了多么惊人的事情！

国王　什么，乔特鲁德？哈姆莱特怎么啦？

王后　疯狂得像彼此争强斗胜的天风和海浪一样。在他野性发作的时候，他听见帏幕后面有什么东西爬动的声音，就拔出剑来，嚷着，"有耗子！有耗子！"于是在一阵疯狂的恐惧之中，把那躲在幕后的好老人家杀死了。

国王　啊，罪过罪过！要是我在那儿，我也会照样死在他手里的；放任他这样胡作非为，对于你、对于我、对于每一个人，都是极大的威胁。唉！这一件流血的暴行应当由谁负责呢？我是不能辞其咎的，因为我早该防患未然，把这个发疯的孩子关禁起来，不让他到处乱走；可是我太爱他了，以至于不愿想一个适当的方策，正像一个害着恶疮的人，因为不让它出毒的缘故，弄到毒气攻心,无法救治一样。他到哪儿去了?

王后 拖着那个被他杀死的尸体出去了。像一堆下贱的铅铁,掩不了真金的光彩一样,他知道他自己做错了事,他的纯良的本性就从他的疯狂里透露出来,他哭了。

国王 啊,乔特鲁德!来!太阳一到了山上,我就赶紧让他登船出发。对于这一件罪恶的行为,我只有尽量利用我的威权和手腕,替他掩饰过去。喂!吉尔登斯吞!

    罗森格兰兹及吉尔登斯吞重上。

国王 两位朋友,你们去多找几个人帮忙。哈姆莱特在疯狂之中,已经把波洛涅斯杀死;他现在把那尸体从他母亲的房间里拖出去了。你们去找他来,对他说话要和气一点;再把那尸体搬到教堂里去。请你们快去把这件事情办好。(罗森格兰兹、吉尔登斯吞下) 来,乔特鲁德,我要去召集我那些最有见识的朋友们,把我的决定和这一件意外的变故告诉他们,免得外边无稽的谰言牵涉到我身上,它的毒箭从低声的密语中间散放出去,是像弹丸从炮口射出去一样每发必中的,现在我们这样做后,它或许会落空了。啊,来吧!我的灵魂里充满着混乱和惊愕。(同下)

第二场　城堡中另一室

   哈姆莱特上。

哈姆莱特 藏好了。

罗森格兰兹　
吉尔登斯吞　(在内)哈姆莱特!哈姆莱特殿下!

哈姆莱特 什么声音?谁在叫哈姆莱特?啊,他们来了。

   罗森格兰兹及吉尔登斯吞上。

罗森格兰兹 殿下,您把那尸体怎么样啦?

哈姆莱特 它本来就是泥土,我仍旧让它回到泥土里去。

罗森格兰兹 告诉我们它在什么地方,让我们把它搬到教堂里去。

哈姆莱特 不要相信。

罗森格兰兹　不要相信什么？

哈姆莱特　不要相信我会说出我的秘密，倒替你们保守秘密。而且，一块海绵也敢问起我来！一个堂堂王子应该用什么话去回答它呢？

罗森格兰兹　您把我当作一块海绵吗，殿下？

哈姆莱特　嗯，先生，一块吸收君王的恩宠、利禄和官爵的海绵。可是这样的官员要到最后才会显出他们对于君王的最大用处来；像猴子吃硬壳果一般，他们的君王先把他们含在嘴里舐弄了好久，然后再一口咽了下去。当他需要被你们所吸收去的东西的时候，他只要把你们一挤，于是，海绵，你又是一块干巴巴的东西了。

罗森格兰兹　我不懂您的话，殿下。

哈姆莱特　那很好，下流的话正好让它埋葬在一个傻瓜的耳朵里。

罗森格兰兹　殿下，您必须告诉我们那尸体在什么地方，然后跟我们见王上去。

哈姆莱特　他的身体和国王同在，可是那国王并不和他的身体同在。国王是一件东西——

吉尔登斯吞　一件东西，殿下！

哈姆莱特　一件虚无的东西。带我去见他。狐狸躲起来，大家追上去。（同下）

第三场　城堡中另一室

国王上，侍从后随。

国王　我已经叫他们找他去了，并且叫他们把那尸体寻出来。让这家伙任意胡闹，是一件多么危险的事情！可是我们又不能把严刑峻法加在他的身上，他是为糊涂的群众所喜爱的，他们喜欢一个人，只凭眼睛，不凭理智；我要是处罚了他，他们只看见我的刑罚的苛酷，却不想到他犯的是什么重罪。为了顾全各方面的关系，这样叫他迅速离国，必须显得像是深思熟虑的结果。应付非常的变故，只有用非常的手段，不然是不中用的。

　　　　　　罗森格兰兹上。

国王　啊！事情怎样啦？

罗森格兰兹　陛下，他不肯告诉我们那尸体在什么地方。

国王　可是他呢？

罗森格兰兹　在外面，陛下；我们把他看起来了，等候您的旨意。

国王　带他来见我。

罗森格兰兹　喂，吉尔登斯吞！带殿下进来。

　　　　　　哈姆莱特及吉尔登斯吞上。

国王　啊，哈姆莱特，波洛涅斯呢？

哈姆莱特　吃饭去了。

国王　吃饭去了！在什么地方？

哈姆莱特　不是在他吃饭的地方，是在人家吃他的地方；有一群精明的蛆虫正在他身上大吃特吃哩。蛆虫是全世界最大的饕餮家；我们喂肥了各种牲畜给自己受用，再喂肥了自己去给蛆虫受用。胖胖的国王跟瘦瘦的乞丐是一个桌子上两道不同的菜；不过是这么一回事。

国王　唉！唉！

哈姆莱特　一个人可以拿一条吃过一个国王的蛆虫去钓鱼，再吃那吃过那条蛆虫的鱼。

国王　你这句话是什么意思？

哈姆莱特　没有什么意思，我不过指点你一个国王可以在一个乞丐的脏腑里作一番巡礼。

国王　波洛涅斯呢？

哈姆莱特　在天上；你差人到那边去找他吧。要是你的使者在天上找不到他，那么你可以自己到另外一个所在去找他。可是你们在这一个月里要是找不到他的话，你们只要跑上走廊的阶石，也就可以闻到他的气味了。

国王　（向若干侍从）到走廊里去找一找。

哈姆莱特　他一定会恭候你们。（侍从等下）

国王　哈姆莱特，你干出这种事来，使我非常痛心。由于我很关心你的安全，你必须火速离开国境；所以快去自己预备预备。船已经整装待发，风势也很顺利，同行的人都在等着你，一切都已经准备好向英国出发。

哈姆莱特 到英国去！

国王 是的，哈姆莱特。

哈姆莱特 好。

国王 要是你明白我的用意，你应该知道这是为了你的好处。

哈姆莱特 我看见一个明白你的用意的天使。可是来，到英国去！再会，亲爱的母亲！

国王 我是你慈爱的父亲，哈姆莱特。

哈姆莱特 我的母亲。父亲和母亲是夫妇两个，夫妇是一体之亲；所以再会吧，我的母亲！来，到英国去！（下）

国王 跟在他后面，劝诱他赶快上船，不要耽误；我要叫他今晚离开国境。去！和这件事有关的一切公文要件，都已经密封停当了。请你们赶快一点。（罗森格兰兹、吉尔登斯吞下）英格兰王啊，丹麦的宝剑在你的国土上还留着鲜明的创痕，你向我们纳款输诚的敬礼至今未减，要是你畏惧我的威力，重视我的友谊，你就不能忽视我的意旨；我已经在公函里要求你把哈姆莱特立即处死，照着我的意思做吧，英格兰王，因为他像是我深入膏肓的痼疾，一定要借你的手把我医好。我必须知道他已经不在人世，我的脸上才会浮起笑容。（下）

第四场　丹麦原野

福丁布拉斯、一队长及兵士等列队行进上。

福丁布拉斯 队长，你去替我问候丹麦国王，告诉他说福丁布拉斯因为得到他的允许，已经按照约定，率领一支军队通过他的国境，请他派人来带路。你知道我们在什么地方集合。要是丹麦王有什么话要跟我当面说，我也可以入朝晋谒；你就这样对他说吧。

队长 是，主将。

福丁布拉斯　慢步前进。(福丁布拉斯及兵士等下)
　　　　　哈姆莱特、罗森格兰兹、吉尔登斯吞等同上。
哈姆莱特　官长，这些是什么人的军队？
队长　他们都是挪威的军队，先生。
哈姆莱特　请问他们是开到什么地方去的？
队长　到波兰的某一部分去。
哈姆莱特　谁是领兵的主将？
队长　挪威老王的侄儿福丁布拉斯。
哈姆莱特　他们是要向波兰本土进攻呢，还是去袭击边疆？
队长　不瞒您说，我们是要去夺一小块徒有虚名毫无实利的土地。叫我出五块钱去把它租下来，我也不要；要是把它标卖起来，不管是归挪威，还是归波兰，也不会得到更多的好处。
哈姆莱特　啊，那么波兰人一定不会防卫它的了。
队长　不，他们早已布防好了。
哈姆莱特　为了这一块荒瘠的土地，牺牲了两千人的生命，两万块的金元，争执也不会解决。这完全是因为国家富足升平了，晏安的积毒蕴蓄于内，虽然已经到了溃烂的程度，外表上却还一点看不出致死的原因来。谢谢您，官长。
队长　上帝和您同在，先生。(下)
罗森格兰兹　我们去吧，殿下。
哈姆莱特　我就来，你们先走一步。(除哈姆莱特外均下) 我所见到、听到的一切，都好像在对我谴责，鞭策我赶快进行我的蹉跎未就的复仇大愿！一个人要是把生活的幸福和目的，只看做吃吃睡睡，他还算是个什么东西？简直不过是一头畜生！上帝造下我们来，使我们能够这样高谈阔论，瞻前顾后，当然要我们利用他所赋予我们的这一种能力和灵明的理智，不让它们白白废掉。现在我明明有理由、有决心、有力量、有方法，可以动手干我所要干的事，可是我还是在大言不惭地说："这件事需要做。"可是始终不曾在行动上表现出来；我不知道这是因为像鹿豕一般的健忘呢，还是因为三分懦怯一分智慧的过于审慎的顾虑。像大地一样显明的榜样都在鼓励我；瞧这一支勇猛的大军，领队的是一个娇养的少年王子，勃勃的雄心振起了他的精神，使他蔑视不可知的结果，为了区区弹丸大小的一块不毛之地，拼着血肉之躯，去向命运、死亡和危险挑战。真正的伟大不是轻举妄动，而是在荣誉遭遇危险的时候，即使为了一根稻秆之微，也要慷慨力争。可是我的父亲给人惨杀，我的母亲给人污辱，我的理智和感情都被这种不共戴天的大仇所激动，我却因循隐忍，一切听其自然，看着这两万个人为了博取一个空虚的名声，视死如归地走下他们的坟墓里去，目的只是争夺一方还不够给他们作战场或者埋骨之所的土地，相形之下，我将何地自容呢？啊！从这一刻起，让我摒除一切的疑虑妄念，把流血的思想充满在我的脑际！（下）

第五场　艾尔西诺。城堡中一室

王后、霍拉旭及一侍臣上。

王后　我不愿意跟她说话。

侍臣　她一定要见您；她的神气疯疯癫癫，瞧着怪可怜的。

王后　她要什么？

侍臣　她不断提起她的父亲；她说她听见这世上到处是诡计；一边呻吟，一边捶她的心，对一些琐琐屑屑的事情痛骂，讲的都是些很玄妙的话，好像有意思，又好像没有意思。她的话虽然不知所云，可是却能使听见的人心中发生反应，而企图从它里面找出意义来；他们妄加猜测，把她的话断章取义，用自己的思想附会上去；当她讲那些话的时候，有时眨眼，有时点头，做着种种的手势，的确使人相信在她的言语之间，含蓄着什么意思，虽然不能确定，却可以作一些很不好听的解释。

霍拉旭　最好有什么人跟她谈谈，因为也许她会在愚妄的脑筋里散布一些危险的猜测。

王后　让她进来。（侍臣下）

我负疚的灵魂惴惴惊惶，

　　　　琐琐细事也像预兆灾殃；
　　　　罪恶是这样充满了疑猜，
　　　　越小心越容易流露鬼胎。

　　　　　　　侍臣率奥菲利娅重上。

奥菲利娅　丹麦的美丽的王后陛下呢？
王后　啊，奥菲利娅！
奥菲利娅　（唱）

　　　　　　张三李四满街走，
　　　　　　谁是你情郎？
　　　　　　毡帽在头杖在手，
　　　　　　草鞋穿一双。

王后　唉！好姑娘，这支歌是什么意思呢？
奥菲利娅　您说？请您听好了。（唱）

　　　　　　姑娘，姑娘，他死了，
　　　　　　一去不复来；
　　　　　　头上盖着青青草，
　　　　　　脚下石生苔。
　　　　　　嗬呵！

王后　嗳，可是，奥菲利娅——
奥菲利娅　请您听好了。（唱）

　　　　殓衾遮体白如雪——

　　　　　国王上。

王后　唉！陛下，您瞧。
奥菲利娅

　　　　鲜花红似雨；
　　　　花上盈盈有泪滴，
　　　　伴郎坟墓去。

国王　你好，美丽的姑娘？
奥菲利娅　好，上帝保佑您！他们说猫头鹰是一个面包师的女儿变成的。主啊！我们都知道我们现在是什么，可是谁也不知道自己将来会变成什么。愿上帝和您同席！
国王　她父亲的死激成了她这种幻想。
奥菲利娅　对不起，我们再别提这件事了。要是有人问您这是什么意思，您就这样对他说：（唱）

　　　　情人佳节就在明天，
　　　　我要一早起身，
　　　　梳洗齐整到你窗前，
　　　　来做你的恋人。
　　　　他下了床披了衣裳，
　　　　他开开了房门；
　　　　她进去时是个女郎，
　　　　出来变了妇人。

国王　美丽的奥菲利娅！
奥菲利娅　真的，不用发誓，我会把它唱完：（唱）

　　　　凭着神圣慈悲名字，
　　　　这种事太丢脸！
　　　　少年男子不知羞耻，
　　　　一味无赖纠缠。
　　　　她说你曾答应娶我，

然后再同枕席。
——本来确是想这样做，
无奈你等不及。

国王 她这个样子已经多久了？

奥菲利娅 我希望一切转祸为福！我们必须忍耐；可是我一想到他们把他放下寒冷的泥土里去，我就禁不住掉泪。我的哥哥必须知道这件事。谢谢你们很好的劝告。来，我的马车！晚安，太太们；晚安，可爱的小姐们；晚安，晚安！（下）

国王 紧紧跟住她；留心不要让她闹出乱子来。（霍拉旭下）啊！深心的忧伤把她害成这样子；这完全是为了她父亲的死。啊，乔特鲁德，乔特鲁德！不幸的事情总是接踵而来：第一是她父亲的被杀；然后是你儿子的远别，他闯了这样大祸，不得不亡命异国，也是自取其咎。人民对于善良的波洛涅斯的暴死，已经群疑蜂起，议论纷纷；我这样匆匆忙忙地把他秘密安葬，更加引起了外间的疑窦；可怜的奥菲利娅也因此而伤心得失去了她的正常的理智，我们人类没有了理智，不过是画上的图形，无知的禽兽。最后，跟这些事情同样使我不安的，她的哥哥已经从法国秘密回来，行动诡异，居心叵测，他的耳中所听到的，都是那些搬弄是非的人所散播的关于他父亲死状的恶意的谣言；这些谣言，由于找不到确凿的事实根据，少不得牵涉到我的身上。啊，我的亲爱的乔特鲁德！这就像一尊厉害的开花炮，打得我遍体血肉横飞，死上加死。（内喧呼声）

王后 哎哟！这是什么声音？

一侍臣上。

国王 我的瑞士卫队呢？叫他们把守宫门。什么事？

侍臣 赶快避一避吧，陛下；比大洋中的怒潮冲决堤岸、席卷平原还要汹汹其势，年轻的雷欧提斯带领着一队叛军，打败了您的卫士，冲进宫里来了。这一群暴徒把他称为主上；就像世界还不过刚才开始一般，他们推翻了一切的传统和习惯，自己制订规矩，擅作主张，高喊着，"我们推举雷欧提斯做国王！"他们掷帽举手，吆呼的声音响彻云霄，"让雷欧提斯做国王，让雷欧提斯做国王！"

王后　他们这样兴高采烈，却不知道已经误入歧途！啊，你们干了错事了，你们这些不忠的丹麦狗！（内喧呼声）

国王　宫门都已打破了。

　　　　雷欧提斯戎装上，一群丹麦人随上。

雷欧提斯　国王在哪儿？弟兄们，大家站在外面。

众人　不，让我们进来。

雷欧提斯　对不起，请你们听我的话。

众人　好，好。（众人退立门外）

雷欧提斯　谢谢你们；把门看守好了。啊，你这万恶的奸王！还我的父亲来！

王后　安静一点，好雷欧提斯。

雷欧提斯　我身上要是有一点血安静下来，我就是个野生的杂种，我的父亲是个王八，我的母亲的贞洁的额角上，也要雕上娼妓的恶名。

国王　雷欧提斯，你这样大张声势，兴兵犯上，究竟为了什么原因？——放了他，乔特鲁德；不要担心他会伤害我的身体，一个君王是有神灵呵护的，叛逆只能在一边蓄意窥伺，作不出什么事情来。——告诉我，雷欧提斯，你有什么气恼不平的事？——放了他，乔特鲁德。——你说吧。

雷欧提斯　我的父亲呢？

国王　死了。

王后　但是并不是他杀死的。

国王　尽他问下去。

雷欧提斯　他怎么会死的？我可不能受人家的愚弄。忠心，到地狱里去吧！让最黑暗的魔鬼把一切誓言抓了去！什么良心，什么礼貌，都给我滚下无底的深渊里去！我要向永劫挑战。我的立场已经坚决：今生怎样，来生怎样，我一概不顾，只要痛痛快快地为我的父亲复仇。

国王 有谁阻止你呢？

雷欧提斯 除了我自己的意志以外，全世界也不能阻止我；至于我的力量，我一定要使用得当，叫它事半功倍。

国王 好雷欧提斯，要是你想知道你的亲爱的父亲究竟是怎样死去的话，难道你复仇的方式是把朋友和敌人都当作对象，把赢钱的和输钱的赌注都一扫而光吗？

雷欧提斯 冤有头，债有主，我只要找我父亲的敌人算账。

国王 那么你要知道谁是他的敌人吗？

雷欧提斯 对于他的好朋友，我愿意张开我的手臂拥抱他们，像舍身的鹈鹕一样，把我的血供他们畅饮①。

国王 啊，现在你才说得像一个孝顺的儿子和真正的绅士。我不但对于令尊的死不曾有分，而且为此也感觉到非常的悲痛；这一个事实将会透过你的心，正像白昼的阳光照射你的眼睛一样。

众人 （在内）放她进去！

雷欧提斯 怎么！那是什么声音？

奥菲利娅重上。

雷欧提斯 啊，赤热的烈焰，炙枯了我的脑浆吧！七倍辛酸的眼泪，灼伤了我的视觉吧！天日在上，我一定要叫那害你疯狂的仇人重重地抵偿他的罪恶。啊，五月的玫瑰！亲爱的女郎，好妹妹，奥菲利娅！天啊！一个少女的理智，也会像一个老人的生命一样受不起打击吗？人类的天性由于爱情而格外敏感，因为是敏感的，所以会把自己最珍贵的部分舍弃给所爱的事物。

奥菲利娅 （唱）

> 他们把他抬上柩架；
> 哎呀，哎呀，哎哎呀；
> 在他坟上泪如雨下；——

---

① 古代英国传说，鹈鹕以血哺后，其子女则为"忘恩负义"。

再会，我的鸽子！

雷欧提斯　要是你没有发疯而激励我复仇，你的言语也不会比你现在这样子更使我感动了。
奥菲利娅　你应该唱："当啊当，还叫他啊当啊。"哦，这纺轮转动的声音配合得多么好听！唱的是那坏良心的管家把主人的女儿拐了去了。
雷欧提斯　这一种无意识的话，比正言危论还要有力得多。
奥菲利娅　这是表示记忆的迷迭香；爱人，请你记着吧：这是表示思想的三色堇。
雷欧提斯　这疯话很有道理，思想和记忆都提得很合适。
奥菲利娅　这是给您的茴香和漏斗花；这是给您的芸香；这儿还留着一些给我自己；遇到礼拜天，我们不妨叫它慈悲草。啊！您可以把您的芸香插戴得别致一点、这儿是一枝雏菊；我想要给您几朵紫罗兰，可是我父亲一死，它们全都谢了；他们说他死得很好——（唱）

可爱的罗宾是我的宝贝。

雷欧提斯　忧愁、痛苦、悲哀和地狱中的磨难，在她身上都变成了可怜可爱。
奥菲利娅　（唱）

他会不会再回来？
他会不会再回来？
不，不，他死了；
你的命难保，
他再也不会回来。
他的胡须像白银，
满头黄发乱纷纷。

人死不能活，

　　　且把悲声歇；上帝饶赦他灵魂！

　　求上帝饶赦一切基督徒的灵魂！上帝和你们同在！（下）

雷欧提斯　上帝啊，你看见这种惨事吗？

国王　雷欧提斯，我必须跟你详细谈谈关于你所遭逢的不幸；你不能拒绝我这一个权利。你不妨先去选择几个你的最有见识的朋友，请他们在你我两人之间做公证人：要是他们评断的结果，认为是我主动或同谋杀害的，我愿意放弃我的国土、我的王冠、我的生命以及我所有的一切，作为对你的补偿；可是他们假如认为我是无罪的，那么你必须答应助我一臂之力，让我们两人开诚合作，定出一个惩凶的方策来。

雷欧提斯　就这样吧，他死得这样不明不白，他的下葬又是这样偷偷摸摸的，他的尸体上没有一些战士的荣饰，也不曾替他举行一些哀祭的仪式，从天上到地下都在发出愤懑不平的呼声，我不能不问一个明白。

国王　你可以明白一切；谁是真有罪的，让斧钺加在他的头上吧。请你跟我来。（同下）

第六场　城堡中另一室

　　霍拉旭及一仆人上。

霍拉旭　要来见我说话的是些什么人？

仆人　是几个水手，主人；他们说他们有信要交给您。

霍拉旭　叫他们进来。（仆人下）倘不是哈姆莱特殿下差来的人，我不知道在这世上的哪一部分会有人来看我。

　　众水手上。

水手甲　上帝祝福您，先生！

霍拉旭　愿他也祝福你。

水手乙　他要是高兴，先生，他会祝福我们的。这儿有一封信给您，先生——它是从那位到英国去的钦使寄来的。——要是您的名字果然是霍拉旭的话。

霍拉旭　（读信）"霍拉旭，你把这封信看过以后，请把来人领去见一见国王；他们还有信要交给他。我们在海上的第二天，就有一艘很凶猛的海盗船向我们追击。我们因为船行太慢，只好勉力迎敌；在彼此相持的时候，我跳上了盗船，他们就立刻抛下我们的船，扬帆而去，剩下我一个人做他们的俘虏。他们对待我很是有礼，可是他们也知道这样作对他们有利；我还要重谢他们哩。把我给国王的信交给他以后，请你就像逃命一般火速来见我。我有一些可以使你听了咋舌的话要在你的耳边说；可是事实的本身比这些话还要严重得多。来人可以把你带到我现在所在的地方。罗森格兰兹和吉尔登斯吞到英国去了；关于他们我还有许多话要告诉你。再会。你的知心朋友哈姆莱特。"来，让我立刻就带你们去把你们的信送出，然后请你们尽快领我到那把这些信交给你们的那个人的地方去。（同下）

第七场　城堡中另一室

国王及雷欧提斯上。

国王　你已经用你同情的耳朵，听见我告诉你那杀死令尊的人，也在图谋我的生命；现在你必须明白我的无罪，并且把我当作你的一个心腹的友人了。

雷欧提斯　听您所说，果然像是真的；可是告诉我，您自己的安全、长远的谋虑和其他一切，都在大力推动您，为什么您对于这样罪大恶极的暴行，反而不采取严厉的手段呢？

国王　啊！那是因为有两个理由，也许在你看来是不成其为理由的，可是对于我却有很大的关系。王后，他的母亲，差不多一天不看见他就不能生活；至于我自己，那么不管这是我的好处或是我的致命的弱点，我的生命和灵魂是这样跟她联结在一起，正像星球不能跳出轨道一样，我也不能没有她而生活。而且我所以不能把这件案子公开，还有一个重要的顾虑；一般民众对他都有很大的好感，他们盲目的崇拜像一道使树木变成石块的魔泉一样，会把他戴的镣铐也当作光荣。我的箭太轻、太没有力了，遇到这样的狂风，一定不能射中目的，反而给吹了转来。

雷欧提斯 那么难道我的一个高贵的父亲就这样白白死去，一个好好的妹妹就这样白白疯了不成？如果能允许我赞美她过去的容貌才德，那简直是可以傲视一世、睥睨古今的。可是我的报仇的机会总有一天会到来。

国王 不要让这件事扰乱了你的睡眠；你不要以为我是这样一个麻木不仁的人，会让人家揪着我的胡须，还以为这不过是开开玩笑。不久你就可以听到消息。我爱你父亲，我也爱我自己；那我希望可以使你想到——

　　使者上。

国王 啊！什么消息？

使者 启禀陛下，是哈姆莱特寄来的信；这一封是给陛下的，这一封是给王后的。

国王 哈姆莱特寄来的！是谁把它们送到这儿来的？

使者 他们说是几个水手，陛下，我没有看见他们；这两封信是克劳狄奥交给我的，来人把信送在他手里。

国王 雷欧提斯，你可以听一听这封信。出去！（使者下；读信）"陛下，我已经光着身子回到您的国土上来了。明天我就要请您允许我拜谒御容。让我先向您告我的不召而返之罪，然后再向您禀告我这次突然意外回国的原因。哈姆莱特敬上。"这是什么意思？同去的人也都一起回来了吗？还是有什么人在捣鬼，事实上并没有这么一回事？

雷欧提斯 您认识这笔迹吗？

国王 这确是哈姆莱特的亲笔。"光着身子"！这儿还附着一笔，说是"一个人回来"。你看他是什么用意？

雷欧提斯 我可不懂，陛下。可是他来得正好；我一想到我能够有这样一天当面申斥他"你干的好事"，我的郁闷的心也热起来了。

国王 要是果然这样的话，可是怎么会这样呢？然而，此外又如何解释呢？雷欧提斯，你愿意听我的吩咐吗？

雷欧提斯 愿意，陛下，只要您不勉强我跟他和解。

国王 我是要使你自己心里得到平安。要是他现在中途而返，不预备再作这样的航行，那么我已经想好了一个计策，怂恿他去做一件事情，一定可以叫他自投罗网；而且他死了以后，谁也不能讲一句闲话，即使他的母亲也不能觉察我们的诡计，只好认为是一件意外的灾祸。

雷欧提斯 陛下，我愿意服从您的指挥；最好请您设法让他死在我的手里。

国王 我正是这样计划。自从你到国外游学以后，人家常常说起你有一种特长的本领，这种话哈姆莱特也是早就听到过的；虽然在我的意见之中，这不过是你所有的才艺中间最不足道的一种，可是你的一切才艺的总和，都不及这一种本领更能挑起他的妒忌。

雷欧提斯 是什么本领呢，陛下？

国王 它虽然不过是装饰在少年人帽上的一条缎带，但也是少不了的；因为年轻人应该装束得朴素大方一些，表示他的矜严庄重一样。两个月以前，这儿来了一个诺曼绅士；我自己曾经见过法国人，和他们打过仗，他们都是很精于骑术的；可是这位好汉简直有不可思议的魔力，他骑在马上，好像和他的坐骑化成了一体似的，随意驰骤，无不出神入化。他的技术是那样远超过我的预料，无论我杜撰一些怎样夸大的词句，都不够形容它的奇妙。

雷欧提斯 是个诺曼人吗？

国王 是诺曼人。

雷欧提斯 那么一定是拉摩德了。

国王 正是他。

雷欧提斯 我认识他；他的确是全国知名的勇士。

国王 他承认你的武艺很了不得，对于你的剑术尤其极口称赞，说是倘有人能够和你对敌，那一定大有可观；他发誓说他们国里的剑士要是跟你交起手来，一定会眼花缭乱，全然失去招架之功。他对你的这一番夸奖，使哈姆莱特妒恼交集，一心希望你快些回来，跟他比赛一下。从这一点上——

雷欧提斯 从这一点上怎么，陛下？

国王 雷欧提斯，你真爱你的父亲吗？还是不过是做作出来的悲哀，只有表面，没有真心？

雷欧提斯 您为什么这样问我？

国王 我不是以为你不爱你的父亲；可是我知道爱不过起于一时感情的冲动，经验告诉我，经过了相当时间，它是会逐渐冷淡下去的。爱像一盏油灯，灯芯烧枯以后，它的火焰也会由微暗而至于消灭。一切事情都不能永远保持良好，因为过度的善反会摧毁它的本身，正像一个人因充血而死去一样。我们所要做的事，应该一想到就做；因为人的想法是会变化的，有多少舌头、多少手、多少意外，就会有多少犹豫、多少迟延；那时候再空谈该做什么，只不过等于聊以自慰的长吁短叹，只能伤害自己的身体罢了。可是回到我们所要谈论的中心问题上来吧。哈姆莱特回来了；你预备怎样用行动代替言语，表明你自己的确是你父亲的孝子呢？

雷欧提斯 我要在教堂里割破他的喉咙。

国王 当然，无论什么所在都不能庇护一个杀人的凶手；复仇应该不受地点的限制。可是，好雷欧提斯，你要是果然志在复仇，还是住在自己家里不要出来。哈姆莱特回来以后，我们以让他知道你也已经回来，叫几个人在他的面前夸奖你的本领，把你说得比那法国人所讲的还要了不得，怂恿他和你作一次比赛，赌个输赢。他是个粗心的人，一向厚道，想不到人家在算计他，一定不会仔细检视比赛用的刀剑的利钝；你只要预先把一柄利剑混杂在里面，趁他没有注意的时候不动声色地自己拿了，在比赛之际，看准他的要害刺了过去，就可以替你的父亲报了仇了。

雷欧提斯 我愿意这样做；为了达到复仇的目的，我还要在我的剑上涂一些毒药。我已经从一个卖药人手里买到一种致命的药油，只要在剑头上沾了一滴，刺到人身上，它一碰到血，即使只是擦破了一些皮肤，也会毒性发作，无论什么灵丹仙草，都不能挽救。我就去把剑尖蘸上这种烈性毒剂，只要我刺破他一点，就叫他送命。

国王　让我们再考虑考虑，看时间和机会能够给我们什么方便。要是这一个计策会失败，要是我们会在行动之间露出破绽，那么还是不要尝试的好。为了预防失败起见，我们应该另外再想一个万全之计。且慢！让我想来：我们可以对你们两人的胜负打赌；啊，有了：你在跟他交手的时候，必须使出你全副的精神，使他疲于奔命，等他口干烦躁，要讨水喝的当儿，我就为他预备好一杯毒酒，万一他逃过了你的毒剑，只要他让酒沾唇，我们的目的也就同样达到了。且慢！什么声音？

　　　王后上。

国王　啊，亲爱的王后！

王后　一桩祸事刚刚到来，又有一桩接踵而至。雷欧提斯，你的妹妹掉在水里淹死了。

雷欧提斯　淹死了！啊！在哪儿？

王后　在小溪之旁，斜生着一株杨柳，它的毵毵的枝叶倒映在明镜一样的水流之中；她编了几个奇异的花环来到那里，用的是毛茛、荨麻、雏菊和长颈兰——正派的姑娘管这种花叫死人指头，说粗话的牧人却给它起了另一个不雅的名字。——她爬上一根横垂的树枝，想要把她的花冠挂在上面；就在这时候，一根心怀恶意的树枝折断了，她就连人带花一起落下呜咽的溪水里。她的衣服四散展开，使她暂时像人鱼一样漂浮水上；她嘴里还断断续续唱着古老的谣曲，好像一点不感觉到她处境的险恶，又好像她本来就是生长在水中一般。可是不多一会儿，她的衣服给水浸得重起来了，这可怜的人歌儿还没有唱完，就已经沉到泥里去了。

雷欧提斯　唉！那么她淹死了吗？

王后　淹死了，淹死了！

雷欧提斯　太多的水淹没了你的身体，可怜的奥菲利娅，所以我必须忍住我的眼泪。可是人类的常情是不能遏阻的，我掩饰不了心中的悲哀，只好顾不得惭愧了；当我们的眼泪干了以后，我们的妇人之仁也会随着消灭的。再会，陛下！我有一段炎炎欲焚的烈火般的话，可是我的傻气的眼泪把它浇熄了。（下）

国王　让我们跟上去，乔特鲁德；我好容易才把他的怒气平息了一下，现在我怕又要把它挑起来了。快让我们跟上去吧。（同下）

第五幕

第一场 墓 地

二小丑携锄锹等上。

小丑甲 她存心自己脱离人世，却要照基督徒的仪式下葬吗？

小丑乙 我对你说是的，所以你赶快把她的坟掘好吧；验尸官已经验明她的死状，宣布应该按照基督徒的仪式把她下葬。

小丑甲 这可奇了，难道她是因为自卫而跳下水里的吗？

小丑乙 他们验明是这样的。

小丑甲 那一定是为了自毁，不可能有别的原因。因为问题是这样的：要是我有意投水自杀，那必须成立一个行为；一个行为可以分为三部分，那就是干、行、做；所以，她是有意投水自杀的。

小丑乙 嗳，你听我说——

小丑甲 让我说完。这儿是水；好，这儿站着人；好，要是这个人跑到这个水里，把他自己淹死了，那么，不管他自己愿不愿意，总是他自己跑下去的；你听见了没有？可是要是那水来到他的身上把他淹死了，那就不是他自己把自己淹死；所以，对于他自己的死无罪的人，并没有缩短他自己的生命。

小丑乙　法律上是这样说的吗？

小丑甲　嗯，是的，这是验尸官的验尸法。

小丑乙　说一句老实话，要是死的不是一位贵家女子，他们决不会按照基督徒的仪式把她下葬的。

小丑甲　对了，你说得有理；有财有势的人，就是要投河上吊，比起他们同教的基督徒来也可以格外通融，世上的事情真是太不公平了！来，我的锄头。要讲家世最悠久的人，就得数种地的、开沟的和掘坟的；他们都继承着亚当的行业。

小丑乙　亚当也算世家吗？

小丑甲　自然要算，他在创立家业方面很有两手呢。

小丑乙　他有什么两手？

小丑甲　怎么？你是个异教徒吗？你的《圣经》是怎么念的？《圣经》上说亚当掘地；没有两手，能够掘地吗？让我再问你一个问题；要是你回答得不对，那么你就承认你自己——

小丑乙　你问吧。

小丑甲　谁造出东西来比泥水匠、船匠或是木匠更坚固？

小丑乙　造绞架的人；因为一千个寄寓在上面的人都已经先后死去，它还是站在那儿动都不动。

小丑甲　我很喜欢你的聪明，真的。绞架是很合适的；可是它怎么是合适的？它对于那些有罪的人是合适的。你说绞架造得比教堂还坚固，说这样的话是罪过的；所以，绞架对于你是合适的。来，重新说过。

小丑乙　谁造出东西来比泥水匠、船匠或是木匠更坚固？

小丑甲　嗯，你回答了这个问题，我就让你下工。

小丑乙　呃，现在我知道了。

小丑甲　说吧。

小丑乙　真的，我可回答不出来。

　　　　哈姆莱特及霍拉旭上，立远处。

小丑甲　别尽绞你的脑汁了，懒驴子是打死也走不快的；下回有人问你这个问题的时候，你就对他说，"掘坟的人，"因为他造的

房子是可以一直住到世界末日的。去，到约翰的酒店里去给我倒一杯酒来。(小丑乙下；小丑甲且掘且歌)

> 年轻时候最爱偷情，
> 觉得那事很有趣味；
> 规规矩矩学做好人，
> 在我看来太无意义。

哈姆莱特 这家伙难道对于他的工作一点没有什么感觉，在掘坟的时候还会唱歌吗？
霍拉旭 他做惯了这种事，所以不以为意。
哈姆莱特 正是；不大劳动的手，它的感觉要比较灵敏一些。
小丑甲 （唱）

> 谁料如今岁月潜移，
> 老景催人急于星火，
> 两腿挺直，一命归西，
> 世上原来不曾有我。(掷起一骷髅)

哈姆莱特 那个骷髅里面曾经有一条舌头，它也会唱歌哩；瞧这家伙把它摔在地上，好像它是第一个杀人凶手该隐①的颚骨似的！它也许是一个政客的头颅，现在却让这蠢货把它丢来踢去；也许他生前是个偷天换日的好手，你看是不是？
霍拉旭 也许是的，殿下。
哈姆莱特 也许是一个朝臣，他会说，"早安，大人！您好，大人！"也许他就是某大人，嘴里称赞某大人的马好，心里却想把它讨了来，你看是不是？

---

① 该隐，人类祖先亚当的长子，杀其弟亚伯，故称"第一个杀人凶手"。

霍拉旭　是，殿下。

哈姆莱特　啊，正是；现在却让蛆虫伴寝，他的下巴也脱掉了，一柄工役的锄头可以在他头上敲来敲去。从这种变化上，我们大可看透了生命的无常。难道这些枯骨生前受了那么多的教养，死后却只好给人家当木块一般抛着玩吗？想起来真是怪不好受的。

小丑甲　（唱）

> 锄头一柄，铁铲一把，
> 殓衾一方掩面遮身；
> 挖松泥土深深掘下，
> 掘了个坑招待客人。（掷起另一骷髅）

哈姆莱特　又是一个；谁知道那不会是一个律师的骷髅？他的玩弄刀笔的手段，颠倒黑白的雄辩，现在都到哪儿去了？为什么他让这个放肆的家伙用龌龊的铁铲敲他的脑壳，不去控告他一个殴打罪？哼！这家伙生前也许曾经买下许多地产，开口闭口用那些条文、具结、罚款、双重保证、赔偿一类的名词吓人；现在他的脑壳里塞满了泥土，这就算是他所取得的罚款和最后的赔偿了吗？他的双重保证人难道不能保他再多买点地皮，只给他留下和那种一式二份的契约同样大小的一块地面吗？这个小木头匣子，原来要装他土地的字据都恐怕装不下，如今地主本人却也只能有这么一点地盘，哈？

霍拉旭　不能比这再多一点了，殿下。

哈姆莱特　契约纸不是用羊皮做的吗？

霍拉旭　是的，殿下，也有用牛皮做的。

哈姆莱特　我看痴心指靠那些玩意儿的人，比牲口聪明不了多少。就要去跟这家伙谈谈。大哥，这是谁的坟？

小丑甲　我的，先生——

挖松泥土深深掘下，
掘了个坑招待客人。

哈姆莱特 我看也是你的，因为你在里头胡闹。

小丑甲 您在外头也不老实，先生，所以这坟不是您的；至于说我，我倒没有在里头胡闹，可是这坟的确是我的。

哈姆莱特 你在里头，又说是你的，这就是"在里头胡闹"。因为挖坟是为死人，不是为会蹦会跳的活人，所以说你胡闹。

小丑甲 这套胡闹的话果然会蹦会跳，先生；等会儿又该从我这里跳到您那里去了。

哈姆莱特 你是在给什么人挖坟？是个男人吗？

小丑甲 不是男人，先生。

哈姆莱特 那么是个女人？

小丑甲 也不是女人。

哈姆莱特 不是男人，也不是女人，那么谁葬在这里面？

小丑甲 先生，她本来是一个女人，可是上帝让她的灵魂得到安息，她已经死了。

哈姆莱特 这混蛋倒会分辨得这样清楚！我们讲话可得字斟句酌，精心推敲，稍有含糊，就会出丑。凭着上帝发誓，霍拉旭，我觉得这三年来，人人都越变越精明，庄稼汉的脚指头已经挨近朝廷贵人的脚后跟，可以磨破那上面的冻疮了。——你做这掘墓的营生，已经多久了？

小丑甲 我开始干这营生，是在我们的老王爷哈姆莱特打败福丁布拉斯那一天。

哈姆莱特 那是多久以前的事？

小丑 你不知道吗？每一个傻子都知道的；那正是小哈姆莱特出世的那一天，就是那个发了疯给他们送到英国去的。

哈姆莱特 嗯，对了；为什么他们叫他到英国去？

小丑甲 就是因为他发了疯呀；他到英国去，他的疯病就会好的，即使疯病不会好，在那边也没有什么关系。

哈姆莱特　为什么？

小丑甲　英国人不会把他当作疯子；他们都跟他一样疯。

哈姆莱特　他怎么会发疯？

小丑甲　人家说得很奇怪。

哈姆莱特　怎么奇怪？

小丑甲　他们说他神经有了毛病。

哈姆莱特　从哪里来的？

小丑甲　还不就是从丹麦本地来的？我在本地干这掘墓的营生，从小到大，一共有三十年了。

哈姆莱特　一个人埋在地下，要经过多少时候才会腐烂？

小丑甲　假如他不是在未死以前就已经腐烂——就如现在有的是害杨梅疮死去的尸体，简直抬都抬不下去——他大概可以过八九年；一个硝皮匠在九年以内不会腐烂。

哈姆莱特　为什么他要比别人长久一些？

小丑甲　因为，先生，他的皮硝得比人家的硬，可以长久不透水；倒霉的尸体一碰到水，是最会腐烂的。这儿又是一个骷髅；这骷髅已经埋在地下二十三年了。

哈姆莱特　它是谁的骷髅？

小丑甲　是个婊子养的疯小子；你猜是谁？

哈姆莱特　不，我猜不出。

小丑甲　这个遭瘟的疯小子！他有一次把一瓶葡萄酒倒在我的头上。这一个骷髅，先生，是国王的弄人郁利克的骷髅。

哈姆莱特　这就是他！

小丑甲　正是他。

哈姆莱特　让我看。（取骷髅）唉，可怜的郁利克！霍拉旭，我认识他；他是一个最会开玩笑、非常富于想象力的家伙。他曾经把我负在背上一千次；现在我一想起来，却忍不住胸头作恶。这儿本来有两片嘴唇，我不知吻过它们多少次。——现在你还会挖苦人吗？你还会蹦蹦跳跳，逗人发笑吗？你还会唱歌吗？你还会随口编造一些笑话，说得满座捧腹吗？你没有留下一个笑话，讥笑你自己吗？这样垂头丧气了吗？现在你给我到小姐的闺房里去，对她说，凭她脸上的脂粉搽得一寸厚，到后来总要变成这个样子的；你用这样的话告诉她，看她笑不笑吧。霍拉旭，请你告诉我一件事情。

霍拉旭　什么事情，殿下？

哈姆莱特　你想亚历山大在地下也是这副形状吗？

霍拉旭　也是这样。

哈姆莱特　也有同样的臭味吗？呸！（掷下骷髅）

霍拉旭　也有同样的臭味，殿下。

哈姆莱特　谁知道我们将来会变成一些什么下贱的东西，霍拉旭！要是我们用想象推测下去，谁知道亚历山大的高贵的尸体，不就是塞在酒桶口上的泥土？

霍拉旭　那未免太想入非非了。

哈姆莱特　不，一点不，我们可以不作怪论、合情合理地推想他怎样会到那个地步；比方说吧：亚历山大死了；亚历山大埋葬了；亚历山大化为尘土；人们把尘土做成烂泥；那么为什么亚历山大所变成的烂泥，不会被人家拿来塞在啤酒桶的口上呢？

　　恺撒死了，你尊严的尸体
　　也许变了泥把破墙填砌；
　　啊！他从前是何等的英雄，
　　现在只好替人挡雨遮风！

可是不要做声！不要做声！站开；国王来了。

　　教士等列队上；众异奥菲利娅尸体前行；雷欧提斯及诸送葬者、国王、王后及侍从等随后。

哈姆莱特　王后和朝臣们也都来了；他们是送什么人下葬呢？仪式又是这样草率的？瞧上去好像他们所送葬的那个人，是自杀而死的，同时又是个很有身份的人。让我们躲在一旁瞧瞧他们。

（与霍拉旭退后）

雷欧提斯　还有些什么仪式？

哈姆莱特　（向霍拉旭旁白）那是雷欧提斯，一个很高贵的青年；

听着。

雷欧提斯　还有些什么仪式？

教士甲　她的葬礼已经超过了她所应得的名分。她的死状很是可疑；倘不是因为我们迫于权力，按例就该把她安葬在圣地以外，直到最后审判的喇叭吹召她起来。我们不但不应该替她祷告，并且还要用砖瓦碎石丢在她坟上；可是现在我们已经允许给她处女的葬礼，用花圈盖在她的身上，替她撒播鲜花，鸣钟送她入土，这还不够吗？

雷欧提斯　难道不能再有其他仪式了吗？

教士甲　不能再有其他仪式了；要是我们为她唱安魂曲，就像对于一般平安死去的灵魂一样，那就要亵渎了教规。

雷欧提斯　把她放下泥土里去；愿她的娇美无瑕的肉体上，生出芬芳馥郁的紫罗兰来！我告诉你，你这下贱的教士，我的妹妹将要做一个天使，你死了却要在地狱里呼号。

哈姆莱特　什么！美丽的奥菲利娅吗？

王后　好花是应当撒在美人身上的；永别了！（撒花）我本来希望你做我的哈姆莱特的妻子；这些鲜花本来要铺在你的新床上，亲爱的女郎，谁想得到我要把它们撒在你的坟上！

雷欧提斯　啊！但愿千百重的灾祸，降临在害得你精神错乱的那个该死的恶人的头上！等一等，不要就把泥土盖上去，让我再拥抱她一次。（跳下墓中）现在把你们的泥土倒下来，把死的和活的一起掩埋了吧；让这块平地上堆起一座高山，那古老的丕利恩和苍秀插天的俄林波斯都要俯伏在它的足下。

哈姆莱特　（上前）哪一个人的心里装载得下这样沉重的悲伤？哪一个人的哀恸的辞句，可以使天上的行星惊疑止步？那是我，丹麦王子哈姆莱特！（跳下墓中）

雷欧提斯　魔鬼抓了你的灵魂去！（将哈姆莱特揪住）

哈姆莱特　你祷告错了。请你不要掐住我的头颈；因为我虽然不是一个暴躁易怒的人，可是我的火性发作起来，是很危险的，你还是不要激恼我吧。放开你的手！

国王　把他们扯开！

王后　哈姆莱特！哈姆莱特！

众人　殿下，公子——

霍拉旭　好殿下，安静点儿。（侍从等分开二人，二人自墓中出）

哈姆莱特　嘿，我愿意为了这个题目跟他决斗，直到我的眼皮不再睒动。

王后　啊，我的孩子！什么题目？

哈姆莱特　我爱奥菲利娅；四万个兄弟的爱合起来，还抵不过我对她的爱。你愿意为她干些什么事情？

国王　啊！他是个疯人，雷欧提斯。

王后　看在上帝的情分上，不要跟他认真。

哈姆莱特　哼，让我瞧瞧你会干些什么事。你会哭吗？你会打架吗？你会绝食吗？你会撕破你自己的身体吗？你会喝一大缸醋吗？你会吃一条鳄鱼吗？我都做得到。你是到这儿来哭泣的吗？你跳下她的坟墓里，是要当面羞辱我吗？你跟她活埋在一起，我也会跟她活埋在一起；要是你还要夸说什么高山大岭，那么让他们把几百万亩的泥土堆在我们身上，直到把我们的地面堆得高到可以被"烈火天"烧焦，让巍峨的奥萨山在相形之下变得只像一个瘤那么大吧！嘿，你会吹，我就不会吹吗？

王后　这不过是他一时的疯话。他的疯病一发作起来，总是这个样子的；可是等一会儿他就会安静下来，正像母鸽孵育它那一双金羽的雏鸽的时候一样温和了。

哈姆莱特　听我说，老兄；你为什么这样对待我？我一向是爱你的。可是这些都不用说了，有本领的，随他干什么事吧；猫总是要叫，狗总是要闹的。（下）

国王　好霍拉旭，请你跟住他。（霍拉旭下；向雷欧提斯）记住我们昨天晚上所说的话，格外忍耐点儿吧；我们马上就可以实行我们的办法。好乔特鲁德，叫几个人好好看守你的儿子。这一个坟上要有个活生生的纪念物，平静的时间不久就会到来；现在我们必须耐着心把一切安排。（同下）

第二场　城堡中的厅堂

哈姆莱特及霍拉旭上。

哈姆莱特　这个题目已经讲完,现在我可以让你知道另外一段事情。你还记得当初的一切经过情形吗?

霍拉旭　记得,殿下!

哈姆莱特　当时在我的心里有一种战争,使我不能睡眠;我觉得我的处境比锁在脚镣里的叛变的水手还要难堪。我就鲁莽行事。——结果倒鲁莽对了,我们应该承认,有时候一时孟浪,往往反而可以做出一些为我们的深谋密虑所做不成功的事;从这一点上,我们可以看出来,无论我们怎样辛苦图谋,我们的结果却早已有一种冥冥中的力量把它布置好了。

霍拉旭　这是无可置疑的。

哈姆莱特　我从舱里起来,把一件航海的宽衣罩在我的身上,在黑暗之中摸索着找寻那封公文,果然给我达到目的,摸到了他们的包裹;我拿着它回到我自己的地方,疑心使我忘记了礼貌,我大胆地拆开了他们的公文,在那里面,霍拉旭——啊,堂皇的诡计!——我发现一道严厉的命令,借了许多好听的理由为名,说是为了丹麦和英国双方的利益,决不能让我这个险恶的人物逃脱,接到公文之后,必须不等磨好利斧,立即枭下我的首级。

霍拉旭　有这等事?

哈姆莱特　这一封就是原来的国书;你有空的时候可以仔细读一下。可是你愿意听我告诉你后来我怎么办吗?

霍拉旭　请您告诉我。

哈姆莱特　在这样重重诡计的包围之中,我的脑筋不等我定下心来思索,就开始活动起来了;我坐下来另外写了一通国书,字迹清清楚楚。从前我曾经抱着跟我们那些政治家们同样的意见,认为字体端正是一件有失体面的事,总是想竭力忘记这一种技能,可是现在它却对我有了大大的用处。你知道我写些什么话吗？

霍拉旭 嗯，殿下。

哈姆莱特 我用国王的名义，向英王提出恳切的要求，因为英国是他忠心的藩属，因为两国之间的友谊，必须让它像棕榈树一样发荣繁茂，因为和平的女神必须永远戴着她的荣冠，沟通彼此的情感，以及许许多多诸如此类的重要理由，请他在读完这一封信以后，不要有任何的迟延，立刻把那两个传书的来使处死，不让他们有从容忏悔的时间。

霍拉旭 可是国书上没有盖印，那怎么办呢？

哈姆莱特 啊，就在这件事上，也可以看出一切都是上天预先注定。我的衣袋里恰巧藏着我父亲的私印，它跟丹麦的国玺是一个式样的；我把伪造的国书照着原来的样子折好，签上名字，盖上印玺，把它小心封好，归还原处，一点没有露出破绽。下一天就遇见了海盗，那以后的情形，你早已知道了。

霍拉旭 这样说来，吉尔登斯吞和罗森格兰兹是去送死的了。

哈姆莱特 哎，朋友，他们本来是自己钻求这件差使的。我在良心上没有对不起他们的地方，是他们自己的阿谀献媚断送了他们的生命。两个强敌猛烈争斗的时候，不自量力的微弱之辈，却去插身在他们的刀剑中间，这样的事情是最危险不过的。

霍拉旭 想不到竟是这样一个国王！

哈姆莱特 你想，我是不是应该——他杀死了我的父王，奸污了我的母亲，篡夺了我的嗣位的权利，用这种诡计谋害我的生命，凭良心说我是不是应该亲手向他复仇雪恨？如果我不去剪除这一个戕害天性的蟊贼，让他继续为非作恶，岂不是该受天谴吗？

霍拉旭 他不久就会从英国得到消息，知道这一回事情产生了怎样的结果。

哈姆莱特 时间虽然很局促，可是我已经抓住眼前这一刻工夫；一个人的生命可以在说一个"一"字的一刹那之间了结。可是我很后悔，好霍拉旭，不该在雷欧提斯之前失了自制；因为他所遭遇的惨痛，正是我自己的怨愤的影子。我要取得他的好感。

可是他倘不是那样夸大他的悲哀,我也决不会动起那么大的火性来的。

霍拉旭 不要做声!谁来了?

    奥斯里克上。

奥斯里克 殿下,欢迎您回到丹麦来!

哈姆莱特 谢谢您,先生。(向霍拉旭旁白)你认识这只水苍蝇吗?

霍拉旭 (向哈姆莱特旁白)不,殿下。

哈姆莱特 (向霍拉旭旁白)那是你的运气,因为认识他是一件丢脸的事。他有许多肥田美壤;一头畜生要是作了一群畜生的主子,就有资格把食槽搬到国王的席上来了。他"咯咯"叫起来简直没个完,可是——我方才也说了——他拥有大批粪土。

奥斯里克 殿下,您要是有空的话,我奉陛下之命,要来告诉您一件事情。

哈姆莱特 先生,我愿意恭聆大教。您的帽子是应该戴在头上的,您还是戴上去吧。

奥斯里克 谢谢殿下,天气真热。

哈姆莱特 不,相信我,天冷得很,在刮北风哩。

奥斯里克 真的有点儿冷,殿下。

哈姆莱特 可是对于像我这样的体质,我觉得这一种天气却是闷热得厉害。

奥斯里克 对了,殿下;真是说不出来的闷热。可是,殿下,陛下叫我来通知您一声,他已经为您下了一个很大的赌注了。殿下,事情是这样的——

哈姆莱特 请您不要这样多礼。(促奥斯里克戴上帽子)

奥斯里克 不,殿下,我还是这样舒服些,真的。殿下,雷欧提斯新近到我们的宫廷里来;相信我,他是一位完善的绅士,充满着最卓越的特点,他的态度非常温雅,他的仪表非常英俊;说一句发自衷心的活,他是上流社会的指南针,因为在他身上可以找到一个绅士所应有的品质的总汇。

哈姆莱特 先生,他对于您这一番描写,的确可以当之无愧;虽然我知道，要是把他的好处一件一件列举出来，不但我们的记忆将要因此淆乱，交不出一篇正确的账目来，而且他这一艘满帆的快船，也决不是我们失舵之舟所能追及；可是，凭着真诚的赞美而言，我认为他是一个才德优异的人，他的高超的禀赋是那样稀有而罕见，说一句真心的话，除了在他的镜子里以外，再也找不到第二个跟他同样的人，纷纷追踪求迹之辈，不过是他的影子而已。

奥斯里克　殿下把他说得一点不错。

哈姆莱特　您的用意呢？为什么我们要用尘俗的呼吸，嘘在这位绅士的身上呢？

奥斯里克　殿下？

霍拉旭　自己所用的语言，到了别人嘴里，就听不懂了吗？早晚你会懂的，先生。

哈姆莱特　您向我提起这位绅士的名字，是什么意思？

奥斯里克　雷欧提斯吗？

霍拉旭　他的嘴里已经变得空空洞洞，因为他的那些好听话都说完了。

哈姆莱特　正是雷欧提斯。

奥斯里克　我知道您不是不明白——

哈姆莱特　您真能知道我这人不是不明白，那倒很好；可是，说老实话，即使你知道我是明白人，对我也不是什么光采的事。好，您怎么说？

奥斯里克　我是说，您不是不明白雷欧提斯有些什么特长——

哈姆莱特　那我可不敢说，因为也许人家会疑心我有意跟他比并高下；可是要知道一个人的底细，应该先知道他自己。

奥斯里克　殿下，我的意思是说他的武艺；人家都称赞他的本领一时无两。

哈姆莱特　他会使些什么武器？

奥斯里克　长剑和短刀。

哈姆莱特　他会使这两种武器吗？很好。

奥斯里克 殿下，王上已经用六匹巴巴里的骏马跟他打赌；在他的一方面，照我所知道的，押的是六柄法国的宝剑和好刀，连同一切鞘带钩子之类的附件，其中有三柄的挂机尤其珍奇可爱，跟剑柄配得非常合式，式样非常精致，花纹非常富丽。

哈姆莱特 您所说的挂机是什么东西？

霍拉旭 我知道您要听懂他的话，非得翻查一下注解不可。

奥斯里克 殿下，挂机就是钩子。

哈姆莱特 要是我们腰间挂着大炮，用这个名词倒还合适；在那一天没有来到以前，我看还是就叫它钩子吧。好，说下去；六匹巴巴里骏马对六柄法国宝剑，附件在内，外加三个花纹富丽的挂机；法国产品对丹麦产品。可是；用你的话来说，这样"押"是为了什么呢？

奥斯里克 殿下，王上跟他打赌，要是你们两人交起手来，在十二个回合之中，他至多不过多赢您三着；可是他却觉得他可以稳赢九个回合。殿下要是答应的话，马上就可以试一试。

哈姆莱特 要是我答应个"不"字呢？

奥斯里克 殿下，我的意思是说，您答应跟他当面比较高低。

哈姆莱特 先生，我还要在这儿厅堂里散散步。您去回陛下说，现在是我一天之中休息的时间。叫他们把比赛用的钝剑预备好了，要是这位绅士愿意，王上也不改变他的意见的话，我愿意尽力为他博取一次胜利；万一不幸失败，那我也不过丢了一次脸，给他多剁了两下。

奥斯里克 我就照这样去回话吗？

哈姆莱特 您就照这个意思去说，随便您再加上些什么新颖词藻都行。

奥斯里克 我保证为殿下效劳。

哈姆莱特 不敢，不敢。（奥斯里克下）多亏他自己保证，别人谁也不会替他张口的。

霍拉旭 这一只小鸭子顶着壳儿逃走了。

哈姆莱特 他在母亲怀抱里的时候，也要先把他母亲的奶头恭维几句,然后呃吸。像他这一类靠着一些繁文缛礼撑撑场面的家伙,正是愚妄的世人所醉心的;他们的浅薄的牙慧使傻瓜和聪明人同样受他们的欺骗,可是一经试验,他们的水泡就爆破了。

　　一贵族上。

贵族　殿下,陛下刚才叫奥斯里克来向您传话,知道您在这儿厅上等候他的旨意;他叫我再来问您一声,您是不是仍旧愿意跟雷欧提斯比剑,还是慢慢再说。

哈姆莱特　我没有改变我的初心,一切服从王上的旨意。现在也好,无论什么时候都好,只要他方便,我总是随时准备着,除非我丧失了现在所有的力气。

贵族　王上、娘娘,跟其他的人都要到这儿来了。

哈姆莱特　他们来得正好。

贵族　娘娘请您在开始比赛以前,对雷欧提斯客气几句。

哈姆莱特　我愿意服从她的教诲。(贵族下)

霍拉旭　殿下,您在这一回打赌中间,多半要失败的。

哈姆莱特　我想我不会失败。自从他到法国去以后,我练习得很勤;我一定可以把他打败。可是你不知道我的心里是多么不舒服;那也不用说了。

霍拉旭　啊,我的好殿下——

哈姆莱特　那不过是一种傻气的心理;可是一个女人也许会因为这种莫名其妙的疑虑而惶惑。

霍拉旭　要是您心里不愿意做一件事,那么就不要做吧。我可以去通知他们不用到这儿来,说您现在不能比赛。

哈姆莱特　不,我们不要害怕什么预兆;一只雀子的死去,都是命运预先注定的。注定在今天,就不会是明天,不是明天,就是今天;逃过了今天,明天还是逃不了,随时准备着就是了。一个人既然在离开世界的时候,只能一无所有,那么早早脱身而去,不是更好吗?随它去。

　　国王、王后、雷欧提斯、众贵族、奥斯里克及侍从等持钝剑等上。

国王 来,哈姆莱特,来,让我替你们两人和解和解。(牵雷欧提斯、哈姆莱特二人手使相握)

哈姆莱特 原谅我,雷欧提斯;我得罪了你,可是你是个堂堂男子,请你原谅我吧。这儿在场的众人都知道,你也一定听见人家说起,我是怎样被疯狂害苦了。凡是我的所作所为,足以伤害你的感情和荣誉、激起你的愤怒来的,我现在声明都是我在疯狂中犯下的过失。难道哈姆莱特会做对不起雷欧提斯的事吗?哈姆莱特决不会做这种事。要是哈姆莱特在丧失他自己的心神的时候,做了对不起雷欧提斯的事,那样的事不是哈姆莱特做的,哈姆莱特不能承认。那么是谁做的呢?是他的疯狂。既然是这样,那么哈姆莱特也是属于受害的一方,他的疯狂是可怜的哈姆莱特的敌人。当着在座众人之前,我承认我在无心中射出的箭,误伤了我的兄弟;我现在要向他请求大度包涵,宽恕我的不是出于故意的罪恶。

雷欧提斯 按理讲,对这件事情,我的感情应该是激动我复仇的主要力量,现在我在感情上总算满意了;但是另外还有荣誉这一关,除非有什么为众人所敬仰的长者,告诉我可以跟你捐除宿怨,指出这样的事是有前例可援的,不至于损害我的名誉,那时我才可以跟你言归于好。目前我且先接受你友好的表示,并且保证决不会辜负你的盛情。

哈姆莱特 我绝对信任你的诚意,愿意奉陪你举行这一次友谊的比赛。把钝剑给我们。来。

雷欧提斯 来,给我一柄。

哈姆莱特 雷欧提斯,我的剑术荒疏已久,只能给你帮场;正像最黑暗的夜里一颗吐耀的明星一般,彼此相形之下,一定更显得你的本领的高强。

雷欧提斯 殿下不要取笑。

哈姆莱特 不,我可以举手起誓,这不是取笑。

国王 奥斯里克,把钝剑分给他们。哈姆莱特侄儿,你知道我们怎样打赌吗?

哈姆莱特　我知道,陛下;您把赌注下在实力较弱的一方了。

国王　我想我的判断不会有错。你们两人的技术我都领教过;但是后来他又有了进步,所以才规定他必须多赢几着。

雷欧提斯　这一柄太重了;换一柄给我。

哈姆莱特　这一柄我很满意。这些钝剑都是同样长短的吗?

奥斯里克　是,殿下。(二人准备比剑)

国王　替我在那桌子上斟下几杯酒。要是哈姆莱特击中了第一剑或是第二剑,或者在第三次交锋的时候争得上风,让所有的碉堡上一齐鸣起炮来;国王将要饮酒慰劳哈姆莱特,他还要拿一颗比丹麦四代国王戴在王冠上的更贵重的珍珠丢在酒杯里。把杯子给我;鼓声一起,喇叭就接着吹响,通知外面的炮手,让炮声震彻天地,报告这一个消息,"现在国王为哈姆莱特祝饮了!"来,开始比赛吧;你们在场裁判的都要留心看着。

哈姆莱特　请了。

雷欧提斯　请了,殿下。(二人比剑)

哈姆莱特　一剑。

雷欧提斯　不,没有击中。

哈姆莱特　请裁判员公断。

奥斯里克　中了,很明显的一剑。

雷欧提斯　好;再来。

国王　且慢;拿酒来。哈姆莱特,这一颗珍珠是你的;祝你健康!把这一杯酒给他。(喇叭齐奏;内鸣炮)

哈姆莱特　让我先赛完这一局;暂时把它放在一旁。来。(二人比剑)又是一剑;你怎么说?

雷欧提斯　我承认给你碰着了。

国王　我们的孩子一定会胜利。

王后　他身体太胖,有些喘不过气来。来,哈姆莱特,把我的手巾拿去,揩干你额上的汗。王后为你饮下这一杯酒,祝你的胜利了,哈姆莱特。

哈姆莱特　好妈妈!

国王　乔特鲁德，不要喝。

王后　我要喝的，陛下；请您原谅我。

国王　（旁白）这一杯酒里有毒；太迟了！

哈姆莱特　母亲，我现在还不敢喝酒；等一等再喝吧。

王后　来，让我擦干你的脸。

雷欧提斯　陛下，现在我一定要击中他了。

国王　我怕你击不中他。

雷欧提斯　（旁白）可是我的良心却不赞成我干这件事。

哈姆莱特　来，该第三个回合了，雷欧提斯。你怎么一点不起劲？请你使出你全身的本领来吧；我怕你在开我的玩笑哩。

雷欧提斯　你这样说吗？来。（二人比剑）

奥斯里克　两边都没有中。

雷欧提斯　受我这一剑！

　　雷欧提斯挺剑刺伤哈姆莱特；二人在争夺中彼此手中之剑各为对方夺去，哈姆莱特以夺来之剑刺雷欧提斯，雷欧提斯亦受伤。

国王　分开他们！他们动起火来了。

哈姆莱特　来，再试一下。（王后倒地）

奥斯里克　哎哟，瞧王后怎么啦！

霍拉旭　他们两人都在流血。您怎么啦，殿下？

奥斯里克　您怎么啦，雷欧提斯？

雷欧提斯　唉，奥斯里克，正像一只自投罗网的山鹬，我用诡计害人，反而害了自己，这也是我应得的报应。

哈姆莱特　王后怎么啦？

国王　她看见他们流血，昏了过去了。

王后　不，不，那杯酒，那杯酒——啊，我的亲爱的哈姆莱特！那杯酒，那杯酒；我中毒了。（死）

哈姆莱特　啊，奸恶的阴谋！喂！把门锁上！阴谋！查出来是哪一个人干的。（雷欧提斯倒地）

雷欧提斯　凶手就在这儿，哈姆莱特。哈姆莱特，你已经不能活命了；世上没有一种药可以救治你，不到半小时，你就要死去。

那杀人的凶器就在你的手里,它的锋利的刃上还涂着毒药。这奸恶的诡计已经回转来害了我自己;瞧!我躺在这儿,再也不会站起来了。你的母亲也中了毒。我说不下去了。国王——国王——都是他一个人的罪恶。

哈姆莱特 锋利的刃上还涂着毒药!——好,毒药,发挥你的力量吧!(刺国王)

众人 反了!反了!

国王 啊!帮帮我,朋友们;我不过受了点伤。

哈姆莱特 好,你这败坏伦常、嗜杀贪淫、万恶不赦的丹麦奸王!喝干了这杯毒药——你那颗珍珠是在这儿吗?——跟我的母亲一道去吧!(国王死)

雷欧提斯 他死得应该;这毒药是他亲手调下的。尊贵的哈姆莱特,让我们互相宽恕;我不怪你杀死我和我的父亲,你也不要怪我杀死你!(死)

哈姆莱特 愿上天赦免你的错误!我也跟着你来了。我死了,霍拉旭。不幸的王后,别了!你们这些看见这一幕意外的惨变而战栗失色的无言的观众,倘不是因为死神的拘捕不给人片刻的停留,啊!我可以告诉你们——可是随它去吧。霍拉旭,我死了,你还活在世上;请你把我的行事的始末根由昭告世人,解除他们的疑惑。

霍拉旭 不,我虽然是个丹麦人,可是在精神上我却更是个古代的罗马人;这儿还留剩着一些毒药。

哈姆莱特 你是个汉子,把那杯子给我;放手,凭着上天起誓,你必须把它给我。啊,上帝!霍拉旭,我一死之后,要是世人不明白这一切事情的真相,我的名誉将要永远蒙着怎样的损伤!你倘然爱我,请你暂时牺牲一下天堂上的幸福,留在这一个冷酷的人间,替我传述我的故事吧。(内军队自远处行进及鸣炮声)这是哪儿来的战场上的声音?

奥斯里克 年轻的福丁布拉斯从波兰奏凯班师,这是他对英国来的钦使所发的礼炮。

哈姆莱特 啊!我死了,霍拉旭;猛烈的毒药已经克服了我的精神,我不能活着听见英国来的消息。可是我可以预言福丁布拉斯将被推戴为王，他已经得到我这临死之人的同意；你可以把这儿所发生的一切事实告诉他。此外仅余沉默而已。（死）

霍拉旭　一颗高贵的心现在碎裂了！晚安，亲爱的王子，愿成群的天使们用歌唱抚慰你安息！——为什么鼓声越来越近了？（内军队行进声）

福丁布拉斯、英国使臣及余人等上。

福丁布拉斯　这一场比赛在什么地方举行？

霍拉旭　你们要看些什么？要是你们想知道一些惊人的惨事，那么不用再到别处去找了。

福丁布拉斯　好一场惊心动魄的屠杀！啊，骄傲的死神！你用这样残忍的手腕，一下子杀死了这许多王裔贵胄，在你的永久的幽窟里，将要有一席多么丰美的盛筵！

使臣甲　这一个景象太惨了。我们从英国奉命来此，本来是要回复这儿的王上，告诉他我们已经遵从他的命令，把罗森格兰兹和吉尔登斯吞两人处死；不幸我们来迟了一步，那应该听我们说话的耳朵已经没有知觉了，我们还希望从谁的嘴里得到一声感谢呢？

霍拉旭　即使他能够向你们开口说话，他也不会感谢你们；他从来不曾命令你们把他们处死。可是既然你们都来得这样凑巧，有的刚从波兰回来，有的刚从英国到来，恰好看见这一幕流血的惨剧，那么请你们叫人把这几个尸体抬起来放在高台上面，让大家可以看见，让我向那懵无所知的世人报告这些事情的发生经过；你们可以听到奸淫残杀、反常悖理的行为、冥冥中的判决、意外的屠戮、借手杀人的狡计，以及陷入自害的结局；这一切我都可以确确实实地告诉你们。

福丁布拉斯　让我们赶快听你说；所有最尊贵的人，都叫他们一起来吧。我在这一个国内本来也有继承王位的权利，现在国中无主，正是我要求这一个权利的机会；可是我虽然准备接受我的幸运，我的心里却充满了悲哀。

好一场惊心动魄的屠杀！啊，骄傲的死神！你用这样残忍的手腕，一下子杀死了这许多王裔贵胄，在你的永久的幽窟里，将要有一席多么丰美的盛筵！

霍拉旭　关于那一点，我受死者的嘱托，也有一句话要说，他的意见是可以影响许多人的；可是在这人心惶惶的时候，让我还是先把这一切解释明白了，免得引起更多的不幸、阴谋和错误来。

福丁布拉斯　让四个将士把哈姆莱特像一个军人似的抬到台上，因为要是他能够践登王位，一定会成为一个贤明的君主的；为了表示对他的悲悼，我们要用军乐和战地的仪式，向他致敬。把这些尸体一起抬起来。这一种情形在战场上是不足为奇的，可是在宫廷之内，却是非常的变故。去，叫兵士放起炮来。（奏丧礼进行曲；众舁尸同下；内鸣炮）

李尔王

Part Five

朱生豪 译

剧中人物

李尔　　　　　　　　　　　　　　　　　不列颠国王
法兰西国王
勃艮第公爵
康华尔公爵
奥本尼公爵
肯特伯爵
葛罗斯特伯爵
爱德伽　　　　　　　　　　　　　　　葛罗斯特之子
爱德蒙　　　　　　　　　　　　　　　葛罗斯特之庶子
克伦　　　　　　　　　　　　　　　　　　　　朝士
奥斯华德　　　　　　　　　　　　　高纳里尔的管家
老人　　　　　　　　　　　　　　　　葛罗斯特的佃户
医生
弄人
爱德蒙属下一军官
考狄利娅一侍臣
传令官
康华尔的众仆

高纳里尔 ⎫
里根　　 ⎬　　　　　　　　　　　　　　　李尔之女
考狄利娅 ⎭

扈从李尔之骑士、军官、使者、兵士及侍从等

地　点

不列颠

第一幕

第一场　李尔王宫中大厅

　　肯特，葛罗斯特及爱德蒙上。

肯特　我想王上对于奥本尼公爵，比对于康华尔公爵更有好感。

葛罗斯特　我们一向都觉得是这样；可是这次划分国土的时候，却看不出来他对这两位公爵有什么偏心；因为他分配得那么平均，无论他们怎样斤斤较量，都不能说对方比自己占了便宜。

肯特　大人，这位是您的令郎吗？

葛罗斯特　他是在我手里长大的；我常常不好意思承认他，可是现在惯了，也就不以为意啦。

肯特　我不懂您的意思。

葛罗斯特　伯爵，这个小子的母亲可心里明白，因此，不瞒您说，她还没有嫁人就大了肚子生下儿子来。您想这应该不应该？

肯特　能够生下这样一个好儿子来，即使一时错误，也是可以原谅的。

葛罗斯特　我还有一个合法的儿子，年纪比他大一岁，然而我还是喜欢他。这畜生虽然不等我的召唤，就自己莽莽撞撞来到这世上，可是他的母亲是个迷人的东西，我们在制造他的时候，曾经有过一场销魂的游戏,这孽种我不能不承认他。爱德蒙,你认识这位贵人吗?

爱德蒙　不认识,父亲。

葛罗斯特　肯特伯爵;从此以后,你该记着他是我的尊贵的朋友。

爱德蒙　大人,我愿意为您效劳。

肯特　我一定喜欢你,希望我们以后能够常常见面。

爱德蒙　大人,我一定尽力报答您的垂爱。

葛罗斯特　他已经在国外九年,不久还是要出去的。王上来了。

　　　　喇叭奏花腔。李尔、康华尔、奥本尼、高纳里尔、里根、考狄利娅及侍从等上。

李尔　葛罗斯特,你去招待招待法兰西国王和勃艮第公爵。

葛罗斯特　是,陛下。(葛罗斯特、爱德蒙同下)

李尔　现在我要向你们说明我的心事。把那地图给我。告诉你们吧,我已经把我的国土划成三部;我因为自己年纪老了,决心摆脱一切世务的牵萦,把责任交卸给年轻力壮之人,让自己松一松肩,好安安心心地等死。康华尔贤婿,还有同样是我心爱的奥本尼贤婿,为了预防他日的争执,我想还是趁现在把我的几个女儿的嫁奁当众分配清楚。法兰西和勃艮第两位君主正在竞争我的小女儿的爱情,他们为了求婚而住在我们宫廷里,也已经有好多时候了,现在他们就可以得到答复。孩子们,在我还没有把我的政权、领土和国事的重任全部放弃以前,告诉我,你们中间哪一个人最爱我?我要看看谁最有孝心,最有贤德,我就给她最大的恩惠。高纳里尔,我的大女儿,你先说。

高纳里尔　父亲,我对您的爱,不是言语所能表达的;我爱您胜过自己的眼睛、整个的空间和广大的自由;超越一切可以估价的贵重稀有的事物;不亚于赋有淑德、健康、美貌和荣誉的生命;不曾有一个儿女这样爱过他的父亲,也不曾有一个父亲这样被他的儿女所爱;这一种爱可以使唇舌无能为力,辩才失去效用;我爱您是不可以数量计算的。

考狄利娅　(旁白)考狄利娅应该怎么好呢?默默地爱着吧。

李尔　在这些疆界以内，从这一条界线起，直到这一条界线为止，所有一切浓密的森林、膏腴的平原、富庶的河流、广大的牧场，都要奉你为它们的女主人；这一块土地永远为你和奥本尼的子孙所保有。我的二女儿，最亲爱的里根，康华尔的夫人，你怎么说？

里根　我跟姊姊具有同样的品质，您凭着她就可以判断我。在我的真心之中，我觉得她刚才所说的话，正是我爱您的实际的情形，可是她还不能充分说明我的心理：我厌弃一切凡是敏锐的知觉所能感受到的快乐，只有爱您才是我的无上的幸福。

考狄利娅　（旁白）那么，考狄利娅，你只好自安于贫穷了！可是我并不贫穷，因为我深信我的爱心比我的口才更富有。

李尔　这一块从我们这美好的王国中划分出来的三分之一的沃壤，是你和你的子孙永远世袭的产业，和高纳里尔所得到的一份同样广大、同样富庶，也同样嘉美。现在，我的宝贝，虽然是最后的一个，却并非最不在我的心头；法兰西的葡萄和勃艮第的乳酪都在竞争你的青春之爱；你有些什么话，可以换到一份比你的两个姊姊更富庶的土地？说吧。

考狄利娅　父亲，我没有话说。

李尔　没有？

考狄利娅　没有。

李尔　没有只能换到没有；重新说过。

考狄利娅　我是个笨拙的人，不会把我的心涌上我的嘴里；我爱您只是按照我的名分，一分不多，一分不少。

李尔　怎么，考狄利娅！把你的话修正修正，否则你要毁坏你自己的命运了。

考狄利娅　父亲，您生下我来，把我教养成人，爱惜我、厚待我；我受到您这样的恩德，只有恪尽我的责任，服从您、爱您、敬重您。我的姊姊们要是用她们整个的心来爱您，那么她们为什么要嫁人呢？要是我有一天出嫁了，那接受我的忠诚的誓约的丈夫，将要得到我的一半的爱、我的一半的关心和责任；假如我只爱我的父亲，我一定不会像我的两个姊姊一样再去嫁人的。

李尔 你这些话果然是从心里说出来的吗？

考狄利娅 是的，父亲。

李尔 年纪这样小，却这样没有良心吗？

考狄利娅 父亲，我年纪虽小，我的心却是忠实的。

李尔 好，那么让你的忠实做你的嫁奁吧。凭着太阳神圣的光辉，凭着黑夜的神秘，凭着主宰人类生死的星球的运行，我发誓从现在起，永远和你断绝一切父女之情和血缘亲属的关系，把你当做一个路人看待。啖食自己儿女的生番，比起你，我的旧日的女儿来，也不会更令我憎恨。

肯特 陛下——

李尔 闭嘴，肯特！不要来批怒龙的逆鳞。她是我最爱的一个，我本来想要在她的殷勤看护之下，终养我的天年。去，不要让我看见你的脸！让坟墓做我安息的眠床吧，我从此割断对她的天伦的慈爱了！叫法兰西王来！都是死人吗？叫勃艮第来！康华尔，奥本尼，你们已经分到我的两个女儿的嫁奁，现在把我第三个女儿那一份也拿去分了吧；让骄傲——她自己所称为坦白的——替她找一个丈夫。我把我的威力、特权和一切君主的尊荣一起给了你们。我自己只保留一百名骑士，在你们两人的地方按月轮流居住，由你们负责供养。除了国王的名义和尊号以外，所有行政的大权、国库的收入和大小事务的处理，完全交在你们手里；为了证实我的话，两位贤婿，我赐给你们这一顶宝冠，归你们两人共同保有。

肯特 尊严的李尔，我一向敬重您像敬重我的君王，爱您像爱我的父亲，跟随您像跟随我的主人，在我的祈祷之中，我总把您当作我的伟大的恩主——

李尔 弓已经弯好拉满，你留心躲开箭锋吧。

肯特 让它落下来吧，即使箭镞会刺进我的心里。李尔发了疯，肯特也只好不顾礼貌了。你究竟要怎样，老头儿？你以为有权有位的人向谄媚者低头，尽忠守职的臣僚就不敢说话了吗？君主不顾自己的尊严,干下了愚蠢的事情,在朝的端人正士只好直言极谏。保留你的权力,仔细考虑一下你的举措,收回这种鲁莽灭裂的成命。你的小女儿并不是最不孝顺你;有人不会口若悬河,说得天花乱坠,可并不就是无情无义。我的判断要是有错,你尽管取我的命。

李尔　肯特,你要是想活命,赶快闭住你的嘴。

肯特　我的生命本来是预备向你的仇敌抛掷的;为了你的安全,我也不怕把它失去。

李尔　走开,不要让我看见你!

肯特　瞧明白一些,李尔;还是让我像箭垛上的红心一般永远站在你的眼前吧。

李尔　凭着阿波罗起誓——

肯特　凭着阿波罗,老王,你向神明发誓也是没用的。

李尔　啊,可恶的奴才!(以手按剑)

奥本尼
康华尔〉陛下息怒。

肯特　好,杀了你的医生,把你的恶病养得一天比一天厉害吧。赶快撤销你的分土授国的原议;否则只要我的喉舌尚在,我就要大声疾呼,告诉你做了错事啦。

李尔　听着,逆贼!你给我按照做臣子的道理,好生听着!你想要煽动我毁弃我的不容更改的誓言,凭着你的不法的跋扈,对我的命令和权力妄加阻挠,这一种目无君上的态度,使我忍无可忍;为了维持王命的尊严,不能不给你应得的处分。我现在宽容你五天的时间,让你预备些应用的衣服食物,免得受饥寒的痛苦;在第六天上,你那可憎的身体必须离开我的国境;要是在此后十天之内,我们的领土上再发现了你的踪迹,那时候就要把你当场处死。去!凭着朱庇特发誓,这一个判决是无可改移的。

肯特　再会,国王;你既不知悔改,
　　　　囚笼里也没有自由存在。(向考狄利娅)

姑娘，自有神明为你照应：
你心地纯洁，说话真诚！（向里根、高纳里尔）
愿你们的夸口变成实事，
假树上会结下真的果子。
各位王子，肯特从此远去：
到新的国土走他的旧路。（下）

　　喇叭奏花腔。葛罗斯特偕法兰西王、、勃艮第及侍从等重上。

葛罗斯特　陛下，法兰西国王和勃艮第公爵来了。

李尔　勃艮第公爵，您跟这位国王都是来向我的女儿求婚的，现在我先问您：您希望她至少要有多少陪嫁的奁资，否则宁愿放弃对她的追求？

勃艮第　陛下，照着您所已经答应的数目，我就很满足了；想来您也不会再吝惜的。

李尔　尊贵的勃艮第，当她为我所宠爱的时候，我是把她看得非常珍重的，可是现在她的价格已经跌落了。公爵，您瞧她站在那儿，一个小小的东西，要是除了我的憎恨以外，我什么都不给她，而您仍然觉得她有使您喜欢的地方，或者您觉得她整个儿都能使您满意，那么她就在那儿，您把她带去好了。

勃艮第　我不知道怎样回答。

李尔　像她这样一个一无可取的女孩子，没有亲友的照顾，新近遭到我的憎恨，咒诅是她的嫁奁，我已经立誓和她断绝关系了，您还是愿意娶她呢，还是愿意把她放弃？

勃艮第　恕我，陛下；在这种条件之下，决定取舍是一件很为难的事。

李尔　那么放弃她吧，公爵；凭着赋予我生命的神明起誓，我已经告诉您她的全部价值了。（向法兰西王）至于您，伟大的国王，为了重视你我的友谊，我断不愿把一个我所憎恶的人匹配给您；所以请您还是丢开了这一个为天地所不容的贱人，另外去找寻佳偶吧。

法兰西王　这太奇怪了，她刚才还是您的眼中的珍宝、您的赞美的题目、您的老年的安慰、您的最好最心爱的人儿，怎么一转瞬间，就会干下这一件弥天大恶极的行为，丧失了您的深恩厚爱！她的罪恶倘不是超乎寻常，您的爱心决不会变得这样厉害；可是除非那是一桩奇迹，我无论如何不相信她会干那样的事。

考狄利娅　陛下，我只是因为缺少娓娓动人的口才，不会讲一些违心的言语，凡是我心里想到的事情，我总不愿在没有把它实行以前就放在嘴里宣扬；要是您因此而恼我，我必须请求您让世人知道，我所以失去您的欢心的原因，并不是什么丑恶的污点、淫邪的行动，或是不名誉的举止；只是因为我缺少像人家那样的一双献媚求恩的眼睛，一条我所认为可耻的善于逢迎的舌头，虽然没有了这些使我不能再受您的宠爱，可是惟其如此，却使我格外尊重我自己的人格。

李尔　像你这样不能在我面前曲意承欢，还不如当初没有生下你来的好。

法兰西王　只是为了这一个原因吗？为了生性不肯有话便说，不肯把心里想做到的出之于口？勃艮第公爵，您对于这位公主意下如何？爱情里面要是掺杂了和它本身无关的算计，那就不是真的爱情。您愿不愿意娶她？她自己就是一注无价的嫁奁。

勃艮第　尊严的李尔，只要把您原来已经允许过的那一份嫁奁给我，我现在就可以使考狄利娅成为勃艮第公爵的夫人。

李尔　我什么都不给；我已经发过誓，再也不能挽回了。

勃艮第　那么抱歉得很，您已经失去一个父亲，现在必须再失去一个丈夫了。

考狄利娅　愿勃艮第平安！他所爱的既然只是财产，我也不愿做他的妻子。

法兰西王　最美丽的考狄利娅！你因为贫穷，所以是最富有的；你因为被遗弃，所以是最可宝贵的；你因为遭人轻视，所以最蒙我的怜爱。我现在把你和你的美德一起攫在我的手里；人弃我取是法理上所许可的。天啊天！想不到他们的冷酷的蔑视，却会激起我热烈的敬爱。陛下，您的没有嫁奁的女儿被抛在一边，正好成全我的良缘；她现在是我的分享荣华的王后，法兰西全国的女主人了；沼泽之邦的勃艮第所有的公爵，都不能从我手里买去这一个无价之宝的女郎。考狄利娅，向他们告别吧，虽然他们是这样冷酷无情；你抛弃了故国，将要得到一个更好的家乡。

李尔 你带了她去吧，法兰西王；她是你的，我没有这样的女儿，也再不要看见她的脸，去吧，你们不要想得到我的恩宠和祝福。来，尊贵的勃艮第公爵。（喇叭奏花腔；李尔、勃艮第、康华尔、奥本尼、葛罗斯特及侍从等同下）

法兰西王 向你的两位姊姊告别吧。

考狄利娅 父亲眼中的两颗宝玉，考狄利娅用泪洗过的眼睛向你们告别。我知道你们是怎样的人；因为碍着姊妹的情分，我不愿直言指斥你们的错处。好好对待父亲；你们自己说是孝敬他的，我把他托付给你们了。可是，唉！要是我没有失去他的欢心，我一定不让他依赖你们的照顾。再会了，两位姊姊。

里根 我们用不着你教训。

高纳里尔 你还是去小心侍候你的丈夫吧，命运的慈悲把你交在他的手里；你自己忤逆不孝，今天空手跟了汉子去也是活该。

考狄利娅 总有一天，深藏的奸诈会渐渐显出它的原形；罪恶虽然可以掩饰一时，免不了最后出乖露丑。愿你们幸福！

法兰西王 来，我美丽的考狄利娅。（法兰西王、考狄利娅同下）

高纳里尔 妹妹，我有许多对我们两人有切身关系的话必须跟你谈谈。我想我们的父亲今晚就要离开此地。

里根 那是十分确定的事，他要住到你们那儿去；下个月他就要跟我们住在一起了。

高纳里尔 你瞧他现在年纪老了，他的脾气多么变化不定；我们已经屡次注意到他的行为的乖僻了。他一向都是最爱我们妹妹的，现在他凭着一时的气恼就把她撵走，这就可以见得他是多么糊涂。

里根　这是他老年的昏悖；可是他向来就是这样喜怒无常的。

高纳里尔　他年轻的时候性子就很暴躁，现在他任性惯了，再加上老年人刚愎自用的怪脾气，看来我们只好准备受他的气了。

里根　他把肯特也放逐了；谁知道他心里一不高兴起来，不会用同样的手段对付我们？

高纳里尔　法兰西王辞行回国，跟他还有一番礼仪上的应酬。让我们同心合力，决定一个方策；要是我们的父亲顺着他这种脾气滥施威权起来，这一次的让国对于我们未必有什么好处。

里根　我们还要仔细考虑一下。

高纳里尔　我们必须趁早想个办法。（同下）

第二场　葛罗斯特伯爵城堡中的厅堂

爱德蒙持信上。

爱德蒙　大自然，你是我的女神，我愿意在你的法律之前俯首听命。为什么我要受世俗的排挤，让世人的歧视剥夺我的应享的权利，只因为我比一个哥哥迟生了一年或是十四个月？为什么他们要叫我私生子？为什么我比人家卑贱？我的壮健的体格、我的慷慨的精神、我的端正的容貌，哪一点比不上正经女人生下的儿子？为什么他们要给我加上庶出、贱种、私生子的恶名？贱种，贱种；贱种？难道在热烈兴奋的奸情里，得天地精华、父母元气而生下的孩子，倒不及拥着一个毫无欢趣的老婆，在半睡半醒之间制造出来的那一批蠢货？好，合法的爱德伽，我一定要得到你的土地；我们的父亲喜欢他的私生子爱德蒙，正像他喜欢他的合法的嫡子一样。好听的名词，"合法"！好，我的合法的哥哥，要是这封信发生效力，我的计策能够成功，瞧着吧，庶出的爱德蒙将要把合法的嫡子压在他的下面——那时候我可要扬眉吐气啦。神啊，帮助帮助私生子吧！

葛罗斯特上。

葛罗斯特　肯特就这样放逐了！法兰西王盛怒而去；王上昨晚又走了！他的权力全部交出，依靠他的女儿过活！这些事情都在匆促中决定，不曾经过丝毫的考虑！爱德蒙，怎么！有什么消息？

爱德蒙 禀父亲，没有什么消息。（藏信）

葛罗斯特 你为什么急急忙忙地把那封信藏起来？

爱德蒙 我不知道有什么消息，父亲。

葛罗斯特 你读的是什么信？

爱德蒙 没有什么，父亲。

葛罗斯特 没有什么？那么你为什么慌慌张张地把它塞进你的衣袋里去？既然没有什么，何必藏起来？来，给我看；要是那上面没有什么话，我也可以不用戴眼镜。

爱德蒙 父亲，请您原谅我；这是我哥哥写给我的一封信，我还没有把它读完，照我所已经读到的一部分看起来，我想还是不要让您看见的好。

葛罗斯特 把信给我。

爱德蒙 不给您看您要恼我，给您看了您又要动怒。哥哥真不应该写出这种话来。

葛罗斯特 给我看，给我看。

爱德蒙 我希望哥哥写这封信是有他的理由的，他不过要试试我的德性。

葛罗斯特 （读信）"这一种尊敬老年人的政策，使我们在年轻时候不能享受生命的欢乐；我们的财产不能由我们自己处分，等到年纪老了，这些财产对我们也失去了用处。我开始觉得老年人的专制，实在是一种荒谬愚蠢的束缚；他们没有权力压迫我们，是我们自己容忍他们的压迫。来跟我讨论讨论这一个问题吧。要是我们的父亲在我把他惊醒之前，一直好好睡着，你就可以永远享受他的一半的收入，并且将要为你的哥哥所喜爱。爱德伽。"——哼！阴谋！"要是我们的父亲在我把他惊醒之前，一直好好睡着，你就可以永远享受他的一半的收入。"我的儿子爱德伽！他会有这样的心思？他能写得出这样一封信吗？这封信是什么时候到你手里的？谁把它送给你的？

爱德蒙　它不是什么人送给我的，父亲；这正是他狡猾的地方；我看见它塞在我的房间的窗眼里。

葛罗斯特　你认识这笔迹是你哥哥的吗？

爱德蒙　父亲，要是这信里所写的都是很好的话，我敢发誓这是他的笔迹；可是那上面写的既然是这种话，我但愿不是他写的。

葛罗斯特　这是他的笔迹。

爱德蒙　笔迹确是他的，父亲；可是我希望这种话不是出于他的真心。

葛罗斯特　他以前有没有用这一类话试探过你？

爱德蒙　没有，父亲；可是我常常听见他说，儿子成年以后，父亲要是已经衰老，他应该受儿子的监护，把他的财产交给他的儿子掌管。

葛罗斯特　啊，混蛋！混蛋！正是他在这信里所表示的意思！可恶的混蛋！不孝的、没有心肝的畜生！禽兽不如的东西！去，把他找来；我要依法惩办他。可恶的混蛋！他在哪儿？

爱德蒙　我不大知道，父亲。照我的意思，你在没有得到可靠的证据，证明哥哥确有这种意思以前，最好暂时耐一耐您的怒气；因为要是您立刻就对他采取激烈的手段，万一事情出于误会，那不但大大妨害了您的尊严，而且他对于您的孝心，也要从此动摇了！我敢拿我的生命为他作保，他写这封信的用意，不过是试探试探我对您的孝心，并没有其他危险的目的。

葛罗斯特　你以为是这样的吗？

爱德蒙　您要是认为可以的话，让我把您安置在一个隐僻的地方，从那个地方您可以听到我们两人谈论这件事情，用您自己的耳朵得到一个真凭实据；事不宜迟，今天晚上就可以一试。

葛罗斯特　他不会是这样一个大逆不道的禽兽——

爱德蒙　他断不会是这样的人。

葛罗斯特　天地良心！我做父亲的从来没有亏待过他，他却这样对待我。爱德蒙，找他出来；探探他究竟居心何在；你尽管照你自己的意思随机应付。我愿意放弃我的地位和财产，把这一件事情调查明白。

爱德蒙 父亲,我立刻就去找他,用最适当的方法探明这回事情,然后再来告诉您知道。

葛罗斯特 最近这一些日食月食果然不是好兆;虽然人们凭着天赋的智慧,可以对它们作种种合理的解释,可是接踵而来的天灾人祸,却不能否认是上天对人们所施的惩罚。亲爱的人互相疏远,朋友变为陌路,兄弟化成仇雠;城市里有暴动,国家发生内乱,宫廷之内潜藏着逆谋;父不父,子不子,纲常伦纪完全破灭。我这畜生也是上应天数;有他这样逆亲犯上的儿子,也就有像我们王上一样不慈不爱的父亲。我们最好的日子已经过去;现在只有一些阴谋、欺诈、叛逆、纷乱,追随在我们的背后,把我们赶下坟墓里去。爱德蒙,去把这畜生侦查个明白;那对你不会有什么妨害的;你只要自己留心一点就是了——忠心的肯特又放逐了!他的罪名是正直!怪事,怪事!(下)

爱德蒙 人们最爱用这一种糊涂思想来欺骗自己;往往当我们因为自己行为不慎而遭逢不幸的时候,我们就会把我们的灾祸归怨于日月星辰,好像我们做恶人也是命运注定,做傻瓜也是出于上天的旨意,做无赖、做盗贼、做叛徒,都是受到天体运行的影响,酗酒、造谣、奸淫,都有一颗什么星在那儿主持操纵,我们无论干什么罪恶的行为,全都是因为有一种超自然的力量在冥冥之中驱策着我们。明明自己跟人家通奸,却把他的好色的天性归咎到一颗星的身上,真是绝妙的推诿!我的父亲跟我的母亲在巨龙星的尾巴底下交媾,我又是在大熊星底下出世,所以我就是个粗暴而好色的家伙。嘿!即使当我的父母苟合成奸的时候,有一颗最贞洁的处女星在天空眨眼睛,我也决不会换个样子的。爱德伽——

爱德伽上。

爱德蒙 一说起他,他就来了,正像旧式喜剧里的大团圆一样;我现在必须装出一副忧愁煞人的样子,像疯子一般长吁短叹。唉!这些日食月食果然预兆着人世的纷争!法——索——拉——咪。

爱德伽　啊，爱德蒙兄弟！你在沉思些什么？

爱德蒙　哥哥，我正在想起前天读到的一篇预言，说是在这些日食月食之后，将要发生些什么事情。

爱德伽　你让这些东西烦扰你的精神吗？

爱德蒙　告诉你吧，他所预言的事情，果然不幸被他说中了；什么父子的乖离、死亡、饥荒、友谊的毁灭、国家的分裂、对于国王和贵族的恫吓和咒诅、无谓的猜疑、朋友的放逐、军队的瓦解、婚姻的破坏，还有许许多多我所不知道的事情。

爱德伽　你什么时候相信起星象之学来？

爱德蒙　来，来；你最近一次看见父亲在什么时候？

爱德伽　昨天晚上。

爱德蒙　你跟他说过话没有？

爱德伽　嗯，我们谈了两个钟头。

爱德蒙　你们分别的时候，没有闹什么意见吗？你在他的辞色之间，不觉得他对你有点恼怒吗？

爱德伽　一点没有。

爱德蒙　想想看你在什么地方得罪了他；听我的劝告，暂时避开一下，等他的怒气平息下来再说，现在他正在大发雷霆，恨不得一口咬下你的肉来呢。

爱德伽　一定有哪一个坏东西在搬弄是非。

爱德蒙　我也怕有什么人在暗中离间。请你千万忍耐忍耐，不要碰在他的火性上；现在你还是跟我到我的地方去，我可以想法让你躲起来听听他老人家怎么说。请你去吧；这是我的钥匙。你要是在外面走动的话，最好身边带些武器。

爱德伽　带些武器，弟弟！

爱德蒙　哥哥，我这样劝告你都是为了你的好处；带些武器在身边吧；要是没有人在暗算你，就算我不是个好人。我已经把我所看到、听到的事情都告诉你了；可还只是轻描淡写，实际的情形，却比我的话更要严重可怕得多哩。请你赶快去吧。

爱德伽　我不久就可以听到你的消息吗？

爱德蒙 我在这一件事情上总是竭力帮你的忙就是了。（爱德伽下）一个轻信的父亲，一个忠厚的哥哥，他自己从不会算计别人，所以也不疑心别人算计他；对付他们这样老实的傻瓜，我的奸计是绰绰有余的。该怎么下手，我已经想好了。既然凭我的身份，产业到不了我的手，那就只好用我的智谋；不管什么手段只要使得上，对我说来，就是正当。（下）

第三场　奥本尼公爵府中一室

高纳里尔及其管家奥斯华德上。

高纳里尔 我的父亲因为我的侍卫骂了他的弄人，所以动手打他吗？

奥斯华德 是，夫人。

高纳里尔 他一天到晚欺侮我；每一点钟他都要借端寻事，把我们这儿吵得鸡犬不宁。我不能再忍受下去了。他的骑士们一天一天横行不法起来，他自己又在每一件小事上都要责骂我们。等他打猎回来的时候，我不高兴见他说话；你就对他说我病了。你也不必像从前那样殷勤侍候他；他要是见怪，都在我身上。

奥斯华德 他来了，夫人；我听见他的声音。（内号角声）

高纳里尔 你跟你手下的人尽管对他装出一副不理不睬的态度；我要看看他有些什么话说。要是他恼了，那么让他到我妹妹那儿去吧，我知道我的妹妹的心思，她也跟我一样不能受人压制的。这老废物已经放弃了他的权力，还想管这个管那个！凭着我的生命发誓，年老的傻瓜正像小孩子一样，一味的姑息会纵容坏了他的脾气，不对他凶一点是不行的，记住我的话。

奥斯华德 是，夫人。

高纳里尔 让他的骑士们也受到你们的冷眼；无论发生什么事情，你们都不用管；你去这样通知你手下的人吧。我要造成一些借口，和他当面说个明白。我还要立刻写信给我的妹妹，叫她采取一致的行动。吩咐他们备饭。（各下）

第四场　奥本尼公爵府中厅堂

肯特化装上。

肯特　我已经完全隐去我的本来面目,要是我能够把我的语音也完全改变过来,那么我的一片苦心,也许可以达到目的。被放逐的肯特啊,要是你顶着一身罪名,还依然能够尽你的忠心,那么总有一天,对你所爱戴的主人会大有用处的。

内号角声。李尔、众骑士及侍从等上。

李尔　我一刻也不能等待,快去叫他们拿出饭来。(一侍从下)啊!你是什么?

肯特　我是一个人,大爷。

李尔　你是干什么的?你来见我有什么事?

肯特　您瞧我像干什么的,我就是干什么的;谁要是信任我,我愿意尽忠服侍他;谁要是居心正直,我愿意爱他;谁要是聪明而不爱多说话,我愿意跟他来往;我害怕法官;逼不得已的时候,我也会跟人家打架;我不吃鱼①。

李尔　你究竟是什么人?

肯特　一个心肠非常正直的汉子,而且像国王一样穷。

李尔　要是你这做臣民的,也像那个做国王的一样穷,那么你也可以算得真穷了。你要什么?

肯特　就要讨一个差使。

李尔　你想替谁做事?

肯特　替您。

李尔　你认识我吗?

肯特　不,大爷,可是在您的神气之间,有一种什么力量,使我愿意叫您做我的主人。

李尔　是什么力量?

肯特　一种天生的威严。

---

① 其意为他不是天主教徒,因为天主教徒每周五依例须吃鱼。

李尔 你会做些什么事？

肯特 我会保守秘密，我会骑马，我会跑路，我会把一个复杂的故事讲得索然无味，我会老老实实传一个简单的口信；凡是普通人能够做的事情，我都可以做，我的最大的好处是勤劳。

李尔 你年纪多大了？

肯特 大爷，说我年轻，我也不算年轻，我不会为了一个女人会唱几句歌而害相思；说我年老，我也不算年老，我不会糊里糊涂地溺爱一个女人；我已经活过四十八个年头了。

李尔 跟着我吧；你可以替我做事。要是我在吃过晚饭以后，还是这样欢喜你，那么我还不会就把你撵走。喂！饭呢？拿饭来！我的孩子呢？我的傻瓜呢？你去叫我的傻瓜来。（一侍从下）

　　奥斯华德上。

李尔 喂，喂，我的女儿呢？

奥斯华德 对不起——（下）

李尔 这家伙怎么说？叫那蠢东西回来。（一骑士下）喂，我的傻瓜呢？全都睡着了吗？怎么！那狗头呢？

　　骑士重上。

骑士 陛下，他说公主有病。

李尔 我叫他回来，那奴才为什么不回来？

骑士 陛下，他非常放肆，回答我说他不高兴回来。

李尔 他不高兴回来！

骑士 陛下，我也不知道为了什么缘故，可是照我看起来，他们对待您的礼貌，已经不像往日那样殷勤了；不但一般下人从仆，就是公爵和公主也对您冷淡得多了。

李尔 嘿！你这样说吗？

骑士 陛下，要是我说错了话，请您原谅我；可是当我觉得您受人欺侮的时候，责任所在，我不能闭口不言。

李尔 你不过向我提起一件我自己已经感觉到的事；我近来也觉得他们对我的态度有点儿冷淡，可是我总以为那是我自己多心，不愿断定是他们有意怠慢。我还要仔细观察观察他们的举止。

可是我的傻瓜呢？我这两天没有看见他。

骑士　陛下，自从小公主到法国去了以后，这傻瓜老是郁郁不乐。

李尔　别再提那句话了；我也注意到他这种情形。——你去对我的女儿说，我要跟她说话。（一侍从下）你去叫我的傻瓜来。（另一侍从下）

　　　　奥斯华德重上。

李尔　啊！你，大爷，你过来，大爷。你不知道我是什么人吗，大爷？

奥斯华德　我们夫人的父亲。

李尔　"我们夫人的父亲"！我们大爷的奴才！好大胆的狗！你这奴才！你这狗东西！

奥斯华德　对不起，我不是狗。

李尔　你敢跟我当面顶嘴瞪眼吗，你这混蛋？（打奥斯华德）

奥斯华德　您不能打我。

肯特　我也不能踢你吗，你这踢皮球的下贱东西①？（自后踢奥斯华德倒地）

李尔　谢谢你，好家伙；你帮了我，我喜欢你。

肯特　来，朋友，站起来，给我滚吧！我要教训教训你，让你知道尊卑上下的分别。去！去！你还想用你蠢笨的身体在地上打滚，丈量土地吗？滚！你难道不懂得厉害吗？去。（将奥斯华德推出）

李尔　我的好小子，谢谢你；这是你替我做事的定钱。（以钱给肯特）

　　　　弄人上。

弄人　让我也把他雇下来；这儿是我的鸡头帽。（脱帽授肯特）

李尔　啊，我的乖乖！你好？

弄人　喂，你还是戴了我的鸡头帽吧。

肯特　傻瓜，为什么？

---

① 在当时的英国，踢皮球是下层人士的爱好，为贵族所鄙视。

弄人 为什么？因为你帮了一个失势的人。要是你不会看准风向把你的笑脸迎上去，你就会吞下一口冷气的。来，把我的鸡头帽拿去。嘿，这家伙撵走了两个女儿，他的第三个女儿倒很受他的好处，虽然也不是出于他的本意；要是你跟了他，你必须戴上我的鸡头帽。啊，老伯伯！但愿我有两顶鸡头帽，再有两个女儿！

李尔 为什么，我的孩子？

弄人 要是我把我的家私一起给了她们，我自己还可以存下两顶鸡头帽。我这儿有一顶；再去向你的女儿们讨一顶戴戴吧。

李尔 嘿，你留心着鞭子。

弄人 真理是一条贱狗，它只好躲在狗洞里；当猎狗太太站在火边撒尿的时候，它必须一顿鞭子被人赶出去。

李尔 简直是揭我的疮疤！

弄人 （向肯特）喂，让我教你一段话。

李尔 你说吧。

弄人 听着，老伯伯——

　　多积财，少摆阔；
　　耳多听，话少说；
　　少放款，多借债；
　　走路不如骑马快；
　　三言之中信一语，
　　多掷骰子少下注；
　　莫饮酒，莫嫖妓；
　　呆在家中把门闭；
　　会打算的占便宜，
　　不会打算叹口气。

肯特 傻瓜，这些话一点意思也没有。

弄人 那么正像拿不到讼费的律师一样，我的话都白说了。老伯伯，你不能从没有意思的中间，探求出一点意思来吗？

李尔 啊，不，孩子；垃圾里是淘不出金子来的。

弄人　（向肯特）请你告诉他，他有那么多的土地，也就成为一堆垃圾了；他不肯相信一个傻瓜嘴里的话。

李尔　好尖酸的傻瓜！

弄人　我的孩子，你知道傻瓜是有酸有甜的吗？

李尔　不，孩子；告诉我。

弄人　听了他人话，

　　　土地全丧失；

　　　我傻你更傻，

　　　两傻相并立：

　　　一个傻瓜甜，

　　　一个傻瓜酸；

　　　一个穿花衣，

　　　一个戴王冠。

李尔　你叫我傻瓜吗，孩子？

弄人　你把你所有的尊号都送了别人；只有这一个名字是你娘胎里带来的。

肯特　陛下，他倒不全然是个傻瓜哩。

弄人　不，那些老爷大人们都不肯答应我的；要是我取得了傻瓜的专利权，他们一定要来夺我一份去，就是太太小姐们也不会放过我的；他们不肯让我一个人做傻瓜。老伯伯，给我一个蛋，我给你两顶冠。

李尔　两顶什么冠？

弄人　我把蛋从中间切开，吃完了蛋黄、蛋白，就用蛋壳给你做两顶冠。你想你自己好端端有了一顶王冠，却把它从中间剖成两半，把两半全都送给人家，这不是背了驴子过泥潭吗？你这光秃秃的头顶连里面也是光秃秃的，没有一点脑子，所以才会把一顶金冠送了人。我说了我要说的话，谁说这种话是傻话，让他挨一顿鞭子——

　　　这年头傻瓜供过于求，

> 聪明人个个变了糊涂，
> 顶着个没有思想的头，
> 只会跟着人依样葫芦。

李尔　你几时学会了这许多歌儿？

弄人　老伯伯，自从你把你的女儿当作了你的母亲以后，我就常常唱起歌儿来了；因为当你把棒儿给了她们，拉下你自己的裤子的时候——

> 她们高兴得眼泪盈眶，
> 我只好唱歌自遣哀愁，
> 可怜你堂堂一国之王，
> 却跟傻瓜们做伴嬉游。

老伯伯，你去请一位先生来，教教你的傻瓜怎样说谎吧；我很想学学说谎。

李尔　要是你说了谎，小子，我就用鞭子抽你。

弄人　我不知道你跟你的女儿们究竟是什么亲戚：她们因为我说了真话，要用鞭子抽我，你因为我说谎，又要用鞭子抽我；有时候我话也不说，你们也要用鞭子抽我。我宁可做一个无论什么东西，也不要做个傻瓜；可是我宁可做个傻瓜，也不愿意做你，老伯伯；你把你的聪明从两边削掉了，削得中间不剩一点东西。瞧，那削下的一块来了。

　　　　高纳里尔上。

李尔　啊，女儿！为什么你的脸上罩满了怒气？我看你近来老是皱着眉头。

弄人　从前你用不着看她的脸，随她皱不皱眉头都不与你相干，那时候你也算得了一个好汉子；可是现在你却变成一个孤零零的圆圈圈儿了。你还比不上我；我是个傻瓜，你简直不是个东西。（向高纳里尔）好，好，我闭嘴就是啦；虽然你没有说话，我从你的脸色知道你的意思。

闭嘴，闭嘴；

你不知道积谷防饥，

活该啃不到面包皮。

他是一个剥空了的豌豆荚。（指李尔）

高纳里尔　父亲，您这一个肆无忌惮的傻瓜不用说了，还有您那些蛮横的卫士，也都在时时刻刻寻事骂人，种种不法的暴行，实在叫人忍无可忍。父亲，我本来还以为要是让您知道了这种情形，您一定会戒饬他们的行动；可是照您最近所说的话和所做的事看来，我不能不疑心您有意纵容他们，他们才会这样有恃无恐。要是果然出于您的授意，为了维持法纪的尊严，我们也不能默尔而息，不采取断然的处置，虽然也许在您的脸上不大好看；本来，这是说不过去的，可是眼前这样的步骤，在事实上却是必要的。

弄人　你看，老伯伯——

那篱雀养大了杜鹃鸟，

自己的头也给它吃掉。

蜡烛熄了，我们眼前只有一片黑暗。

李尔　你是我的女儿吗？

高纳里尔　算了吧，老人家，您不是一个不懂道理的人，我希望您想明白一些；近来您动不动就动气，实在太有失一个做长辈的体统啦。

弄人　马儿颠倒过来给车子拖着走，就是一头蠢驴不也看得清楚吗？"呼，玖格！我爱你。"

李尔　这儿有谁认识我吗？这不是李尔。是李尔在走路吗？在说话吗？他的眼睛呢？他的知觉迷乱了吗？他的神志麻木了吗？嘿！他醒着吗？没有的事。谁能够告诉我我是什么人？

弄人　李尔的影子。

李尔　我要弄明白我是谁；因为我的君权、知识和理智都在哄我，要我相信我是个有女儿的人。

弄人　那些女儿们是会叫你做一个孝顺的父亲的。

李尔　太太，请教您的芳名？

高纳里尔　父亲，您何必这样假痴假呆，近来您就爱开这么一类的玩笑。您是一个有年纪的老人家，应该懂事一些。请您明白我的意思；您在这儿养了一百个骑士，全是些胡闹放荡、胆大妄为的家伙，我们好好的宫廷给他们骚扰得像一个喧嚣的客店；他们成天吃、喝、玩女人，简直把这儿当作了酒馆妓院，哪里还是一座庄严的御邸。这一种可耻的现象，必须立刻设法纠正；所以请您依了我的要求，酌量减少您的扈从的人数，只留下一些适合于您的年龄、知道您的地位、也明白他们自己身份的人跟随您；要是您不答应，那么我没有法子，只好勉强执行了。

李尔　地狱里的魔鬼！备起我的马来；召集我的侍从。没有良心的贱人！我不要麻烦你；我还有一个女儿哩。

高纳里尔　你打我的佣人，你那一班捣乱的流氓也不想想自己是什么东西，胆敢把他们上面的人像奴仆一样呼来叱去。

　　　　奥本尼上。

李尔　唉！现在懊悔也来不及了。（向奥本尼）啊！你也来了吗？这是不是你的意思？你说——替我备马。丑恶的海怪也比不上忘恩的儿女那样可怕。

奥本尼　陛下，请您不要生气。

李尔　（向高纳里尔）枭獍不如的东西！你说谎！我的卫士都是最有品行的人，他们懂得一切的礼仪，他们的一举一动，都不愧骑士之名。啊！考狄利娅不过犯了一点小小的错误，怎么在我的眼睛里却会变得这样丑恶！它像一座酷虐的刑具，扭曲了我的天性，抽干了我心里的慈爱，把苦味的怨恨灌了进去。啊，李尔！李尔！李尔！对准这一扇装进你的愚蠢、放出你的智慧的门，着力痛打吧！（自击其头）去，去，我的人。

奥本尼　陛下，我没有得罪您，我也不知道您为什么生气。

李尔　也许不是你的错，公爵——听着，造化的女神，听我的吁诉！要是你想使这畜生生男育女，请你改变你的意旨吧！取消她的生殖的能力，干涸她的产育的器官，让她的下贱的肉体里永远生不出一个子女来抬高她的身价！要是她必须生产，请你让她生下一个忤逆狂悖的孩子，使她终身受苦！让她年轻的额角上很早就刻了皱纹；眼泪流下她的面颊，磨成一道道的沟渠；她的鞠育的辛劳，只换到一声冷笑和一个白眼；让她也感觉到一个负心的孩子，比毒蛇的牙齿还要多么使人痛入骨髓！去，去！（下）

奥本尼　凭着我们敬奉的神明，告诉我这是怎么一回事。

高纳里尔　你不用知道为了什么原因；他老糊涂了，让他去发他的火吧。

　　　　李尔重上。

李尔　什么！我在这儿不过住了半个月，就把我的卫士一下子裁撤了五十名吗？

奥本尼　什么事，陛下？

李尔　等一等告诉你。（向高纳里尔）吸血的魔鬼！我真惭愧，你有这本事叫我在你的面前失去了大丈夫的气概，让我的热泪为了一个下贱的婢子而滚滚流出。愿毒风吹着你，恶雾罩着你！愿一个父亲的咒诅刺透你的五官百窍，留下永远不能平复的疮痍！痴愚的老眼，要是你再为此而流泪，我要把你挖出来，丢在你所流的泪水里，和泥土拌在一起！哼！竟有这等事吗？好，我还有一个女儿，我相信她是孝顺我的；她听见你这样对待我，一定会用指爪抓破你的豺狼一样的脸。你以为我一辈子也不能恢复我的原来的威风了吗？好，你瞧着吧。（李尔、肯特及侍从等下）

高纳里尔　你听见没有？

奥本尼　高纳里尔，虽然我十分爱你，可是我不能这样偏心——

高纳里尔　你不用管我。喂，奥斯华德！（向弄人）你这七分奸刁三分傻的东西，跟你的主人去吧。

弄人　李尔老伯伯，李尔老伯伯！等一等，带傻瓜一块儿去。

　　　　捉狐狸，杀狐狸，

谁家女儿是狐狸?
可惜我这顶帽子,
换不到一条绳子;
追上去,你这傻子。(下)

高纳里尔 不知道是什么人替他出的好主意。一百个骑士!让他随身带着一百个全副武装的卫士,真是万全之计;只要他做了一个梦,听了一句谣言,转了一个念头,或者心里有什么不高兴不舒服,就可以任着性子,用他们的力量危害我们的生命。喂,奥斯华德!

奥本尼 也许你太过虑了。

高纳里尔 过虑总比大意好些。与其时时刻刻提心吊胆,害怕人家的暗算,宁可爽爽快快除去一切可能的威胁。我知道他的心理。他所说的话,我已经写信去告诉我的妹妹了;她要是不听我的劝告,仍旧容留他带着他的一百个骑士——

奥斯华德重上。

高纳里尔 啊,奥斯华德!什么!我叫你写给我妹妹的信,你写好了没有?

奥斯华德 写好了,夫人。

高纳里尔 带几个人跟着你,赶快上马出发;把我所担心的情形明白告诉她,再加上一些你所想到的理由,让它格外动听一些。去吧,早点回来。(奥斯华德下)不,不,我的爷,你做人太仁善厚道了,虽然我不怪你,可是恕我说一句话,只有人批评你糊涂,却没有什么人称赞你一声好。

奥本尼 我不知道你的眼光能够看到多远;可是过分操切也会误事的。

高纳里尔 咦,那么——

奥本尼 好,好,但看结果如何。(同下)

第五场 奥本尼公爵府外院

李尔、肯特及弄人上。

李尔　你带着这封信,先到葛罗斯特去。我的女儿看了我的信,倘然有什么话问你,你就照你所知道的回答她,此外可不要多说什么。要是你在路上偷懒耽搁时间,也许我会比你先到的。
肯特　陛下,我在没有把您的信送到以前,决不打一次盹。(下)
弄人　要是一个人的脑筋生在脚跟上,它会不会长起脓疱来呢?
李尔　嗯,不会的,孩子。
弄人　那么你放心吧;反正你的脑筋不用穿了拖鞋走路。
李尔　哈哈哈!
弄人　你到了你那另外一个女儿的地方,就可以知道她会待你多么好;因为虽然她跟这一个就像野苹果跟家苹果一样相像,可是我可以告诉你我所知道的事情。
李尔　你可以告诉我什么,孩子?
弄人　你一尝到她的滋味,就会知道她跟这一个完全相同,正像两只野苹果一般没有分别。你能够告诉我为什么一个人的鼻子生在脸中间吗?
李尔　不能。
弄人　因为中间放了鼻子,两旁就可以安放眼睛;鼻子嗅不出来的,眼睛可以看个仔细。
李尔　我对不起她——
弄人　你知道牡蛎怎样造它的壳吗?
李尔　不知道。
弄人　我也不知道;可是我知道蜗牛为什么背着一个屋子。
李尔　为什么?
弄人　因为可以把它的头放在里面;它不会把它的屋子送给它的女儿,害得它的角也没有地方安顿。
李尔　我也顾不得什么天性之情了。我这做父亲的有什么地方亏待了她!我的马儿都已经预备好了吗?
弄人　你的驴子们正在那儿给你预备呢。北斗七星为什么只有七颗星,其中有一个绝妙的理由。
李尔　因为它们没有第八颗吗?

弄人 正是,一点不错;你可以做一个很好的傻瓜。

李尔 用武力夺回来!忘恩负义的畜生!

弄人 假如你是我的傻瓜,老伯伯,我就要打你,因为你不到时候就老了。

李尔 那是什么意思?

弄人 你应该懂得些世故再老呀。

李尔 啊!不要让我发疯!天哪,抑制住我的怒气,不要让我发疯!我不想发疯!

　　　　侍臣上。

李尔 怎么!马预备好了吗?

侍臣 预备好了,陛下。

李尔 来,孩子。

弄人 哪一个姑娘笑我走这一遭,
　　　她的贞操眼看就要保不牢。(同下)

第二幕

第一场　葛罗斯特伯爵城堡庭院

　　爱德蒙及克伦自相对方向上。

爱德蒙　您好，克伦？

克伦　您好，公子。我刚才见过令尊，通知他康华尔公爵跟他的夫人里根公主今天晚上要到这儿来拜访他。

爱德蒙　他们怎么要到这儿来？

克伦　我也不知道。您有没有听见外边的消息？我的意思是说，人们交头接耳，在暗中互相传说的那些消息。

爱德蒙　我没有听见；请教是些什么消息？

克伦　您没有听见说起康华尔公爵也许会跟奥本尼公爵开战吗？

爱德蒙　一点没有听见。

克伦　那么您也许慢慢会听到的。再会，公子。（下）

爱德蒙　公爵今天晚上到这儿来！那也好！再好没有了！我正好利用这个机会。我的父亲已经叫人四处把守，要捉我的哥哥；我还有一件不大好办的事情，必须赶快动手做起来。这事情要做得敏捷迅速，但愿命运帮助我！——哥哥，跟你说一句话；下来，哥哥！

爱德伽上。

爱德蒙　父亲在那儿守着你。啊,哥哥!离开这个地方吧;有人已经告诉他你躲在什么所在;趁着现在天黑,你快逃吧。你有没有说过什么反对康华尔公爵的话?他也就要到这儿来了,在这样的夜里,急急忙忙的。里根也跟着他来;你有没有站在他这一边,说过奥本尼公爵什么话吗?想一想看。

爱德伽　我真的一句话也没有说过。

爱德蒙　我听见父亲来了;原谅我;我必须假装对你动武的样子;拔出剑来,就像你在防御你自己一般;好好地应付一下吧。(高声)放下你的剑;见我的父亲去!喂,拿火来!这儿!——逃吧,哥哥。(高声)火把!火把!——再会。(爱德伽下)身上沾几点血,可以使他相信我真的作过一番凶猛的争斗。(以剑刺伤手臂)我曾经看见有些醉汉为了开玩笑的缘故,往往不顾死活地割破他自己的皮肉。(高声)父亲!父亲!住手!住手!没有人来帮我吗?

葛罗斯特率众仆持火炬上。

葛罗斯特　爱德蒙,那畜生呢?

爱德蒙　他站在这儿黑暗之中,拔出他的锋利的剑,嘴里念念有词,见神见鬼地请月亮帮他的忙。

葛罗斯特　可是他在什么地方?

爱德蒙　瞧,父亲,我流着血呢。

葛罗斯特　爱德蒙,那畜生呢?

爱德蒙　往这边逃去了,父亲。他看见他没有法子——

葛罗斯特　喂,你们追上去!(若干仆人下)"没有法子"什么?

爱德蒙　没有法子劝我跟他同谋把您杀死;我对他说,疾恶如仇的神明看见弑父的逆子,是要用天雷把他殛死的;我告诉他儿子对于父亲的关系是多么深切而不可摧毁;总而言之一句话,他看见我这样憎恶他的荒谬的图谋,他就恼羞成怒,拔出他的早就预备好的剑,气势汹汹地向我毫无防卫的身上挺了过过,把我的手臂刺破了;那时候我也发起怒来,自恃理直气壮,跟他奋力对抗，他倒胆怯起来，也许因为听见我喊叫的声音，就飞也似的逃走了。

葛罗斯特 让他逃得远远的吧；除非逃到国外去，我们总有捉到他的一天；看他给我们捉住了还活得成活不成。公爵殿下，我的高贵的恩主，今晚要到这儿来啦，我要请他发出一道命令，谁要是能够把这杀人的懦夫捉住，交给我们绑在木桩上烧死，我们将要重重酬谢他；谁要是把他藏匿起来，一经发觉，就要把他处死。

爱德蒙 当他不听我的劝告，决意实行他的企图的时候，我就严词恫吓他，对他说我要宣布他的秘密；可是他却回答我说，"你这个没份儿继承遗产的私生子！你以为要是我们两人立在敌对的地位，人家会相信你的道德品质，因而相信你所说的话吗？哼！我可以绝口否认——我自然要否认，即使你拿出我亲手写下的笔迹，我还可以反咬你一口，说这全是你的阴谋恶计；人们不是傻瓜，他们当然会相信你因为觊觎我死后的利益，所以才会起这样的毒心，想要害我的命。"

葛罗斯特 好狠心的畜生！他赖得掉他的信吗？他不是我生出来的。（内喇叭奏花腔）听！公爵的喇叭。我不知道他来有什么事。我要把所有的城门关起来，看这畜生逃到哪儿去；公爵必须答应我这一个要求；而且我还要把他的小像各处传送，让全国的人都可以注意他。我的孝顺的孩子，你不学你哥哥的坏样，我一定想法子使你能够承继我的土地。

　　康华尔、里根及侍从等上。

康华尔 您好，我的尊贵的朋友！我还不过刚到这儿，就已经听见了奇怪的消息。

里根 要是真有那样的事，那罪人真是万死不足蔽辜了。是怎么一回事，伯爵？

葛罗斯特 啊！夫人，我这颗老心已经碎了，已经碎了！

里根 什么！我父亲的义子要谋害您的性命吗？就是我父亲替他取名字的，您的爱德伽吗？

葛罗斯特　啊！夫人，夫人，发生了这种事情，真是说来叫人丢脸。

里根　他不是常常跟我父亲身边的那些横行不法的骑士们在一起吗？

葛罗斯特　我不知道，夫人。太可恶了！太可恶了！

爱德蒙　是的，夫人，他正是常跟这些人在一起的。

里根　无怪他会变得这样坏；一定是他们撺掇他谋害了老头子，好把他的财产拿出来给大家挥霍。今天傍晚的时候，我接到我姊姊的一封信，她告诉我他们种种不法的情形，并且警告我要是他们想要住到我的家里来，我千万不要招待他们。

康华尔　相信我，里根，我也决不会去招待他们。爱德蒙，我听说你对你的父亲很尽孝道。

爱德蒙　那是做儿子的本分，殿下。

葛罗斯特　他揭发了他哥哥的阴谋；您看他身上的这一处伤就是因为他奋不顾身，想要捉住那畜生而受到的。

康华尔　那凶徒逃走了，有没有人追上去？

葛罗斯特　有的，殿下。

康华尔　要是他给我们捉住了，我们一定不让他再为非作恶；你只要决定一个办法，在我的权力范围以内，我都可以替你办到。爱德蒙，你这一回所表现的深明大义的孝心，使我们十分赞美；像你这样不负付托的人，正是我们所需要的，我们将要大大地重用你。

爱德蒙　殿下，我愿意为您尽忠效命。

葛罗斯特　殿下这样看得起他，使我感激万分。

康华尔　你还不知道我们现在所以要来看你的原因——

里根　尊贵的葛罗斯特，我们这样在黑暗的夜色之中，一路摸索前来，实在是因为有一些相当重要的事情，必须请教请教您的高见。我们的父亲和姊姊都有信来，说他们两人之间发生了一些冲突；我想最好不要在我们自己的家里答复他们；两方面的使者都在这儿等候我打发。我们的善良的老朋友，您不要气恼，替我们赶快出个主意吧。

葛罗斯特　夫人但有所命，我总是愿意贡献我的一得之愚的。殿下

和夫人光临蓬荜,欢迎得很!(同下)

第二场　葛罗斯特城堡之前

肯特及奥斯华德各上。

奥斯华德　早安,朋友;你是这屋子里的人吗?

肯特　喂。

奥斯华德　什么地方可以让我们拴马?

肯特　烂泥地里。

奥斯华德　对不起,大家是好朋友,告诉我吧。

肯特　谁是你的好朋友?

奥斯华德　好,那么我也不理你。

肯特　要是我把你一口咬住,看你理不理我。

奥斯华德　你为什么对我这样?我又不认识你。

肯特　家伙,我认识你。

奥斯华德　你认识我是谁?

肯特　一个无赖;一个恶棍;一个吃剩饭的家伙;一个下贱的、骄傲的、浅薄的、叫花子一样的、只有三身衣服、全部家私算起来不过一百镑的、卑鄙龌龊的、穿毛绒袜子的奴才;一个没有胆量的、靠着官府势力压人的奴才;一个婊子生的、顾影自怜的、奴颜婢膝的、涂脂抹粉的混账东西;全部家私都在一只箱子里的下流胚,一个天生的王八胚子;又是奴才,又是叫花子,又是懦夫,又是王八,又是一条杂种老母狗的儿子;要是你不承认你这些头衔,我要把你打得放声大哭。

奥斯华德　咦,奇怪,你是个什么东西,你也不认识我,我也不认识你,怎么开口骂人?

肯特　你还说不认识我,你这厚脸皮的奴才!两天以前,我不是把你踢倒在地上,还在王上的面前打过你吗?拔出剑来,你这混蛋;虽然是夜里,月亮照着呢;我要在月光底下把你剁得稀烂。(拔剑)拔出剑来,你这婊子生的、臭打扮的下流东西,拔出剑来!

奥斯华德　去！我不跟你胡闹。

肯特　拔出剑来，你这恶棍！谁叫你做人家的傀儡，替一个女儿寄信攻击她的父王，还自鸣得意呢？拔出剑来，你这混蛋，否则我要砍下你的胫骨。拔出剑来，恶棍；来来来！

奥斯华德　喂！救命哪！要杀人啦！救命哪！

肯特　来，你这奴才；站住，混蛋，别跑；你这漂亮的奴才，你不会还手吗？（打奥斯华德）

奥斯华德　救命啊！要杀人啦！要杀人啦！

　　　　爱德蒙拔剑上。

爱德蒙　怎么！什么事？（分开二人）

肯特　好小子，你也要寻事吗？来，我们试一下吧！来，小哥儿。

　　　　康华尔、里根、葛罗斯特及众仆上。

葛罗斯特　动刀动剑的，什么事呀？

康华尔　大家不要闹；谁再动手，就叫他死。怎么一回事？

里根　一个是我姊姊的使者，一个是国王的使者。

康华尔　你们为什么争吵？说。

奥斯华德　殿下，我给他缠得气都喘不过来啦。

肯特　怪不得你，你把全身勇气都提起来了。你这懦怯的恶棍，造化不承认他曾经造下你这个人；你是一个裁缝手里做出来的。

康华尔　你是一个奇怪的家伙；一个裁缝会做出一个人来吗？

肯特　嗯，一个裁缝；石匠或者油漆匠都不会把他做得这样坏，即使他们学会这行手艺才不过两个钟头。

康华尔　说，你们怎么会吵起来的？

奥斯华德　这个老不讲理的家伙，殿下，倘不是我看在他的花白胡子分上，早就要他的命了——

肯特　你这婊子养的、不中用的废物！殿下，要是您允许我的话，我要把这不成东西的流氓踏成一堆替人家涂刷茅厕的泥浆。看在我的花白胡子分上？你这摇尾乞怜的狗！

康华尔　住口！畜生，你规矩也不懂吗？

肯特　是，殿下；可是我实在气愤不过，也就顾不得了。

康华尔 你为什么气愤？

肯特 我气愤的是像这样一个奸诈的奴才，居然也让他佩起剑来。都是这种笑脸的小人，像老鼠一样咬破了神圣的伦常纲纪；他们的主上起了一个恶念，他们便竭力逢迎，不是火上浇油，就是雪上添霜；他们最擅长的是随风转舵，他们的主人说一声是，他们也跟着说是，说一声不，他们也跟着说不，就像狗一样什么都不知道，只知道跟着主人跑。恶疮烂掉了你的抽搐的面孔！你笑我所说的话，你以为我是个傻瓜吗？呆鹅，要是我在旷野里碰见了你，看我不把你打得嘎嘎乱叫，一路赶回你的老家去！

康华尔 什么！你疯了吗，老头儿？

葛罗斯特 说，你们究竟是怎么吵起来的？

肯特 我跟这混蛋是势不两立的。

康华尔 你为什么叫他混蛋？他做错了什么事？

肯特 我不喜欢他的面孔。

康华尔 也许你也不喜欢我的面孔、他的面孔，还有她的面孔。

肯特 殿下，我是说惯老实话的：我曾经见过一些面孔，比现在站在我面前的这些面孔好得多啦。

康华尔 这个人正是那种因为有人称赞了他的言辞率直，就此装出一副粗鲁的、目中无人的样子，一味矫揉造作，仿佛他生来就是这样一个家伙。他不会谄媚，他有一颗正直坦白的心，他必须说老实话；要是人家愿意接受他的意见，很好；不然的话，他是个老实人。我知道这种家伙，他们用坦白的外表，包藏着极大的奸谋祸心，比二十个胁肩谄笑、小心翼翼的愚蠢的谄媚者更要不怀好意。

肯特 殿下，您的伟大的明鉴，就像福玻斯神光煜煜的额上的烨耀的火轮，请您照临我的善意的忠诚，恳切的度心——

康华尔 这是什么意思？

肯特 因为您不喜欢我的话，所以我改变了一个样子。我知道我不是一个谄媚之徒；我也不愿做一个故意用率直的言语诱惑人家听信的奸诈小人；即使您请求我做这样的人，我也不怕得罪您，决不从命。

康华尔 （向奥斯华德）你在什么地方冒犯了他？

奥斯华德 我从来没有冒犯过他。最近王上因为对我有了点误会，把我殴打；他便助主为虐，闪在我的背后把我踢倒地上，侮辱谩骂，无所不至，装出一副非常勇敢的神气；他的王上看见他这样，把他称赞了两句，我又极力克制自己，他便得意忘形，以为我不是他的对手，所以一看见我，又拔剑跟我闹起来了。

肯特 和这些流氓和懦夫相比，埃阿斯只能当他们的傻子①。

康华尔 拿足枷来！你这口出狂言的倔强的老贼，我们要教训你一下。

肯特 殿下，我已经太老，不能受您的教训了；您不能用足枷枷我。我是王上的人，奉他的命令前来；您要是把他的使者枷起来，那未免对我的主上太失敬、太放肆无礼了。

康华尔 拿足枷来！凭着我的生命和荣誉起誓，他必须锁在足枷里直到中午为止。

里根 到中午为止！到晚上，殿下；把他整整枷上一夜再说。

肯特 啊，夫人，假如我是您父亲的狗，您也不该这样对待我。

里根 因为你是他的奴才，所以我要这样对待你。

康华尔 这正是我们的姊姊说起的那个家伙。来，拿足枷来。（从仆取出足枷）

葛罗斯特 殿下，请您不要这样。他的过失诚然很大，王上知道了一定会责罚他的；您所决定的这一种羞辱的刑罚，只能惩戒那些犯偷窃之类普通小罪的下贱的囚徒；他是王上差来的人，要是您给他这样的处分，王上一定要认为您轻蔑了他的来使而心中不快。

康华尔 那我可以负责。

里根 我的姊姊要是知道她的使者因为奉行她的命令而被人这样侮

---

① 埃阿斯是个喜好说大话的人，此处讽刺那些说大话比埃阿斯还夸张的人。

辱殴打,她的心里还要不高兴哩。把他的腿放进去。(从仆将肯特套入足枷)来,殿下,我们走吧。(除葛罗斯特、肯特外均下)

葛罗斯特　朋友,我很为你抱憾;这是公爵的意思,全世界都知道他的脾气非常固执,不肯接受人家的劝阻。我还要替你向他求情。

肯特　请您不必多此一举,大人。我走了许多路,还没有睡过觉;一部分的时间将在瞌睡中过去,醒着的时候我可以吹吹口哨。好人上足枷,因此就走好运也说不定呢。再会!

葛罗斯特　这是公爵的不是;王上一定会见怪的。(下)

肯特　好王上,你正像俗语说的,抛下天堂的幸福,来受赤日的煎熬了。来吧,你这照耀下土的炬火,让我借着你的温柔的光辉,可以读一读这封信。只有倒霉的人才会遇见奇迹;我知道这是考狄利娅寄来的,我的改头换面的行踪,已经侥幸给她知道了;她一定会找到一个机会,纠正这种反常的情形。疲倦得很;闭上了吧,沉重的眼睛,免得看见你自己的耻辱。晚安,命运,求你转过你的轮子来,再向我们微笑吧。(睡)

第三场　荒野的一部分

爱德伽上。

爱德伽　听说他们已经发出告示捉我;幸亏我躲在一株空心的树干里,没有给他们找到。没有一处城门可以出入无阻;没有一个地方不是警卫森严,准备把我捉住!我总得设法逃过人家的耳目,保全自己的生命;我想还不如改扮做一个最卑贱穷苦、最为世人所轻视、和禽兽相去无几的家伙;我要用污泥涂在脸上,一块毡布裹住我的腰,把满头的头发打了许多乱结,赤身裸体,抵抗着风雨的侵凌。这地方本来有许多疯丐,他们高声叫喊,用针哪、木锥哪、钉子哪、迷迭香的树枝哪,刺在他们麻木而僵硬的手臂上;用这种可怕的形状,到那些穷苦的农场、乡村、羊棚和磨坊里去,有时候发出一些疯狂的咒诅,有时候向人哀求祈祷，乞讨一些布施。我现在学着他们的样子，一定不会引起人家的疑心。可怜的疯叫花！可怜的汤姆！倒有几分像；我现在不再是爱德伽了。（下）

第四场　葛罗斯特城堡前

肯特系足枷中。李尔、弄人及侍臣上。

李尔　真奇怪，他们不在家里，又不打发我的使者回去。

侍臣　我听说他们在前一个晚上还不曾有走动的意思。

肯特　祝福您，尊贵的主人！

李尔　嘿！你把这样的羞辱作为消遣吗？

肯特　不，陛下。

弄人　哈哈！他吊着一副多么难受的袜带！缚马缚在头上，缚狗缚熊缚在脖子上，缚猴子缚在腰上，缚人缚在腿上；一个人的腿儿太会活动了，就要叫他穿木袜子。

李尔　谁认错了人，把你锁在这儿？

肯特　是那一对男女——您的女婿和女儿。

李尔　不。

肯特　是的。

李尔　我说不。

肯特　我说是的。

李尔　不，不，他们不会干这样的事。

肯特　他们干也干了。

李尔　凭着朱庇特起誓，没有这样的事。

肯特　凭着朱诺起誓，有这样的事。

李尔　他们不敢做这样的事；他们不能，也不会做这样的事；要是他们有意做出这种重大的暴行来，那简直比杀人更不可恕了。赶快告诉我，你究竟犯了什么罪，他们才会用这种刑罚来对待一个国王的使者。

肯特　陛下，我带了您的信到了他们家里，当我跪在地上把信交上去、还没有立起身来的时候，又有一个使者汗流满面、气喘吁呼、急急忙忙地奔了进来，代他的女主人高纳里尔向他们请安，随后把一封书信递上去，打断了我的公事；他们看见她也有信来，就来不及理睬我，先读她的信；读罢了信，他们立刻召集仆从，上马出发，叫我跟到这儿来，等候他们的答复；对待我十分冷淡。一到这儿，我又碰见了那个使者，他也就是最近对您非常无礼的那个家伙，我知道他们对我这样冷淡，都是因为他来了的缘故，一时激于气愤，不加考虑地向他动起武来；他看见我这样，就高声发出懦怯的叫喊，惊动了全宅子的人。您的女婿女儿认为我犯了这样的罪，应该把我羞辱一下，所以就把我枷起来了。

弄人　冬天还没有过去，要是野雁尽往那个方向飞。

老父衣百结，
儿女不相识；
老父满囊金，
儿女尽孝心。
命运如娼妓，
贫贱遭遗弃。

虽然这样说，你的女儿们还要孝敬你数不清的烦恼哩。

李尔　啊！我这一肚子的气都涌上我的心头来了！你这一股无名的气恼，快给我平下去吧！我这女儿呢？

肯特　在里边，陛下；跟伯爵在一起。

李尔　不要跟我；在这儿等着。（下）

侍臣　除了你刚才所说的以外，你没有犯其他的过失吗？

肯特　没有。王上怎么不多带几个人来？

弄人　你会发出这么一个问题，活该给人用足枷枷起来。

肯特　为什么，傻瓜？

弄人　你应该拜蚂蚁做老师，让它教训你冬天是不能工作的。谁都长着眼睛，除非瞎子，每个人都看得清自己该朝哪一边走；就算眼睛瞎了，二十个鼻子里也没有一个鼻子嗅不出来他身上发霉的味道。一个大车轮滚下山坡的时候，你千万不要抓住它，免得跟它一起滚下去，跌断了你的头颈；可是你要是看见它上山去，那么让它拖着你一起上去吧。倘然有什么聪明人给你更好的教训，请你把这番话还我；一个傻瓜的教训，只配让一个混蛋去遵从。

  他为了自己的利益，
  向你屈节卑躬，
  天色一变就要告别，
  留下你在雨中。
  聪明的人全都飞散，
  只剩傻瓜一个；
  傻瓜逃走变成混蛋，
  那混蛋不是我。

肯特　傻瓜，你从什么地方学会这支歌儿？
弄人　不是在足枷里，傻瓜。
   李尔偕葛罗斯特重上。
李尔　拒绝跟我说话！他们有病！他们疲倦了，他们昨天晚上走路辛苦！都是些鬼话，明明是要背叛我的意思。给我再去向他们要一个好一点的答复来。
葛罗斯特　陛下，您知道公爵的火性，他决定了怎样就是怎样，再也没有更改的。
李尔　报应哪！疫疠！死亡！祸乱！火性！什么火性？嘿，葛罗斯特，葛罗斯特，我要跟康华尔公爵和他的妻子说话。
葛罗斯特　呃，陛下，我已经对他们说过了。
李尔　对他们说过了！你懂得我的意思吗？
葛罗斯特　是，陛下。
李尔　国王要跟康华尔说话；亲爱的父亲要跟他的女儿说话，叫她出来见我；你有没有这样告诉他们？我这口气，我这一腔血！哼，火性！火性子的公爵！对那性如烈火的公爵说——不，且慢，也许他真的不大舒服；一个人为了疾病往往疏忽了他原来健康时的责任，是应当加以原谅的；我们身体上有了病痛，精神上总是连带觉得烦躁郁闷,那时候就不由我们自己做主了。我且忍耐一下,不要太鲁莽了,对一个有病的人作过分求全的责备。该死!(视肯特)为什么把他枷在这儿?这一种举动使我相信公爵和她对我回避,完全是一种预定的计谋。把我的仆人放出来还我。去,对公爵和他的妻子说,我现在立刻就要跟他们说话;叫他们赶快出来见我,否则我要在他们的寝室门前擂起鼓来,搅得他们不能安睡。

葛罗斯特 我但愿你们大家和和好好的。(下)

李尔 啊!我的心!我的怒气直冲的心!把怒气退下去吧!

弄人 你向它吆喝吧,老伯伯,就像厨娘把活鳗鱼放进面糊里的时候那样;她拿起手里的棍子,在它们的头上敲了几下,喊道:"下去,坏东西,下去!"也就像她的兄弟,为了爱他的马儿,替它在草料上涂了牛油。

  康华尔、里根、葛罗斯特及众仆上。

李尔 你们两位早安!

康华尔 祝福陛下!(众人释肯特)

里根 我很高兴看见陛下。

李尔 里根,我想你一定高兴看见我的;我知道我为什么要这样想;要是你不高兴看见我,我就要跟你已故的母亲离婚,把她的坟墓当作一座淫妇的丘垄。(向肯特)啊!你放出来了吗?等会儿再谈吧。亲爱的里根,你的姊姊太不孝啦。啊,里根!她的无情的凶恶像饿鹰的利喙一样猛啄我的心。(以手按于心口)我简直不能告诉你;你不会相信她忍心害理到什么地步——啊,里根!

里根 父亲,请您不要恼怒。我想她不会对您有失敬礼,恐怕还是您不能谅解她的苦心哩。

李尔 啊,这是什么意思?

里根 我想我的姊姊决不会有什么地方不尽孝道;要是,父亲,她约束了您那班随从的放荡的行为,那当然有充分的理由和正大的目的,绝对不能怪她的。

李尔 我的咒诅降在她的头上!

里根　啊，父亲！您年纪老了，已经快到了生命的尽头；应该让一个比您自己更明白您的地位的人管教管教您；所以我劝您还是回到姊姊的地方去，对她赔一个不是。

李尔　请求她的饶恕吗？你看这样像不像个样子："好女儿，我承认我年纪老，不中用啦，让我跪在地上，（跪下）请求您赏给我几件衣服穿，赏给我一张床睡，赏给我一些东西吃吧。"

里根　父亲，别这样子；这算个什么，简直是胡闹！回到我姊姊那儿去吧。

李尔　（起立）再也不回去了，里根。她裁撤了我一半的侍从；不给我好脸看；用她的毒蛇一样的舌头打击我的心。但愿上天蓄积的愤怒一起降在她的无情无义的头上！但愿恶风吹打她的腹中的胎儿，让它生下地来就是个瘸子！

康华尔　嘿！这是什么话！

李尔　迅疾的闪电啊，把你的炫目的火焰，射进她的傲慢的眼睛里去吧！在烈日的熏灼下蒸发起来的沼地的瘴气啊，损坏她的美貌，毁灭她的骄傲吧！

里根　天上的神明啊！您要是对我发起怒来，也会这样咒我的。

李尔　不，里根，你永远不会受我的咒诅；你的温柔的天性决不会使你干出冷酷残忍的行为来。她的眼睛里有一股凶光，可是你的眼睛却是温存而和蔼的。你决不会吝惜我的享受，裁撤我的侍从，用不逊之言向我顶嘴，削减我的费用，甚至于把我关在门外不让我进来；你是懂得天伦的义务、儿女的责任、孝敬的礼貌和受恩的感激的；你总还没有忘记我曾经赐给你一半的国土。

里根　父亲，不要把话说远了。

李尔　谁把我的人枷起来？（内喇叭奏花腔）

康华尔　那是什么喇叭声音？

里根　我知道，是我的姊姊来了；她信上说就要到这儿来的。

　　　　奥斯华德上。

里根　夫人来了吗？

李尔　这是一个靠着主妇暂时的恩宠、狐假虎威、倚势凌人的奴才。滚开，贱奴，不要让我看见你！

康华尔　陛下，这是什么意思？

李尔　谁把我的仆人枷起来？里根，我希望你并不知道这件事。谁来啦？

　　　　高纳里尔上。

李尔　天啊，要是你爱老人，要是凭着你统治人间的仁爱，你认为子女应该孝顺他们的父母，要是你自己也是老人，那么不要漠然无动于衷，降下你的愤怒来，帮我伸雪我的怨恨吧！（向高纳里尔）你看见我这一把胡须，不觉得惭愧吗？啊里根，你愿意跟她握手吗？

高纳里尔　为什么她不能跟我握手呢！我干了什么错事？难道凭着一张糊涂昏悖的嘴里的胡言乱语，就可以成立我的罪案吗？

李尔　啊，我的胸膛！你还没有胀破吗？我的人怎么给你们枷了起来？

康华尔　陛下，是我把他枷在那儿的；照他狂妄的行为，这样的惩戒还太轻呢。

李尔　你！是你干的事吗？

里根　父亲，您该明白您是一个衰弱的老人，一切只好将就点儿。要是您现在仍旧回去跟姊姊住在一起，裁撤了您的一半的侍从，那么等住满了一个月，再到我这儿来吧。我现在不在自己家里，要供养您也有许多不便。

李尔　回到她那儿去？裁撤五十名侍从！不，我宁愿什么屋子也不要住，过着风餐露宿的生活，和无情的大自然抗争，和豺狼鸱鸮做伴侣，忍受一切饥寒的痛苦！回去跟她住在一起？嘿，我宁愿到那娶了我的没有嫁奁的小女儿去的热情的法兰西国王的座前匍匐膝行，像一个臣仆一样向他讨一份微薄的恩俸，苟延残喘下去。回去跟她住在一起！你还是劝我在这可恶的仆人手下当奴才、当牛马吧。（指奥斯华德）

高纳里尔　随你的便。

李尔　女儿，请你不要使我发疯；我也不愿再来打扰你了，我的孩子。再会吧；我们从此不再相见。可是你是我的肉、我的血、我的女儿；或者还不如说是我身体上的一个恶瘤，我不能不承认你是我的；你是我的腐败的血液里的一个疖子、一个瘀块、一个肿毒的疗疮。可是我不愿责骂你；让羞辱自己降临你的身上吧，我没有呼召它；我不要求天雷把你殛死，我也不把你的忤逆向垂察善恶的天神控诉，你回去仔细想一想，趁早痛改前非，还来得及。我可以忍耐；我可以带着我的一百个骑士，跟里根住在一起。

里根　那绝对不行；现在还轮不到我，我也没有预备好招待您的礼数。父亲，听我姊姊的话吧；人家冷眼看着您这种愤怒的神气，他们心里都要说您因为老了，所以——可是姊姊是知道她自己该怎样做的。

李尔　这是你的好意的劝告吗？

里根　是的，父亲，这是我的真诚的意见。什么！五十个卫士？这不是很好吗？再多一些有什么用处？就是这么许多人，数目也不少了，别说供养他们不起，而且让他们成群结党，也是一件危险的事。一间屋子里养了这许多人，受着两个主人支配，怎么不会发生争闹？简直不成话。

高纳里尔　父亲，您为什么不让我们的仆人侍候您呢？

里根　对了，父亲，那不是很好吗？要是他们怠慢了您，我们也可以训斥他们。您下回到我这儿来的时候，请您只带二十五个人来，因为现在我已经看到了一个危险；超过这个数目，我是恕不招待的。

李尔　我把一切都给了你们——

里根　您幸好及时给了我们。

李尔　叫你们做我的代理人、保管者，我的唯一的条件，只是让我保留这么多的侍从。什么！我只能带二十五个人，到你这儿来吗？里根，你是不是这样说？

里根　父亲，我可以再说一遍，我只允许您带这么几个人来。

李尔 恶人的脸相虽然狰狞可怖,要是与比他更恶的人相比,就会显得和蔼可亲;不是绝顶的凶恶,总还有几分可取。(向高纳里尔)我愿意跟你去;你的五十个人还比她的二十五个人多上一倍,你的孝心也比她大一倍。

高纳里尔 父亲,我们家里难道没有两倍这么多的仆人可以侍候您?依我说,不但用不着二十五个人,就是十个五个也是多余的。

里根 依我看来,一个也不需要。

李尔 啊!不要跟我说什么需要不需要;最卑贱的乞丐,也有他的不值钱的身外之物;人生除了天然的需要以外,要是没有其他的享受,那和畜类的生活有什么分别。你是一位夫人;你穿着这样华丽的衣服,如果你的目的只是为了保持温暖,那就根本不合你的需要,因为这种盛装艳饰并不能使你温暖。可是,讲到真的需要,那么天啊,给我忍耐吧,我需要忍耐!神啊,你们看见我在这儿,一个可怜的老头子,被忧伤和老迈折磨得好苦!假如是你们鼓动这两个女儿的心,使她们忤逆她们的父亲,那么请你们不要尽是愚弄我,叫我默然忍受吧;让我的心里激起了刚强的怒火,别让妇人所恃为武器的泪点玷污我的男子汉的面颊!不,你们这两个不孝的妖妇,我要向你们复仇,我要做出一些使全世界惊怖的事情来,虽然我现在还不知道我要怎么做。你们以为我将要哭泣;不,我不愿哭泣,我虽然有充分的哭泣的理由,可是我宁愿让这颗心碎成万片,也不愿流下一滴泪来。啊,傻瓜!我要发疯了!(李尔、葛罗斯特、肯特及弄人同下)

康华尔 我们进去吧;一场暴风雨将要来了。(远处暴风雨声)

里根 这座房屋太小了,这老头儿带着他那班人来是容纳不下的。

高纳里尔 是他自己不好,放着安逸的日子不过,一定要吃些苦,才知道自己的蠢。

里根 单是他一个人,可是他的那班跟随的人,我可一个也不能容纳。

高纳里尔 我也是这个意思。葛罗斯特伯爵呢?

康华尔　跟老头子出去了。他回来了。

　　　　葛罗斯特重上。

葛罗斯特　王上正在盛怒之中。

康华尔　他要到哪儿去?

葛罗斯特　他叫人备马;可是不让我知道他要到什么地方去。

康华尔　还是不要管他,随他自己的意思吧。

高纳里尔　伯爵,您千万不要留他。

葛罗斯特　唉!天色暗起来了,田野里都在刮着狂风,附近许多里之内,简直连一株小小的树木都没有。

里根　啊!伯爵,对于刚愎自用的人,只好让他们自己招致的灾祸教训他们。关上您的门;他有一班亡命之徒跟随在身边,他自己又是这样容易受人愚弄,谁也不知道他们会煽动他干出些什么事来。我们还是小心点儿好。

康华尔　关上您的门,伯爵;这是一个狂暴的晚上。我的里根说得一点不错。暴风雨来了,我们进去吧。(同下)

第三幕

第一场 荒 野

  暴风雨,雷电。肯特及一侍臣上,相遇。

肯特 除了恶劣的天气以外,还有谁在这儿?
侍臣 一个心绪像这天气一样不安静的人。
肯特 我认识你。王上呢?
侍臣 正在跟暴怒的大自然竞争;他叫狂风把大地吹下海里,叫泛滥的波涛吞没了陆地,使万物都变了样子或归于毁灭;拉下他的一根根的白发,让挟着盲目的愤怒的暴风把它们卷得不知去向;在他渺小的一身之内,正在进行着一场比暴风雨的冲突更剧烈的斗争。这样的晚上,被小熊吸干了乳汁的母熊,也躲着不敢出来,狮子和饿狼都不愿沾湿它们的毛皮。他却光秃着头在风雨中狂奔,把一切付托给不可知的力量。
肯特 可是谁和他在一起?
侍臣 只有那傻瓜一路跟着他,竭力用些笑话替他排解他的心中的伤痛。
肯特 我知道你是什么人,我敢凭着我的观察所及,告诉你一件重要的消息。在奥本尼和康华尔两人之间,虽然表面上彼此掩饰得毫无痕迹，可是暗中却已经发生了冲突；正像一般身居高位的人一样，在他们手下都有一些名为仆人、实际上却是向法国密报我们国内情形的探子，凡是这两个公爵的明争暗斗，他们两人对于善良的老王的冷酷的待遇，以及在这种种表象底下，其他更秘密的一切动静，全都传到了法国的耳中；现在已经有一支军队从法国开到我们这一个分裂的国土上来，乘着我们疏忽无备，在我们几处最好的港口秘密登陆，不久就要揭开他们鲜明的旗帜了。现在，你要是能够信任我的话，请你赶快到多佛去一趟，那边你可以碰见有人在欢迎你，你可以把被逼疯了的王上所受种种无理的屈辱向他作一个确实的报告，他一定会感激你的好意。我是一个有地位有身价的绅士，因为知道你的为人可靠，所以把这件差使交给你。

侍臣　我还要跟您谈谈。

肯特　不，不必。为了向你证明我并不是像我的外表那样的一个微贱之人，你可以打开这一个钱囊，把里面的东西拿去。你一到多佛，一定可以见到考狄利娅；只要把这戒指给她看了，她就可以告诉你，你现在所不认识的同伴是个什么人。好可恶的暴风雨！我要找王上去。

侍臣　把您的手给我。您没有别的话了吗？

肯特　还有一句话，可比什么都重要；就是：我们现在先去找王上；你往那边去，我往这边去，谁先找到他，就打一个招呼。（各下）

第二场　荒野的另一部分

暴风雨继续未止。李尔至弄人上。

李尔　吹吧，风啊！胀破了你的脸颊，猛烈地吹吧！你，瀑布一样的倾盆大雨，尽管倒泻下来，浸没了我们的尖塔，淹沉了屋顶上的风标吧！你，思想一样迅速的硫磺的电火，劈碎橡树的巨雷的先驱，烧焦了我的白发的头颅吧！你，震撼一切的霹雳啊，把这生殖繁密的、饱满的地球击平了吧！打碎造物的模型，不要让一颗忘恩负义的人类的种子遗留在世上！

你，思想一样迅速的硫磺的电火，劈碎橡树的巨雷的先驱，烧焦了我的白发的头颅吧！

弄人　啊，老伯伯，在一间干燥的屋子里说几句好话，不比在这没有遮蔽的旷野里淋雨好得多吗？老伯伯，回到那所房子里去，向你的女儿们请求祝福吧；这样的夜无论对于聪明人或是傻瓜，都是不发一点慈悲的。

李尔　尽管轰着吧！尽管吐你的火舌，尽管喷你的雨水吧！雨、风、雷、电，都不是我的女儿，我不责怪你们的无情；我不曾给你们国土，不曾称你们为我的孩子，你们没有顺从我的义务；所以，随你们的高兴，降下你们可怕的威力来吧，我站在这儿，只是你们的奴隶，一个可怜的、衰弱的、无力的、遭人贱视的老头子。可是我仍然要骂你们是卑劣的帮凶，因为你们滥用上天的威力，帮同两个万恶的女儿来跟我这个白发的老翁作对。啊！啊！这太卑劣了！

弄人　谁头上顶着个好头脑，就不愁没有屋顶来遮他的头。

　　　　脑袋还没找到屋子，
　　　　话儿倒先有安乐窝；
　　　　脑袋和他都生虱子，
　　　　就这么叫花娶老婆。
　　　　有人只爱他的脚尖，
　　　　不把心儿放在心上；
　　　　那鸡眼使他真可怜，
　　　　在床上翻身又叫嚷。

从来没有一个美女不是对着镜子做她的鬼脸。

　　肯特上。

李尔　不，我要忍受众人所不能忍受的痛苦；我要闭口无言。

肯特　谁在那边？

弄人　一个是陛下，一个是弄人；这两人一个聪明一个傻。

肯特　唉！陛下，你在这儿吗？喜爱黑夜的东西，不会喜爱这样的黑夜；狂怒的天色吓怕了黑暗中的漫游者，使它们躲在洞里不敢出来。自从有生以来，我从没有看见过这样的闪电，听见过这样可怕的雷声，这样惊人的风雨的咆哮；人类的精神是禁受不起这样的磨折和恐怖的。

李尔　伟大的神灵在我们头顶掀起这场可怕的骚动。让他们现在找到他们的敌人吧。战栗吧，你尚未被人发觉、逍遥法外的罪人！躲起来吧，你杀人的凶手，你用伪誓欺人的骗子，你道貌岸然的逆伦禽兽！魂飞魄散吧，你用正直的外表遮掩杀人阴谋的大奸巨恶！撕下你们包藏祸心的伪装，显露你们罪恶的原形，向这些可怕的天吏哀号乞命吧！我是个并没有犯多大的罪、却受了很大的冤屈的人。

肯特　唉！您头上没有一点遮盖的东西！陛下，这儿附近有一间茅屋，可以替您挡挡风雨。我刚才曾经到那所冷酷的屋子里——那比它墙上的石块更冷酷无情的屋子——探问您的行踪，可是他们关上了门不让我进去；现在您且暂时躲一躲雨，我还要回去，非要他们讲一点人情不可。

李尔　我的头脑开始昏乱起来了。来，我的孩子。你怎么啦，我的孩子？你冷吗？我自己也冷呢。我的朋友，这间茅屋在什么地方？一个人到了困穷无告的时候，微贱的东西竟也会变成无价之宝。来，带我到你那间茅屋里去。可怜的傻小子，我心里还留着一块地方为你悲伤哩。

弄人

　　　　只怪自己糊涂自己蠢，
　　　　嗨呵，一阵风来一阵雨，
　　　　背时倒运莫把天公恨，
　　　　管它朝朝雨雨又风风。

李尔　不错，我的好孩子。来，领我们到这茅屋里去。（李尔、肯特下）

弄人　今天晚上可太凉快了，叫婊子都热不起劲儿来。待我在临走

之前,讲几句预言吧:
传道的嘴上一味说得好;
酿酒的酒里掺水真不少;
有钱的大爷叫裁缝做活;
不烧异教徒;嫖客害流火①:
若是件件官司都问得清;
跟班不欠钱,骑士债还清;
世上的是非不出自嘴里;
扒儿手看见人堆就躲避;
放债的肯让金银露了眼;
老鸨和婊子把教堂修建;
到那时候,英国这个国家,
准会乱得无法收拾一下;
那时活着的都可以看到:
那走路的把脚步抬得高。
其实这番预言该让梅林②在将来说,因为我出生在他之前。
(下)

第三场　葛罗斯特城堡中的一室

葛罗斯特及爱德蒙上。

葛罗斯特　唉,唉!爱德蒙,我不赞成这种不近人情的行为。当我请求他们允许我给他一点援助的时候,他们竟会剥夺我使用自己的房屋的权利,不许我提起他的名字,不许我替他说一句恳求的话,也不许我给他任何的救济,要是违背了他们的命令,我就要永远失去他们的欢心。

爱德蒙　太野蛮、太不近人情了!

---

①　指花柳病。
②　亚瑟王传说中的术士和预言家,生活时代晚于传说中的李尔王许多年,这里是作者的噱头。

葛罗斯特　算了,你不要多说什么。两个公爵现在已经有了意见,而且还有一件比这更严重的事情。今天晚上我接到一封信,里面的话说出来也是很危险的;我已经把这信锁在壁橱里了。王上受到这样的凌虐,总有人会来替他报复的;已经有一支军队在路上了;我们必须站在王上的一边。我就要找他去,暗地里救济救济他;你去陪公爵谈谈,免得被他觉察了我的行动。要是他问起我,你就回他说我身子不好,已经睡了。大不了是一个死——他们的确拿死来威吓——王上是我的老主人,我不能坐视不救。出人意料之外的事情快要发生了,爱德蒙,你必须小心点儿。(下)

爱德蒙　你违背了命令去献这种殷勤,我立刻就要去告诉公爵知道;还有那封信我也要告诉他。这是我献功邀赏的好机会,我的父亲将要因此而丧失他所有的一切,也许他的全部家产都要落到我的手里;老的一代没落了,年轻的一代才会兴起。(下)

第四场　荒野。茅屋之前

　　李尔、肯特及弄人上。

肯特　就是这地方,陛下,进去吧。在这样毫无掩庇的黑夜,像这样的狂风暴雨,谁也受不了的。(暴风雨继续不止)

李尔　不要缠着我。

肯特　陛下,进去吧。

李尔　你要碎裂我的心吗?

肯特　我宁愿碎裂我自己的心。陛下,进去吧。

李尔　你以为让这样的狂风暴雨侵袭我们的肌肤,是一件了不得的苦事;在你看来是这样的;可是一个人要是身染重病,他就不会感觉到小小的痛楚。你见了一头熊就要转身逃走;可是假如你的背后是汹涌的大海,你就只好硬着头皮向那头熊迎面走去了。当我们心绪宁静的时候,我们的肉体才是敏感的;我的心灵中的暴风雨已经取去我一切其他的感觉,只剩下心头的热血在那儿搏动。儿女的忘恩!这不就像这一只手把食物送进这一张嘴里，这一张嘴却把这一只手咬了下来吗？可是我要重重惩罚她们。不，我不愿再哭泣了。在这样的夜里，把我关在门外！尽管倒下来吧，什么大雨我都可以忍受。在这样的一个夜里！啊，里根，高纳里尔！你们年老仁慈的父亲一片诚心，把一切都给了你们——啊！那样想下去是要发疯的；我不要想起那些；别再提起那些话了。

肯特 陛下，进去吧。

李尔 请你自己进去，找一个躲身的地方吧。这暴风雨不肯让我仔细思想种种的事情，那些事情我越想下去，越会增加我的痛苦。可是我要进去。（向弄人）进去，孩子，你先走。你们这些无家可归的人——你进去吧。我要祈祷，然后我要睡一会儿。（弄人入内）衣不蔽体的不幸的人们，无论你们在什么地方，都得忍受着这样无情的暴风雨的袭击，你们的头上没有片瓦遮身，你们的腹中饥肠雷动，你们的衣服千疮百孔，怎么抵挡得了这样的气候呢？啊！我一向太没有想到这种事情了。安享荣华的人们啊，睁开你们的眼睛来，到外面来体味一下穷人所忍受的苦，分一些你们享用不了的福泽给他们，让上天知道你们不是全无心肝的人吧！

爱德伽 （在内）九尺深，九尺深！可怜的汤姆！（弄人自屋内奔出）

弄人 老伯伯，不要进去；里面有一个鬼。救命！救命！

肯特 让我搀着你，谁在里边？

弄人 一个鬼，一个鬼；他说他的名字叫做可怜的汤姆。

肯特 你是什么人，在这茅屋里大呼小叫的？出来。

　　　　爱德伽乔装疯人上。

爱德伽 走开！恶魔跟在我的背后！"风儿吹过山楂林。"哼！到你冷冰冰的床上暖一暖你的身体吧。

李尔 你把你所有的一切都给了你的两个女儿，所以才到今天这地步吗？

爱德伽 谁把什么东西给可怜的汤姆？恶魔带着他穿过大火，穿过烈焰，穿过水道和漩涡，穿过沼地和泥泞；把刀子放在他的枕头底下，把绳子放在他的凳子底下，把毒药放在他的粥里；使他心中骄傲，骑了一匹栗色的奔马，从四寸阔的桥梁上过去，把他自己的影子当作了一个叛徒，紧紧追逐不舍。祝福你的五种才智！汤姆冷着呢。啊！哆啼哆啼哆啼。愿旋风不吹你，星星不把毒箭射你，瘟疫不到你身上！做做好事，救救那给恶魔害得好苦的可怜的汤姆吧！他现在就在那儿，在那儿，又到那儿去了，在那儿。（暴风雨继续不止）

李尔 什么！他的女儿害得他变成这个样子吗？你不能留下一些什么来吗？你一起都给了她们了吗？

弄人 不，他还留着一方毡毯，否则我们大家都要不好意思了。

李尔 愿那弥漫在天空之中的惩罚恶人的瘟疫一起降临在你的女儿身上！

肯特 陛下，他没有女儿哩。

李尔 该死的奸贼！他没有不孝的女儿，怎么会流落到这等不堪的地步？难道被弃的父亲，都是这样一点不爱惜他们自己的身体的吗？适当的处罚！谁叫他们的身体产下那些枭獍般的女儿来？

爱德伽 "小雄鸡坐在高墩上，"呵啰，呵啰，啰，啰！

弄人 这一个寒冷的夜晚将要使我们大家变成傻瓜和疯子。

爱德伽 当心恶魔。孝顺你的爷娘；说过的话不要反悔；不要赌咒；不要奸淫有夫之妇；不要把你的情人打扮得太漂亮。汤姆冷着呢。

李尔 你本来是干什么的？

爱德伽 一个心性高傲的仆人，头发卷得曲曲的，帽子上佩着情人的手套，惯会讨妇女的欢心，干些不可告人的勾当；开口发誓，闭口赌咒，当着上天的面前把它们一个个毁弃，睡梦里都在转奸淫的念头，一醒来便把它实行。我贪酒，我爱赌，我比土耳其人更好色；一颗奸诈的心，一对轻信的耳朵，一双不怕血腥气的手；猪一般懒惰，狐狸一般狡诈，狼一般贪狠，狗一般疯狂，狮子一般凶恶。不要让女人的脚步声和窸窸窣窣的绸衣裳的声音摄去了你的魂魄;不要把你的脚踏进窑子里去;不要把你的手伸进裙子里去;不要把你的笔碰到放债人的账簿上;抵抗恶魔的引诱吧。"冷风还是打山楂树里吹过去";听它怎么说,吁——吁——呜——呜——哈——哈——。道芬我的孩子,我的孩子;叱嚓!让他奔过去。(暴风雨继续不止)

李尔　唉,你这样赤身裸体,受风雨的吹淋,还是死了的好。难道人不过是这样一个东西吗?想一想他吧。你也不向蚕身上借一根丝,也不向野兽身上借一张皮,也不向羊身上借一片毛,也不向麝猫身上借一块香料。嘿!我们这三个人都已经失掉了本来的面目,只有你才保全着天赋的原形;人类在草昧的时代,不过是像你这样的一个寒碜的赤裸的两脚动物。脱下来,脱下来,你们这些身外之物!来,松开你的钮扣。(扯去衣服)

弄人　老伯伯,请你安静点儿,这样危险的夜里是不能游泳的。旷野里一点小小的火光,正像一个好色的老头儿的心,只有这么一星星的热,他的全身都是冰冷的。瞧!一团火走来了。

　　葛罗斯特持火炬上。

爱德伽　这就是那个叫做"弗力勃铁捷贝特"的恶魔;他在黄昏的时候出现,一直到第一声鸡啼方才隐去;他叫人眼睛里长白膜,叫好眼变成斜眼;他叫人嘴唇上起裂缝;他还会叫面粉发霉,寻穷人们的开心。

　　　　圣维都尔①三次经过山冈,
　　　　遇见魇魔和她九个儿郎:
　　　　他说妖精快下马,②
　　　　发过誓儿快逃吧:
　　　　去你的,妖精,去你的!

---

① 传说中的睡眠保护神。
② 传说中魇魔总是骑在睡熟人的身上为害。

肯特　陛下，您怎么啦？

李尔　他是谁？

肯特　那儿什么人？你找谁？

葛罗斯特　你们是些什么人？你们叫什么名字？

爱德伽　可怜的汤姆，他吃的是泅水的青蛙、蛤蟆、蝌蚪、壁虎和水蜥；恶魔在他心里捣乱的时候，他发起狂来，就会把牛粪当做一盆美味的生菜；他吞的是老鼠和死狗，喝的是一潭死水上面绿色的浮渣，他到处给人家鞭打，锁在枷里，关在牢里；他从前有三身外衣、六件衬衫，跨着一匹马，带着一口剑；

　　　　可是在这整整七年时光，
　　　　耗子是汤姆唯一的食粮。

留心那跟在我背后的鬼。不要闹，史墨金！不要闹，你这恶魔！

葛罗斯特　什么！陛下竟会跟这种人作起伴来了吗？

爱德伽　地狱里的魔王是一个绅士；他的名字叫做摩陀，又叫做玛呼。

葛罗斯特　陛下，我们亲生的骨肉都变得那样坏，把自己生身之人当作了仇敌。

爱德伽　可怜的汤姆冷着呢。

葛罗斯特　跟我回去吧。我的良心不允许我全然服从您的女儿的无情的命令；虽然他们叫我关上了门，把您丢下在这狂暴的黑夜之中，可是我还是大胆出来找您，把您带到有火炉、有食物的地方去。

李尔　让我先跟这位哲学家谈谈。天上打雷是什么缘故？

肯特　陛下，接受他的好意；跟他回去吧。

李尔　我还要跟这位学者说一句话。您研究的是哪一门学问？

爱德伽　抵御恶魔的战略和消灭毒虫的方法。

李尔　让我私下里问您一句话。

肯特　大人，请您再催催他吧；他的神经有点儿错乱起来了。

葛罗斯特　你能怪他吗？（暴风雨继续不止）他的女儿要他死哩。唉！那善良的肯特，他早就说过会有这么一天的，可怜的被放逐的人！你说王上要疯了；告诉你吧，朋友，我自己也差不多疯了。我有一个儿子，现在我已经跟他断绝关系了；他要谋害我的生命，这还是最近的事；我爱他，朋友，没有一个父亲比我更爱他的儿子；不瞒你说，（暴风雨继续不止）我的头脑都气昏了。这是一个什么晚上！陛下，求求您——

李尔　啊！请您原谅，先生。高贵的哲学家，请了。

爱德伽　汤姆冷着呢。

葛罗斯特　进去，家伙，到这茅屋里去暖一暖吧。

李尔　来，我们大家进去。

肯特　陛下，这边走。

李尔　带着他；我要跟我这位哲学家在一起。

肯特　大人，顺顺他的意思吧；让他把这家伙带去。

葛罗斯特　您带着他来吧。

肯特　小子，来；跟我们一块儿去。

李尔　来，好雅典人①。

葛罗斯特　嘘！不要说话，不要说话。

爱德伽　罗兰骑士②来到黑沉沉的古堡前，他说了一遍又一遍："呸，嘿，哼！"我闻到了一股不列颠人的血腥。（同下）

第五场　葛罗斯特城堡中一室

康华尔及爱德蒙上。

康华尔　我在离开他的屋子以前，一定要把他惩治一下。

爱德蒙　殿下，我为了尽忠的缘故，不顾父子之情，一想到人家不知将要怎样批评我，心里就很有点儿惴惴不安哩。

康华尔　我现在才知道你的哥哥想要谋害他的生命，并不完全出于

---

① 李尔王把爱德伽比作古希腊哲学家。
② 欧洲中世纪骑士文学中的著名英雄。

恶毒的本性；多半是他自己咎有应得，才会引起他的杀心的。

爱德蒙　我的命运多么颠倒，虽然做了正义的事情，却必须抱恨终身！这就是他说起的那封信，它可以证实他私通法国的罪状。天啊！为什么他要干这种叛逆的行为，为什么偏偏又在我手里发觉了呢？

康华尔　跟我见公爵夫人去。

爱德蒙　这信上所说的事情倘然属实，那您就要有一番重大的行动了。

康华尔　不管它是真是假，它已经使你成为葛罗斯特伯爵了。你去找找你父亲在什么地方，让我们可以把他逮捕起来。

爱德蒙　（旁白）要是我看见他正在援助那老王，他的嫌疑就格外加重了。——虽然忠心和孝道在我的灵魂里发生剧烈的争战，可是大义所在，只好把私恩抛弃不顾。

康华尔　我完全信任你；你在我的恩宠之中，将要得到一个更慈爱的父亲。（各下）

第六场　邻接城堡的农舍一室

葛罗斯特、李尔、肯特、弄人及爱德伽上。

葛罗斯特　这儿比露天好一些，不要嫌它寒碜，将就住下来吧。我再去找找有些什么吃的用的东西；我去去就来。

肯特　他的智力已经在他的盛怒之中完全消失了。神明报答您的好心！（葛罗斯特下）

爱德伽　弗拉特累多①在叫我，他告诉我尼禄王在冥湖里钓鱼。喂，傻瓜，你要祷告，要留心恶魔啊。

弄人　老伯伯，告诉我，一个疯子是绅士呢还是平民？

李尔　是个国王，是个国王！

弄人　不，他是一个平民，他的儿子却挣了一个绅士头衔；他眼看他儿子做了绅士，他就成为一个气疯了的平民。

---

①　一个小魔鬼的名字。

李尔　一千条血红的火舌吱啦吱啦卷到她们的身上——

爱德伽　恶魔在咬我的背。

弄人　谁要是相信豺狼的驯良、马儿的健康、孩子的爱情或是娼妓的盟誓，他就是个疯子。

李尔　一定要办她们一办，我现在就要审问她们。（向爱德伽）来，最有学问的法官，你坐在这儿；（向弄人）你，贤明的官长，坐在这儿。——来，你们这两头雌狐！

爱德伽　瞧，他站在那儿，眼睛睁得大大的！太太，你在审判的时候，要不要有人瞧着你？渡过河来会我，蓓西——

弄人　她的小船儿漏了，

　　　　她不能让你知道

　　　　为什么她不敢见你。

爱德伽　恶魔借着夜莺的喉咙，向可怜的汤姆作祟了。霍普丹斯在汤姆的肚子里嚷着要两条新鲜的鲱鱼。别吵，魔鬼；我没有东西给你吃。

肯特　陛下，您怎么啦！不要这样呆呆地站着。您愿意躺下来，在这褥垫上面休息休息吗？

李尔　我要先看她们受了审判再说。把她们的证人带上来。（向爱德伽）你这披着法衣的审判官，请坐；（向弄人）你，他的执法的同僚，坐在他的旁边。（向肯特）你是陪审官，你也坐下。

爱德伽　让我们秉公裁判。

　　　　你睡着还是醒着，牧羊人？
　　　　你的羊儿在田里跑；
　　　　你的小嘴唇只要吹一声，
　　　　羊儿就不伤一根毛。

　　　　呼噜呼噜；这是一只灰色的猫儿。

李尔　先控诉她；她是高纳里尔。我当着尊严的堂上起誓，她曾经踢她的可怜的父王。

弄人　过来，奶奶。你的名字叫高纳里尔吗？

李尔　她不能抵赖。

弄人　对不起，我还以为您是一张折凳哩。

李尔　这儿还有一个，你们瞧她满脸的横肉，就可以知道她的心肠是怎么样的。拦住她！举起你们的兵器，拔出你们的剑，点起火把来！营私舞弊的法庭！枉法的贪官，你为什么放她逃走？

爱德伽　天保佑你的神志吧！

肯特　哎哟！陛下，您不是常常说您没有失去忍耐吗？现在您的忍耐呢？

爱德伽　（旁白）我的滚滚的热泪忍不住为他流下，怕要给他们瞧破我的假装了。

李尔　这些小狗：脱雷、勃尔趋、史威塔，瞧，它们都在向我狂吠。

爱德伽　让汤姆掉过脸来把它们吓走。滚开，你们这些恶狗！

　　　　黑嘴巴，白嘴巴，
　　　　疯狗咬人磨毒牙，
　　　　猛犬猎犬杂种犬，
　　　　叭儿小犬团团转，
　　　　青屁股，卷尾毛，
　　　　汤姆一只也不饶；
　　　　只要我掉过脸来，
　　　　大狗小狗逃得快。

哆啼哆啼。叱嚓！来，我们赶庙会，上市集去。可怜的汤姆，你的牛角①里干得挤不出一滴水来啦。

李尔　叫他们剖开里根的身体来，看看她心里有些什么东西。究竟为了什么天然的原因，她们的心才会变得这样硬？（向爱德伽）我把你收留下来，叫你做我一百名侍卫中间的一个，只是我不喜欢你的衣服的式样；你也许要对我说，这是最漂亮的波斯装；可是我看还是请你换一换吧。

----

① 当时英国疯丐乞讨，在脖子上挂一牛角以盛人所施舍的饭食。

肯特　陛下,您还是躺下来休息休息吧。

李尔　不要吵,不要吵;放下帐子,好,好,好。我们到早上再去吃晚饭吧;好,好,好。

弄人　我一到中午可要睡觉哩。

　　　葛罗斯特重上。

葛罗斯特　过来,朋友;王上呢?

肯特　在这儿,大人;可是不要打扰他,他的神经已经错乱了。

葛罗斯特　好朋友,请你把他抱起来。我已经听到了一个谋害他生命的阴谋。马车套好在外边,你快把他放进去,驾着它到多佛,那边有人会欢迎你,并且会保障你的安全。抱起你的主人来;要是你耽误了半点钟的时间,他的性命、你的性命以及一切出力救护他的人的性命,都要保不住了。抱起来,抱起来;跟我来,让我设法把你们赶快送到一处可以安身的地方。

肯特　受尽折磨的身心,现在安然入睡了;安息也许可以镇定镇定他的破碎的神经,但愿上天行个方便,不要让它破碎得不可收拾才好。(向弄人)来,帮我抬起你的主人来;你也不能留在这儿。

葛罗斯特　来,来,去吧。(除爱德伽外,肯特、葛罗斯特及弄人舁李尔下)

爱德伽　做君王的不免如此下场,
　　　　使我忘却了自己的忧伤。
　　　　最大的不幸是独抱牢愁,
　　　　任何的欢娱兜不上心头;
　　　　倘有了同病相怜的侣伴,
　　　　天大痛苦也会解去一半。
　　　　国王有的是不孝的逆女,
　　　　我自己遭逢无情的严父,
　　　　他与我两个人一般遭际!
　　　　去吧,汤姆,忍住你的怨气,
　　　　你现在蒙着无辜的污名,

总有日回复你清白之身。

不管今夜里还会发生些什么事情,但愿王上能安然出险!

我还是躲起来吧。(下)

第七场　葛罗斯特城堡中一室

康华尔、里根、高纳里尔、爱德蒙及众仆上。

康华尔　夫人,请您赶快到尊夫的地方去,把这封信交给他;法国军队已经登陆了。——来人,替我去搜寻那反贼葛罗斯特的踪迹。(若干仆人下)

里根　把他捉到了立刻吊死。

高纳里尔　把他的眼珠挖出来。

康华尔　我自有处置他的办法。爱德蒙,我们不应该让你看见你的谋叛的父亲受到怎样的刑罚,所以请你现在护送我们的姊姊回去,替我向奥本尼公爵致意,叫他赶快准备;我们这儿也要采取同样的行动。我们两地之间,必须随时用飞骑传报消息。再会,亲爱的姊姊;再会,葛罗斯特伯爵。

奥斯华德上。

康华尔　怎么啦?那国王呢?

奥斯华德　葛罗斯特伯爵已经把他载送出去了;有三十五六个追寻他的骑士在城门口和他会合,还有几个伯爵手下的人也在一起,一同向多佛进发,据说那边有他们武装的友人在等候他们。

康华尔　替你家夫人备马。

高纳里尔　再会,殿下,再会,妹妹。

康华尔　再会,爱德蒙。(高纳里尔、爱德蒙及奥斯华德下)再去几个人把那反贼葛罗斯特捉来,像偷儿一样把他绑来见我。(若干仆人下)虽然在没有经过正式的审判手续以前,我们不能就把他判处死刑,可是为了发泄我们的愤怒,却只好不顾人们的指摘,凭着我们的权力独断独行了。那边是什么人?是那反贼吗?

众仆押葛罗斯特重上。

里根　没有良心的狐狸!正是他。

康华尔　把他枯瘪的手臂牢牢绑起来。

葛罗斯特　两位殿下，这是什么意思？我的好朋友们，你们是我的客人；不要用这种无礼的手段对待我。

康华尔　捆住他。（众仆绑葛罗斯特）

里根　绑紧些，绑紧些。啊，可恶的反贼！

葛罗斯特　你是一个没有心肝的女人，我却不是反贼。

康华尔　把他绑在这张椅子上。奸贼，我要让你知道——（里根扯葛罗斯特须）

葛罗斯特　天神在上，这还成什么话，你扯起我的胡子来啦！

里根　胡子这么白，想不到却是一个反贼！

葛罗斯特　恶妇，你从我的腮上扯下这些胡子来，它们将要像活人一样控诉你的罪恶。我是这里的主人，你不该用你强盗的手，这样报答我的好客的殷勤。你究竟要怎么样？

康华尔　说，你最近从法国得到什么书信？

里根　老实说出来，我们已经什么都知道了。

康华尔　你跟那些最近踏到我们国境来的叛徒们有些什么来往？

里根　你把那发疯的老王送到什么人手里去了？说。

葛罗斯特　我只收到过一封信，里面都不过是些猜测之谈，寄信的是一个没有偏见的人，并不是一个敌人。

康华尔　好狡猾的推托！

里根　一派鬼话！

康华尔　你把国王送到什么地方去了？

葛罗斯特　送到多佛。

里根　为什么送到多佛？我们不是早就警告你——

康华尔　为什么送到多佛？让他回答这个问题。

葛罗斯特　罢了，我现在身陷虎穴，只好拼着这条老命了。

里根　为什么送到多佛？

葛罗斯特　因为我不愿意看见你的凶恶的指爪挖出他的可怜的老眼；因为我不愿意看见你的残暴的姊姊用她野猪般的利齿咬进他的神圣的肉体。他的赤裸的头顶在地狱一般黑暗的夜里冲风冒雨；

受到那样狂风暴雨的震荡的海水，也要把它的怒潮喷向天空，熄灭了星星的火焰；但是他，可怜的老翁，却还要把他的热泪帮助天空浇洒。要是在那样怕人的晚上，豺狼在你的门前悲鸣，你也要说，"善良的看门人，开了门放它进来吧，"而不计较它一切的罪恶。可是我总有一天见到上天的报应降临在这种儿女的身上。

康华尔 你再也不会见到那样一天。来，按住这椅子。我要把你这一双眼睛放在我的脚底下践踏。

葛罗斯特 谁要是希望他自己平安活到老年的，帮帮我吧！啊，好惨！天啊！（葛罗斯特一眼被挖出）

里根 还有那一颗眼珠也去掉了吧，免得它嘲笑没有眼珠的一面。

康华尔 要是你看见什么报应——

仆甲 住手，殿下；我从小为您效劳，但是只有我现在叫您住手这件事才算是最好的效劳。

里根 怎么，你这狗东西！

仆甲 要是你的腮上长起了胡子，我现在也要把它扯下来。

康华尔 混账奴才，你反了吗？（拔剑）

仆甲 好，那么来，我们拼一个你死我活。（拔剑；二人决斗；康华尔受伤）

里根 把你的剑给我。一个奴才也会撒野到这等地步！（取剑自后刺仆甲）

仆甲 啊！我死了。大人，您还剩着一只眼睛，看见他受到一点小小的报应。啊！（死）

康华尔 哼，看他再瞧得见一些什么报应！出来，可恶的浆块！现在你还会发光吗？（葛罗斯特另一眼被挖出）

葛罗斯特 一切都是黑暗和痛苦。我的儿子爱德蒙呢？爱德蒙，燃起你天性中的怒火，替我报复这一场暗无天日的暴行吧！

里根 哼，万恶的奸贼！你在呼唤一个憎恨你的人；你对我们反叛的阴谋，就是他出首告发的，他是一个深明大义的人，决不会对你发一点怜悯。

葛罗斯特　啊,我是个蠢材!那么爱德伽是冤枉的了。仁慈的神明啊,赦免我的错误,保佑他有福吧!

里根　把他推出门外,让他一路摸索到多佛去。(一仆牵葛罗斯特下)怎么,殿下?您的脸色怎么变啦?

康华尔　我受了伤啦。跟我来,夫人。把那瞎眼的奸贼撵出去;把这奴才丢在粪堆里。里根,我的血尽在流着;这真是无妄之灾。用你的胳臂搀着我。(里根扶康华尔同下)

仆乙　要是这家伙会有好收场,我什么坏事都可以去做了。

仆丙　要是她会寿终正寝,所有的女人都要变成恶鬼了。

仆乙　让我们跟在那老伯爵的后面,叫那疯丐把他领到他所要去的地方;反正那个游荡的疯子什么地方都去。

仆丙　你先去吧;我还要去拿些麻布和蛋白来,替他贴在他的流血的脸上。但愿上天保佑他!(各下)

第四幕

第一场 荒 野

　　　　爱德伽上。

爱德伽 与其被人在表面上恭维而背地里鄙弃,那么还是像这样自己知道为举世所不容的好。一个最困苦、最微贱、最为命运所屈辱的人,可以永远抱着希冀而无所恐惧;从最高的地位上跌下来,那变化是可悲的,,对于穷困的人,命运的转机却能使他欢笑!那么欢迎你——跟我拥抱的空虚的气流;被你刮得狼狈不堪的可怜虫并不少欠你丝毫情分。可是谁来啦?

　　　　一老人率葛罗斯特上。

爱德伽 我的父亲,让一个穷苦的老头儿领着他吗?啊,世界,世界,世界!倘不是你的变幻无常,使我们对你心存怨恨,哪一个人是甘愿老去的?

老人 啊,我的好老爷!我在老太爷手里就做您府上的佃户,一直做到您老爷手里,已经有八十年了。

葛罗斯特 去吧,好朋友,你快去吧;你的安慰对我一点没有用处,他们也许反会害你的。

老人 您眼睛看不见,怎么走路呢?

葛罗斯特　我没有路,所以不需要眼睛;当我能够看见的时候,我也会失足颠仆。我们往往因为有所自恃而失之于大意,反不如缺陷却能对我们有益。啊!爱德伽好儿子,你的父亲受人之愚,错恨了你,要是我能在未死以前,摸到你的身体,我就要说,我又有了眼睛啦。

老人　啊!那边是什么人?

爱德伽　(旁白)神啊!谁能够说"我现在是最不幸"?我现在比从前才更不幸得多啦。

老人　那是可怜的发疯的汤姆。

爱德伽　(旁白)也许我还要碰到更不幸的命运;当我们能够说"这是最不幸的事"的时候,那还不是最不幸的。

老人　汉子,你到哪儿去?

葛罗斯特　是一个叫花子吗?

老人　是个疯叫花子。

葛罗斯特　他的理智还没有完全丧失,否则他不会向人乞讨。在昨晚的暴风雨里,我也看见这样一个家伙,他使我想起一个人不过等于一条虫;那时候我的儿子的影像就闪进了我的心里,可是当时我正在恨他,不愿想起他;后来我才听到一些其他的话。天神掌握着我们的命运,正像顽童捉到飞虫一样,为了戏弄的缘故而把我们杀害。

爱德伽　(旁白)怎么会有这样的事?在一个伤心人的面前装傻,对自己、对别人,都是一件不愉快的行为。(向葛罗斯特)祝福你,先生!

葛罗斯特　他就是那个不穿衣服的家伙吗?

老人　正是,老爷。

葛罗斯特　那么你去吧。我要请他领我到多佛去,要是你看在我的分上,愿意回去拿一点衣服来替他遮盖遮盖身体,那就再好没有了;我们不会走远,从这儿到多佛的路上一二里之内,你一定可以追上我们。

老人　唉,老爷!他是个疯子哩。

葛罗斯特　疯子带着瞎子走路，本来是这时代的一般病态。照我的话，或者就照你自己的意思做吧；第一件事情是请你快去。

老人　我要把我的最好的衣服拿来给他，不管它会引起怎样的后果。（下）

葛罗斯特　喂，不穿衣服的家伙——

爱德伽　可怜的汤姆冷着呢。（旁白）我不能再假装下去了。

葛罗斯特　过来，汉子。

爱德伽　（旁白）可是我不能不假装下去。——祝福您的可爱的眼睛，它们在流血哩。

葛罗斯特　你认识到多佛去的路吗？

爱德伽　一处处关口城门、一条条马路人行道，我全认识。可怜的汤姆被他们吓迷了心窍；祝福你，好人的儿子，愿恶魔不来缠绕你！五个魔鬼一齐捉弄着可怜的汤姆：一个是色魔奥别狄克特；一个是哑鬼霍别狄丹斯；一个是偷东西的玛呼；一个是杀人的摩陀；一个是扮鬼脸的弗力勃铁捷贝特，他后来常常附在丫头、使女的身上。好，祝福您，先生！

葛罗斯特　来，你这受尽上天凌虐的人，把这钱囊拿去；我的不幸却是你的运气。天道啊，愿你常常如此！让那穷奢极欲、把你的法律当作满足他自己享受的工具、因为知觉麻木而沉迷不悟的人，赶快感到你的威力吧；从享用过度的人手里夺下一点来分给穷人，让每一个人都得到他所应得的一份吧。你认识多佛吗？

爱德伽　认识，先生。

葛罗斯特　那边有一座悬崖，它的峭拔的绝顶俯瞰着幽深的海水；你只要领我到那悬崖的边上，我就给你一些我随身携带的贵重的东西，你拿了去可以过些舒服的日子；我也不用再烦你带路了。

爱德伽　把您的胳臂给我；让可怜的汤姆领着你走。（同下）

第二场　奥本尼公爵府前

　　　　高纳里尔及爱德蒙上。
高纳里尔　欢迎,伯爵;我不知道我那位温和的丈夫为什么不来迎接我们。
　　　　奥斯华德上。
高纳里尔　主人呢?
奥斯华德　夫人,他在里边;可是已经大大变了一个人啦。我告诉他法国军队登陆的消息,他听了只是微笑;我告诉他说您来了,他的回答却是,"还是不来的好";我告诉他葛罗斯特怎样谋反、他的儿子怎样尽忠的时候,他骂我蠢东西,说我颠倒是非。凡是他所应该痛恨的事情,他听了都觉得很得意;他所应该欣慰的事情,反而使他恼怒。
高纳里尔　(向爱德蒙)那么你止步吧。这是他懦怯畏缩的天性,使他不敢担当大事;他宁愿忍受侮辱,不肯挺身而起。我们在路上谈起的那个愿望,也许可以实现。爱德蒙,你且回到我的妹夫那儿去;催促他赶紧调齐人马,交给你统率;我这儿只好由我自己出马,把家务托付我的丈夫照管了。这个可靠的仆人可以替我们传达消息;要是你有胆量为了你自己的好处而行事,那么不久大概就会听到你的女主人的命令。把这东西拿去带在身边;不要多说什么;(以饰物赠爱德蒙)低下你的头来:这一个吻要是能够替我说话,它会叫你的灵魂儿飞上天空。你要明白我的心;再会吧。
爱德蒙　我愿意为您赴汤蹈火。
高纳里尔　我的最亲爱的葛罗斯特!(爱德蒙下)唉!都是男人,却有这样的不同!哪一个女人不愿意为你贡献她的一切,我却让一个傻瓜侵占了我的眠床。
奥斯华德　夫人,殿下来了。(下)
　　　　奥本尼上。
高纳里尔　你太瞧不起人啦。

奥本尼　啊,高纳里尔!你的价值还比不上那狂风吹在你脸上的尘土。我替你这种脾气担着心事;一个人要是看轻了自己的根本,难免做出一些越限逾分的事来;枝叶脱离了树干,跟着也要萎谢,到后来只好让人当作枯柴而付之一炬。

高纳里尔　得啦得啦;全是些傻话。

奥本尼　智慧和仁义在恶人眼中看来都是恶的;下流的人只喜欢下流的事。你们干下了些什么事情?你们是猛虎,不是女儿,你们干了些什么事啦?这样一位父亲,这样一位仁慈的老人家,一头野熊见了他也会俯首帖耳,你们这些蛮横下贱的女儿,却把他激成了疯狂!难道我那位贤襟兄竟会让你们这样胡闹吗?他也是个堂堂汉子,一邦的君主,又受过他这样的深恩厚德!要是上天不立刻降下一些明显的灾祸来,惩罚这种万恶的行为,那么人类快要像深海的怪物一样自相吞食了。

高纳里尔　不中用的懦夫!你让人家打肿你的脸,把侮辱加在你的头上,还以为是一件体面的事,因为你的额头上还没长着眼睛;正像那些不明是非的傻瓜,人家存心害你,幸亏发觉得早,他们在未下毒手以前就受到惩罚,你却还要可怜他们。你的鼓呢?法国的旌旗已经展开在我们安静的国境上了,你的敌人顶着羽毛飘扬的战盔,已经开始威胁你的生命。你这迂腐的傻子却坐着一动不动,只会说,"唉!他为什么要这样呢?"

奥本尼　瞧瞧你自己吧,魔鬼!恶魔的丑恶的嘴脸,还不及一个恶魔般的女人那样丑恶万分。

高纳里尔　哎哟,你这没有头脑的蠢货!

奥本尼　你这变化做女人的形状、掩蔽你的蛇蝎般的真相的魔鬼,不要露出你的狰狞的面目来吧!要是我可以允许这双手服从我的怒气,它们一定会把你的肉一块块撕下来,把你的骨头一根根折断;可是你虽然是一个魔鬼,你的形状却还是一个女人,我不能伤害你。

高纳里尔　哼,这就是你的男子汉的气概。——呸!

　　　一使者上。

奥本尼 有什么消息？

使者 啊！殿下，康华尔公爵死了；他正要挖去葛罗斯特第二只眼睛的时候，他的一个仆人把他杀死了。

奥本尼 葛罗斯特的眼睛！

使者 他所畜养的一个仆人因为激于义愤，反对他这一种行动，就拔出剑来向他的主人行刺；他的主人大怒，和他奋力猛斗，结果把那仆人砍死了，可是自己也受了重伤，终于不治身亡。

奥本尼 啊，天道究竟还是有的，人世的罪恶这样快就受到了诛谴！但是啊，可怜的葛罗斯特！他失去了他的第二只眼睛吗？

使者 殿下，他两只眼睛全都给挖去了。夫人，这一封信是您的妹妹写来的，请您立刻给她一个回音。

高纳里尔 （旁白）从一方面说来，这是一个好消息；可是她做了寡妇，我的葛罗斯特又跟她在一起，也许我的一切美满的愿望，都要从我这可憎的生命中消灭了；不然的话，这消息还不算顶坏。（向使者）我读过以后再写回信吧。（下）

奥本尼 他们挖去他的眼睛的时候，他的儿子在什么地方？

使者 他是跟夫人一起到这儿来的。

奥本尼 他不在这儿。

使者 是的，殿下，我在路上碰见他回去了。

奥本尼 他知道这种罪恶的事情吗？

使者 是，殿下；就是他出首告发他的，他故意离开那座房屋，为的是让他们行事方便一些。

奥本尼 葛罗斯特，我永远感激你对王上所表示的好意，一定替你报复你的挖目之仇。过来，朋友，详细告诉我一些你所知道的其他的消息。（同下）

第三场 多佛附近法军营地

肯特及一侍臣上。

肯特 为什么法兰西王突然回去，您知道他的理由吗？

侍臣 他在国内还有一点未了的要事，直到离国以后，方才想起；

因为那件事情有关国家的安全，所以他不能不亲自回去料理。

肯特 他去了以后，委托什么人代他主持军务？

侍臣 拉·发元帅。

肯特 王后看了您的信，有没有什么悲哀的表示？

侍臣 是的，先生；她拿了信，当着我的面前读下去，一颗颗饱满的泪珠淌下她的娇嫩的颊上；可是她仍然保持着一个王后的尊严，虽然她的情感像叛徒一样想要把她压服，她还是竭力把它克制下去。

肯特 啊！那么她是受到感动的了。

侍臣 她并不痛哭流涕；"忍耐"和"悲哀"互相竞争着谁能把她表现得更美。您曾经看见过阳光和雨点同时出现；她的微笑和眼泪也正是这样，只是更要动人得多；那些荡漾在她的红润的嘴唇上的小小的微笑，似乎不知道她的眼睛里有些什么客人，他们从她钻石一样晶莹的眼球里滚出来，正像一颗颗浑圆的珍珠。简单一句话，要是所有的悲哀都是这样美，那么悲哀将要成为最受世人喜爱的珍奇了。

肯特 她没有说过什么话吗？

侍臣 一两次她的嘴里迸出了"父亲"两个字，好像它们重压着她的心一般；她哀呼着，"姊姊！姊姊！女人的耻辱！姊姊！肯特！父亲！姊姊！什么，在风雨里吗？在黑夜里吗？不要相信世上还有怜悯吧！"于是她挥去了她的天仙一般的眼睛里的神圣的水珠，让眼泪淹没了她的沉痛的悲号，移步他往，和哀愁独自作伴去了。

肯特 那是天上的星辰，天上的星辰主宰着我们的命运；否则同一个父母怎么会生出这样不同的儿女来。您后来没有跟她说过话吗？

侍臣 没有。

肯特 这是在法兰西王回国以前的事吗？

侍臣 不，这是他去后的事。

肯特 好，告诉您吧，可怜的受难的李尔已经到了此地，他在比较清醒的时候，知道我们来干什么事，一定不肯见他的女儿。

侍臣　为什么呢，好先生？

肯特　羞耻之心掣住了他；他自己的忍心剥夺了她的应得的慈爱，使她远适异国，听任天命的安排，把她的权利分给那两个犬狼之心的女儿——这种种的回忆像毒刺一样整着他的心，使他充满了火烧一样的惭愧，阻止他和考狄利娅相见。

侍臣　唉！可怜的人！

肯特　关于奥本尼和康华尔的军队，您听见什么消息没有？

侍臣　是的，他们已经出动了。

肯特　好，先生，我要带您去见见我们的王上，请您替我照料照料他。我因为有某种重要的理由，必须暂时隐藏我的真相；当您知道我是什么人以后，您决不会后悔跟我结识的。请您跟我走吧。（同下）

第四场　同前。帐幕

旗鼓前导，考狄利娅、医生及兵士等上。

考狄利娅　唉！正是他。刚才还有人看见他，疯狂得像被飓风激动的怒海，高声歌唱，头上插满了恶臭的地烟草、牛蒡、毒芹、荨麻、杜鹃花和各种蔓生在田亩间的野草。派一百个兵士到繁茂的田野里各处搜寻，把他领来见我。（一军官下）人们的智慧能不能恢复他的丧失的心神？谁要是能够医治他，我愿意把我的身外的富贵一起送给他。

医生　娘娘，法子是有的；休息是滋养疲乏的精神的保姆，他现在就是缺少休息；只要给他服一些药草，就可以阖上他的痛苦的眼睛。

考狄利娅　一切神圣的秘密、一切地下潜伏的灵奇，随着我的眼泪一起奔涌出来吧！帮助解除我的善良的父亲的痛苦！快去找他，快去找他，我只怕他在不可控制的疯狂之中会消灭了他的失去主宰的生命。

一使者上。

使者 报告娘娘,英国军队向这儿开过来了。

考狄利娅 我们早已知道;一切都预备好了,只等他们到来。亲爱的父亲啊!我这次掀动干戈,完全是为了你的缘故;伟大的法兰西王被我的悲哀和恳求的眼泪所感动。我们出师,并非怀着什么非分的野心,只是一片真情,热烈的真情,要替我们的老父主持正义。但愿我不久就可以听见看见他!(同下)

第五场 葛罗斯特城堡中一室

里根及奥斯华德上。

里根 可是我的姊夫的军队已经出发了吗?

奥斯华德 出发了,夫人。

里根 他亲自率领吗?

奥斯华德 夫人,好容易才把他催上了马;还是您的姊姊是个更好的军人哩。

里根 爱德蒙伯爵到了你们家里,有没有跟你家主人谈过话?

奥斯华德 没有,夫人。

里根 我的姊姊给他的信里有些什么话?

奥斯华德 我不知道,夫人。

里根 告诉你吧,他有重要的事情,已经离开此地了。葛罗斯特挖去了眼睛以后,仍旧放他活命,实在是一个极大的失策;因为他每到一个地方,都会激起众人对我们的反感。我想爱德蒙因为怜悯他的苦难,是要去替他解脱他的暗无天日的生涯的;而且他还负有探察敌人实力的使命。

奥斯华德 夫人,我必须追上去把我的信送给他。

里根 我们的军队明天就要出发;你暂时耽搁在我们这儿吧,路上很危险呢。

奥斯华德 我不能,夫人;我家夫人曾经吩咐我不准误事的。

里根 为什么她要写信给爱德蒙呢?难道你不能替她口头传达她的意思吗?看来恐怕有点儿——我也说不出来。让我拆开这封信来,我会十分喜欢你的。

奥斯华德　夫人，那我可——
里根　我知道你家夫人不爱她的丈夫；这一点我是可以确定的。她最近在这儿的时候，常常对高贵的爱德蒙抛掷含情的媚眼。我知道你是她的心腹之人。
奥斯华德　我，夫人！
里根　我的话不是随便说说的，我知道你是她的心腹；所以你且听我说，我的丈夫已经死了，爱德蒙跟我曾经谈起过，他向我求爱总比向你家夫人求爱来得方便些。其余的你自己去意会吧。要是你找到了他，请你替我把这个交给他；你把我的话对你家夫人说了以后，再请她仔细想个明白。好，再会。假如你听见人家说起那瞎眼的老贼在什么地方，能够把他除掉，一定可以得到重赏。
奥斯华德　但愿他能够碰在我的手里，夫人；我一定可以向您表明我是哪一方面的人。
里根　再会。（各下）

第六场　多佛附近的乡间

　　葛罗斯特及爱德伽作农民装束同上。

葛罗斯特　什么时候我才能够登上山顶？
爱德伽　您现在正在一步步上去；瞧这路多么难走。
葛罗斯特　我觉得这地面是很平的。
爱德伽　陡峭得可怕呢；听！那不是海水的声音吗？
葛罗斯特　不，我真的听不见。
爱德伽　哎哟，那么大概因为您的眼睛痛得厉害，所以别的知觉也连带模糊起来啦。
葛罗斯特　那倒也许是真的。我觉得你的声音也变了样啦，你讲的话不像原来那样粗鲁、那样疯疯癫癫啦。
爱德伽　您错啦；除了我的衣服以外，我什么都没有变样。
葛罗斯特　我觉得你的话像样得多啦。
爱德伽　来，先生；我们已经到了，您站好。把眼睛一直望到这么低的地方，真是惊心眩目！在半空盘旋的乌鸦，瞧上去还没有甲虫那么大；山腰中间悬着一个采金花草的人，可怕的工作！我看他的全身简直抵不上一个人头的大小。在海滩上走路的渔夫就像小鼠一般，那艘碇泊在岸旁的高大的帆船小得像它的划艇，它的划艇小得像一个浮标，几乎看不出来。澎湃的波涛在海滨无数的石子上冲击的声音，也不能传到这样高的所在。我不愿再看下去了，恐怕我的头脑要昏眩起来，眼睛一花，就要一个筋斗直跌下去。

葛罗斯特　带我到你所立的地方。

爱德伽　把您的手给我；您现在已经离开悬崖的边上只有一尺了；谁要是把天下所有的一切都给了我，我也不愿意跳下去。

葛罗斯特　放开我的手。朋友，这儿又是一个钱囊，里面有一颗宝石，一个穷人得到了它，可以终身温饱；愿天神们保佑你因此而得福吧！你再走远一点；向我告别一声，让我听见你走过去。

爱德伽　再会吧，好先生。

葛罗斯特　再会。

爱德伽　（旁白）我这样戏弄他的目的，是要把他从绝望的境界中解救出来。

葛罗斯特　威严的神明啊！我现在脱离这一个世界，当着你们的面，摆脱我的惨酷的痛苦了；要是我能够再忍受下去，而不怨尤你们不可反抗的伟大意志，我这可厌的生命的余烬不久也会燃尽的。要是爱德伽尚在人世，神啊，请你们祝福他！现在，朋友，我们再会了！（向前仆地）

爱德伽　我去了，先生；再会。（旁白）可是我不知道当一个人愿意受他自己的幻想的欺骗，相信他已经死去的时候，那一种幻想会不会真的偷去了他的生命的至宝；要是他果然在他所想象的那一个地方，现在他早已没有思想了。活着还是死了？（向葛罗斯特）喂，你这位先生！朋友！你听见吗，先生？说呀！也许他真的死了；可是他醒过来啦。你是什么人，先生？

葛罗斯特　去，让我死。

爱德伽　倘使你不是一根蛛丝、一根羽毛、一阵空气,从这样千仞的悬崖上跌落下来,早就像鸡蛋一样跌成粉碎了;可是你还在呼吸,你的身体还是好好的,不流一滴血,还会说话,简直一点损伤也没有。十根桅杆连接起来,也不及你所跌下来的地方那么高;你的生命是一个奇迹。再对我说两句话吧。

葛罗斯特　可是我有没有跌下来?

爱德伽　你就是从这可怕的悬崖绝顶上面跌下来的。抬起头来看一看吧;鸣声嘹亮的云雀飞到了那样高的所在,我们不但看不见它的形状,也听不见它的声音;你看。

葛罗斯特　唉!我没有眼睛哩。难道一个苦命的人,连寻死的权利都要被剥夺去吗?一个苦恼到极点的人假使还有办法对付那暴君的狂怒,挫败他的骄傲的意志,那么他多少还有一点可以自慰。

爱德伽　把你的胳臂给我;起来,好,怎样?站得稳吗?你站住了。

葛罗斯特　很稳,很稳。

爱德伽　这真太不可思议了。刚才在那悬崖的顶上,从你身边走开的是什么东西?

葛罗斯特　一个可怜的叫花子。

爱德伽　我站在下面望着他,仿佛看见他的眼睛像两轮满月;他有一千个鼻子,满头都是像波浪一样高低不齐的犄角;一定是个什么恶魔。所以,你幸运的老人家,你应该想这是无所不能的神明在暗中默佑你,否则决不会有这样的奇事。

葛罗斯特　我现在记起来了;从此以后,我要耐心忍受痛苦,直等它有一天自己喊了出来,"够啦,够啦,"那时候再撒手死去。你所说起的这一个东西,我还以为是个人;它老是嚷着"恶魔,恶魔"的;就是他把我领到了那个地方。

爱德伽　不要胡思乱想,安心忍耐。可是谁来啦?

　　　　李尔以鲜花杂乱饰身上。

爱德伽　不是疯狂的人,决不会把他自己打扮成这一个样子。

李尔　不,他们不能判我私造货币的罪名;我是国王哩。

爱德伽　啊，伤心的景象！

李尔　在那一点上，天然是胜过人工的。这是征募你们当兵的饷银。那家伙弯弓的姿势，活像一个稻草人；给我射一支一码长的箭试试看。瞧，瞧！一只小老鼠！别闹，别闹！这一块烘乳酪可以捉住它。这是我的铁手套；尽管他是一个巨人，我也要跟他一决胜负。带那些戟手上来。啊！飞得好，鸟儿；刚刚中在靶子心里，咻！口令！

爱德伽　茉荞兰。

李尔　过去。

葛罗斯特　我认识那个声音。

李尔　嘿！高纳里尔，长着一把白胡须！她们像狗一样向我献媚。说我在没有出黑须以前，就已经有了白须①。我说一声"是"，她们就应一声"是"；我说一声"不"，她们就应一声"不"！当雨点淋湿了我，风吹得我牙齿打颤，当雷声不肯听我的话平静下来的时候，我才发现了她们，嗅出了她们。算了，她们不是心口如一的人；她们把我恭维得天花乱坠；全然是个谎，一发起烧来我就没有办法。

葛罗斯特　这一种说话的声调我记得很清楚；他不是我们的君王吗？

李尔　嗯，从头到脚都是君王；我只要一瞪眼睛，我的臣子就要吓得发抖。我赦免那个人的死罪。你犯的是什么案子？奸淫吗？你不用死；为了奸淫而犯死罪！不，小鸟儿都在干那把戏，金苍蝇当着我的面也会公然交合哩。让通奸的人多子多孙吧；因为葛罗斯特的私生的儿子，也比我的合法的女儿更孝顺他的父亲。淫风越盛越好，我巴不得他们替我多制造几个兵士出来。瞧那个脸上堆着假笑的妇人，她装出一副守身如玉的神气，做作得那么端庄贞静，一听见人家谈起调情的话儿就要摇头；其实她自己干起那回事来，比臭猫和骚马还要浪得多哩。她们的上半身虽然是女人，下半身却是淫荡的妖怪；腰带以上是属于

---

①　这里比喻老人的智慧。

天神的，腰带以下全是属于魔鬼的：那儿是地狱，那儿是黑暗，那儿是火坑，吐着熊熊的烈焰，发出熏人的恶臭，把一切烧成了灰。呸！呸！呸！呸！呸！好掌柜，给我称一两麝香，让我解解我的想象中的臭气；钱在这儿。

葛罗斯特　啊！让我吻一吻那只手！

李尔　让我先把它揩干净；它上面有一股热烘烘的人气。

葛罗斯特　啊，毁灭了的生命！这一个广大的世界有一天也会像这样零落得只剩一堆残迹。你认识我吗？

李尔　我很记得你这双眼睛。你在向我瞟吗？不，盲目的丘匹德，随你使出什么手段来，我是再也不会恋爱的。这是一封挑战书；你拿去读吧，瞧瞧它是怎么写的。

葛罗斯特　即使每一个字都是一个太阳，我也瞧不见。

爱德伽　（旁白）要是人家告诉我这样的事，我一定不会相信；可是这样的事是真的，我的心要碎了。

李尔　读呀。

葛罗斯特　什么！用眼眶子读吗？

李尔　啊哈！你原来是这个意思吗？你的头上也没有眼睛，你的袋里也没有银钱吗？你的眼眶子真深，你的钱袋真轻。可是你却看见这世界的丑恶。

葛罗斯特　我只能捉摸到它的丑恶。

李尔　什么！你疯了吗？一个人就是没有眼睛，也可以看见这世界的丑恶。用你的耳朵瞧着吧：你没看见那法官怎样痛骂那个卑贱的偷儿吗？侧过你的耳朵来，听我告诉你：让他们两人换了地位，谁还认得出哪个是法官，哪个是偷儿？你见过农夫的一条狗向一个乞丐乱吠吗？

葛罗斯特　嗯，陛下。

李尔　你还看见那家伙怎样给那条狗赶走吗？从这一件事情上面，你就可以看到威权的伟大的影子；一条得势的狗，也可以使人家唯命是从。你这可恶的教吏，停住你的残忍的手！为什么你要鞭打那个妓女？向你自己的背上着力抽下去吧；你自己心里和她犯奸淫，却因为她跟人家犯奸淫而鞭打她。那放高利贷的家伙却把那骗子判了死刑。褴褛的衣衫遮不住小小的过失；披上锦袍裘服，便可以隐匿一切。罪恶镀了金，公道的坚强的枪刺戳在上面也会折断；把它用破烂的布条裹起来，一根侏儒的稻草就可以戳破它。没有一个人是犯罪的，我说，没有一个人；我愿意为他们担保；相信我吧，我的朋友，我有权力封住控诉者的嘴唇。你还是去装上一副玻璃眼睛，像一个卑鄙的阴谋家似的，假装能够看见你所看不见的事情吧。来，来，来，来，替我把靴子脱下来；用力一点，用力一点；好。

爱德伽 （旁白）啊！疯话和正经话夹杂在一起；虽然他发了疯，他说出来的话却不是全无意义的。

李尔 要是你愿意为我的命运痛哭，那么把我的眼睛拿了去吧。我知道你是什么人；你的名字是葛罗斯特。你必须忍耐；你知道我们来到这世上，第一次嗅到了空气，就哇呀哇呀地哭起来。让我讲一番道理给你听；你听着。

葛罗斯特 唉！唉！

李尔 当我们生下地来的时候，我们因为来到了这个全是些傻瓜的广大的舞台之上，所以禁不住放声大哭。这顶帽子的式样很不错！用毡呢钉在一队马儿的蹄上，倒是一个妙计；我要把它实行一下，悄悄地偷进我那两个女婿的营里，然后我就杀呀；杀呀，杀呀，杀呀，杀呀，杀呀①！（侍臣率侍从数人上）

侍臣 啊！他在这儿；抓住他。陛下，您的最亲爱的女儿——

李尔 没有人救我吗？什么！我变成一个囚犯了吗？我是天生下来被命运愚弄的。不要虐待我；有人会拿钱来赎我的。替我请几个外科医生来，我的头脑受了伤啦。

侍臣 您将会得到您所需要的一切。

李尔 一个伙伴也没有？只有我一个人吗？哎哟，这样会叫一个人变成了个泪人儿，用他的眼睛充作灌园的水壶，去浇洒秋天的

---

① 李尔王模仿军队冲锋呐喊之声。

428

泥土。

侍臣　陛下——

李尔　我要像一个新郎似的勇敢地死去。嘿！我要高高兴兴的。来，来，我是一个国王，你们知道吗？

侍臣　您是一位尊严的王上，我们服从您的旨意。

李尔　那么还有几分希望。要去快去。咇咇咇咇。（下；侍从等随下）

侍臣　最微贱的平民到了这样一个地步，也会叫人看了伤心，何况是一个国王！你那两个不孝的女儿，已经使天道人伦受到咒诅，可是你还有一个女儿，却已经把天道人伦从这样的咒诅中间拯救出来了。

爱德伽　祝福，先生。

侍臣　足下有什么见教？

爱德伽　您有没有听见什么关于将要发生一场战事的消息？

侍臣　这已经是一件千真万确、谁都知道的事了；每一个耳朵能够辨别声音的人都听到过那样的消息。

爱德伽　可是借问一声，您知道对方的军队离这儿还有多少路？

侍臣　很近了，他们一路来得很快；他们的主力部队每一点钟都有到来的可能。

爱德伽　谢谢您，先生；这是我所要知道的一切。

侍臣　王后虽然有特别的原因还在这儿，她的军队已经开上去了。

爱德伽　谢谢您，先生。（侍臣下）

葛罗斯特　永远仁慈的神明，请停止我的呼吸吧；不要在你没有要我离开人世之前，再让我的罪恶的灵魂引诱我结束我自己的生命！

爱德伽　您祷告得很好，老人家。

葛罗斯特　好先生，您是什么人？

爱德伽　一个非常穷苦的人，受惯命运的打击；因为自己是从忧患中间过来的，所以对于不幸的人很容易抱同情。把您的手给我，让我把您领到一处可以栖身的地方去。

葛罗斯特　多谢多谢；愿上天大大赐福给您！

奥斯华德上。

奥斯华德　明令缉拿的要犯！好极了，居然碰在我的手里！你那颗瞎眼的头颅，却是我的进身的阶梯。你这倒霉的老奸贼，赶快忏悔你的罪恶，剑已经拔出了，你今天难逃一死。

葛罗斯特　但愿你这慈悲的手多用一些气力，帮助我早早脱离苦痛。

（爱德伽劝阻奥斯华德）

奥斯华德　大胆的村夫，你怎么敢袒护一个明令缉拿的叛徒？滚开，免得你也遭到和他同样的命运。放开他的胳臂。

爱德伽　先生，你不向我说明理由，我是不放的。

奥斯华德　放开，奴才，否则我叫你死。

爱德伽　好先生，你走你的路，让穷人们过去吧。要是这种吓人的话也能把我吓倒，那么我早在半个月之前，就给人吓死了。不，不要走近这个老头儿；我关照你，走远一点儿；要不然的话，我要试一试究竟还是你的头硬还是我的棍子硬。我可不知道什么客气不客气。

奥斯华德　走开，混账东西！

爱德伽　我要拔掉你的牙齿，先生。来，尽管刺过来吧。（二人决斗，爱德伽击奥斯华德倒地）

奥斯华德　奴才，你打死我了。把我的钱囊拿了去吧。要是你希望将来有好日子过，请你把我的尸体掘一个坑埋了；我身边还有一封信，请你替我送给葛罗斯特伯爵爱德蒙大爷，他在英国军队里，你可以找到他。啊！想不到我死于非命！（死）

爱德伽　我认识你；你是一个惯会讨主上欢心的奴才；你的女主人无论有什么万恶的命令，你总是奉命唯谨。

葛罗斯特　什么！他死了吗？

爱德伽　坐下来，老人家；您休息一会儿吧。让我们搜一搜他的衣袋——他说起的这一封信，也许可以对我有一点用处。他死了；我只可惜他不是死在刽子手的手里。让我们看：对不起，好啦，我要把你拆开来了；恕我无礼，为了要知道我们敌人的居心，就是他们的心肝也要剖出来,拆阅他们的信件不算是违法的事。
"不要忘记我们彼此间的誓约。你有许多机会可以除去他;只要你有决心,一切都是不成问题的。要是他得胜归来,那就什么都完了;我将要成为一个囚人,他的眠床就是我的牢狱。把我从他可憎的怀抱中拯救出来吧,他的地位你可以取而代之,这也是你应得的酬劳。你的恋慕的奴婢——但愿我能换上妻子两个字——高纳里尔。"啊,不可测度的女人的心!谋害她的善良的丈夫,叫我的兄弟代替他的位置!在这砂土之内,我要把你掩埋起来,你这杀人的淫妇的使者。在一个适当的时间,我要让那被人阴谋弑害的公爵见到这一封卑劣的信。我能够把你的死讯和你的使命告诉他,对于他是一件幸运的事。

葛罗斯特 王上疯了;我的万恶的知觉却是倔强得很,我一站起身来,无限的悲痛就涌上我的心头!还是疯了的好;那样我可以不再想到我的不幸,让一切痛苦在昏乱的幻想之中忘记了它们本身的存在。(远处鼓声)

爱德伽 把您的手给我;好像我听见远远有打鼓的声音。来,老人家,让我把您安顿在一个朋友的地方。(同下)

第七场　法军营帐

考狄利娅、肯特、医生及侍臣上。

考狄利娅 好肯特啊!我怎么能够报答你这一番苦心好意呢!就是粉身碎骨,也不能抵偿你的大德。

肯特 娘娘,只要自己的苦心被人了解,那就是莫大的报酬了。我所讲的话,句句都是事实,没有一分增减。

考狄利娅 去换一身好一点的衣服吧;您身上的衣服是那一段悲惨的时光中的纪念品,请你脱下来吧。

肯特 恕我,娘娘;我现在还不能回复我的本来面目,因为那会妨碍我的预定的计划。请您准许我这一个要求,在我自己认为还没有到适当的时间以前,您必须把我当作一个不相识的人。

考狄利娅 那么就照你的意思吧,伯爵。(向医生)王上怎样?

医生　娘娘，他仍旧睡着。

考狄利娅　慈悲的神明啊，医治他的被凌辱的心灵中的重大的裂痕！保佑这一个被不孝的女儿所反噬的老父，让他错乱昏迷的神智回复健全吧！

医生　请问娘娘，我们现在可不可以叫王上醒来？他已经睡得很久了。

考狄利娅　照你的意见，应该怎么办就怎么办吧。他有没有穿着好？

　　　　　　李尔卧椅内，众仆异上。

侍臣　是，娘娘；我们乘着他熟睡的时候，已经替他把新衣服穿上去了。

医生　娘娘，请您不要走开，等我们叫他醒来；我相信他的神经已经安定下来了。

考狄利娅　很好。（乐声）

医生　请您走近一步。音乐还要响一点儿。

考狄利娅　啊，我的亲爱的父亲！但愿我的嘴唇上有治愈疯狂的灵药，让这一吻抹去了我那两个姊姊加在你身上的无情的伤害吧！

肯特　善良的好公主！

考狄利娅　假如你不是她们的父亲，这满头的白雪也该引起她们的怜悯。这样一张面庞是受得起激战的狂风吹打的吗？它能够抵御可怕的雷霆吗？在最惊人的闪电的光辉之下，你，可怜的无援的兵士！戴着这一顶薄薄的戎盔，苦苦地守住你的哨岗吗？我的敌人的狗，即使它曾经咬过我，在那样的夜里，我也要让它躺在我的火炉之前。但是你，可怜的父亲，却甘心钻在污秽霉烂的稻草里，和猪狗、和流浪的乞儿做伴吗？唉！唉！你的生命不和你的智慧同归于尽，才是一件怪事。他醒来了；对他说些什么话吧。

医生　娘娘，应该您去跟他说说。

考狄利娅　父王陛下，您好吗？

李尔　你们不应该把我从坟墓中间拖了出来。你是一个有福的灵魂；我却缚在一个烈火的车轮上，我自己的眼泪也像熔铅一样灼痛我的脸。

考狄利娅 父亲，您认识我吗？

李尔 你是一个灵魂，我知道；你在什么时候死的？

考狄利娅 还是疯疯癫癫的。

医生 他还没有完全清醒过来；暂时不要惊扰他。

李尔 我到过些什么地方？现在我在什么地方？明亮的白昼吗？我大大受了骗啦。我如果看见别人落到这一个地步，我也要为他心碎而死。我不知道应该怎么说。我不愿发誓这一双是我的手；让我试试看，这针刺上去是觉得痛的。但愿我能够知道我自己的实在情形！

考狄利娅 啊！瞧着我，父亲，把您的手按在我的头上为我祝福吧。不，父亲，您千万不能跪下。

李尔 请不要取笑我；我是一个非常愚蠢的傻老头子，活了八十多岁了；不瞒您说，我怕我的头脑有点儿不大健全。我想我应该认识您，也该认识这个人；可是我不敢确定；因为我全然不知道这是什么地方，而且凭着我所有的能力，我也记不起来什么时候穿上这身衣服；我也不知道昨天晚上我在什么所在过夜。不要笑我；我想这位夫人是我的孩子考狄利娅。

考狄利娅 正是，正是。

李尔 你在流着眼泪吗？当真。请你不要哭啦；要是你有毒药为我预备着，我愿意喝下去。我知道你不爱我；因为我记得你的两个姊姊都虐待我；你虐待我还有几分理由，她们却没有理由虐待我。

考狄利娅 谁都没有这理由。

李尔 我是在法国吗？

肯特 在您自己的国土之内，陛下。

李尔 不要骗我。

医生 请宽心一点，娘娘；您看他的疯狂已经平静下去了；可是再向他提起他经历的事情，却是非常危险的。不要多烦扰他，让他的神经完全安定下来。

考狄利娅 请陛下到里边去安息安息吧。

李尔 你必须原谅我。请你不咎既往，宽赦我的过失；我是个年老糊涂的人。(李尔、考狄利娅、医生及侍从等同下)

侍臣 先生，康华尔公爵被刺的消息是真的吗？

肯特 完全真确。

侍臣 他的军队归什么人带领？

肯特 据说是葛罗斯特的庶子。

侍臣 他们说他的放逐在外的儿子爱德伽现在跟肯特伯爵都在德国。

肯特 消息常常变化不定。现在是应该戒备的时候了，英国军队已在迅速逼近。

侍臣 一场血战是免不了的。再会，先生。(下)

肯特 我的目的能不能顺利达到，要看这一场战事的结果方才分晓。(下)

第五幕

第一场　多佛附近英军营地

　　　　旗鼓前导，爱德蒙、里根、军官、兵士及侍从等上。

爱德蒙　（向一军官）你去问一声公爵，他是不是仍旧保持着原来的决心，还是因为有了其他的理由，已经改变了方针；他这个人摇摆不定，畏首畏尾；我要知道他究竟抱着怎样的主张。（军官下）

里根　我那姊姊差来的人一定在路上出了事啦。

爱德蒙　那可说不定，夫人。

里根　好爵爷，我对你的一片好心，你不会不知道的；现在请你告诉我，老老实实地告诉我，你不爱我的姊姊吗？

爱德蒙　我只是按照我的名分敬爱她。

里根　可是你从来没有深入我的姊夫的禁地吗？

爱德蒙　这样的思想是有失您自己的体统的。

里根　我怕你们已经打成一片，她心坎儿里只有你一个人哩。

爱德蒙　凭着我的名誉起誓，夫人，没有这样的事。

里根　我决不答应她；我的亲爱的爵爷，不要跟她亲热。

爱德蒙　您放心吧。——她跟她的公爵丈夫来啦！

旗鼓前导，奥本尼、高纳里尔及兵士等上。

高纳里尔 （旁白）我宁愿这一次战争失败，也不让我那个妹子把他从我手里夺了去。

奥本尼 贤妹久违了。伯爵，我听说王上已经带了一班受不住我国的苛政、高呼不平的人们，到他女儿的地方去了。要是我们所兴的是一场不义之师，我是再也提不起我的勇气来的；可是现在的问题，并不是我们的王上和他手下的一群人在法国的煽动之下，用堂堂正正的理由向我们兴师问罪，而是法国举兵侵犯我们的领土，这是我们所不能容忍的。

爱德蒙 您说得有理，佩服，佩服。

里根 这种话讲它做什么呢？

高纳里尔 我们只须同心合力，打退敌人，这些内部的纠纷，不是现在所要讨论的问题。

奥本尼 那么让我们跟那些久历戎行的战士们讨论讨论我们所应该采取的战略吧。

爱德蒙 很好，我就到您的帐里来叨陪末座。

里根 姊姊，您也跟我们一块儿去吗？

高纳里尔 不。

里根 您怎么可以不去？来，请吧。

高纳里尔 （旁白）哼！我明白你的意里。（高声）好，我就去。

爱德伽乔装上。

爱德伽 殿下要是不嫌我微贱，请听我说一句话。

奥本尼 你们先请一步，我就来。——说。（爱德蒙、里根、高纳里尔、军官、兵士及侍从等同下）

爱德伽 在您没有开始作战以前，先把这封信拆开来看一看。要是您得到胜利，可以吹喇叭为信号，叫我出来；虽然您看我是这样一个下贱的人，我可以请出一个证人来，证明这信上所写的事。要是您失败了，那么您在这世上的使命已经完毕，一切阴谋也都无能为力了。愿命运眷顾您！

奥本尼 等我读了信你再去。

爱德伽　我不能。时候一到，您只要叫传令官传唤一声，我就会出来的。

奥本尼　那么再见；你的信我拿回去看吧。（爱德伽下）

　　　　爱德蒙重上。

爱德蒙　敌人已经望得见了；快把您的军队集合起来。这儿记载着根据精密侦查所得的敌方军力的估计；可是现在您必须快点儿了。

奥本尼　好，我们准备迎敌就是了。（下）

爱德蒙　我对这两个姊姊都已经立下爱情的盟誓；她们彼此互怀嫉妒，就像被蛇咬过的人见不得蛇的影子一样。我应该选择哪一个呢？两个都要？只要一个？还是一个也不要？要是两个全都留在世上，我就一个也不能到手；娶了那寡妇，一定会激怒她的姊姊高纳里尔；可是她的丈夫一天不死，我又怎么能跟她成双配对？现在我们还是要借他做号召军心的幌子；等到战事结束以后，她要是想除去他，让她自己设法结果他的性命吧。照他的意思，李尔和考狄利娅两人被我们捉到以后，是不能加害的；可是假如他们果然落在我们手里，我们可决不让他们得到他的赦免；因为我保全自己的地位要紧，什么天理良心只好一概不论。（下）

第二场　两军营地之间的原野

　　　　内号角声。旗鼓前导，李尔及考狄利娅率军队上；同下。
　　　　爱德伽及葛罗斯特上。

爱德伽　来，老人家，在这树荫底下坐坐吧；但愿正义得到胜利！要是我还能够回来见您，我一定会给您好消息的。

葛罗斯特　上帝照顾您，先生！（爱德伽下）

　　　　号角声；有顷，内吹退军号。爱德伽重上。

爱德伽　去吧，老人家！把您的手绘我；去吧！李尔王已经失败，他跟他的女儿都被他们捉去了。把您的手给我：来。

葛罗斯特　不，先生，我不想再到什么地方去了；让我就在这儿等死吧。

爱德伽 怎么！您又转起那种坏念头来了吗？人们的生死都不是可以勉强求到的，你应该耐心忍受天命的安排。来。

葛罗斯特 那也说得有理。（同下）

第三场　多佛附近英军营地

旗鼓前导，爱德蒙凯旋上；李尔、考狄利娅被俘随上；军官、兵士等同上。

爱德蒙 来人，把他们押下去，好生看守，等上面发落下来，再作道理。

考狄利娅 存心良善的反而得到恶报，这样的前例是很多的。我只是为了你，被迫害的国王，才感到悲伤；否则尽管欺人的命运向我横眉怒目，我也不把她的凌辱放在心上。我们要不要去见见这两个女儿和这两个姊姊？

李尔 不，不，不，不！来，让我们到监牢里去。我们两人将要像笼中之鸟一般唱歌；当你求我为你祝福的时候，我要跪下来求你饶恕；我们就这样生活着，祈祷，唱歌，说些古老的故事，嘲笑那班像金翅蝴蝶般的廷臣，听听那些可怜的人们讲些宫廷里的消息；我们也要跟他们在一起谈话，谁失败，谁胜利，谁在朝，谁在野，用我们的意见解释各种事情的秘奥，就像我们是上帝的耳目一样；在囚牢的四壁之内，我们将要冷眼看那些朋比为奸的党徒随着月亮的圆缺而升沉。

爱德蒙 把他们带下去。

李尔 对于这样的祭物，我的考狄利娅，天神也要焚香致敬的。我果然把你捉住了吗？谁要是想分开我们，必须从天上取下一把火炬来像驱逐狐狸一样把我们赶散。揩干你的眼睛；让恶疮烂掉他们的全身，他们也不能使我们流泪，我们要看他们活活饿死。来。（兵士押李尔、考狄利娅下）

爱德蒙 过来，队长。听着，把这一通密令拿去；（以一纸授军官）跟着他们到监牢里去。我已经把你提升了一级，要是你能够照这密令上所说的执行，一定大有好处。你要知道，识时务的才是好汉；心肠太软的人不配佩戴刀剑。我吩咐你去干这件重要的差使，你可不必多问，愿意就做，不愿意就另谋出路吧。

军官 我愿意，大人。

爱德蒙 那么去吧；你立了这一个功劳，你就是一个幸运的人。听着，事不宜迟，必须照我所写的办法赶快办好。

军官 我不会拖车子，也不会吃干麦；只要是男子汉干的事，我就会干。（下）

　　　　喇叭奏花腔。奥本尼、高纳里尔、里根、军官及侍从等上。

奥本尼 伯爵，你今天果然表明了你是一个将门之子；命运眷顾着你，使你克奏肤功，跟我们敌对的人都已经束手就擒。请你把你的俘虏交给我们，让我们一方面按照他们的身份，一方面顾到我们自身的安全，决定一个适当的处置。

爱德蒙 殿下，我已经把那不幸的老王拘禁起来，并且派兵严密监视了；我认为应该这样办；他的高龄和尊号都有一种莫大的魔力，可以吸引人心归附他，要是不加防范，恐怕我们的部下都要受他的煽惑而对我们反戈相向。那王后我为了同样的理由，也把她一起下了监；他们明天或者迟一两天就可以受你们的审判。现在弟兄们刚刚流过血汗，丧折了不少的朋友亲人，他们感受战争的残酷，未免心中愤激，这场争端无论理由怎样正大，在他们看来也就成为是可咒诅的了；所以审问考狄利娅和她的父亲这一件事，必须在一个更适当的时候举行。

奥本尼 伯爵，说一句不怕你见怪的话，你不过是一个随征的将领，我并没有把你当作一个同等地位的人。

里根 假如我愿意，为什么他不能和你分庭抗礼呢？我想你在说这样的话以前，应该先问问我的意思才是。他带领我们的军队，受到我的全权委任，凭着这一层亲密的关系，也够资格和你称兄道弟了。

高纳里尔 少亲热点儿吧；他的地位是他靠着自己的才能造成的，并不是你给他的恩典。

里根　我把我的权力付托给他，他就能和最尊贵的人匹敌。

高纳里尔　要是他做了你的丈夫，至多也不过如此吧。

里根　笑话往往会变成预言。

高纳里尔　呵呵！看你挤眉弄眼的，果然有点儿邪气。

里根　太太，我现在身子不太舒服，懒得跟你斗口了。将军，请你接受我的军队、俘虏和财产；这一切连我自己都由你支配；我是你的献城降服的臣仆；让全世界为我证明，我现在把你立为我的丈夫和君主。

高纳里尔　你想要受用他吗？

奥本尼　那不是你所能阻止的。

爱德蒙　也不是你所能阻止的。

奥本尼　杂种，我可以阻止你们。

里根　（向爱德蒙）叫鼓手打起鼓来，和他决斗，证明我已经把尊位给了你。

奥本尼　等一等，我还有话说。爱德蒙，你犯有叛逆重罪，我逮捕你；同时我还要逮捕这一条金鳞的毒蛇。（指高纳里尔）贤妹，为了我的妻子的缘故，我必须要求您放弃您的权利；她已经跟这位勋爵有约在先，所以我，她的丈夫，不得不对你们的婚姻表示异议。要是您想结婚的话，还是把您的爱情用在我的身上吧，我的妻子已经另有所属了。

高纳里尔　这一段穿插真有趣！

奥本尼　葛罗斯特，你现在甲胄在身；让喇叭吹起来；要是没有人出来证明你所犯的无数凶残罪恶，众目昭彰的叛逆重罪，这儿是我的信物；（掷下手套）在我没有剖开你的胸口，证明我此刻所宣布的一切以前，我决不让一些食物接触我的嘴唇。

里根　哎哟！我病了！我病了！

高纳里尔　（旁白）要是你不病，我也从此不相信毒药了。

爱德蒙　这儿是我给你的交换品；（掷下手套）谁骂我是叛徒的，他就是个说谎的恶人。叫你的喇叭吹起来吧；谁有胆量，出来，我可以向他、向你、向每一个人证明我的不可动摇的忠心和荣誉。

奥本尼　来，传令官！

爱德蒙　传令官！传令官！

奥本尼　信赖你个人的勇气吧；因为你的军队都是用我的名义征集的，我已经用我的名义把他们遣散了。

里根　我的病越来越厉害啦！

奥本尼　她身体不舒服；把她扶到我的帐里去。（侍从扶里根下）过来，传令官。

　　　　传令官上。

奥本尼　叫喇叭吹起来。宣读这一道命令。

军官　吹喇叭！（喇叭吹响）

传令官　（宣读）"在本军之中，如有身份高贵的将校官佐，愿意证明爱德蒙——名分未定的葛罗斯特伯爵，是一个罪恶多端的叛徒，让他在第三次喇叭声中出来。该爱德蒙坚决自卫。"

爱德蒙　吹！（喇叭初响）

传令官　再吹！（喇叭再响）

传令官　再吹！（喇叭三响；内喇叭声相应）

　　　　喇叭手前导，爱德伽武装上。

奥本尼　问明他的来意，为什么他听了喇叭的呼召到这儿来。

传令官　你是什么人？你叫什么名字？在军中是什么官级？为什么你要应召而来？

爱德伽　我的名字已经被阴谋的毒齿咬啮蛀蚀了；可是我的出身正像我现在所要来面对的敌手同样高贵。

奥本尼　谁是你的敌手？

爱德伽　代表葛罗斯特伯爵爱德蒙的是什么人？

爱德蒙　他自己；你对他有什么话说？

爱德伽　拔出你的剑来，要是我的话激怒了一颗正直的心，你的兵器可以为你辩护；这儿是我的剑。听着，虽然你有的是胆量、勇气、权位和尊荣，虽然你挥着胜利的宝剑，夺到了新的幸运，可是凭着我的荣誉、我的誓言和我的骑士的身份所给我的特权，我当众宣布你是一个叛徒，不忠于你的神明、你的兄长和你的父亲，阴谋倾覆这一位崇高卓越的君王，从你的头顶直到你的足下的尘土，彻头彻尾是一个最可憎的逆贼。要是你说一声"不"，这一柄剑、这一只胳臂和我的全身的勇气，都要向你的心口证明你说谎。

爱德蒙 照理我应该问你的名字；可是你的外表既然这样英勇，你的出言吐语，也可以表明你不是一个卑微的人，虽然按照骑士的规则，我可以拒绝你的挑战，我却不惜唾弃这些规则，把你所说的那种罪名仍旧丢回到你的头上，让那像地狱一般可憎的谎话吞没你的心；凭着这一柄剑，我要在你的心头挖破一个窟窿，把你的罪恶一起塞进去。吹起来，喇叭！（号角声。二人决斗。爱德蒙倒地）

奥本尼 留他活命，留他活命！

高纳里尔 这是诡计，葛罗斯特；按照决斗的法律，你尽可以不接受一个不知名的对手的挑战；你不是被人打败，你是中了人家的计了。

奥本尼 闭住你的嘴，妇人，否则我要用这一张纸塞住它了。且慢，骑士。你这比一切恶名更恶的恶人，读读你自己的罪恶吧。不要撕，太太；我看你也认识这一封信的。（以信授爱德蒙）

高纳里尔 即使我认识这一封信，又有什么关系！法律在我手中，不在你手中；谁可以控诉我？（下）

奥本尼 岂有此理！你知道这封信吗？

爱德蒙 不要问我知道不知道。

奥本尼 追上她去；她现在情急了，什么事都干得出来；留心看着她。（一军官下）

爱德蒙 你所指斥我的罪状，我全都承认；而且我所干的事，着实不止这一些呢，总有一天会全部暴露的。现在这些事已成过去，我也要永辞人世了。——可是你是什么人，我会失败在你的手里？假如你是一个贵族，我愿意对你不记仇恨。

爱德伽 让我们互相宽恕吧。在血统上我并不比你低微，爱德蒙；

要是我的出身比你更高贵，你尤其不该那样陷害我。我的名字是爱德伽，你的父亲的儿子。公正的天神使我们的风流罪过成为惩罚我们的工具；他在黑暗淫邪的地方生下了你，结果使他丧失了他的眼睛。

爱德蒙　你说得不错；天道的车轮已经循环过来了。

奥本尼　我一看见你的举止行动，就觉得你不是一个凡俗之人。我必须拥抱你；让悔恨碎裂了我的心，要是我曾经憎恨过你和你的父亲。

爱德伽　殿下，我一向知道您的仁慈。

奥本尼　你把自己藏匿在什么地方？你怎么知道你的父亲的灾难？

爱德伽　殿下，我知道他的灾难，因为我就在他的身边照料他，听我讲一段简短的故事；当我说完以后，啊，但愿我的心爆裂了吧！贪生怕死，是我们人类的常情，我们宁愿每小时忍受着死亡的惨痛，也不愿一下子结束自己的生命；我为了逃避那紧迫着我的、残酷的宣判，不得不披上一身疯人的褴褛衣服，改扮成一副连狗儿们也要看不起的样子。在这样的乔装之中，我碰见了我的父亲，他的两个眼眶里淋着血，那宝贵的眼珠已经失去了；我替他做向导，带着他走路，为他向人求乞，把他从绝望之中拯救出来；啊！千不该、万不该，我不该向他瞒住我自己的真相！直到约摸半小时以前，我已经披上甲胄，虽说希望天从人愿，却不知道此行究竟结果如何，便请他为我祝福，才把我的全部经历从头到尾告诉他知道；可是唉！他的破碎的心太脆弱了，载不起这样重大的喜悦和悲伤，在这两种极端的情绪猛烈的冲突之下，他含着微笑死了。

爱德蒙　你这番话很使我感动，说不定对我有好处；可是说下去吧。看上去你还有一些话要说。

奥本尼　要是还有比这更伤心的事，请不要说下去了吧；因为我听了这样的话，已经忍不住热泪盈眶了。

爱德伽　对于不喜欢悲哀的人，这似乎已经是悲哀的顶点；可是在极度的悲哀之上，却还有更大的悲哀。当我正在放声大哭的时候,来了一个人,他认识我就是他所见过的那个疯丐,不敢接近我;可是后来他知道了我究竟是什么人,遭遇到什么样不幸,他就抱住我的头颈,大放悲声,好像要把天空都震碎一般;他俯伏在我的父亲的尸体上;讲出了关于李尔和他两个人的一段最凄惨的故事;他越讲越伤心,他的生命之弦都要开始颤断了;那时候喇叭的声音已经响过两次,我只好抛下他一个人在那如痴如醉的状态之中。

奥本尼 可是这是什么人?

爱德伽 肯特,殿下,被放逐的肯特;他一路上乔装改貌,跟随那把他视同仇敌的国王,替他躬操奴隶不如的贱役。

    一侍臣持一流血之刀上。

侍臣 救命!救命!救命啊!

爱德伽 救什么命!

奥本尼 说呀,什么事?

爱德伽 那柄血淋淋的刀是什么意思?

侍臣 它还热腾腾地冒着气呢;它是从她的心窝里拔出来的,——啊!她死了!

奥本尼 谁死了?说呀。

侍臣 您的夫人,殿下,您的夫人;她的妹妹也给她毒死了,她自己承认的。

爱德蒙 我跟她们两人都有婚姻之约,现在我们三个人可以在一块儿做夫妻了。

爱德伽 肯特来了。

奥本尼 把她们的尸体抬出来,不管她们有没有死。这一个上天的判决使我们战栗,却不能引起我们的怜悯。(侍臣下)

    肯特上。

奥本尼 啊!这就是他吗?当前的变故使我不能对他尽我应尽的敬礼。

肯特 我要来向我的王上道一声永久的晚安,他不在这儿吗?

奥本尼 我们把一件重要的事情忘了!爱德蒙,王上呢?考狄利娅

呢？肯特，你看见这一种情景吗？（传从抬高纳里尔、里根二尸体上）

肯特 哎哟！这是为了什么？

爱德蒙 爱德蒙还是有人爱的；这一个为了我的缘故毒死了那一个，跟着她也自杀了。

奥本尼 正是这样。把她们的脸遮起来。

爱德蒙 我快要断气了，倒想做一件违反我的本性的好事。赶快差人到城堡里去，因为我已经下令，要把李尔和考狄利娅处死。不要多说废话，迟一点就来不及啦。

奥本尼 跑！跑！跑呀！

爱德伽 跑去找谁呀，殿下？——谁奉命干这件事的？你得给我一件什么东西，作为赦免的凭证。

爱德蒙 想得不错；把我的剑拿去给那队长。

奥本尼 快去，快去。（爱德伽下）

爱德蒙 他从我的妻子跟我两人的手里得到密令，要把考狄利娅在狱中缢死，对外面说是她自己在绝望中自杀的。

奥本尼 神明保佑她！把他暂时抬出去。（侍从抬爱德蒙下）

　　李尔抱考狄利娅尸体，爱德伽、军官及余人等同上。

李尔 哀号吧，哀号吧，哀号吧，哀号吧！啊！你们都是些石头一样的人；要是我有了你们的那些舌头和眼睛，我要用我的眼泪和哭声震撼穹苍。她是一去不回的了。一个人死了还是活着，我是知道的；她已经像泥土一样死去。借一面镜子给我；要是她的气息还能够在镜面上呵起一层薄雾，那么她还没有死。

肯特 这就是世界最后的结局吗？

爱德伽 还是末日恐怖的预兆？

奥本尼 天倒下来了，一切都要归于毁灭吗？

李尔 这一根羽毛在动；她没有死！要是她还有活命，那么我的一切悲哀都可以消释了。

肯特 （跪）啊，我的好主人！

李尔 走开！

爱德伽　这是尊贵的肯特，您的朋友。

李尔　一场瘟疫降落在你们身上，全是些凶手，奸贼！我本来可以把她救活的；现在她再也回不转来了！考狄利娅，考狄利娅！等一等。嘿！你说什么？她的声音总是那么柔软温和，女儿家是应该这样的。我亲手杀死了那把你缢死的奴才。

军官　殿下，他真的把他杀死了。

李尔　我不是把他杀死了吗，汉子？从前我一举起我的宝刀，就可以叫他们吓得抱头鼠窜；现在年纪老啦，受到这许多磨难，一天比一天不中用啦。你是谁？等会儿我就可以说出来了；我的眼睛可不大好。

肯特　要是命运女神向人夸口，说起有两个曾经一度被她宠爱、后来却为她厌弃的人，那么在我们的眼前就各站着其中的一个。

李尔　我的眼睛太糊涂啦。你不是肯特吗？

肯特　正是，您的仆人肯特。您的仆人卡厄斯呢？

李尔　他是一个好人，我可以告诉你；他一动起火来就会打人。他现在已经死得骨头都腐烂了。

肯特　不，陛下；我就是那个人——

李尔　我马上能认出来你是不是。

肯特　自从您开始遭遇变故以来，一直跟随着您的不幸的足迹。

李尔　欢迎，欢迎。

肯特　不，一切都是凄惨的、黑暗的、阴郁的，您的两个大女儿已经在绝望中自杀了。

李尔　嗯，我也想是这样的。

奥本尼　他不知道他自己在说些什么话，我们谒见他也是徒然的。

爱德伽　全然是徒劳。

　　　　一军官上。

军官　启禀殿下，爱德蒙死了。

奥本尼　他的死在现在不过是一件无足轻重的小事。各位勋爵和尊贵的朋友，听我向你们宣示我的意旨：对于这一位老病衰弱的君王，我们将要尽我们的力量给他可能的安慰；当他在世的时候，我仍旧把最高的权力归还给他。（向爱德伽、肯特）你们两位仍旧恢复原来的爵位，我还要加赍你们额外的尊荣，褒扬你们过人的节行。一切朋友都要得到他们忠贞的报酬，一切仇敌都要尝到他们罪恶的苦杯。——啊！瞧，瞧！

李尔　我的可怜的傻瓜给他们缢死了！不，不，没有命了！为什么一条狗、一匹马、一只耗子，都有它们的生命，你却没有一丝呼吸？你是永不回来的了，永不，永不，永不，永不，永不！请你替我解开这个钮扣；谢谢你，先生。你看见吗？瞧着她，瞧，她的嘴唇，瞧那边，瞧那边！（死）

爱德伽　他晕过去了！——陛下，陛下！

肯特　碎吧，心啊！碎吧！

爱德伽　抬起头来，陛下。

肯特　不要烦扰他的灵魂。啊！让他安然死去吧；他将要痛恨那想要使他在这无情的人世多受一刻酷刑的人。

爱德伽　他真的去了。

肯特　他居然忍受了这么久的时候，才是一件奇事；他的生命不是他自己的。

奥本尼　把他们抬出去。我们现在要传令全国举哀。（向肯特、爱德伽）

　　　　两位朋友，帮我主持大政，
　　　　培养这已经斲伤的国本。

肯特　不日间我就要登程上道：
　　　　我已经听见主上的呼召。

奥本尼　不幸的重担不能不肩负；
　　　　感情是我们唯一的言语。
　　　　年老的人已经忍受一切，
　　　　后人只有抚陈迹而叹息。（同下。奏丧礼进行曲）